乡土中国与乡村教育

钱理群　刘铁芳　编

U0132979

福建教育出版社

图书在版编目（CIP）数据

乡土中国与乡村教育/钱理群，刘铁芳编．—福州：
福建教育出版社，2008.4
ISBN 978-7-5334-4980-3

Ⅰ．乡…　Ⅱ．①钱…②刘…　Ⅲ．乡村教育－中国－文集
Ⅳ．G725－53

中国版本图书馆 CIP 数据核字（2008）第 043291 号

乡土中国与乡村教育

钱理群　刘铁芳　编

出版发行	福建教育出版社	
	（福州梦山路 27 号　邮编：350001　电话：0591－83726971　83733693	
	传真：83726980　网址：www.fep.com.cn）	
印　　刷	福州源峰彩印有限公司	
	（福州台江区工业路 223 号　邮编：350004）	
开　　本	720 毫米×1000 毫米　1/16	
印　　张	20.75	
字　　数	289 千	
版　　次	2008 年 4 月第 1 版　2008 年 4 月第 1 次印刷	
书　　号	ISBN 978-7-5334-4980-3	
定　　价	32.00 元	

如发现本书印装质量问题，影响阅读，
请向出版科（电话：0591－83726019）调换。

序　乡村文化、教育重建是我们自己的问题

钱理群

乡村文化曾是我们精神的庇护所

　　春节间闭门写作，已经成为我这些年的习惯——因为通讯发达，很少有人登门拜年，也就是说，生活的现代化给我这样的文人提供了一个"躲进小楼"的机会。但对我来说，"躲进小楼"并不意味着忘却外部的世界，因为独自静思，却面对了许多在平日喧闹中无暇顾及的问题，不免扼腕长叹。于是，去年大年三十，有了《这本书竟是如此沉重》一文，是为云南大山深处一位重病母亲的令人心酸而又神圣的愿望而写；年初一又有《"默默无息者"的"雷电闪雨"》一文，是为一部"长期被淹没被遮蔽被强迫遗忘"了连续五十年的"小民冤屈史"而写。文章写完，就有了这样的感慨："在一片太平景象的爆竹声中写这样的文字，突然想起鲁迅笔下死于鲁镇的祝福声中的祥林嫂，可见我也是鲁四老爷所说的'谬种'"。

　　今年也还是这样：年初一就写了篇《"活下去，还是不活？"》。讨论的是莎士比亚笔下的丹麦王子的著名命题的中国回应。于是，谈到了鲁迅的《孤独者》所提出的三个层次的"活着的理由"：为自己活着，为"爱我者"活着，为"敌人"活着；谈到了我们那一代人曾经面临的"活，还是不活"的问题：一旦被宣布为"敌人"（右派、坏分子、现行反革命等等），就既剥夺了你"活着"的一切理由，又不让你"不活"，让你长时期地处于"不死不活"，"活着等于死"的状态。讨论的重点是：在这样的情况下，支撑着人活下去的理由、力量是什么？于是，谈到了信念的力量、爱的力量、人

性的力量等等；又谈到了那个时代许多人都有过的遭遇：当以戴罪之身，被遣送回到农村，却得到了意外的保护——房东老大爷召集全家，郑重宣布："大姐（大哥）不是'坏分子'，是'落难之人'，你们要善待她（他）。"这里，体制的逻辑——"镇压一切阶级敌人"，受到了民间伦理逻辑——"善待一切落难之人"的抵制。而这样的民间生活伦理又是乡村文化长期熏染的结果：在民间戏曲里，就有不少这样的善待落难者的故事。在文章的结尾，我谈到了民间社会老百姓日常生活伦理和逻辑的力量，乡村文化的力量："它是中华民族文化传统中所固有的，经过长期的文化渗透，已经根扎在普通民众精神结构的深处。在那些时刻需要面对'活下去，还是不活'的问题的严酷的日子里，它事实上成为体制控制的反力，对总体的有效性构成了无形的破坏和削减"，乡村社会也就成了那个时代受难者的庇护所，是他们可以回去，哪怕是暂时喘息的生活和精神的"家乡"。我由此得出的结论是：民间乡村文化"它不显山，不露水，甚至不易被察觉，却又是极其顽强的。而且这最终的胜利者仍是这平民老百姓的日常生活伦理，或者说，历史总要回到这块土地上的大多数人的生活逻辑上来"。——这样，我的文章也终于有了点亮色。

不料，这两天，我在读《乡土中国与乡村教育》这本书稿，准备为之写序时，却遭遇了新的尴尬：我突然发现，在当下中国的现实中，这一点"亮色"也成了问题：我还是太乐观了——

这块土地上的多数人是怎么"活着"的

这里所说的"土地上的多数人"主要是指农村人口。本书选录的贺雪峰先生的《新农村建设与中国道路》引述了2005年国家统计局的统计，我国城镇人口占总人口的比重为43%，有近八亿人口生活在农村；但贺先生又指出，这里公布的城镇化数据是把农民工计算在内的，但农民工仍是依托农村的土地赡养父母、养育子女的，他们自己也只是城市里的过客，如果将这些农民工排除，则中国的城市化率仅略超过30%，农村人口（或依托农村生活的人口）约为九亿。

这中国十三亿人口中的九亿人，他们的生存状态怎样，他们是怎么"活着"的？这是讨论中国问题时，不能不首先关注的。——然而，恰恰被许多人有意、无意地忽略了。

本书的两篇文章：《巧家有个发拉村》、《故乡：现代化进程中的村落命运》因此首先进入我的视野，读得我心惊肉跳。

《巧家有个发拉村》的作者孙世祥，正是我去年写的文章里说的那本"沉重的书"（《神史》）的作者，我所说的那位母亲，就生活在发拉村里，他们的生存状况我应该说是有所了解的，但这次读来仍如作者一样，有"泣血般的感觉"。是这样的惊人的，超出想象的物质贫困：看看50多岁的孙明万，一大早饿着肚子，赤着脚，冒着大雨，到六公里外借得点苦荞回来，在石磨上推碎，烙成粑粑，给80多岁的老母、28岁讨不起媳妇的儿子充饥的情景；看看阮应卿这一家：他自己70多岁瘫痪在床，儿子摔死在悬崖下，孙子只有十多岁，全靠断手的儿媳苦苦支撑……你就会明白：这里的农民已无法在这块土地上容身：全村因生活维持不下被迫搬迁，在外地流浪的，已达180户！——绝不能低估这种绝对贫困的严重性，它不仅关乎千万人的生命（国家统计局新发布的2006年《统计公告》宣布年末农村贫困人口为2148万），而且如本书收录的刘建芝先生的文章所说，它和另外一些也是惊人的、超出想象的暴富同时并存，而且是"内在相关"的（《乡村建设的另类经验》）。

同样惊人、超出想象的，还有精神的贫困：因争食、争救济，而斗殴，以至杀人，几成常事，如作者所说，生存危机必然带来"礼仪沦丧，情义扫地"。更严重的是，我在《这本书竟是如此沉重》一文中所指出的，在残酷的生存竞争中，"家族的亲情越来越淡薄"，"家族凝集力彻底丧失"，加之"基层组织在农村生活中的退出"，导致发拉村，以至许多西部地区农村，"已经如同一盘散沙，没有任何组织力量能够把农民凝集起来"，这里的乡村民间社会正处于瓦解的过程中。

而这样的过程，又以另一种形式同样出现在东部农村。《故乡：现代化进程中的村落命运》的作者告诉我们：他的家乡——广东的农村，大体已经解决了温饱问题，但"故乡的房子越来越新，越来越时髦"，却是以"河水脏了，青山秃了"为代价的。而更内在的代价却是精神的伤害。作者这样描述外出打工者的"精神困惑"："在见识了外面的世界后，在目睹农村的真实情况后，他们早就彻头彻尾地对农村生出了一种隔膜，甚至是厌恶的感情"，于是他们陷入了生存的尴尬之中："农村本是他们的家园，却无法产生天然的归宿感；城市不过是他们讨生活的人生驿站，他们却渴望能够做多一分的停留"，但能否停留，停留多久，却远非他们自己所能掌握，他们只有在城、乡之间"跑来跑去，过一种自己都无法理解的生活"，彷徨无助，没有任何安全感。但他们却又将一种新的价值理念，新的生活方式带到了农村，"冲击了乡村的根基"。如作者所描绘，首先是价值观念的变化："在他们眼中，最能衡量人价值的标准毫无疑问只有金钱。能不能赚到钱，能不能在最短期间赚到钱，已经内化为他们行动的最大理由和动力"。生活方式的变化也许更加触目惊心：许多富裕了的农民却因为精神的空虚和投机的心理，走上了滥赌之路：打牌成风，"买码"（"六合彩"）泛滥，以至吸毒成瘾，终于败坏了社会风气，也破坏了家庭、邻里，人与人之间的关系，于是就出现了各种家庭伦理沦丧的悲剧。而且这绝非个别和偶然。

乡村教育和文化的危机

在这样的生存状态下，出现教育的危机，文化的危机是必然的。在发拉村这样的贫困地区，失学现象的严重程度，办学条件的恶劣，也同样超出想象：发拉村学龄儿童中，三分之一以上失学，未失学的，无法交书钱、买不起纸笔的又占20%，于是，就出现了"无书，无纸，无笔，空手来校，空手回家"的"学生"：这叫什么"教育"！如收入本书的中央党校课题组的调查报告所说，西部农村教育

"用'凋敝'这个词来形容，一点都不夸张"。我们总是在夸耀已经"基本上普及"了九年制义务教育，且不说这是一个虚数，水数，就算真的"基本普及"了，也掩盖不住一个事实：15% 的人口——大约为 1 亿 8000 万人——所居住的地区远没有普及，这也就意味着每年有数百万的儿童作为共和国的公民难以享受他们接受义务教育的权利。而另一个事实也不容忽视："从 1986 年《义务教育法》颁布之后，到 2000 年'基本普及'之前的 15 年间，总计有 1 亿 5000 多万少年儿童完全没有或没有完全接受义务教育"。如一位作者所说，"这一庞大人群的一部分显然在以各种形式显示着他们的存在：从国家今年公布的'8500 万青壮年文盲'，到各地以种种暴力手段威胁着社会的低文化层青少年犯罪"（张玉林：《中国农村教育：问题与出路》）。这些沉重的事实是不能回避的。

而尤其令人感到沉痛的是，越是教育凋敝，农民越把希望寄托在教育上。发拉村人"比供孩子读书成了风气"，以致出现了忍饥挨饿、倾家荡产供读书的"英雄"，作者说，这是濒于绝境的农民"戮力奋斗，力图改变命运的悲壮行动"（孙世祥：《巧家有个发拉村》）。但在感动之余，我们也感到心酸：这其实是一个"画饼"。有两个事实，是无情的。一是教育的成本越来越高，教育资源的分配越来越不公平。社会学家告诉我们："一个大学生 4 年学费大约相当于一个农村居民 20 年纯收入"。不用说西部贫困地区，连基本脱贫的东部地区的农民孩子"大学梦也越来越远了"（《故乡：现代化进程中的村落命运》）。于是，就有了这样的统计：新世纪以来，"农村孩子在大学生源中的比例在明显下降，与 1980 年代相比，几乎下降了一半"，这就意味着"通过高考，农村孩子向上流动的渠道"的"缩窄"。社会学家指出的另一个现实是："出身农村家庭的大学生就业更加困难"，北大的一个调查显示，"父亲为公务员的工作落实率要比农民子弟高出 14 个百分点"（孙立平：《大学生生源农村孩子比例越来越小了》）。这意味着什么呢？农民本来是中国教育的主要承担者，长期推行的"人民教育人民办"的教育体制，其实就是

"农民办"，而直到现在，"贫困家庭用于教育的支出仍占其收入比例的92.1%"（《中国农村教育：问题和出路》），也就是说，农民可以说是倾其全力支持了教育的发展；而现在一旦出现了"毕业即失业"的学生就业危机，压力仍然主要转嫁到农民身上：这本身就是最大的"不公"。

于是，在当下中国农村就出现了两个触目惊心的教育和社会现象：一是大量的学生"辍学"，湖南的一个调查表明，"农村贫困生的失学率高达30.4%"（《中国农村教育：问题和出路》），而且有这样的分析："辍学的学生基本上都是20世纪90年代生的那一代，是所谓的真正的长在阳光下的一代。而这一代的父母有的过去还能读到高中毕业，而他们初中还没有读完，接受的教育还超不过他们的父母"（《农村九年义务调查》），由此导致的劳动者文化素质的下降，对未来中国发展的影响，确实堪忧。

同时，大批的辍学生和失业的大、中学校毕业生，游荡于农村和乡镇，成了新的"流民"阶层的主要来源。如作家韩少功所观察的那样，"他们耗费了家人大量钱财，包括金榜题名时热热闹闹的大摆宴席。但毕业后没有找到工作，正承担着巨大的社会舆论压力和自我心理压力，过着受刑一般的日子。但他们苦着一张脸，不知道如何逃离这种困境，似乎没有想到跟着父辈下地干活正是突围的出路，正是读书人自救之途和人间正道。他们因为受过更多的教育，所以必须守住自己的衣冠楚楚的怀才不遇"（《山里少年》）。这就是说，教育资源分配的不公堵塞了农民子弟向上流动的渠道，而城市取向的教育（包括农村教育）又使得他们远离土地，即使被城市抛出，也回不去了：他们只能成为"上不着天，下不着地"的"游民"。而这样的"游民"一旦"汇成洪流"成为"流民"，就会造成社会的大动荡，大破坏：这是中国历史所一再证实了的。而"游民阶层中的腐败分子"，就成了"流氓"，并形成"流氓意识"，其最主要的特点，就是把维系"父子、兄弟、夫妇、朋友"间的正常关系的伦理观念"——打破，又把礼义廉耻，扫荡净尽"，这样的流氓意识对社会风气的败坏，危害极大，将造成我们在下文将要分析的民间文化、社会生活的"底线"的失守（参看王学泰：《从流氓谈到游民、游民意识》）。——写到这里，突然想起了昨天报纸上的一条新闻：长春农安县一个农民家庭老老少少六口人被杀，凶手竟是这家的三儿子，而他就是一个"初中毕业后整日游手好闲"的"游民"，他因受到家庭的谴责而恼羞成怒，杀死了自己的父母、兄嫂、妹妹、外甥女（新华社2007年2月24日电讯）。问题是这样的从学校毕业出来的失业游民，又成为某些在校学生心目中的"榜样"，以至"英雄"。收入本书的《守望的童心》的调查报告告诉我们，家庭亲情和教育的缺失，学校教育的无力和无奈，社会风气的影响，使得许多"留守儿童""世界观、人生观、价值观非常消极"，他们厌学，逃学，就自然地羡慕那些"整日游手好闲而不缺钱用"，又有"兄弟义气"的游民、流氓，甚至以此为自己的"奋斗目标"，成了游民阶层的后备力量。中国的农民工为了生计奔波，也为城市建设做贡献时，他们的子女却面临沦为游民的危险：这实在是残酷而不公。而遍布中国农村和城镇的"游民"，至今还未进入我们的视野，这样的忽视是迟早要受到惩罚的。

这是我们必须面对的事实：教育在一定意义上不但不能改变农民的命运，反而成为他们不堪承受的重担。这首先是经济的重负，即所谓"不上学等着穷，上了学立刻穷"。社会学家告诉我们："在一些地方已经出现明显的因教致贫、因教返贫的现象"，"甘肃省2004年抽样调查显示，由于教育因素返贫的农户，占返贫总数50％"（孙立平：《大学生生源农村孩子比例越来越小了》）。同时，如上文所说，中国的"毕业即失业"的教育与社会危机事实上是转嫁到了农民（还有城市平民）身上，沦为乡村和城镇流民的农家子女，所带来的不仅是经济的负担，更是不堪承受的精神重负。前述凶杀案或许是一个极端，但其所内含的城市取向的教育和失业带来的"农家灾难"却具有典型性，而给人以惊心动魄之感。

但中国农民除了寄希望于教育使他们的子女另寻出路，还能有什么别的希望呢？现在"出路"不可靠了，有的农民选择了"辍学"，我说过，"这是农民以他们自己的方式向我们的教育发出的警告"（《关于西部农村教育的思考》），用韩少功的话来说，就是用辍学来"保护人心，保护土地，阻止下一代向充满着蔑视、冷漠以及焦灼不宁的惨淡日子滑落"。但也如韩少功所说，这样的选择是既显得"荒唐"，又有些无奈的（《山里少年》）。而且也还有许多的农民几乎是孤注一掷地仍然"将孩子的教育放在生活中的第一位"，这样的"知其不可为而为之"的努力确实给人以悲壮感；一位下乡支农的大学生在收入本书的文章里说，这是"困境中的不绝希望"（张宝石：《空心社会的发展陷阱和困境中的不绝希望》）。但在我看来，如果不对农民寄以希望的"教育"（包括农村教育）进行新的反思与改造，如果不从根本上解决教育资源分配不公和农民子弟就业难的问题，恐怕很难有希望。

而乡村文化的衰败，则引起了许多学者的担忧和焦虑，而且我发现这些学者有不少出身于农村，他们有着自己的乡村记忆，和对现实乡村的直接观察和体验，因此，他们的忧虑就特别值得注意。这样的忧虑主要有三个层面。首先提到的是"故乡的传统生活方式，也是我的童年生活，正在消亡与崩溃"（陈壁生：《我的故乡在渐渐沦陷》）。这里既有传统的以民间节日、宗教仪式、戏曲为中心的地方文化生活的淡出，空洞化（《我的故乡在渐渐沦陷》），也包括曾经相当活跃的，与集体生产相伴随的农村公共生活形式（如夜校，识字班，电影放映队，青年演出队）的瓦解（倪伟：《精神生活的贫困》），更有在纯净的大自然中劳作和以家庭、家族、邻里亲密接触、和睦相处为特点的农村日常生活形态解体的征兆和趋向：生态环境的恶化，家庭邻里关系的淡漠和紧张，社会安全感的丧失："乡村生活已逐渐失去了自己独到的文化精神的内涵"，前文所提到的"赌博、买码、暴力犯罪，这在很大程度上都是乡村社会文化精神缺失的表征"（刘铁芳：《乡村的终结与乡村教育的文化缺失》）。于是，就有了更深层面的焦虑："传统乡间伦理价值秩序早已解体，法律根本难以进入村民日常生活，新的合理的价值秩序又远没有建立，剩下的就只能是金钱与利益"（《乡村的终结与乡村教育的文化缺失》），如论者所说，"农民对自我价值的认知完全趋于利益化，钱成了衡量自我价值的唯一标准"，"消费文化已经成为农村社会的主宰性的意识形态，它对生活以及人生意义的设定已经主宰了许多农民尤其是农村里的年轻人的头脑"（《精神生活的贫困》），由此带来的问题自然是十分严重的。于是就有了"作为文化——生命内涵的乡村已经终结"的这一根本性的忧虑。而"乡村作为文化存在的虚化，直接导致乡村少年成长中本土资源的缺失"，"乡间已经逐渐地不再像逝去的时代那样，成为人们童年的乐土"，如今的乡村少年，他们生活在乡村，却根本上无法对乡村文化产生亲和力、归依感，那已经是一个陌生的存在，而城市文化更对他们十分遥远，这样，他们"生命存在的根基"就发生了动摇，成了"在文化精神上无根的存在"（《乡村的终结与乡村教育的文化缺失》）：乡村文化的危机和乡村教育的危机，就是这样相互纠结着的。

这一切，自然对那些曾经感悟，至今仍依恋乡村文化的知识分子产生巨大的冲击力。一位作者说："我已经无家可归"，"我在城市是寓公，在家乡成了异客"（《我的故乡在渐渐沦陷》）。这样，无论在乡村少年身上，还是在农民工那里，以及这些出身农村的知识分子这里，我们都发现了"失根"的危机：这是发人深省的。

而我们的思考和追问还要深入一步：乡村文化的衰落，乡村教育的文化缺失，对我们究竟意味着什么？

"底线"的突破，"活着的理由"又成了问题

本书的一位作者说得很好："以前我们常说'礼失求诸野'，意思是说，在乡村社会里，是存在着一套相对而言比较稳定的价值系统的。在乱世，乡村社会的这套稳定的价值系统，甚至可以成为整个社会重建的价值来源，因为这套系统里包含着对人与自然，人与人，以及人的生命存在意义的深刻理解"（倪伟：《精神生活的贫

困》)。而且，就像本文一开始所指出的那样，存在于民间社会，主要是乡村社会的这样的价值系统，伦理观念，生活逻辑，即使是在高度集中的极权统治下，它依然在发挥作用，成为无形的对抗、消解力量，以至能够给"落难者"以庇护，乡村社会也就成了他们可以回去的"家乡"。最近，社会学家孙立平在《同舟共进》2007 年第 2 期上发表了一篇文章，谈到了"社会生活的底线"问题。在我看来，我们这里讨论的乡村民间社会的"比较稳定的价值系统"，就是这样的"社会生活的底线"。如孙立平先生所分析，所谓"底线"，"实际上是一种类似于禁忌的基础生活秩序。这种基础生活秩序往往是由道德信念、成文或不成文的规则、正式或非正式的基础制度混合而成的，这样的基础秩序是相当稳定的，甚至常常具有超越时代的特征。它平时默默地存在，以至人们往往忽略了它，甚至在大规模的社会变革中，政权更替了，制度变迁了，这种基础的秩序依然如故。比如'不许杀人'的道德律令，体现诚信的信任结构等，在社会变革的前后几乎没有大的差别"。在始终以农业社会为主体和基础的中国，乡村文化，它所内含的民间伦理、价值观念、生活逻辑、基本规则、规范、所建立的基础秩序，实际上就是这样的"社会生活的底线"的载体。因此，今天我们所面临的乡村文化的衰落，就具有了非同小可的严重性，它意味着孙立平先生所说的"社会生活的底线的频频失手"，"社会生存的基础正在面临威胁"(《这个社会究竟什么地方出了问题》)。

于是，就产生了我的问题和恐惧：今天的中国农村，还能够成为"落难者"的庇护所和家乡吗？不能了，因为"善待落难者"这样的民间伦理已经荡然无存，人和人的关系早已利益化了。是的，我在正月初一写的文章里，还在说："最终的胜利者仍是这平民老百姓的日常生活伦理，或者说，历史总是要回到这块土地上的大多数人的生活逻辑上来"；而现在，我又必须面对一个无情的现实：这样的民间日常生活伦理、逻辑正面临着解体的危险。这是一个根本性的存在危机：这个社会出了大问题了！

我又想起了《巧家有个发拉村》的作者向我们提示的历史教训和警告："只要问到发拉村何以如此穷困，群众都不假思索：'1958年大炼钢铁造成的'"，这就是说，大炼钢铁破坏了人和自然的和谐，破坏了生态平衡，毁灭性的自然破坏，使农民"丧失了生存的（物质）基础"，"代价是触目惊心的，如今的四代人已经殃及，以后还要殃及多少代，就说不清了"。而今天，这样的自然生态平衡的破坏还在继续，而我们又开始了文化的破坏，而且是基础性的文化的破坏，导致人与人关系的生态平衡的破坏，人的生命存在意义的瓦解，以至于在体制统治的严密性达于极致的时代仍保持相对稳定的民间日常生活伦理都发生了动摇，这样的破坏，可能是更为根本的，那么，它将要殃及的，会是多少代人呢？真是"说不清了"。

想起"父母造孽，子孙遭殃"这句俗话，我真不寒而栗：我们面对自己造成的乡村民间文化、教育的破坏，社会生活底线的突破，是不能不有一种罪恶感和负疚感的。

而当人的生命存在意义一旦瓦解，人"活着的理由"就成了问题。这就说到了这些年日趋严重，却未能引起深入思考的"自杀"问题。刘健芝先生在收入本书的一篇文章里，提到"自杀的人群里面，几乎农民都是排第一或第二位"，据说这是一个全球性的问题（《乡村建设的另类经验》）。我们这里经常听到的，还有青年学生（特别是大、中学生，研究生，其中有不少是农家子弟）的自杀。其中有一个报道，特别让我感到震惊：一个研究生，在自杀之前，曾列表说明"活下去"的理由和"不活"的理由，结果前者的理由不敌后者，于是他结束了自己的生命。前文提到鲁迅说的三个层次的"活着"的理由：为自己活着，为爱我者活着，为敌人活着，在日常生活伦理、逻辑被颠覆以后，确实都成了问题。当人仅仅为"钱"活着，缺少精神支撑的时候，就随时会因为生活遇到挫折，物质欲望不能满足而失去活着的动力。而亲情关系淡漠，功利化，家庭情感功能退化，当孩子感受不到，或不能强烈地感受到父母、亲人的爱时，也必然导致"为爱我者活着"的动力的丧失。因此，我读到以下一组调查数据时，确有毛骨悚然之感：在留守儿童中，"38.4%的认为父母不了解自己，20%的认为与父母在一起的感觉很平常，7.4%的甚至不愿意和父母在一起"（《湖南农村留守型家庭亲子关系对儿童个性发展的影响》），连和父母都"形同陌路"，真不敢想象这些孩子将来的人生之路将会怎么走。这岂止是农村儿童的遭遇，在城市里，越演越烈的应试教育不是把亲情关系绝对功利化，而导致一个又一个的"杀母弑子"的家庭悲剧吗？今天，逼着人死的"敌人"大概不会很多；但因为生存的基本条件匮缺或被剥夺而走上绝路的，却时有发生，这在农民的自杀中，大概要占相当的比例。更致命的是人与人关系的淡漠，当人觉得个人生死和他人、社会无关，自己的生命毫无价值，甚至没有人需要自己活着时，也会丧失"活着"的动力。今天青少年的轻生，还有一个重要原因，就是他们的童年是被剥夺了的：当乡村生活不再成为乡村少年的"乐土"，当城市的儿童几乎从小学，甚至幼儿园开始，就笼罩在应试教育的阴影里，他们早已失去了"童年的欢乐"，这就意味着他们从来没有享受过人生的欢乐，而且以后也很难享受生命的乐趣，这也就很容易导致活着的动力不足。

事实就是这样的严峻：乡村文化的衰落，乡村教育的文化缺失，都在有意无意地剥夺青少年"活着"的理由，生命的意义和欢乐。而对一个民族来说，自己的后代子孙，能否有意义地、快乐地、健康地活着，可绝不是小问题。

讨论到这里，我们大概可以懂得，所谓"乡村文化"和"乡村教育"，绝不只是"乡村"的问题，或者说，如果我们只是在"乡村"的范围内，来讨论乡村文化、教育，以及其他乡村问题，其实是说不清，也解决不了问题的。我们必须有一个更大的视野，一个新的眼光和立场——

乡村文化、教育的重建是我们自己的问题

这也正是本书的一位作者所要强调的："所谓的价值重建，不可

能只是局限在农村社会内部，而必须是整个社会的价值重建。对消费主义的意识形态的抵抗，也不应该停留、限制在农村社会当中，而必须在城市和乡村中同时展开，如果我们不把城市和乡村关联起来，仅仅是在农村社会内部寻求局部性的解决，那么，这样的努力就是根本无效的"，"农村的问题，也不仅仅是农村社会内部的问题，而是整个社会的问题"（倪伟：《精神生活的贫困》）。

因此，我们提出"乡村文化、教育的重建是我们自己的问题"的命题，是包含了几层意思的。

首先，提出"乡村文化、教育的重建"问题，是因为乡村文化的衰落和乡村教育的文化缺失的现实。而如前文的详尽讨论所表明的那样，乡村文化的衰落和乡村教育的文化的缺失，不仅是整个中国文化与教育问题的折射，而且其所隐含的，其实是一个中国民间社会伦理、价值观念、生活逻辑、生活方式，也即"社会生活底线"的瓦解，人的生命存在意义的消解这样一些既是全局性的，又是深层次的问题。因此，所谓"重建"就自然不能局限于乡村，而必须是整个社会的价值、伦理、生活逻辑、生活方式的重建。这就是倪伟先生在他的文章里所要强调的。

其次，也是我要强调的是，乡村文化和教育的重建，对整个社会的文化、教育重建，以至整个社会的健全发展的意义。

于是，我想起了曾经发生过的两次争论。一次是我在准备本文的写作，重读浙江教育出版社 2005 年出版的《我是农民的儿子——乡土叙事文本》一书所注意到的：杭州《钱江晚报》社文艺部和浙江教育出版社联合发起《我是农民的儿子》乡村学生征文大赛，却引发了网上的一场激烈的论战。先是一位作家在一次座谈会上提出：要让农村的孩子"能够真切地触摸一下城市里所没有的一种和谐，那是人与自然之间的和谐"，作家还发出了这样的感慨："现在越来越多的农民忘记还有这么一种和谐，或者说，有许多外界机遇让他们不得不憎恨这种和谐，一些农民的人性开始变了"。这是和我们前面所谈到的对乡村文化价值的瓦解的忧虑是一致的。但这位作家的意见却引起了质疑。一篇题为《谁有权力要求农民质朴》的帖子，指出："希望能保持农村这最后一块净土，保留最后一点希望"，"既让农村经济发展，农民生活改善，又能让农村保持质朴醇厚的传统"只是一个幻想，帖子的作者认为，在这两者之间，只能作非此即彼的选择：为了使农民能够过上城市的"住大屋，开好车"的幸福生活，对农村文化传统的"摧毁"是无法避免的，"对农村来说也是痛并快乐着"。从这样的观点来看，那么，我们前面所谈到的乡村文化的衰败，乡村教育中农村文化资源的缺失，是必然的，具有历史的合理性，是为了农民生活的提高，历史的进步所必须付出的代价。我们这些城市知识分子再来谈"乡村文化的重建"，就有一个"谁有权力"的问题了。

今年年初，我到台湾参加了一个"城流乡动"学术讨论会，又亲历了一场争论。在第一天的会议上我做了一个关于"大陆知识分子'到农村去'的运动"的发言，当即遭到了质疑。论者认为，在台湾，农业人口只占5％，已经实现了城市化与工业化，再谈"知识分子到农村去"不过是一种"乌托邦意识形态"的驱动。我在回应时只谈到了大陆不可能走单一的"农村城市化"的道路，而必须同时进行"新农村建设"，但对台湾的农村问题，因不了解情况而回避了。但到了会议的最后一天，我却听到了台湾学者的另一种意见。论者并不否认台湾农业与农村文化衰败的现实，提出的问题却是：这样的衰败，真的是"历史的必然"，真的有利于台湾的发展吗？进一步的追问是："农业"、"农村"对台湾发展，以至人类发展的意义何在？后来，我在他们办的刊物上又看到了更明确的表达："农业是台湾宝贵的产业"，因此，要"从农业出发，开创台湾新的绿色农业；从农村出发，开创台湾有机新的社会未来"。"谈农业，必须要与其他产业连在一起想。谈农村，也需要连着城市来讨论"，"农村，要种植干净的食物，重新建立新的社区，建立新的城乡关系，从而建立一个有机的新社会"（罗婉祯：《台湾农村愿景会议参与记》，载《青芽儿》20 期）。而且还有关于农业、农村和文化保存的关系的讨论：传统文化"都是在农村的环境下发展而成"，"德国人如果丧失了农村，他们就读不懂歌德、席勒、贺德林（荷尔德林）的诗"，因此，"台湾的小孩读不懂李白的诗"是必然的。"文化不只是几个孤立的建筑或物件，而是包括了酝酿出它们的自然环境背景与更整体性的历史空间"，要真正了解传统文化，就必须接触农村。结论是：一个不要农业的政府，不保留农业的人，"没有资格谈文化保存"（彭明辉：《古籍、生态与"文化资产"》，《春芽儿》16 期）。我尤感兴趣的是，作为"过来人"，台湾学者对大陆农村发展趋向的观察和质疑："农民羡慕市民，或因后者有诸多的社会福利保障，有较佳的公共服务设施。这无可厚非，或本应如此。但我好奇的是：农村的现代化，一定就是都市化？而都市化，一定就得是：把原本的农舍、农村全部铲平？""农村的发展，仅能是这样？或是在城、乡之间，仍有一定的分工和提携？让整个社会发展，在更多样下稳健地向前？台湾或第三世界国度，过去三、四十年的发展，不也正是城乡发展失衡，农业持续在'失血'的情况。这方面的经验能否成为中国农村发展的参照？不要再重蹈覆辙。否则，将来遭殃或受害的，还是农村和农民"（舒诗伟：《投入农村的年轻人》，《春芽儿》20 期）。

在我看来，所有这些论争，背后都有一个根本性的问题：如何看待和对待"农业文明"（"乡村文化"）和"工业文明"（"城市文化"），以及它们二者的关系？这也是收入本书的好几篇文章所要讨论的。以农村文明的衰落作为农村城市化（现代化）的代价的主张，其背后是有着三个理论观念支撑的：其一，是"农村"与"城市"，"农业文明"与"工业文明"，"乡村文化"与"城市文化"的二元对立，二者具有不相容性，必须作出"非此即彼"的选择；其二，就是论者所说的"文明进化论"："采集文明、渔猎文明"——"农业文明"——"工业文明"是一个直线的进化运动，后者比前者具有绝对的优越性、进步性；其三，这是一个取代，以至消灭一个的过程，后一种所谓"体现了历史发展方向"的文明，只有通过前一种"已经落伍于时代"的文明的"毁灭",才能取得自己的"历史性胜利"。如论者所说,"似乎就是人类文明每一次进步都要抛弃已经取得的所有成果,人们总是站在今天嘲笑过去,为我们今天的一切沾沾自喜"(石中英:《失重的农村文明与农村教育》)。应该看到,正是这三个观念,长期以来,一直支配着我们对文明问题,农村、城市问题的认识,影响着我们的现代化想象,以及社会发展的设计、规划、行动,以至造成了许多今天我们越来越看清楚的"文明病"。因此,要总结历史经验教训,就必须对这些几乎不容置疑的前提性观念,提出质疑。

不错,在质疑中又出现了另一种倾向,即当面对越来越严重的工业文明、城市文化的弊端时,又有人自觉、不自觉地将农业文明、乡村文化理想化,形成了论者所说的"逆向乌托邦陷阱"(康晓光:《"现代化"是必须承受的宿命》)。看起来,这是从一个极端跳到了一个极端,但其内在的"二元对立"的思维方式却是相通的。其实,这样的在"农业文明"和"工业文明"之间来回摆动,正是中国革命和建设发展中的一个很值得认真总结的现象,但似乎还没有进入人们的视野。不要忘了,"农业社会主义"思想在我们这块土地上是曾经相当盛行,并成为主流意识形态的,而相应的极端实验是曾经造成灾难的。但我们在纠正和放弃"农业社会主义"道路时,又摆到了根本否定农业文明、乡村文化,将工业文明、城市文化绝对化的另一端,以未加反省的"城市化"为社会发展的目标,形成了"城市取向"的思想、文化、教育路线,并成为新的主流意识形态。而且相应的实践已经弊病丛生,我们在上文所揭示的许多灾难性的问题都是有力的证明。而我要指出的是,无论是过去的"农业社会主义",还是今天的"城市取向",所造成的灾难性后果,都主要是由农民来承担的:中国农民的命运,实在是"多灾多难"。

因此,我们要真正走出在"钟摆"中不断损害农民利益的怪圈,就要如一位作者所说,必须根本改变"非此即彼的思维方式",跳出"现代化—反现代化"(它内含着"工业文明—农业文明"、"城市文化—乡村文化"等一系列的二元对立的概念）的思维模式（康晓光：《"现代化"是必须承受的宿命》）。这确实是问题的关键。我们应该以一种更为复杂的眼光、态度和立场，来看待历史与现实的各种文明形态，首先要确认：它们都是在"自己独特的历史过程中生长起来的"，都是"在长期的生产与生活实践当中所创造与憧憬的理想的生存状态和生活形式"，因而都有"自己的独立存在的价值"，而且都积淀了某种"普适性"的价值（如农业文明对人与自然关系的和谐，和人与人关系的和谐的强调，工业文明对科学、民主、法制的强调，等等）。但同时，又各自存在着自己的缺憾和问题，形成某种限制，也就为另一种文明的存在提供了依据。也就是说，各种文明形态，既是各不相同，存在矛盾、冲突，相互制约，又是相互依存和补充的。由此形成"文明的多样性"和文明的"生态平衡"（石中英：《失重的农村文明和农村教育》）。

问题正是这样："什么样的生活是一种好的生活？"或者说，作为现代中国人，我们要追求、创造怎样的生存状态和生活方式？并建立怎样的价值理想和理念？这其实是我们讨论"乡村文化、教育的重建"（它的背后是整个中国文化、教育的重建）所内在的根本问题。康晓光先生说得很好："我们在面临这样一些问题的时候"，必须在"理想主义和现实主义之间寻求一种平衡"（《"现代化"是必须承受的宿命》）。我们必须坚持理想主义：作为人类文明的继承者，我们自然要超越于农业文明和工业文明，对两种文明所积淀的人类文明的普适价值都要有所吸取，同时对其各自的缺憾有所警戒。这样就能够在两种文明之间，城、乡之间寻找互补与平衡，做到前引台湾朋友文章中所说的"多样下的稳健"发展。收入本书中的许多文章，在我看来，都是在理论与实践上对这样的"互补与平衡"，这样的"多样下的稳健发展"道路的探讨。如贺雪峰先生所提出的"低消费（可以说是低污染，低能耗），高福利"的"生活方式建设"，以及在提高"城镇化率"的同时，进行"新农村建设"，保留城乡二元结构，但不是相互对立，而是相互沟通、补充，农村成为

"可以回得去的富有人情味和生活意义的'家'"，农民（以及市民）可以在城、乡之间自由流动的设计（《新农村建设和中国道路》），尽管还需要经过实践的检验，但它确实跳出了既有的思维模式，提供了一种新的选择。当然，同时我们又必须有现实感：毫无缺憾的选择是不存在的，我们所说的"互补"、"平衡"都是一个动态的过程，需要在实践中不断进行调整和探索。但就已有的实践看，这样的"互补"与"平衡"又是可以实现的。刘建芝先生在他的文章里所介绍的印度的"民众科学运动"的经验，就很有说服力：他们一方面充分吸取了工业文明的科学精神，"以科技作为手段来帮助农村提高生产，改善生活"，又对工业文明所容易导致的"人的自大"的"科学主义"持清醒的批判态度，把科学发展中的"生态问题"放在突出的地位，这背后就有农业文明所强调的人和自然的和谐的理念。对"消费"问题也同样如此，在强调提高农民的消费水平，以充分满足农民的物质与精神需求的同时，又提出"消费是为了我们的需要而不是为了我们的贪婪"，避免走向"消费主义"的极端（《乡村建设的另类经验》）。

这样的"另类经验"，显示的是"另类思路"，也就展示了"另一种可能性"。而值得注意的是，这样的另类经验是产生在乡村建设的实践中的，如刘建芝先生所强调："在纷乱的形势下，还是有一些东西保留着，就是在百姓中间，在庶民中间，在农民中间，在原住民中间，还零星地存在一些痕迹，还坚持创造一些东西"。也就是说，我们不能把乡村社会，把农民看作是一个需要救济、改造的对象，看作是一个包袱，而要看到那是一个巨大的财富，是一个宝贵的精神资源，一个提供新的想象力的创造源泉，是一个创造新的存在、新的可能性的广阔天地。因此，"乡村建设是关乎所有人的，不简单只是一个农民问题"（《乡村建设的另类经验》）——当然，我们也不可把它绝对化，唯一化。

现在，我们可以回到本文所要讨论的主要问题——"乡村文化、教育的重建"上来。我想总结为两点。

　　首先是我们需要怎样的"重建"？如前文所阐述，"重建"问题的提出，是因为乡村文化的衰败和乡村教育中乡村文化资源的失落。因此，谈"重建"自然首先是一个"重建乡村文化的尊严"的问题，要重新确认乡村文化在整个社会、民族文化中的价值和地位，重新确认乡村文化作为乡村教育和整个国家教育的文化资源的价值和作用。而把文化重建和教育重建联系起来，也包含着从乡村教育入手，强化其对乡村文化的"庇护和培育"功能的设想（刘铁芳：《乡村的终结与乡村教育的文化缺失》）。如石中英先生所说，引导农民和他们的后代"正确理解他们所生产、所传承、所享受、所创造的文明"，并作为基本的精神资源一代又一代地传下去，应该是农村教育的基本任务（《失重的农村文明和农村教育》）。在我看来，这背后更有一个以和大地血肉相连的乡村作为"精神家园"的深刻内涵：而为年轻一代营造这样的精神家园，培育这样的生命存在之"根"，正是乡村教育带有根本性的功能。

　　同时提出的是"文化下乡"的问题，即将更广阔的外部文化资源引入乡村文化生活，并与本土文化相融合，以拓展和丰富乡村文化的内涵（《乡村的终结与乡村教育的文化缺失》）。在我看来，本土文化资源的发掘、培育，和外部文化资源的引入、培育，应该构成乡村文化和教育"重建"的基本内容和任务，二者都是不可或缺的。石中英先生说得很好："教育是干什么的？我们总是说教育是培养人的，教育是促进社会发展的，但是人和社会都是统一在巨大的文明体下面的，教育应该给一代又一代的青少年一种文明观的教育"。问题是："我们究竟要帮助青少年树立起一个什么样的文明观"，"是文明的多样性呢，还是单一文明论？"这是直接关系着下一代的精神成长和发展的。因此，我也非常赞同石中英先生的主张：乡村教育不能只限于教会学生"如何生存"，用石先生的说法，就是局限于"离农、为农"教育，以帮助学生"走出农村"或帮助他"在农村更好生存"为教育的全部目的，而更应该关注学生的文明观、世界观的培育，使他们懂得怎样"理解生存"，追求人的"生命存在"的意义和价值（《失重的农村文明和农村教育》）：这才是乡村教育的根本，也是我们反复强调乡村文化教育的意义所在。

其次，还要强调本文的主题："乡村文化、教育的重建是我们自己的问题"。这其实是隐含着对我们在讨论乡村文化、教育，以至乡村建设、三农问题时，很容易陷入的"精英立场"的一种警戒的。刘建芝先生在他的文章里，提出要"反思我们的整套思路"，这是抓住了要害的。如果我们把乡村文化、教育的重建，以至整个乡村建设和三农问题，看作是"自外于我们"的问题，那么，我们就不可避免地落入前文所提到的将乡村和农民作为救济和改造对象的陷阱。应该警惕的是，这样的"乡村、农民观"事实上在今天的中国，是占据了主流地位的。如刘建芝先生所分析："主流在谈三农问题的时候，往往把它作为现代化里面的一个消极的、负面的问题看待，站在'现代化'的高度，不自觉地俯视落后在后边的、被看作是无知的顺民，或是刁蛮的暴民。我们只能把农民想象成一个落后群体，简单使用二分法，就是'现代—传统'、'进步—落后'，然后就想用一整套的、根本的解决办法，去处理问题，即使我们不是位高权重，也会想象自己在统治全国、统治世界的位置上'救国救民'"。而如康晓光先生所说，这样的"现代化"逻辑下的农村、农民观的背后，是隐含着"强势集团的利益"的（《"现代化"是必须承受的宿命》）。按照这样的居高临下的权势者、成功者的立场，甚至以"让农民别太穷了，或者别暴动啊"的心态，来看待和对待和三农问题，就必然将乡村建设变成一个"为民做主"的"救济"，和缓和矛盾、维护稳定的"补救"措施，这样三农问题就被简化为一个纯粹的物质贫困的问题，所谓"新农村建设"也仅仅变成"盖房修路"的慈善之举。而我们这里讨论的深层次的精神、文化、教育的问题，以及未能涉及的农民权利问题，就通通被遮蔽，或者被虚化、空洞化了。更危险的是，在这样的"农村、农民观"指导下的乡村建设，不是流于形式，"雨过地皮湿"，就可能变质，形成对农民利益的新的损害。

因此，如刘建芝先生所说，我们必须对这样的"主流"农村、农民观提出"质疑"（《乡村建设的另类经验》），明确地与之划清界限。现在提出"乡村文化、教育重建是我们自己的问题"，就是试图提出既不同于权势者、成功者的"精英"立场、思路，也不同于"代言人"的所谓"平民"立场和思路的一个新的立场和思路。这有点近于鲁迅说的"连自己也烧在里面"（《文艺与政治的歧途》），也就是我们在本文中反复讨论的体验、感受和认识：今天中国农村、农民所面临的问题，特别是深层次的精神、文化、教育的问题，也就是今天中国城市的问题，特别是我们知识分子的问题。因此，我们是在和中国的农民一起面对共同的中国问题，以及我们自己的问题，并一起来探讨解决这些问题的理论思路和实践途径。在这一共同探讨中，我们又各自发挥自己的独特优势和作用，相互吸取，相互补充。如前文所一再强调，新的思路与实践，是必须建立在多元文明的广泛吸取基础上的，这样，作为知识分子的我们，就必须向农民学习，到农村民间社会去寻求、吸取那里的丰厚、博大的农业文明、乡村文化资源，同时我们也可以发挥知识、文化上的优势，帮助农民认识与培育自己的乡村文化，吸收同样广阔的城市文化和其他外来的和传统文化，并在此基础上创造我们这个时代的新文化，解决我们共同的问题。

因此，我同意康晓光先生的意见：有社会责任感的知识分子和农民一起来解决农村的问题，"可能最有希望"（《"现代化"是必须承受的宿命》）。在这个意义上，今天的中国，是特别需要"知识分子和工、农相结合"的。——当然，必须充分地吸取历史的教训，既不能把农民简单地视为"被启蒙"的对象，也不能把知识分子看作"被改造"的对象，而应该在新的基础上，建立一个更为平等、合理的关系。本书的一些文章已经涉及这方面的问题。如刘老石先生的《农村的精神文化重建与新乡村建设的开始》一文，就提供了一个以大学生青年志愿者和当地农村精英为主体，重建农村精神文化，开拓农村公共空间的经验：或许我们正从这里看到了实现我们的理念和理想的某种可能。因此，我们应该向那些正在中国广袤的农村大地上默默耕耘，从事乡村建设，乡村文化、教育重建实验的农民和知识分子致敬：他们是先行者，希望就在他们的脚下。

2007 年 2 月 23、24 日，2 月 26～3 月 3 日

目　录

乡村教育：问题与出路

韩少功：山里少年

朱丽敏等：我是农民的儿女——乡土叙事文本

张楷：我教书是希望孩子们抬头望望自己的未来

倪伟：精神生活的贫困

陈壁生：我的故乡在渐渐沦陷

刘永刚、李子鹏、谢兴华：守望的童心

孙世祥：巧家有个发拉村

孙立平：大学生生源农村孩子比例越来越小了

中央党校课题组：农村九年义务教育调查

杨东平：高等教育入学机会的阶层差距

张玉林：中国农村教育：问题与出路

山 里 少 年

韩少功

　　乡学校九月一日秋季开学，但初中部没有任何动静，教室里空空荡荡。原因是报到注册的学生太少，学校只得停课两周，让老师们分头下村去搜寻学生，劝说他们重返课堂。据老师们说，初二、初三的生源流失率较高，情况好的话，他们最终能把七成左右的学生稳定到毕业。

　　初中生流失成了农村新的沉重的问题。学习枯燥无味而且负担重，造成了孩子们的厌学。读了书仍无就业保证，正在使家长们失望。钱当然是更重要的问题：在有关教育部门反复整改过后的2002年，最低一档的收费标准，是小学一年级新生三百多元——尚不包括今后补课、试卷、资料、校服、活动、保险、卫生等方面的开支。一个孩子如果想读上高中，对于农民家庭来说更意味着"洗劫"。根据现行法规，农村的义务教育范围不包括高中，于是这里高中的收费较为自由。一个学生为此差不多得花费年均万元，用农民的话说：打个瞌睡也有价钱，你就当已经被学校绑了票。这种文明的大规模"绑票"，使农村高中风光无限，还有数以百万计的所谓利润上缴财政，成了乡镇企业普遍滑坡以后某些地方政府新的财源。

　　可以简单地计算一下：即使是小学一年级三百多元收费，也是80年代初期同类收费的近一百倍——而这同一时期内的稻谷价格只增长了五倍，猪肉价格只增长了六倍，竹材价格甚至不升反降。这意味着，慢进快出之下，农民即使从这些年市场化进程中获得了收益，也通过教育这个渠道数十倍甚至上百倍地被拿走了。李本仁为了供养儿子上高中，只得带着老婆和女儿倾巢出动去广东打工，留下一个荒草掩道和蛛网封门的家。而就在此时，钱哗哗流向了另一端，流向了远方的城市：这个省众多出版社85%以上的利润来自教材，富有得就像一位编辑夸耀的："单位上除了老婆不发，其他什么都发。"出版社与某些教管部门、学校、书店等更组成了一个教育产业化而且垄断化的受益同盟，无异于组成了巨大的抽血机器——他们的员工住进了新楼以后马上又要换上更新的楼，一批批公费游玩了港澳以后又要去游玩欧美。这被视为改革开放的成果，因此有些人对教材限价的国家政策还大为不满，说这将破坏改革开放，将毁灭"社会主义的主渠道"。

受益方当然也不是没有压力。根据市场交换的规则，对方一手交钱，你就必须一手交货，比方学校就得交出文凭。这才能算作买卖公平。A乡的很多初中文凭就是这样颁发出去的，哪怕一个初中毕业生还算不出一元一次方程的题目。但家长既然交足了钱，就有权获得正当回报。然而螳螂捕蝉，尚有黄雀在后。A乡教师们一堆堆的培训证书也是这样领取的。他们奉命提高自己的业务素质，不仅要参加各种业务考级：普通话、计算机、教学法、政治思想等等，而且没有中专文凭的要考中专、没有大专文凭的要考大专、没有本科文凭的要考本科……所有应考者都得参加培训，所有受培训者都得交钱，至于交了钱以后是否参加培训，参加培训是否真能学有所获，就不那么重要了——那不过是交易之外的虚文。因为离县城很远，有60多公里，路费不堪重负，A乡教师们每逢周末只是推选代表去县城听课，到后来连轮值代表也不履行职责，若没赶上汽车，就去种菜或者钓鱼了。省里来的王琳讲师对此非常惊讶。她一心想让学员们在最短的时间内获得最多的知识，把培训教材及其教案逐一精心准备，但发现学员们开始是迷惑不解，继而怒不可遏。"我们都交了钱的，还要我们学得两眼发黑，天下哪有这样的道理！"他们大声说，"你们上面的人也太毒辣了吧？"

她拒绝学员们的宴请，又拒绝透露考题，结果几乎成了人民公敌，被学员们的罢课整得灰头土脸。她甚至成了培训主管部门不欢迎的教师，再也没有收到过授课邀请。

教育既然能够远离知识，当然更能远离正常人格。在 A 乡的走访使我一次次滑入困惑。我发现凡精神爽朗、生活充实、实干能力强、人际关系好的乡村青年，大多是低学历的。老李家的虎头只读过初中，是个木匠，但对任何机器都着迷，从摩托到门锁均可修理，看见公路上一辆吊车也要观察半天，是百家相求的"万事通"，自己的日子也过得很富足。周家峒的献仁更是个连初一也没读完的后生，忙时务农，闲时经商，偶尔也玩一玩麻将或桌球，但并不上瘾，已经娶了个贤慧妻子，见邻居有困难都乐呵呵地上门相助，走在山路上还哼几句山歌。与此相反，如果你在这里看见面色苍白、人瘦毛长、目光呆滞、怪癖不群的青年，如果你看到他们衣冠楚楚从不出现在田边地头，你就大致可以猜出他们的身份：大多是中专、大专、本科毕业的乡村知识分子。他们耗费了家人大量钱财，包括金榜题名时热热闹闹的大摆宴席，但毕业后没有找到工作，正承担着巨大的社会舆论压力和自我心理压力，过着受刑一般的日子。但他们苦着一张脸，不知道如何逃离这种困境，似乎从没有想到跟着父辈下地干活正是突围的出路，正是读书人自救之途和人间正道。他们因为受过更多教育，所以必须守住自己的衣冠楚楚的怀才不遇。

我曾经想帮助这样一位知识青年，就让一位在银行工作的朋友，从单位里淘汰的电脑中找出有用的配件，拼装了一台电脑送给了他。我没有想到的是：这位大专毕业生并没有按照我的要求去学会打字，更没有学会查找科学养殖的资料，而是用电脑看武打影碟，上网聊天寻友，异想天开地想在网上找到私彩中奖号码——A 乡的地下私彩这两年正是高峰。他对我投来疑惑的目光，不相信央视网站和港府网站上没有猜码的暗示，也不相信张国荣没有做过变性手术。他再一次证实了我的愚蠢：就因为这一台电脑，他父母白白支付了更多的电费、上网费以及维修费，抢收稻谷时更不能指望儿子来帮上一手。这台万恶的电脑使儿子更为有理由远离劳动和厌恶劳动，甚至对父母有更多蔑视和冷漠，他成天在屏幕上寻找安慰。

奇怪的是，他的父母并没有责怪我，眼里反而增添了莫名的兴奋和欢喜。在他们看来，儿子不仅在城里学会了吃袋装零食和打手机，而且又通过电脑熟悉了张国荣一类名流，当然是更有出息了。他脾气越来越大，当然也更像一个人才了。他们提来一只母鸡，对我送来的现代化千恩万谢。

我能说什么呢？

我什么也没说，只能庆幸那台电脑终于成了一堆破烂，庆幸一个备用硬盘还扣在我手里，当时没有一股脑儿都交给他儿子。我还知道有一个危险的念头正在脑子里升温：我是否还应该庆幸有那么多乡下孩子终于失学或者辍学，没有都像他们的儿子一样进城读书？

这个念头当然荒唐——某些地方的教育已经使事情变得这样荒唐，以至人们需要用失学和辍学来保护人心，保护土地，阻止下一代人向充满着蔑视、冷漠以及焦灼不宁的惨淡日子滑落。正因为如此，我觉得王琳讲师特别不容易，她也是从农村来的，也是从山里走出来的，肯定也背负着沉重甚至辛酸的故事，但她顽强坚守着教育最基本的定义。人生的每一步，投向世间的每一丝目光，都有我们不易察觉的动地惊天。

我相信她总有一天会成为山里人最欢迎的教师。

我是农民的儿女——乡土叙事文本

农民向前冲

浙江省杭州市余杭区渚镇勾庄中学初三（4）班　朱丽敏

如今已经很少听到"乡巴佬"这样的词了，这是因为农民身份的提升吧！毕竟随着时代的进步，农民的文化素质也有所提高了。

很高兴，学校设了机房，还装了宽带，我们可以上网了。平时很少有机会接触网络，因为一般的家庭还买不起电脑，我们常盼着一个星期唯一的一堂电脑课，整体来讲，学校的教学还算可以，只是教学设备还不够齐全。

现在许多乡村，因为拆迁的缘故在改造，低矮的小平房已消失得无影无踪。农村一改过去的面貌，倒也算体现了"全民奔小康"这个目标的实践效果吧。

不过，也存在着不少的问题，昔日优美的环境正在一点点地受侵蚀。

绕城公路的开通，带来了噪音污染；新兴工厂、企业的兴办，污水、废气也随之而来了；水泥路铺到了各家各户门口，道路宽阔了、平坦了，但门前的小河却越发地窄了，水越发地浅了；自来水管安装到每家每户，饮水、用水方便多了，可河里的水却越发地浑浊了，本来夏天有不少人去游泳，可如今又有谁敢……

生活条件是好了，可怎么又冒出这么一大堆麻烦了？

农民的本质变了。农民家里往往没有多少田地，而农民也不再以土地为"饭碗"了，他们用其他方式来劳动养活自己。

农民向前冲啊，可回头看看却发现，农民改变了，农村改变了。而家园也在改变了！

做农民的儿女

浙江省建德市寿昌中学初一（5）班　王霞

我是农民的女儿，生在农村，过着农民的生活，有着许多的农村好友。

总是有些人抱怨自己出生在农民家庭，过着贫困的生活，清茶淡饭，有时还要挨饿，多么羡慕城镇孩子的生活啊！以前，镇上人天天有白白的大米饭吃，而我们吃的是发黄的米饭；他们有既美丽又保暖的衣服穿，而我们只有到处是补丁的破衣裳穿；他们有高楼大厦住，而我们只有矮平房可住……这一切总让某些人觉得农村人比镇上人略逊一筹。可是，做农民的儿女有啥不好？许多镇上小孩还羡慕农村孩子呢。

你想，生活在农村，虽然贫穷，但总有一种最珍贵的幸福围绕在你的周围，那就是亲情。没有了亲情作料的调味，你的人生怎么会有滋味呢？在这里生长的孩子，几乎个个都活泼、可爱。他们总在以一颗颗真诚的心对待每一个人。因此，农村的人们总是十分友善、和睦的。

以前，朴实的农民总是依靠自己的双手，辛苦劳作，供养家人。现在，一片片肥沃的土地被征用，盖起了高楼大厦。农民失去了宝贵的土地以后还怎么生存下去？没有人种地，吃什么？总不能靠那发达的技术，用大把大把的钱当饭吃吧？我们并不应该仅仅为了眼前利益，而不考虑严重后果。

农民子女在家庭教育方面，也存在明显的落后和不平等。就拿我班的农民子女来说吧，上课时，我们可以明显发现往往被老师批评得多的是农村小孩；考试名次倒数的也多为农村小孩；经常违反纪律，使班级蒙羞的也是农村小孩。是什么造成这些现象呢？应该是钱的问题吧。有些农村人家，为了生活只得把孩子留在家中干干小事，根本没法让他们上幼儿园、学前班。现在学习较好的我其实小时候也未读过学前班，这些不都是因为农村经济差、家里贫困、收入低的缘故吗？父母文化水平低，又都得为家操劳，无法照顾孩子；而镇上小孩从小就由父母教这教那，自然懂的"规矩"就多些。村里的孩子有较强的独立性，可他们的"独立"也往往惹老师生气。几个特调皮的男孩，常常不听老师的话，左耳进右耳出。家庭作业做得一塌糊涂，专写一些让人看不懂的自创国字，甚至约几个人去"郊游"，第二天作业交"白卷"。老师实在拿他们没办法，找家长"谈话"，可没过几天，那些人老毛病又犯了，真是没辙。每一位父母总盼望自己的儿女成龙，多学点知识，毕竟如今无文化者已对社会无用了。父母们不断施加压力，孩子们没有休息时间，只能看书看书再看书。也正因为这些压力，孩子产生叛逆行为。可是，这一切的一切只在于有城、乡的区别。要是人们真的一律平等，无城乡之分，那该多好呀！

我是农村的孩子，农民的女儿。在我的心里，做农民儿女没什么不好。降生在农村不是我自己的选择，但我想，身份对于我们来说已无太大意义，我只希望城里人也知道农村人都有一颗真诚善良的心，能真正地接纳我们。农村的种种不得已的情况，总有一天会有转变的。

一对吵个不停的老人

浙江省余姚市梁弄镇中学 周赞松

我们的村子虽然不是很大，但也有 100 户人家，住在村子里的大多数是老人。

有一户人家，家里只有一对白发苍苍的老人。他们靠种菜为主，一天到晚为些田里的事情吵架。他家还养了几头猪，一些鸡鸭，破旧的屋子里特别不干净，到处是家禽的屎。

他俩早上起得很早，天还没亮到就到田里去干活，或到菜场去卖菜，有时候早上起来就吵架，争吵谁应该去卖菜，吵得厉害了还用棒子打来打去，真是可怕，弄得邻居上下不安。可是，因为他们跟邻居的关系不好，所以他们吵架了邻居也当没听到。他们一天不知要吵多少回，几乎没有安宁的日子。

有些跟他们年纪差不多的老人连走路都走不动了，他俩却还能上山下水。他们的生活非常简朴，吃得非常差，穿的衣服已经不知补了多少回了。

他们的儿子也不是很孝顺，整天跟老头老太吵架，有了钱后，只知道自己享福，不管他爸爸妈妈的死活。

想想真是一对可怜的老人。

乡野之乐

浙江省杭州市萧山区瓜沥镇二中初二（4）班　吴迪

我们是农村的野孩子，我们热爱自己的家乡，不只因为它很富庶，也因为它带给我们的那一份纯真的快乐。

初春的星期天，直到艳阳高照，我才慢慢地起床，出得门来，小伙伴们已"恭候多时"。我们这些一起流鼻涕、穿开裆裤长大的农家弟兄，是真正的亲密无间，有好吃的大家分着吃，有好玩的大家一起玩。噢，差点忘了告诉你，今天我们约好去村外小池边玩。

我吹着口琴，和伙伴们走在绿色的田埂上。田野里的麦苗已从寒冬中醒来，变得粗壮，隐约有桃李花香从不远处飘来，使人油然而生一种欢欣之感。

不知不觉中，我们来到了心目中的"世外桃源"。清澈的水塘里翠萍漂浮，小鱼、小虾们浮到水面呼吸新鲜空气，一听到我们的脚步声，倏地钻入水下；水草滩上，不时传来青蛙的鸣叫；已长出嫩叶的垂柳，轻拂着波光粼粼的水面。我猛然想起一绝句："绿杨烟外晓寒轻，红杏枝头春意闹。"

我们用网兜捉起了小鱼小虾。渐渐地，它们变得越来越"狡猾"，跟我们玩起了捉迷藏。我灵机一动，从家中找来一只旧篮子，放上一些饭粒，轻轻地浸没在水中。一会儿，猛地提起竹篮，呵！活蹦乱跳的小鱼小虾足有一打……我们给流入池塘的小水沟儿筑坝，一道又一道，每人放入自己的"战利品"。我们又做起泥丸子，大大小小搓上几堆，又摘来许多野菜，不多久，一桌"美味佳肴"做好了。大家围在一起，相互"礼让"不已。直到不远处炊烟缭绕，才起身回家，因为回家晚了会招来一顿好训。突然记起来小池边的"鱼掠"还未收起，赶去，发现诱饵早已被吃尽，一只老龙虾还懒懒地睡在篮里，成了我们的囊中之物。

这就是我们如诗的童年。我痴痴地喜欢农家的生活。亲手抓一把菜籽，均匀地撒在平整的土地上，看着它们发芽、长大，我喜欢；放学回家，到村外挖好多蚯蚓喂鸭子，再赶着它们扭扭摆摆地回家，我喜欢；暑假里，用芦苇叶子里裹进泥土做成的手榴弹打仗，或是脱得精光跳入池塘里摸螺蛳挖蟹洞，我喜欢……

假如我们农家儿女能这样一直无忧无虑地生活着，那多好。然而，长大了的"竞争"，不容我们回避，因为我们已知道，要改变"面朝黄土背朝天"的命运，只能加倍努力。

快乐着并痛着

浙江省东阳中学高三（14）班 马阳进

又结束了几星期的学校生活，伴着一路白雪，我急匆匆地奔向那得以一夕安寝的老家。既然只能安寝一晚，为何这么喜欢回家呢？是因为家里有丰盛的晚餐？因为家里有老态龙钟的祖辈？抑或是想抚摸那古旧的家具？不，都不是。

喜欢回家，不只是因为家本身，更因喜欢村里的宁静，喜欢山上苍劲的古树，尤其喜欢那潺潺的小溪，渴望用它的清澈澄净洗掉几星期来在都市所沾染的污垢。小溪是江南水乡的象征，几乎所有的村庄都伴着一条小溪或小河，那是村子的动脉，洗涤着勤劳的果实，流动着淳朴的影子，沉淀着简单的生活。

积雪消融时的小溪，似乎特别欢跃，它唱着自然之子所谱写的冬季之歌，向前奔跑。我也跟着它走。

还是那蜿蜒的小路，还有那棵苍老的古樟，依然是那座沉甸甸的石板桥。还记得那只从我们密集的"皮弓弹丸"下溜走的稻鸡；还记得在那个深坑中，被爸爸发现，挣扎着被"揪"回家。除了嬉戏之外，最喜欢的便是家中的电视机，可那里面的景象却与村里的截然不同；那里的房子，像一只只叠放起来的火柴盒，很高，很大，而村里的房子却很矮，很小；那里的路好宽，好平坦，不像我们这里的泥土路，一下雨就泥泞不堪。好向往那里——那个被爸爸叫做城市的地方。爸爸还说，我们这里是农村，因为穷所以盖不起那么高的房子。

过了不多久，村里响起了"要致富，先修路"的口号，村民们干劲都很高。又不多久，那蜿蜒的机耕路便成了电视里那样的水泥路。房子也马上变高了，路上的车子也变多了，村里的人都富了。村里又多了一条血脉。

可是小溪却变了脸色，原本活泼的它变得沉默了，不见了"处处生飞鸟，水草穿游鱼"的情景。小孩子们也不再喜欢到溪里嬉闹了。那水上漂浮着的织带、塑料袋如梗塞动脉的血脂般使小溪的心好痛。我的心也好痛，我不愿意一条新的血脉带来另一条血脉的败亡。

又得回校了，路旁的老屋几乎都被新崛起的红砖楼房所取代了，可剩下的那几间却依然倔强地露出脸来，它们见证了历史，它们要诉说历史。瓦片上垂挂了一柱柱的冰棱，一滴滴地往下落着，那是老屋的眼泪吗？我的眼也开始渐渐模糊，我也和你一样怀念"依依墟里烟"，多想再见一眼"鸡鸣桑树颠"的情景！

历史的车轮向前滚动，但愿古老的村庄能留住那份宁静的古老与那份洁净的淳朴，把根留住。

家乡的泥土路

浙江省富阳市高桥镇中学初二（5）班　章佳鹏

我是一个农民的孩子，家里钱不多，但我过得很快乐，很充实。农村的经济比不上城市，但农村空气新鲜，有山有水，鸟语花香，环境优美，小时候我家门前有一条泥土路。

每天我都要在泥土路上来回走，和我的可爱淳朴的小伙伴们一起下河摸鱼、上树摘果子、掏鸟窝，快乐极了。然而我最喜欢的还是一个人赤脚在家乡的泥土路上蹦呀、跳呀、跑呀！这是一种回归大自然的特殊感觉。

每当夏天，雷雨过后，雨水将泥土路浇灌得湿漉漉的，此时，光着脚丫子踩在泥土上，泥土软绵绵、黏糊糊的，包裹住我的双脚，一股彻底清凉的感觉涌上心头。我觉得自己仿佛就是一颗小树苗，扎根在家乡，母亲用她那柔软而细腻的大手将我的心牢牢地抓住一样。

走在田埂的小路上却是另一番趣味。春天，田埂上满是五颜六色的星星点点的野花与绿茸茸的小草，两旁是一望无际的庄稼。踩在厚密的花草丛中，踩在表面仿佛涂了一层黄油的泥土上，尽情吮吸着那泥土与花儿、草儿、庄稼混合散发出的清香，心里涌起的是一种幸福感。

现在家乡的变化越来越大。一条条崭新的水泥路代替了我心爱的泥土路。我为家乡的迅速发展感到高兴，然而我再也体会不到那种走在泥土地上，回归自然的快乐，我的父母都希望我长大后住到城市，成为一个城市居民。小时候我也这样想过，可现在我认为农村的孩子比城里的孩子更快乐，他们生活在灰尘中，我们生活在花香中。我长大后，要把农村建设得像城市一样富裕，又发挥出农村亲近自然的特点。我要多植树，使家乡的环境更美好。

我教书是希望孩子们抬头
望望自己的未来^[1]

你好！你让我说说自己。一时竟不知道如何叙述。其实，我选择师范专业的初衷仅仅是因为喜欢看书，认为教师至少有充裕时间可以看许多书。1993 年，服从上级学校安排到最偏远的里白岩小学当校长。在那里全校仅我一人住校，孤寂和清静让我完成了大专学业。也在那里我看到农村的清苦，想了许多人的生存意义。那里的孩子们就像生活在井底，竟然很少有人抬头望自己的未来。所以，我教他们看未来，希望告诉他们外面的幸福，告诉他们努力才可能改变自己如牛一样辛苦卑微的生活。

随着年龄的增长，我还是喜欢孩子们在如今纷杂、浮躁的现实中保留的纯真和农村人特有的淳朴善良。我希望将自己从书上、从生活中看到感悟到的一切告诉他们，更希望他们不要和他们的父辈一样在狭隘的生活中，失去思考，失去希望。人生不过百年，没有思考和梦想——我认为这是最大的悲哀。

也许，我在讲台上滔滔诉说时，也是一种渴求理解和认同的满足吧。

1998 年我又到后金山小学当校长，直到 1999 年到后岱山，我努力将校舍、学校条件、教师待遇的提高作为已任，我认为我们的老师、学生太清苦了。回顾这些年的工作，自以为本着良知在做老师、校长，没有对不起家乡的师生。从最初的白岩到如今的后岱山，从并校、建新校舍、办成寄宿制、建食堂等，我已尽了自己最大的

---

〔1〕 新昌后岱山金城希望小学校长张楷来信。

努力。

我不高尚但我本着良知在工作和生活。我说这些不是述说自己，仅是当向朋友谈心。有空多联系，就此打住。

祝一切如意，顺利！

张　楷

2005 年 3 月 2 日

精神生活的贫困

倪　伟

我思考的问题是：三农问题是不是仅仅是解决农村生活贫困的问题？从我个人所读到的一些文章来看，很多都是偏重于从经济的角度来谈这个问题。那么接下来的一个问题就是：是不是农民的收入增加了，物质生活水平提高了，三农问题也就解决了呢？我想这个问题也许并不是那么简单。

我在读王晓明先生的《L县见闻》（《天涯》2004年第6期）的时候，有一点是感触比较深的，在这篇文章末尾，他指出：三农问题并不仅仅是来自于中国的经济和政治变化，它同样也是最近二十年来文化变化的一个结果。所以当我们考虑三农问题的时候，也许不能仅仅着眼于经济或者制度方面的因素，有些方面，特别是文化方面，也是我们不能忽视的。

根据我的粗浅的观察，我觉得现在农村的问题，还不只是在于农民物质生活的相对贫困，他们精神生活上的贫困同样严重，同样值得关注，我甚至觉得相对于物质生活上的贫困，这种精神生活上的贫困更加触目惊心。昨天有人在谈到贵州农村的问题时，说贵州农村的贫困程度也许跟上海郊县二十年前的状况差不多，但是那里的伦理道德水平和当年的上海郊县相比却差了很多，我觉得这是一个挺好的例子，可以说明现在农村的精神道德水平确实是下滑了不少。我想强调的是，这种精神生活的贫困化并不是因物质生活的贫困化而起的，在比较富裕的农村地区，这种现象同样存在。在这方面，我的老家江阴就是一个很好的例子。

江阴在全国的县级市里面，经济发展水平是名列前茅的，曾经位居全国百强县之首，江阴的华西村更是名闻遐迩。八十年代，学界曾经热烈讨论过"苏南模式"，所谓的"苏南模式"就是以乡镇工业为依托，开辟一条"离土不离乡"的农村工业化道路，来解决农村劳动力过剩的问题。而江阴就是"苏南模式"的一个典型代表。从八十年代到九十年代中期，江阴的乡镇企业发展非常快，很多农民都进厂做工，有不少甚至开办了自己的家庭小工厂。九十年代中期以后，这些乡镇企业由于技术和市场等方面的原因，加上适逢向私有化转制的特殊时期，曾经遇到一些困难，但近几年随着境外资本的进入，这些规模并不大的小工厂似乎在全球生产体系里面找到了适合自己的位置，比如许多服装厂就是为一些国际名牌服装代工的。所以，总的来说，江阴目前的经济状况还是很不错的，农民因为可以进当地的工厂做工，收入还不坏。即使是年纪大一点的妇女，也能在工厂找到活干，剪剪线头什么的，活并不累，每个月也有七百块钱的收入。如果再年轻一点，又有技术的话，收入还是很可观的。我的一个堂弟是一家私营化工厂的高层管理人员，每年收入有近十万，相当不错了。那么是不是在江阴这样的地方，三农问题就不存在了呢？他们过得挺富裕嘛！但是在我来看，这里面问题还是很大。江阴的农民虽然物质生活上没有什么大的匮缺，似乎挺满足的，但是他们的精神生活，我觉得是非常贫困的。工厂并不是每天都开工的，常常是有生产任务才开工，所以农民们有大量的工余时间。因为无利可图，很多农民都已不再种地，宁愿把地荒在那里，所以他们就更加空闲了，唯一用来打发空闲时间的方式就是打麻将。像我一个姑姑，就开了个麻将馆，两层楼面摆了十几张桌子，每张桌子收五块钱茶水费。每天从早到晚，来打麻将的人络绎不绝，晚上几乎爆满，生意相当不错。她就靠着这个麻将馆，也不到工厂去做工了。我问村里的农民是不是对自己的生活挺满意，手里有点闲钱，不用累死累活地干，搓搓麻将，来点小输赢，好像活得挺滋润的。但他们总是回答说："哎呀，也不是的，反正也没什么事，不搓搓麻将又能做什么呢？"这让我感到，即使在像江阴这样的富裕地区的农村，农民的日常生活也还是比较贫乏的，有点无聊。

　　作为一个局外人，我虽然不能判断他们是否活得幸福，但还是能感觉到他们对自己的生活其实并不是那么满意，他们一样会抱怨物价涨得太快，尤其是小孩的教育费用太高。另外一个比较严重的问题是缺乏安全感，从社会方面来说，是治安状况比以前差了很多，诈骗、偷盗之类的事情已司空见惯，人和人之间缺乏足够的信任感；从个人家庭方面来说，是担心自己家里人发生意外事故，比如生个大病什么的，那样的话，就可能使家庭经济产生危机。还有一个也许并不是很明显但很尖锐的问题，是家庭内部的关系还有邻里关系和以前相比也有一个急遽的退化，年轻一辈的农民有不少都沾染上了不良习惯，吃喝嫖赌，追求享受，老一辈就有点看不上眼，所以常常引发家庭内部冲突。邻里关系基本上已经变成利益关系，热心人越来越少，以邻为壑的现象也不鲜见。所以在我看来，维系农村社会的传统道德伦理价值已经瓦解了，说得严重一点，是几乎完全崩溃了。这个状况我觉得非常严重。

　　以前我们常常说"礼失求诸野"，意思是说，在乡村社会里，是存在着一套相对而言比较稳定的价值系统的。在乱世，乡村社会的这套稳定的价值系统甚至可以成为整个社会重建的价值来源，因为这套系统里面包含着对人与自然、人与人以及人的生命存在意义的深刻理解。但是我们发现，现在的农村社会实际上已经没有能力提供这样一种价值资源了。那么现在主宰农村的是什么呢？是哪一套价值系统？在这个问题上，我非常赞同贺雪峰教授的说法，他指出消费文化已渗透到农村，确实是这样。这种消费文化现在已经成为农村社会的主宰性的意识形态，它对生活以及人生意义的设定已经主宰了许多农民尤其是农村里的年轻人的头脑，他们当中的很多人根本就是消费主义的奴隶。比如我的几个表兄弟和堂兄弟，就是这种人。虽然赚钱不是很多，但抽烟却要抽二十块钱以上的烟，吃鱼呢要吃海里的鱼之类的。很奢侈！他们的生活观念和方式跟老一辈比，差得实在是太大了。

　　问题就出在现在的年轻一辈的农民除了追求享乐外，没有什么大的理想，没有什么精神追求。但是二十年前的情况似乎还并不是这样的。之所以发生这种转变，恐怕是和社会制度上的变革有关系。张炜在早年曾经写过一篇小说《猎伴》，那里面就已经透露出农村精神生活将面临滑坡的潜在危险。从这篇小说看，在实行农村家庭联产承包责任制之前，农村青年似乎还是有理想的，他们觉得自己是在用劳动来改造农村，所以有一种主人翁的意识。像其中的主人公大碾，他和一帮有热情的青年们一起把原来横行乡里的村长赶下了台，为村庄将来的发展制定了详细的规划，准备重新整治水利，发展工副业，但是美好的蓝图还没有付诸实践，上面就强制推行承包责任制了。一切计划都泡了汤。随着农村生产组织的解散，劳动不再是集体性的活动，而成了每家每户自己家的事情，而与这个集体生产形式的瓦解相伴而来的是农村公共生活形式瓦解，之前还有夜校、识字班、青年演艺队等组织吸引年轻人，让他们在集体活动中感受到农村集体生活的美好和谐，但在实行家庭承包责任制以后，他们被束缚在艰苦的体力劳动中——因为原来集体拥有的拖拉机、脱谷机、抽水机等农业机械被变卖了，以家庭为单位的农活变得更加繁重——没有时间和精力参加集体文娱活动了。农村公共生活形式瓦解的一个直接后果就是农民的精神生活变得无所依凭、变得苍白了，陷入到一种空虚无聊当中。像大碾，他当上队长后，本来想大展手脚好好干一番的，后来推行责任制之后，他觉得反正没他事了，就种种地，剩余的大量时间没办法打发，就打猎去，精神上有了苦闷。另外一个也许更严重的后果是，农民对自我价值的认知完全趋于利益化，钱成了衡量自我价值的唯一标准。这种私欲化的、利益化的农民主体，对农村社会造成破坏是非常严重的。当农民成为一个单子式的利益个体时，农村社会怎么还会有凝聚力呢？它必然是陷入到一盘散沙之中，而随着农村基层政权组织管理职能的退化，农村社会的凝聚性只能是更加弱化。

　　现在大家都已经认识到，要建设新农村，必须把农民组织起来，但问题在于怎么组织呢？是不是仅仅发展农民在经济上的合作关系就可以了呢？我看不止。除了鼓励、帮助农民发展经济上的合作之外，还需要在农村发展出一些公共生活的形式。只有通过发展和推进农村的公共生活形式，才能使农民在公共性的生活当中逐渐从分散走向团聚和合作，从而使农民成长为具有积极的参与性、有责任感、有承担性的主体。这方面的道理其实不用多说，中国革命的历史已经提供了很多这方面的经验。

接下来更困难的问题是怎么才能发展出这些公共生活形式呢？昨天有人也介绍了一些这方面的经验，像邱建生他们在儋州搞文化读书会、文化研讨班，还有朱东海他们搞的那个电脑培训班等等，都是很值得肯定的。但是我想这也许还不够，似乎还是治标不治本，我觉得根本上还是要解决农村在正面价值建设方面存在的虚空问题。现在横行农村的是消费主义的意识形态，缺少与之相抵抗的正面价值系统。但事实上，农村又确实需要有那么一种积极的、正面性的价值系统，最近这些年在农村发展势头极为迅猛的基督教无疑是这种价值趣味的表现。就拿我们那个村子来说，基督教的发展速度之快，就非常令人吃惊，我家前后左右的房顶上都竖了一个个十字架，这些教徒很积极，有不少热心传道的人，还建起了教堂，每周举行礼拜活动。基督教的发展也有一些意想不到的后果，那就是加速了乡村社会传统伦理价值的瓦解。举一个例子，今年清明我回去扫墓，扫墓的时候就听说有一户人家母亲去世了，按照乡村传统的礼数，儿子媳妇自然应该上坟祭拜的，但因为他信基督教，认为扫墓是迷信，所以就拒绝上坟，使得他们的父亲还有亲戚们大为光火，甚至声言要跟这样的不孝子女断绝关系。基督教在农村的迅猛发展，所反映出来的正是如今农村在本土文化价值建设上无能为力的尴尬状况。不努力解决这个问题，农村的很多问题恐怕很难从根本上解决。

重建农村的价值系统，目的是为了改变农民的生活方式，使他们摆脱消费主义和享受主义的腐蚀性影响，从而拥有一种更加健康的生活方式。而要改变农民的生活方式，首先是要建构一种农民能够认同、接受的文化价值系统。贺雪峰教授提出的一个方案是"低消费，高福利"，这个方案我是非常赞同的。但是我觉得真要实行还是相当困难的，难就难在当有城市社会作为一个参照物而存在的时候，你如何能够说明农民不要去攀比，而心甘情愿地过一种相对简单的生活呢？这样的说服在道义上首先就是站不住脚的。何况现在消费主义意识形态借着大众文化的力量无孔不入，渗透力极强，根本不可能阻止它扩散到农村社会当中。所以，我认为所谓的价值重建不可能只是局限在农村社会内部，而必须是整个社会的价值重建，对消费主义意识形态的抵抗，也不应该停留、限制在农村社会当中，而必须在城市和乡村中同时展开，如果我们不把城市和乡村关联起来，仅仅是在农村社会内部寻求局部性的解决，那么这样的努力就是根本无效的。

所以，我还是要强调，城市和乡村其实是紧密关联在一起的。农村问题，也不仅仅是农村社会内部的问题，而是整个社会的问题。如果我们不能摆脱现在的这种畸形的发展模式以及消费主义意识形态的蛊惑，从根本上致力于重建整个社会的价值系统，那么在我看来，三农问题恐怕是没有办法从根本上得到解决的。当然，说到整个社会的价值重建，又是谈何容易！从目前的状况看，难度非常之大，难到简直让人看不到什么希望。但是难道就因为希望渺茫我们就可以放弃这种努力吗？那当然不行。孔子说"知其不可而为之"，我们也需要有这种勇气。如果全社会能够有一种共识，大家一起来努力，也不能说就没有一点希望。

我的故乡在渐渐沦陷

陈壁生

1

在这样一个激变的时代中，人们已经越来越无法按照祖辈的方式生活。所谓"现代"，越来越迅猛地挣脱了"传统"的轨道，在一片前所未有的旷野中向着不可知的未来疾奔。

大批的人群逃离黄色的土地与宁静的田园，进入繁华而喧嚣的城市。在城市不断崛起的同时，农村在日渐衰落。每一个人的故乡都在沦陷，沦陷在现代的大潮之中，沦陷在日渐淡去的记忆之中。

故乡是我灵魂中的一块圣地。我总不敢轻易去打开回忆，去看它在我的灵魂里的痕迹与印记。我今天的思想、精神状况，为人处世的方式，乃至审美趣味、是非观念，都源发于土地的馈赠，与土地上的亲人们的教导。尽管书本教给我很多，城市教给我很多，但是无论遇到什么事情，土地给我的那种细腻而丰富的情感，故乡给我的那种原始的是非观，总会作为一种精神与思想的源头，影响着我的生活。

但是，当我回到故乡，却一次次看到故乡文化的溃亡。文化的表征是人们的生活方式，以及支配人们行动的伦理观念。当我用文化的眼光去寻找故乡的灵魂时，却发现故乡的传统生活方式，也是我的童年的生活，正在消亡与崩溃。且不说居住方式各方面的变化，就是在跟乡亲、邻居的聊天中，每一个人的每一种行为、每一句话都有各种各样新与旧的挣扎。村里的人们曾经拥有一个封闭而完整的精神世界，但是外面的世界改变了这一切，这个村正在悄无声息而又急遽地改变与转型，而且这种转型中没有人知道方向，只是生活在其中的人漠然无知。

2

我的故乡，坐落在粤东的潮汕平原的榕江边，行政上属于汕头市的潮阳区关埠镇，我们的始祖给她起了一个很美的名字，叫东湖。一个潮汕地区以外的人进入潮汕农村，最令他惊奇的，可能就是神庙之多了。这里的每一个村——无论是上万人的大村，还是几百人的小村——都至少有一座神庙。神庙里供奉着三山国王、慈悲娘娘、妈祖、保生大帝等各种名目的神像。可以说，每一座神庙，都维系着一个村村民的精神世界。

在这里，几乎每一个村，每年年初都在固定的时间举行盛大的游神庆典。大多数庆典的模式，是把庙里的神像抬出来，仿照古代官员出巡的仪式，在村的边界走一圈，以示神灵所到之处，新年风调雨顺、五谷丰登、人畜平安。通过这种仪式，人们能够感觉得到自己的居住环境，自己的生命，接受了神圣的保护。

传统的潮汕农村总是通过各种各样的祭拜活动——有时是以"迷信"的面貌出现的祭拜活动——力图营造一种神圣的生活场景，让自己生活在神圣之中。在标准的潮汕农村，一个村落有两个标志性建筑，一个是神庙，一个是祠堂。神庙维系着人跟神圣的交流，满足了人心灵中神圣的维度的需求；而宗族的祠堂则维系了人与人之间的血亲伦理关系。通过神庙，人们觉得自己的生命跟自然，跟生命投放的客观环境，跟脚下的土地，是血肉相连的。通过祠堂，人们能够感觉到自己生命的周围，都是自己的血亲，与自己的生命有密切的关系。活在有神庙、有祠堂的环境中的人们，永远不会感到孤独。

每年的正月初六、初七是我们村游神的日子，今年游神的队伍中，最显眼的是一支由在校学生组成的西洋仪仗队。这个仪仗队走在神像的后面，白衣飘飘，锣鼓喧天。而仪仗队的位置，以前是我们村一些潮乐爱好者组成的弦丝乐团，用二胡、古筝等传统乐器演奏本地的潮汕音乐。游神队伍中，最后面是村里的老人，穿着笔直的长袍，悠闲地跟在队伍的后面。仪仗队的出现，与神灵、老人形成一种极不和谐的对比。

游神对人们生命的真正意义，在于通过一整套仿古的仪式，使人们与神圣领域交流。在游神过程中，神灵不再是天上、神圣界遥不可及的，而是降临人间，是一种显圣的存在。神灵存在于世俗人间的日常生活中，参与人们的日常生活。著名的罗马尼亚宗教学家米尔恰·伊利亚特在《神圣与世俗》中说："神圣和世俗是这个世界上的两种存在模式，是在历史进程中被人类所接受的两种存在状况。"对前现代中的人来说，"神圣就是力量，而且归根到底，神圣就是现实。这种神圣被赋予现实的存在之中。神圣的力量意味着现实，同时也意味着不朽，意味着灵验"。神圣的体现，包括了宗教信仰、住房、自然界、工具等各个方面。

相比之下，现代人则生存在一个"去圣化宇宙中"。生活在神圣宇宙中的人们，他们的生命是有意义的。他们通过参与神灵的世界而确认自己的存在。就游神来说，神灵都是历史的英雄，而且是现实生活的庇护者，是神圣世界的存在者。游神仿照了古代官员——也就是现在的神灵——出巡的仪式，实质上是对神圣产生的原初历史的再现。

伊利亚特说："诸神创造了人类和世界，文化英雄使创世纪更为完美，所有的这些神圣和半神圣业绩的历史都保存在神话之中。人类通过对神圣历史的再现，通过对诸神行为的模仿，而把自己置于与诸神的亲密接触之中，也即是置自己于真实的和有意义的生存之中。"

而今天的改古制，无一例外都是改得更加方便一点，更容易操作、更有新鲜感一点。这实质上是神圣不断脱落——背后是生命世俗化，也就是生活的去圣化——的表现。在这一过程中，神圣的意味逐渐被削弱，人们赖以与神圣交流的因素在逐渐削弱。

中国的民俗宗教有一个特点，那就是往往把神明拉入自己的俗世生活之中。因此，中国的民俗宗教几乎是天然的有世俗化、功利化的趋向。在我的家乡，"六合彩"赌博活动就是与迷信活动联结在一起的。人们热衷于到神庙之中向神明祈求"特码"以让自己一夜暴富。神明是日常生活的一部分，当人们同样把赌博视为生活的一部分的时候，神明便不可避免地被拉下水。这种状况并非潮汕地区仅有。上世纪80年代台湾的"大家乐"赌博，也曾经波及神灵。学者李亦园就把这看成民间宗教功利化的一种表现。民间宗教功利化的趋势日益明显，实质上意味着民间宗教在安顿人们的心灵方面的功能，正在日益缺损。

3

神圣作为一种情感从人们的心灵中逐渐褪去它神妙的色彩，潮剧则作为一种生活方式逐渐退出人们的生活。

我还记得今年正月初五的晚上，我站在村寨门口的戏台前看着村里请来的潮剧团演出。那时大风乍起，尘土飞扬，风鼓幕布，张翕有声。恰表演至黑脸奸臣纵火，焚烧王妃及王妃之父所藏身之茅房，幕后着一红灯，又有一喷枪，喷出浓烟滚滚，舞台上乐声低沉急促，演员们非常入戏，奸臣的嚣张，王妃的无助，老人的痛苦，毕现无遗。而台下，仅有稀稀疏疏百十个老妇与幼孺。

我记得在我童年的时候并不是这个样子。每一出戏，几乎可以让老巷的妈妈和那些一起绣花的婶婶姑姑们盼上一年，再聊上一年。那个时候，戏台还没搭好，台下就已经铺满了各家人各种颜色的草席了。演出的时候，周围乡村的人们，也都会跑过来，挤到戏台前。

而今天，潮剧艺术，作为过去生活方式的组成部分，正在远离我们。在我的回忆中，古旧的青石小巷，温暖的正午阳光，猫儿蜷在脚下，绣花架框放在膝上，于是打开收音机，在咿咿呀呀淅淅沙沙的声音中调到了一个放潮剧的频道，坐在那里绣上半天的花，晒上半天的太阳，听上半天的潮剧。潮剧极其着重唱腔、动作，而不突出故事情节的曲折动人。潮剧与传统的潮汕人的生命存在方式一样，"存在"的意义并非那个最终的目的，最终的目的是早已确定的了，潮剧的最后必然是大团圆，生命存在的最终目的，是在儿孙的簇绕之中死去。

潮剧"存在"的意义在于以艺术的方式展示一个故事，在展示的过程中给人以艺术的享受，正如传统潮汕人生命的存在方式在于每天切切实实的生活，在这生活过程中接受自然与神灵的馈赠。潮剧既没有离奇曲折的故事情节，也没有惊心动魄的教育意义，它只是把一些朴素得不能再朴素的民间观念，例如"善有善报，恶有恶报"之类的，以艺术的方式不断呈现出来。为了达到唱腔效果，有时候一个字要唱上半分钟，舞台上表演过一根独木桥，有时候演员要小心翼翼地比划上三两分钟。一个情节简单到十分钟就可以讲完的故事，一出潮剧要花上一百分钟才能演完。

在传统的生活方式中，生活的目的，是生活本身，因此人们可以安静地享受潮剧缓慢的艺术节奏。而在今天，人们生活的目的，是生活以外的东西，整个生活模式已经变化了，青石巷中的绣花人，在一年一年地变少，潮剧，在一年一年的消亡。

这是一种生活方式的消亡。潮剧只是这种生活方式的尖锐表征。潮剧的消亡意味着故乡的消亡，意味着童年回忆的消亡。演员们在台上认真而吃力地演出，从台下百十老孺的喧闹中，我只觉出这认真充满了荒诞。

我喜欢陪我的妈妈，坐在电视机前一边喝我们的功夫茶一边看妈妈喜欢的潮剧。我其实并看不大懂。只是我能够感到电视中演员的一颦一笑，一举一动，都充满了温情而独特的地方文化气息。这气息唤起了我无限温暖的回忆。我曾在这温情里活着，我曾在这温情里存在着。这种温暖曾像那样丰盛的甘泉，流进我的灵魂深处，滋润了我幼小的生命。

然而这样的温暖正在消失。我和妈妈一起边看潮剧边喝茶这样温暖的场景，在我与我的孩子之间将永不再现。这种母子之间的融洽将永远不可能在下一代重演。虽然我与我的孩子可能在另外的场景中同样温情融洽地相处，但是这种在家乡特色文化建构起来的文化场域内的温暖与惬意，在我的生命一脉中将成为终结的历史。

有一种幸福，正在悄悄消失。

4

每一次在孤独的城市里梦回故园，总让我心驰神往。但是每一次真正回到故乡，却总是遗失了家园。我的胸中激荡着故乡与城市的冲突，农业文明与工业社会的挣扎，但是当我身处故乡，却发现我在城市是寓公，在家乡成了异客，在工业社会里是孤独者，在农业文明中也是异乡人。

梦中的故乡是我的精神家园，恰如梦中的童年。然而童年已经只剩下嘶哑的歌谣，我身在故乡却成异客，我被故乡放逐了。故乡在不断地变化，故乡熟悉的人，正在长大，老去，死去。童年玩耍的乐园，正在崩塌。我所认识的故乡，进入我灵魂里的一切，都在老去，都在溃亡。

梦里的故园已经不是现实的故园，我已经无家可归。唯有的是残留的故梦，是没人愿意居住的老房，这老房即将彻底崩塌。

守望的童心

——湖南农村留守型家庭亲子关系对儿童个性发展的影响

刘永刚、李子鹏、谢兴华

留守儿童的处境问题

改革开放以来，农民外出务工的人数逐年增长，留下的是一大批留守儿童。从我们调查的这几个地区来看，留守儿童在整个农村儿童中所占的比例一般都达到了 70% 左右，有些地区甚至高达 80% 以上，且呈低龄化趋势发展。以下是我们对永州市宁远县冷水镇中心小学留守儿童的分布状况所进行的抽样调查：五年级一班总人数 67 人，留守儿童 46 人，其中 31 人父母均不在家；六年级一班总人数 57 人，留守儿童 46 人，其中 24 人父母均不在家；二年级三班总人数 49 人，留守儿童 35 人；一年级二班总人数 59 人，留守儿童 40 人。学前班总人数 46 人，留守儿童 30 人，其中年龄最小的只有三岁。这种留守状况已经给留守儿童的个性发展和教育带来了极为不利的影响，他们的处境令人担忧。

学习上，他们中大多数的成绩处于班级的中下水平，是失学生、辍学生的主要源头。

针对留守儿童的学习问题，我们采访了衡东县蓬源镇中心小学校长谭老师与蓬源中学教导处主任金老师：

问：在小学，留守儿童占多大比例？

谭：据不完全统计，占 80% 左右。

问：他们的学习积极性怎么样？

谭：他们开始也想读书，由于各方面不良的影响，就慢慢地不想读书了，他们认为学习不重要，读不读书，无关紧要。

问：在考上重点初中的学生中他们占多大比例？

谭：他们考上的不多，很少。在学校里，充当老大的，毕业后在外面游荡的基本上都是父母外出打工的。

问：在初中，留守儿童占多大比例？

金：60%—70%。

问：留守儿童的学习成绩、学习态度、学习动力及自信心水平怎样？

金：大部分留守儿童自卑、厌学、成绩差。他们坐在教室里，就像坐在牢房里一样，十分压抑。他们一般是上课时在教室里坐不安，就出去打一下球，如果不准出去的话，他们就说去上厕所，宁愿在厕所里呆上一两节课的时间，都不愿来上课。

问：一般来说，在升学中，他们的比例有多少？

金：基本上不到1%。

在邵阳市隆回县三阁司镇中学了解得知：该校60%到70%的留守儿童厌学，将近10%的留守儿童逃学，在升重点中学的人里，留守儿童所占比例不到1%，在升一般高中的人里，他们占15%左右，中途辍学的留守儿童将近10%。在其他两地区的调查中，留守儿童也基本上全军覆没。

平时表现上，他们中大部分是坏孩子的代名词，是学校规章制度的破坏者。

以下是对蓬源中学初一班主任文机老师及该班学生刘玉的访谈：

问：留守儿童在校表现怎么样？

文：一般在班上犯错误的都是他们，他们根本就不会注意什么礼貌问题，对自己的老师，包括对自己的爷爷奶奶。他们把爷爷奶奶当成自己的奴隶，对老师说话时口气非常硬。爷爷奶奶的溺爱造成了他们的不好习惯。他们对社会的不良行为接受特别快。

以前我带的那个班调皮的比较多，这中间父母不在家的占大部分，都是爷爷奶奶、外公外婆管的。他们出现什么问题呢，一是到外面去玩，逃学，二是老师规定了什么不能做的，他全都去做，比如到塘里去洗澡。

问：他们一般在外面干些什么呢？

刘：上网、玩游戏、抽烟、溜冰、打架斗殴。

问：他们有早恋现象吗？

刘：很多啊。一般写信啊、留家里的电话、地址啊。他们到学校里根本不是来读书，是来混日子的。

在调查中，有10.5%的留守儿童在处理同学矛盾的时候，选择了大打出手这一方式，相当一部分留守儿童沉溺于网络、游戏、色情影视和图书。从调查中我们了解到，隆回县三阁司教育办曾联合当地派出所在晚上两点突击检查一个网吧，发现里面全部是在校学生，而且绝大部分是留守儿童。相当一部分留守儿童则经常逃学，到外面闲逛，沉溺于网吧与电游，甚至与社会不良青年厮混在一块，追求所谓的刺激，以至于抢劫、偷窃等行为也时有发生。面对这种情况，老师既痛心又无奈，学校也对此一筹莫展。他们认为，反正父母不在家，怎么处置我都行，读书和不读书，本质上是没什么区别的，反正迟早要出去打工，而且你看我们亲戚中某某，初中都没毕业，还不是一样的挣大钱，一样的潇洒生活？

思想品行上，学校的思想品德教育在相当一部分留守儿童的眼中似乎是一出闹剧。学校的校规校纪，是束缚他们手脚的绳索，他们中有的甚至以破坏规章制度为乐，拉帮结派，称兄道弟，与社会不良青年、无业游民等勾搭在一起，羡慕他们那种"兄弟义气"，羡慕他们可以不读书照样活得潇洒开心，羡慕他们可以整日游手好闲而不缺钱用。这些社会青年和无业游民成了一部分留守儿童的"榜样"、"奋斗目标"，也成了某些初中女孩子心目中的英雄。

针对留守儿童的品行问题，我们分别采访了蓬源中学校长李老师与初三一班班主任刘海科老师：

问：这些孩子是否容易受到社会不良团体的影响？

刘：我们学校离街上较近，无业游民又多，这些父母不在家的孩子，不想上课，与社会上的无业游民勾搭在一起，连说话的方式都发生了变化，形成不良的习惯，发生了质的变化！

问：留守儿童的思想状况怎样？

李：由于执法力度不严，社会上的混混成了他们中部分人的榜样，这种影响潜移默化。这些混混无文化，不做事，生活得好还很有地位，有滋有味，这成了他们的追求。他们在校不良行为发生率高，在应该活跃的时候却很死，他们更容易看到社会的阴暗面，世界观、人生观、价值观非常消极。许多留守儿童厌学、逃学，学习成了他们最大的苦难，一上课就像进了监狱，没有一点学习兴趣，他们认为，混个初中就行了。在外务工，工伤事故还产生了许多单亲家庭，我们学校五百多人中就有五十八个孤儿，这批学生不合群，与学校形成了隔阂，自卑心理严重，自暴自弃。

在调查中还发现，少数留守的初中女孩子竟然出现与男孩子外出开房、彻夜不归、被别人包养的现象。

下面是我们与冷水镇中学初三一、二、三班班主任王老师的一段访谈：

问：不同性别的留守儿童在受社会影响方面有无差异？

王：受不良情况影响的一般都是男孩子，女孩子较少。但是女孩子要么就不受到影响，而一受到影响，表现得比男孩子更严重。她们虽然不玩游戏，但是上网聊天啊、跟男孩子出去玩啊、晚上不回寝室，整夜呆在外面。我班上原来就有那么几位女学生。

其中有一个女学生，她父母亲都在外面，她读通学的，因为有个姑姑就住在附近。有一次没来上课，我就去问她姑姑，她姑姑说不知道她到哪去了，她家里面又没人。最后，一位老师说在早晨七点左右就看到她还在县城里面，很显然她是在那里过夜的。后来我把情况反映到她家里，不过他父母都不在家，没人管，没办法，后来就只有让她转学，转到另外一个县城的学校去了。还有一个（女学生）和她一起，两个人经常一起走，虽然说表现没有她那么严重，但也是厌学非常严重的。

在内心深处，相当一部分留守儿童内心孤独，对父爱、母爱极度渴求。

下面是在永州市宁远县冷水镇中学调研时，我们和一位主动参与我们访谈的初一女学生曹冰玉的一段交流，在谈到爸妈时，她说着说着就哭了：

问：父母什么时候离开你外出打工的？

答：爸爸在我三年级的时候，妈妈在我五年级的时候。

问：你现在和谁生活在一起？

答：爷爷奶奶。

问：你觉得爷爷奶奶的感情能代替父母的那种感情吗？

答：不能！有些心里话我不能跟爷爷奶奶说，妈妈会更理解我！

问：爸爸妈妈不在身边，给你带来哪些困难？

答：……就是在别人叫爸爸妈妈的时候，很想他们……（哭）我也好想叫爸爸妈妈！

问：你希望爸爸妈妈能为你做些什么？

答：不要做什么，只想跟他们在一起。

一位老师曾告诉我们，在小学的课堂里，会经常听到"妈妈，这个题怎么做"这样的声音。在衡阳地区的调查中，一个独立生活的初中女孩刘敏含着泪水对我们说："我一直有个梦想，如果和爸爸妈妈一起在家吃饭，那该有多好啊！我很希望爸爸能用摩托车载着我去赶集。可是这样的事情从来就没发生过！"六岁开始留守的刘吉最大的期盼则是："希望他们今年过年回来！"

如果父母外出务工很早的话，他们的孩子对父母的感情会很淡漠，就算是父母回来后，在他们的心里，与对父母的感情也远不如与爷爷奶奶的感情，他们甚至与父母形同陌路。在对留守儿童调查中，38.4%的认为父母不了解自己，20%的留守儿童认为与父母在一起的感觉很平常，7.4%的留守儿童甚至不愿意与父母在一起。

他们中少部分性格孤僻。从对相当一部分教师的访谈得知，他们在小学低年级的时候，胆小、内向，到高年级时，由于已受各种不良因素的影响，逐渐形成了固执、倔强、崇尚暴力的性格，有些孩子甚至行为怪异，心胸狭窄。

但留守对一小部分孩子来说，却成了他们的财富，使他们的独立性、自主性得到更好的发展，使他们比同龄人更成熟，更富有思想。值得注意的是，通过我们的调查发现，这部分孩子的留守时间一般较短，亲子关系形成良好，且托管人年龄一般都较为年青，文化水平较高，教育方式民主，注重与学校的沟通与配合。

制约农村留守儿童个性发展的因素问题

亲子教育缺失，隔代抚养与亲友代管使家庭教育功能退化

家庭是制造人类性格的工厂，是儿童成长的最初环境，社会和时代的要求都通过家庭在儿童心理上打下深深的烙印，它对一个人的个性形成与发展具有重要和深远的影响。家庭教育以亲子教育为中心，家庭教育能否顺利进行依存于亲子教育处于何种状态。留守型家庭亲子长期分离、亲子关系不良、亲子联系、交流沟通较少，从调查中发现，有25.8%的留守儿童反映父母对自己的学习生活只是偶尔过问，7.3%的留守儿童反映父母从不过问自己的学习生活，在联系交流方面，40.8%的留守儿童反映自己很少与父母联系，这种亲子交流状况使亲子教育几乎处于零状态。隔代抚养由于祖辈一方面年迈，身体健康状况不佳，另一方面，他们绝大部分是文盲，没有文化，更不懂教育，他们的监管能力几乎为零，所以祖辈的教育也是不成功的，而由其他亲戚代管的情况则更加令人担忧。在调查中，有45.2%的留守儿童认为托管人不了解自己，34.1%的留守儿童认为与托管人存在着障碍，9.6%的留守儿童认为和托管人没办法沟通。因此，留守家庭的教育功能几乎退化为零。没有家庭的正确引导，留守儿童处于失去监管的真空状态，社会各种不良因素极容易对他们造成影响。从调查中许多一线教师的反映和许多留守儿童的自白，以及我们从其他渠道获取的信息都有力地证明了这一点。

亲子关系是儿童人际关系的一个重要组成部分，它不仅影响他们以后形成的各层次的人际交往关系，而且也关系到他们的身心健康。良好的亲子关系能够满足儿童爱、归属与自尊的需要，是儿童人格健康发展、社会化顺利进行的必要前提，不良的亲子关系则是造成儿童人格缺陷、不完全社会化与逆社会化的深层次的心理根源。

在我们的调查中，大部分留守儿童在其亲子关系建立的关键期，父母便外出务工，他们与父母接触的时间少，情感交流的机会少，这对良好的亲子关系的建立造成了巨大的不良影响。在与留守学生的访谈中，当提到爸妈时，很多孩子都伤心地流下了眼泪，部分学生坦言自己与父母没什么感情。许多老师向我们反映，相当一部分的低年级学生对父母陌生，亲子感情疏淡，在这些孩子心目中，爸爸、妈妈这两个词从来就没有任何的情感与社会意义，相当一部分高年级学生坦言与父母在一块时感觉一般，有些学生甚至想逃避父母。

不幸的是，目前许多农村家庭并没有意识到亲子关系的疏远与不良会对小孩的个性发展造成巨大的消极影响，许多年轻父母在亲子关系建立的关键期就离开了小孩，有的甚至在孩子刚断奶时就开始长期的亲子分离了，留守儿童向低龄化趋势发展。日本著名儿童教育学家木村久一说过，推动摇篮的手就是推动世界的手。良好的亲子关系将使儿童健康向上、充满活力地成长，而不良的亲子关系则会让儿童丧失动力，造成人格缺陷、不完全社会化甚至逆社会化等极其严重的后果。从三地的调查中，我们深深地感受到了不良的亲子关系是造成留守儿童个性发展问题的一个重要的心理根源。

充满温情的家庭能满足儿童爱与归属的需要，充满关爱的家庭氛围能让他们的各种生活、学习、交际压力得到合理的释放与宣泄，浓浓的亲子之情是对儿童进行情感教育、爱的教育、自尊的教育的必要前提，从而使儿童形成健康、合理的需要，形成积极向上的自我，但冷清、寂寞、缺乏情感交流的家庭则无法满足儿童基本的情感需要，会让儿童的心灵沙化，甚至造成人性的冷漠与变态。

亲子分离不仅削弱了家庭教育功能，而且使家庭情感功能退化。

留守家庭中亲子长期分离，亲子的情感交流是缺乏的，在访谈中，很多留守学生都坦言不想回家，因为家里太冷清。部分与爷爷奶奶在一块的留守儿童由于祖辈落后的教育方式、代际沟通困难等原因，与爷爷奶奶也没有很深的情感交流。留守家庭的情感功能遭到了极大的削弱，使许多小孩找不到家的感觉。从心理学与教育学意义上讲，基本情感需要得不到合理满足，必然会对儿童的人格特征、人格动力、社会化造成极大的消极影响。在调查中，我们也深深地感受到家庭情感功能的严重退化是造成留守儿童发展问题的一个重要原因。

　　学校教育孤军作战，效果不尽如人意

　　学校教育是一种可控性最强的教育，但学校教育必须以家庭教育为基础、以社会教育为辅助。"三驾马车"朝同一个方向才能形成教育的巨大合力，反之，则会相互削弱。留守儿童所面临的困境在于在学校进一步，在家庭退一步，在社会退两步。亲子教育缺失、隔代抚养、亲友代管等使教师不能与家庭进行有效的沟通。许多教师反应：他们很难与留守家庭的家长、代管人进行积极、有效的交流，相当一部分父母对子女的教育不关心，持读书无用论观点或对自己的子女升学不抱希望，把子女交给学校只求其长身体就行，一部分家长、代管人虽然积极主动地与教师联系，但亲子分离，有心无力。孩子们的祖辈教育方法落后，没有监管能力，只求孩子能够吃饱、穿暖、不出事就行，而对他们的学习、心理、品行等发展状况则很少关注，也很少主动与学校进行有效的沟通。

　　社会方面，许多老师反映，当前农村的社会教育一片空白，与以前相比反而有退化趋势，积极因素不多，消极因素却对留守儿童造成了严重的影响，学校教育使再大的力也是收效甚微的。因此，许多校长和一线教师为了解决留守儿童的教育问题，在做过一番努力后，也只能感到束手无策与孤立无援。

　　不良社会风气的影响

　　在家庭教育缺失、学校教育无助的情况下，社会的不良因素极容易侵蚀留守儿童的心灵。从调查中看，不良团体对留守儿童的影响极坏。在邵阳的三阁司镇，社会上的不良青年、游民经常骚扰学校，带坏了一批留守学生，相当一部分学生甚至以他们作为自己的榜样；在衡阳的蓬源镇，没人监管的留守学生经常与不良青年厮混在一起，以致这些孩子从言语、着装、心理到行为都深受其影响；在永州的冷水镇，当地有一些人口较多的村子，一般是同一个宗族的聚居地，很多村民好吃懒做，没文化，不重视对孩子的教育，民风败坏，偷抢盛行，滋生了一大批游民。这些游民经常在乡里仗势欺人、无理闹事、打架斗殴，给当地的社会综合治理带来了很大的困难，他们还经常骚扰学校，给当地学校教育带来了极坏的影响。"大村子"游民的所作所为，对留守儿童的价值观、人生观造成了潜移默化的影响，在学生群体里面，有大村子和小村子之分，大村子里的学生大部分难以服从学校的管理，学习成绩很差，而且经常欺负小村子里面的学生。一个初一的小男孩竟然敢在初三的男生寝室里进行搜身，一个六年级的小男孩居然在初二某班上找到自己的女朋友，年龄虽小却经常聚在一块吸烟、喝酒、赌博、打架斗殴、偷窃、抢劫甚至还偷看女生洗澡，面对这种状况，由于有大村子的背景，许多老师也感到束手无策。

我们之所以认为留守儿童是处境不利儿童，是因为从教育学、心理学意义上讲，他们在成长过程中许多必需元素缺失，失去有效的监管和良好的教育，他们特别容易受到不良因素的影响。社会文化对小孩的影响是潜移默化的，不良的社会文化会向孩子传递错误的价值观、世界观，歪曲他们对世界和人生的看法，从而使他们走向不完全社会化和反社会化。在调查中，我们发现很多的电视节目、影视作品只追求商业利润或只追求成人的快感与乐趣，完全没有考虑到儿童的身心发展，娱乐节目和传媒打造的追星文化，都深深地影响了这些追求新异、缺乏辨别力喜欢一味模仿的孩子。许多投入市场的影视剧，为了迎合观众的趣味，设计了过多的性爱、暴力镜头，这些都深深地影响了孩子的身心健康，给他们的行为造成了误导。网吧、电游室管理的不力、地下黄色影视与黄色文化泛滥成灾。这些消极文化都深深地毒害了他们的心灵。在冷水镇，相当一部分的初中学生早恋，有的甚至还有性经历。

由此可见，亲子教育缺失、家庭教育与学校教育的严重脱节、社会的不良风气等均给留守儿童的成长造成了极为不利的影响。

巧家有个发拉村

孙世祥

巨岭摩天，荒山如阵。一壁巨岩下一道破碎幽深的大沟，这就是巧家县荞麦地乡发拉村。

发拉村大约是中国最穷的村庄了。云南穷，昭通更穷，巧家是国家级的特困县，也是昭通最穷的县之一，而荞麦地乡是巧家县的特困乡，发拉村是荞麦地乡的特困村。发拉村海拔2600—3500米，仅出产洋芋、荞麦。"发拉"一词，意为"山岩下的大沟"，凭这一地名，人脑里便可能产生出悬岩万丈、穷山恶水的景观来。但尽管如此，如不身临其境，心灵也不会受特别的震撼的。记者在发拉村走一遭，心上便有泣血般的感觉。

发拉村年人均粮食100多公斤，年人均收入只100多元，盐巴辣子吃不上，并不算新闻。大部分群众寅吃卯粮，地里庄稼刚出土，就已不够还账了。每年春初人们就开始找粮，一旦有救济粮，人们便吵了起来。僧多粥少，无论如何分不平均。发拉村社长的工资每月12元，但他们说就为这些事，每月至少被群众骂1200声娘，也就是被骂娘1次，得到1分钱！

因为穷，有谁能相信竟发生了这样的事：各地向贫困山区捐献的衣物分到发拉村时，因分发不公，有的人多占了，竟吵了起来，打了起来！谁能料到从这里捐去的衣物，竟会在那里积下仇怨！

最可怜的还是小学生。发拉小学已比濒临的河坝矮了整整1米，学校的操场已被洪水蚕食了一半，篮球板被冲得下落不明。据说去年发大水，洪水冲到了教室的墙脚，如暴雨再持续半个钟头，小学就完了。

走进发拉小学，情景是很悲壮的。狭小的教室里，有的竟塞了近百人。有的三、四名学生才分得到一张桌子。没有桌凳的，是从河坝里抱石头从两边叠起来，搭上一块木板当桌子，双腿蹲在地上面写字。连木板也没有时，就只好站着听，写字时靠墙蹲下，在膝上写。

老师、学生近 400 人的小学校，教学用具仅有一副三角板。更可怜的是男、女厕所无一，学生下了课就东奔西跑，胡乱拉撒。

发拉小学的鲁远体老师介绍说："发拉村 6—15 岁的学龄儿童有 584 人，在校生只 356 人，失学儿童 228 人。未失学的，无法交书钱、买不起纸笔的又占 20%。这些学生无书、无纸、无笔，空手来校空手回家，就是上学了。学校尽最大的努力免了部分学生的书、杂费，但因贫困面太大，根本无法顾及。"

据老师们介绍，因学生贫困，学校只订语文、数学、思想品德三本书，共是 17 元左右，但学生仍是买不起。学校预订的书来了，就只好堆着，至今尚有 800 多元的书卖不出去，相映的是学生手中没有书读。结果我们在学校里既看见了无书的学生，也看见了赤脚的学生。

在海拔 2800 米的羊棚小学，代课的鲁老师、叶老师介绍：在校生 57 人。二、三年级一个复式班，一、四年级一个复式班。两个班到现在还有 15 人没交书钱、杂费。鲁老师班上有 7 个学生，他帮忙垫了 102 元；叶老师班上有 8 个，他帮忙垫了 130 元。学生没有纸，也没有笔，看不过了，逢到赶街天他们又去买几支笔、买几张纸来发给他们。两个班衣服破烂、没穿鞋子的竟有 8 人。

海拔 3000 米的尖山小学，两间屋仅 10 多平方米，其中一间既漏且无门。仅 5 平方米的小屋，就得塞 29 名学生和 1 名老师。屋内有八、九条烂木桌，有八、九根木棒，就是凳子了。因屋狭窄，黑板就放在最前排的学生桌上，教师要在黑板上写字，只得在侧边写。

小学的阮老师说："29 人中交不起书费的有 5 人，我帮他们交了 70 元。也仅 3 人有纸、笔，其余的什么也没有。"由于无纸无笔，阮老师只能教着他们读，要写字就得将粉笔给他们黑板上去写。要考试了，阮老师得从家里带上纸去给他们，铅笔也要阮老师去买来，否则这试就考不成了。

尖山社发生过这样的事：开学了，要交 2 元的学费。村民蒋德才说："如果要交这 2 元钱，我家娃儿就读不起了，也就不读了。"

阮老师说："2 元不多嘛！规定要交 8 元的，我只要你交 2 元。"

蒋德才说："要我有这 2 元钱嘛！我实在没有，有什么办法？"

阮老师知道他实在没有，就帮他出了这 2 元钱。

陈家沟社 20 多户人家，应是有几十名适龄儿童的，但在小学里我们只发现了 6 名学生。李庭耀老师介绍说：这里开始只有两名学生。他逐户地上门劝说，但始终没有人来。他出钱买好书、纸、笔，但学生家长说："成天饿着肚子，有纸有笔也不行呀。"没办法，李老师只好去拖，拖来读两天，又走掉了，他只好又去拖。

在羊棚，鲁老师带我们去看尹朝开家。尹家已是断粮数月。尹朝开想到昆明打工，但怎么也借不到路费，每天只能在村子周围转，找点野菜吃。家中一无所有。儿子尹富兵，从前无论下雪、结冰，一年四季都是赤着脚的。前不久分从城市捐来的鞋子，才分到一双，但已是后半部完全没有，只能垫住 10 个脚趾，实在穿不成了。

在海子社，鲁老师带我们看了杜盛才家。屋里除了从山上扯来的韭菜，再无什么可吃的。杜盛才到如今 45 岁，整整一生从没穿过鞋子。他住的房子，是发拉村的畜牧站，是 30 年前发拉村的陈乡长送他住的。妻子瞎了。四个儿子走得不知去向。

就是我们到尖山采访这晚上，尖山社 60 多岁的阮应科、阮应昌因在煤窑打煤，被坍方砸死。没有燃料，人们只烧牛屎、马粪。为挖煤，尖山社的李沛美等人，都相继死在煤窑里。

5 月 23 日我们到海拔 3300 多米的老马厂社。村民段兴和说全社 12 户 54 人，不缺粮食的只有 2 户。"有的人家从腊月间就没有吃的，直到现在。大部分人家洋芋刚栽下土，家中就一无所有。段崇高家哥三个，最大的 30 岁，都没讨到媳妇。哥三个无一禽畜，连房子在内，所有的家产不值 50 元。段培云家，穷得不得不搬走了。走时连烂房子在内的全部家当，仅卖了 40 元。"最后他沉痛地说："不上 5 年，连我在内，我们这十多户人家都穷到要像段培云一样不得不搬走了。"

老党员段兴洪五个儿子，大儿子、大媳妇都死了，遗下两孤儿，欠账是 3000 多元；二儿子家生活维持不住，搬得不知去向；三儿子因媳妇摔断了尾脊骨，也走得下落不明，丢下一个姑娘。现在就是段兴洪领着三个孤儿过日子。

经了解下来，全村没有一家不挖洋芋种吃。段兴和家栽了 3000 斤种下去，就挖了 3000 斤种出来吃掉了。他和另外一家就是这样"不缺粮"的。

令我们惊讶的是全社 6~15 岁的适学儿童有 20 多人，竟无一名小学生。老马厂社有史以来没有一个初中生，最高的读到小学三年级！这个社分洋芋，没人会计算斤头，也没人会写字，只好用背箩来量。

之后我们更大为惊讶：全社一头猪都没有。提起猪，老马厂人非常气愤。从前来猪瘟了，村上来给猪打预防针，没预防活，倒预防死了。而来收钱时，打了猪针的要交 1 元，原本没猪的也要交 1 元。他们想不通：我没猪，没有打猪针，为何要我交钱？他们望我能伸张正义。别看 1 元钱，在该社已算是很大的经济案件了。

7 月初，我们又到了发拉村。没有粮食的人家，已达 90%。荞麦地乡政府到发拉村了解缺粮户。几十人涌进村长家，纷纷要请乡政府的人到自己家里去看看。

据村长介绍，5 月份乡上给发拉村 600 公斤救济粮，1200 公斤返销粮。这还不够分给五保户和孤儿，困难户就无从谈起。

我们在发拉村的最后一晚上，发生两件事。一是听说乡上要给发拉村 1000 公斤救济粮。消息传开后，群众找社长、找村长，一片喧器。中营社的崔金才找到社长孙正洪："小洪，整缺粮户，你一定要帮我整点呀。我是毫无办法了。"上营社的王友元找到村长家：

"村长，乡上来检查缺粮户，你一定要带到我家去检查检查，我是现口无粮呀。"

另一件就是中营社张家的洋芋地，被贼用板锄挖去了一大片。青枝绿叶，洋芋都才开花，刚要结子。看来是被饥饿逼到绝境的人做的，否则不会如此疯狂的。

7月6日发拉村开社长会，就有两三个社长因家中没吃的，找口粮去了，社长会开完，又有社长跟踪记者，诉说家中断粮的情况，希望帮忙想想办法。

锅厂社的社长在会上说："我要求村公所到我们那里去看看！一块一块的洋芋地，还没结子就挖光了，我不知道锅厂的群众今年怎么过！"

山脚社的王崇文，前几年割草时从悬崖上摔下死了。妻子改嫁，仍带几个孩子度日。一间屋内人畜共处，家中什么也没有。洋芋刚结子，就去挖来吃。最大的只有核桃大，大部分是樱桃一般大小。那洋芋吃起来又麻又涩，但为了生存，还是只得吃；挖着心疼，还是只得挖。

在山脚社我们听到一个毛骨悚然的故事：徐禹朝家生活贫困，终年不得饱腹，妻子在饿了几天之后，手脚无力，暴雨之后忙着去捡水打洋芋，因精神恍惚，从一道小小的地埂上摔下来。家里莫说一分钱，就是一粒粮都没有。人们抬她回家，就只好守着。她身上流血，不断呻吟，两天两夜后终于力量衰竭而死。人们说，单凭她又是两天两夜颗粒不进才死去，说明她受的是轻伤，本该活的，但竟死了。

我们去徐禹朝家。他们家茅屋很矮，人畜共处。二梁断了，是靠堂屋中的柱子撑着。大梁也快要断了。房子到处是漏的，堂屋中央积了一滩雨水。徐禹朝80岁的老母亲蹲在冷火塘边，与饥寒作斗争。徐禹朝身上有病，尽管天上下雨，也带10来岁的儿子上山找野菜去了。

阮家坪子的张明万，50多岁，手上有残疾，整天赤着脚。妻子也死了，母亲 80 多岁了。儿子 28 岁，讨不到媳妇，鞋子是村里阮开明送的，穿烂了用绳子左绑右绑。张明万家也是好几个月没吃的了。7 月 6 日，也就是我们去采访的这早上，张明万是饿着肚子，赤着脚，冒了大雨赶到 6 公里外的座脚村托得点苦荞回来，又饿着肚子在石磨上推碎。到烙成粑粑给母亲、儿子和自己吃下去，已是中午 1 点多了。他吃时热泪盈眶，看的人也满眼泪花。

走访中我们发现很多人没有房屋。快到金友发家，村长说："我是屡次带乡上的来看他家，却无粮救济人家。现在是不好意思来了。"到了金家，村长又忙对金友发说："几次带人来看了，都无法解决你的粮食，太对不起你。我是不好意思来了。这是报社的记者，他来了解情况，作一下反映。并不是一定就解决粮食问题。"这个基调定好了，我们才坦然采访。之后才发现他既无粮又无屋。这屋是上昆明打工的金友国借他住的。后墙垮过，用石头补起来了。山墙已成了弧形，是一间再危不过的危房了。

水井沟社闻名全村的人物是孙朝忠。几十年来，他的生活总是无法维持。他殚精竭虑，几乎想尽了一切办法，跑四川，跑会泽，做生意，开小征开荒，什么都干过，家境总不见好。他甚至怀疑门向不对，就改门向。向南不行，就塞了向东开；向东还是不行，又塞了向西开。四面八方都向了，生活仍无法改观。老两口几十年如一日地吵架，甚至分家，前几年他从四川请个瓦窑老板来发拉烧瓦，用自己的耕地跟人换了窑泥。瓦又烧败了，欠下几千元的债，他只得逃走。如今一家人都走掉了，那茅屋早倒塌了。

中营社的孙正德和孙正陆也是这种情况，孙正德一家三口，住的是祖父 60 年前垒的猪圈。先是起火，翻盖后又被雨淋垮，终于无房了。孙正陆是退伍军人、上士班长、发拉村党支部委员，结婚了，连一寸的房屋也没有，到处借房住，借的又垮了，只好携家到通海打工。

据最后统计，发拉村因生活维持不下被迫搬迁，在全省各地流浪的已达 180 多户！一个小村出现这样巨大的数字，在全国也一定是罕见的。

追根溯源。只要问到发拉村何以会如此穷困，群众都不假思索："1958 年大炼钢铁造成的。"

据他们描绘，此前的发拉村完全是另一种景象，几百年前，发拉村完全是原始森林。巨树参天，冷杉、刺枸、白桦竞争着生存的空间。直径数十米的巨树比比皆是，就是蒿草，也比如今的小松树粗，比楼还高。一株蒿草的根，与两人合抱的白杨树根部一样大小，刨出来要三个人才背得动。亿万斯年的化育，腐殖层都厚达数十米。海拔 3000 米的高原之巅，树木都疯狂生长，砍开了又逼合拢来。处处竹苞松茂，时时流水潺潺。虎、豹、狼群在林中穿行，野鸡、野鸭满天飞舞。

在这样的环境里，人们根本不愁吃穿，随便挖下去，洋芋都又粗又长，发拉人不是用背箩而是用一口沙锅，也只能装一个洋芋。野鸡到处是，野鸡蛋成堆。在短短的时间里，发拉村就成了拥有近 4000 人口的大村，在极高寒处出现这一数字，堪为奇迹。所以一看就断定它曾有过极为辉煌的岁月。

全国大炼钢铁，发拉村也遭了殃。1958 年把发拉历史截然分开，此前是桃花源，是福地，此后是中国最穷的村庄。

当时的发拉村文书孙朝安回忆说："荞麦地乡 20 多个村，加上铅厂、新店的劳动力，估计有 5000 多人，砍了四个月，就把热乎湾西面几万亩原始森林砍光了。两、三个人牵手围的大树，每天估计要被砍掉几万棵。热乎湾东面的几万亩，是熬红泥胶毁掉的。红皮树剥皮枯死，其他树被伐来做熬胶的燃料。不到一年，这几万亩又完了，到后期见铁也炼不出胶也熬不出，群众就每天进行伐木比赛。"

要问发拉毁掉了多少巨树，谁也说不清，不知有几千株。要问损失了多少财富，更无法知道。如果那些树价值几十亿、几百亿的话，那么殃及子孙的灾祸，损失就得以几万亿、几十万亿来计算。

1958 年一年，发拉村木材堆积如山。炉中烈焰万丈，空中浓烟滚滚。岭上处处濯濯童山了。大自然的惩罚，仅几个月就迅速来到。

从前发拉村中保有一道宽 2 米、深 1 米的小溪，清冽可鉴。无论怎样的干旱和暴雨，都不消不涨。1959 年立刻不同，暴雨一到水就成了黑色；天一晴，水就在历史上首次干涸了。

从前发拉村没有沟。1959 年就出现大面积垮山。雨后的山，发拉人觉得一夜要变一个样，沟壑纵横，越来越深，如今都成了深数十米、宽数十米的大壑。

泥石与水汹涌而来，毁坏房屋，侵蚀田野。历来不被水患的发拉人，尝到了水的苦头，赶紧在山上播撒松子。但几千人的燃料已成了问题，种的步伐总赶不上砍的步伐。随后文革一到，更没了章法。只有几千砍树的，没有一个种树的。护林员也不敢去管。十几年过去，从阮家坪子到白山林，几十里路无一棵树。

黑土被一层层刮去，越来越薄，土成了黄色。土一流完，终于满山怪石嶙峋。松树般粗的蒿草，成了无人相信的神话，今之余绪，仅筷子粗，在风中嘶鸣。洋芋也不可能用背架背，有拳头大就算不错了。每年籽种、粪草和劳力投入地里，已有相当多的土地无法收回籽种来！

耕种这样的土地，陶朱公也要成为穷汉的。采访中我们给发拉人算了一算，感到万分的难受。辛辛苦苦割一背草，要整整 6 个小时，但这背草不值 1 分钱！一年的耕种没有，有的只剩一背箩洋芋！再用这一背箩洋芋除去整整一年的割草、捡粪、挖粪、背种、犁地、播种、薅草、施肥、收割等劳动量，拼命地劳作一天，挣得最多的不到 2 分钱，少的则 0.05 分，根本无收获的自然是倒贴了。而他们每天的劳动量，平均相当于背 100 斤在 3 公里的路上往返 7 次，这其中蕴含着多少艰苦！要流掉多少汗水！即使按最高的工钱来算，每往返一次也只值 27 分钱！

前几年人们打柴的地方，是牛栏江河谷的悬岸与前岭，有从昆明到安宁那么远。早上起身，爬山、再爬山，来回数十里山路，回家已是深夜了。但就是这样的苦活，如今也找不到了。树完了，挖树根，树根完了，挖竹根，竹根完了挖草根。如今连草根也完了。

山荒而后水涸。阮家坪子、尖山、营盘各社都在水荒。发拉村里中营、上营、下营、皮坡、山脚、水井沟、烂窑子7个社上千人，只大拇指那么粗一股水。水边每天都要吵架。80岁的老人和6、7岁的孩子都挤在争水的人群中，景象万分可怜。

雨季一到，人们就发愁了。皮坡社陈正坤诉起被洪水洗劫的苦来："鸡被淹死，猪被冲走，锅被漂走，害怕极了。"他指着自己的房子说："我是再也无力起房子了，不然我是再不敢抵在这里不搬走了。"

沈能青家每年都要被水冲，说："一到雨季天，我们就不敢在屋里住了。婆娘儿女被淋得湿股股的。铺盖毡子要晒几天才晒得干。"

由于河床高过村庄，像陈家、沈家这样竭尽财力人力、好不容易修起房子，天晴在屋里住，天阴倒反把家搬出来淋雨的，沿下营、中营、上营几个社都是，竟达上百户。崔金才、崔庆海等人都说："我们的房子比河坝还矮。水轰轰轰地响，心里怕得要命。真说不定哪晚要连人带屋被冲走。"

群众是打定主意水一来就跑，小学可跑不了，山脚社一带河坝被淤高，洪水朝旁边的耕地里犁出一条巨沟，正好从学校背后袭来。

山脚社，原来一个很繁盛的徐家糟门，据说有几十户人家。因两面被洪水夹袭，住户搬得稀稀落落，只剩不到10户了。满目断壁残垣，只剩下些房圈圈。从前戴止堂父亲的房子，早就不在了，据说屋基已在河坝砂石下两米深处。

吊脚社夹在三面如削的高山底部。中间的河滩一年比一年高。从两边的断壁和芳草萋萋的屋基，可看出水逼人走的狼狈景象。人们纷纷重修房子往上爬，平展一点的坡都用来建房了。有的已爬到岩壁上了，上面就是悬崖峭壁，水要是再来，就无处可爬了。

不料就在峭壁上面，倾度达50度的坡上，是高200米、长500米、宽30米的巨大垮山！垮山5年前垮了下来，整体向下滑动了60多米。由花岗岩和泥沙组成的亿万方土石，就悬在吊脚楼社头上！

更恐怖的是老岩脚社几十户人家，就住在这个垮山上。有的阴沟里出现了巨大的裂缝，如果淫雨不止，垮山可在数秒间毁灭这两个村庄。巨量的泥石流向下游去，也可眨眼间毁灭发拉村数千人口！我们是带着战战兢兢的心情，用了半个多小时才把垮山爬完。对大自然的凶暴之力，我们心中有种彻底的投降感！

发拉人毁灭、丧失了生存的基础，代价是触目惊心的，如今的四代人已被殃及，以后还要殃及多少代，就说不清了。

人最基本的需求是对生存的需求。生存解决了，才能论及其他。否则便是礼仪的沦落，情义的扫地。在发拉村，严酷的现实出现了：

民工们因争活计而吵架、殴打是常事。发拉人每年都要在凉亭杀伤几人，也不免要被别人杀伤，或砍烂了脸或砍断了背。我们采访了一位姓王的，五名发拉民工到肉联厂卸米，到后见米袋子都是烂的。店主叫把袋子缝好再装米。民工们觉得本来就谈得太亏了，这下更亏，年纪大的两人转身就走。

尹正才 72 岁，由于生活无着，5 个儿子中大儿子和三儿子的媳妇都跑掉了。尹正才没吃的，就去山上吃耐克麻叶，结果中了毒，伸手到喉咙里去抠，抠一下吐一点，吐出来全是草叶。尖山社 80 多岁的朱金成，两个儿子因无吃无穿，跑掉了。朱金成没有亲人，没有房子，只好住岩洞，全部家当只是一张烂狗皮，生命全靠全村人施舍维持。刘文章不久前死了，是全村人钉了几块木板抬去葬掉的。营盘社的吕仲学，在营盘过不下去，只好忍下心抛下老父不管，携妻带子走四川，没想妻子就死在四川了。吕仲学无法，把两个仅 10 岁和 8 岁的孩子带回来给老父亲，流着泪走得下落不明。如今老父又死了，两个孤儿更没了办法。老马社段培能家没有吃的，夫妻俩哭着各走一方。仅 2 岁的孩子只好由年迈的老父老母收养。这样的例子举不胜举，是生活，逼得他们百无聊赖，再无力演好自己的角色，承担好自己的义务了。

环境的恶劣，生计的艰难。发拉村的非正常死亡率每年都很高。而残疾人更高达近 40 人。

　　水井沟社朱庭柱的妻子瘫痪在床，已有 3 年了，整天在床上呻吟。从前是无法送她到医院，现在是根本无粮养活她。朱家从正月里便断了粮，乡上的到朱家检查，一无所有，朱庭柱哭了。营盘社的钟老万，又聋又哑又瘫痪，40 多岁了，就靠 81 岁高龄的老母亲抚养，老母亲白天要耕作，早晚就得照料儿子。尖山社的阮举昌，也是瞎的，50 多岁了，母亲 80 多岁，已走不动，生活全靠他摸着去乞讨。讨得一星半点，再带回来奉养老母。尖山社的阮应卿，70 多岁，瘫痪了，儿子从悬崖上摔死了，儿媳手又是断的，孙子才 10 多岁，老的受病痛折磨，儿媳含辛茹苦，孙子孤独无依。

　　发拉村的残疾人还有陈开学、李坤龙、崔禄秀、范登良、阮忠昌、崔朝礼、周引发、张朝富、刘帮翠、刘启聪、鲁远迁、范玉才、徐禹惠、吴世英、李朝显、普周云、陈先明、戴朝英、朱友佩、陈文凤、段培朝、田羊所、阮家昌、范朝晋、王崇文等数十人，生活都是一样的艰辛。

　　农民是最安土重迁的。但不安了，说怎么也得迁，单是在昆明凉亭、上凹、八公里、牛街庄、土桥各地滞留的发拉人，就达数百人。他们都是搞装卸、下苦力。早上吃完早点就出门，要晚上回来才吃饭，就是这样饿着省钱。因民工之多，工价被一砍再砍，卸一吨货，只有几元钱。而且要去卸，就得先帮忙装，却不加工钱，真是为富者仁！民工说："是太亏了，亏惨了。但有什么法！家中的老小、肥料钱，甚至我们的早饭晚饭，都得靠它啊！你不去反正别人会抢着去。"搬的通常都是 180 斤的大包，打工的人上到 50 多岁，小的只 13 岁，还是只得扛。但无论怎样下苦力，有的仍连吃的也扛不到。要回家呢，连车费也没有，无法时只有偷了。每年都有很多发拉人因偷进了监狱。再无法时，跟着丈夫来的妇女，或是上来扛工的小姑娘，卖淫的比比皆是。

　　房租极贵，往往就是四、五人甚至十多人租一间。黑土上凹一间仅 10 平方米的小屋，住下了 13 人。而加上每晚找不到睡处来打游击的，就不少于 15 人，13 人无一床被子，上面光光的一块塑料布上睡 8 人，地上仅一块草席睡 5 人，全都和衣躺下，且是侧身睡。只要床上谁一翻动，就有人被挤了滚下来，把下面的砸，而如果有人上厕所，一定要抓到下面的人，倘若一急，更要在人身上踩来踩去。他们说晚上不是被砸得叫，就是被挤得哼。

不久前我们到凉亭采访。一辆汽车来了，司机一招手，数十名民工都喊着"我去我去"，拼命往车上爬。力小的被力大的扯了砸出圈外，有个 14 岁的小孩被砸倒在地，车上爬满几十人，而店主只要三人，店主叫了十多分钟，谁也不下来，就骂了起来。剩下三个只15 岁的，反正找不到活做，就只好帮他缝，帮他装。三人都没钱吃饭，等装好就站都站不住了，便向店主说再无力卸了，望店主开恩把装的工钱给他们。店主说要去卸了才付。三人苦苦哀求，毫不济事，只得上车。到凉亭堵车了，三人饿得淌清口水，又下车哀求。民工们围了过来，都同情这三个小孩，说："老板，你看都是小娃娃，又累又饿，你就饶他们算了。"店主大怒："不去卸掉，一分也不给。你敢跳老子的墙，老子拉人来砸死你些人。"民工都愤怒了，姓王的这位跳出来，抓住店主的衣领："你给不给！"店主只得给了几十元装车费，次日就纠集了一伙人来，把姓王的一顿毒打，几乎把姓王的打死。姓王的好不容易逃脱，忙去提菜刀来砍，才把这伙人吓跑了。民工们说只有如此，才能保住最低限度的尊严。"我们是左右无法，前后无路，活得多下贱啊！"

民工是如此，那 180 多户往各地租地种的呢？

勐腊县境的中、老边界的密林中，住满了搬家户，都搭的草棚。从家里都是落魄而走，没有几文钱。一路的车费和生活费，身上就基本光了。到后来买农具，就分文无有，肚子饿了要吃饭，土地包来要籽种种下去，却毫无办法，前几年我到那里，亲眼见人们守着荒凉的山头哭的情景，家是回不去了，甚至连回去的车费也没有。进退无路，有的人白了头。丛林中疟疾流行，便有魂魄永远的留在了异乡。如今已有陈俊高、陈正贵等几十人。墓上荒草离离，妻子改嫁，一切都化为了零。

所有这种搬迁的，没有一家富起来。搬了去生活无着又拼命的苦，好不容易苦够了路费，不辞艰辛奔波回到发拉村，才明白是奔一场根本不存在的梦。折回头又只得流浪。

庄天友数年前死了，妻子改嫁庄的弟弟，生活无着只好走四川，仍无法维持生存。四个孤儿只好流浪到昆明来。最大的 17 岁，最小的 13 岁。他们衣着破烂，面容消瘦，又找不到活计，只得时常挨饿，许多晚上是缩在铁道旁的荒沟里度过的。四弟兄自己挨饿，却惦记着凉山的家里："我们来昆明半年多了。这几个月我们没吃用家里一颗粮食。帮家里省下这么一点，今年大概会够吃了。"听得人不由潸然泪下。

我们要离开发拉村这早上，天刚黎明，杨富才冒着大雨赶来。他家在发拉村无粮，搬往景洪去，租地种苞谷。苞谷刚出土，当地人就来卡他了。算来算去不单白帮人种，还要贴钱贴劳力。他拼命的苦够车费，忙弃了庄稼往家走。没料到关坪就翻车了。妻子、女儿、儿子全受伤。又加翻车时包括锄头、铺盖和木匠工具等全丢失了，只好两手空空，带着伤员回到家里。一家数口，上是老父下是子女，粮没一粒、钱没一分，真是力智俱穷了，一谈眼泪就流下来。

整整数千人的生存问题如何解决？这是回避不了的了。发拉人曾寄望于打工，寄望于搬家，如今都落了空。答案只有一个：建设发拉村。只有把发拉建设好，发拉人才有希望。为此他们提出了两条路：一是赶紧绿化荒山，进行水土保持，维护好一个能养育人、承载人的环境；二就是教育。

第一条路已在默默进行。而第二条路，发拉人多年前就自觉地开始走了。在发拉村，我们不单为他们所身受的穷苦而震惊，也为他们戮力奋斗、力图改变命运的悲壮行动所震撼！

穷是没法说的了。以发拉村如此情形，供书是多么艰难。但发拉村竟有一个骇人的奇迹：在相同条件下很多村没有大学生、没有中专生，有的只有一两个高中生的情况下，发拉村大学生达到 6 人，中专生达到 40 多人。这在巧家被誉为"发拉现象"。

"发拉现象"是来之不易的，它是发拉数千人共同奋斗的结果。

发拉人最急迫于教育。他们的日常谈话，有近一半是关于教育的。"大"字不识，对"√"与"×"也无法说清的妇女，衣兜里也总揣着孩子的作业本，田间休息就拿出来"欣赏"。妇女赶街，一半的原因是为给孩子买纸、笔。发拉人不比吃比穿，比供孩子读书成了风气，"卖掉房子也要供书"成了发拉人的口头禅。山上的牧羊人，每到这七、八月份，也是立着牧鞭在谈考生的消息，我们第二次到发拉村正是初考、中考、高考相继进行之时，90%的人没有上顿也没下顿，都在慌着找口粮，有的干脆几顿饿着肚子，仍在津津乐道学生的考试情况，不由令人惊诧叹息。

在这疯狂的供书热潮中，涌现了许许多多的"供书英雄"。发拉人说值得永远把他们记住。

孙正国40多岁，夫妻都是农民，家境贫困。生活艰辛，使他产生了改变命运的念头。他省吃俭用，把儿子供到初中。羊卖完，就卖猪，猪卖完了就卖树。儿子都是几十里山路背洋芋和柴到校煮了吃，为要使儿子回来有背的，他起早摸黑，从不休息。就因为地埂上泥土要肥一点，再兼他也无钱买肥料，每年他都要把地埂狠狠地砍削一遍。常常是脚上的血珠染红胶鞋，手上的血珠染红锄把。

儿子读高中，家里更困了。农民最大的靠头，就是牛和马。他把牛和马也卖了。以后没有卖的了，有一早上忍饥挨饿，从村头的烂窑子借到村尾的山脚社，借了近100户人家，没借到一分钱。跑信用社来央求，又是跑几十次贷不到一分。信用社在村公所贷款，他又拼命的去跟着挤。从日出挤到日落，好不容易挤到窗口时，从头到脚全被汗水泡湿了，钱却贷完了，又只好拖着疲倦的步子回到家里。谁借他点钱，他不仅要设法按时还，还要出苦力去帮其人做活，以示感谢。由于积劳成疾，儿子大学毕业时他才40岁零头，鬓发白了，牙齿也脱落了。以后是供另外三个孩子读书，尽管大儿子承担了大部分，仍是无法。旧账越堆越多，他只好到昆明下苦力，但人们嫌他老了，他只好到通海去帮人挖地，拼命挖一天得5元钱。

没想又大病一场，10多天根本爬不起来。

　　陈正学也是老实憨厚的，夫妻都务农。大儿子读初中，老二、老三就供不起了，只得辍学。他也只能卖羊、卖树。大儿子刚供好，就欠2000多元的债。老四考进初中，老五又只得辍学。一家人备尝艰辛，终于供老四考取师范。陈正学割草时从悬崖上跌下，几个月卧床不起几乎丢了性命；妻子则长期患病，既不得休息，也无钱医治，不等独生子师范毕业，就中年半世与世长辞了。

　　中营社的朱应学又是一个典型。五个孩子一齐读书，他招架不住了，就去设法赊了个马，借钱买了驾马车，在荞麦地、新店、铅厂三地间帮人拉货。每天来回上百里，天不明就走，夜里12点还在海拔3000多米的荒山上跑。晚上不是暴风雪就是冰雹，有时人冻僵，马冻硬，人哭马也哭，有好几次差点就搭上了性命。就这样相继把两个儿子从初中供了出来。

　　中营社的李正武供女儿读初中，家境贫困，女儿偷偷地辍学打工，被人贩子拐卖到湖南。人们劝他不要去找了，但他发狠心要把女儿找回来复学。1994年8月到湖南去，到如今父女俩音讯全无。

　　这样悲壮的故事太多了。比如鲁远忠为供儿子读初中，用手推车推过年猪到45里外的荞麦地去卖，到拢发泥就被歹徒拦住抢劫，把他打得晕死过去。李正兴供儿子读初中，听说儿子会吸烟，不顾劳作后的疲惫，走了整整一夜，于天明赶到几十里外的学校，从儿子身上搜出烟来，揉了连纸带烟全塞到儿子肚里去。可怜天下父母心！像李正云，戴朝青等很多人，都有这样悲壮而辛酸的供书经历，发拉村所有供书的人，如今都欠下了至少1000元的债，都在债里滚。

　　家庭情况是如此，发拉学生求学也是极悲壮的。一部求学史也可以说是一部忍饥挨饿史。痛苦的经历锤铸了厚重的人生。发拉学生学习刻苦，成才者众，如今在省城、县城各地工作的达100多人，分布在教师、医生、银行职员、交警、局长、经理、记者等诸多岗位上。他们社会责任感强、工作能力强，在各自的岗上都有建树。

单是文学创作一项，发拉人迄今发表的小说、诗歌、散文等已达600余篇（首）。《父亲》等作品获得了全国性的作品奖。以这样贫穷的小村，出现这样的成就，堪为国内罕见的奇迹。可以说这批青年人的出现，为发拉的漫漫脱贫路，打下了基础，带来了希望！

就是这样一个发拉村！就是这样一些发拉人！他们勤劳、勇敢、朴实而忠诚。他们意志力坚、生命力强！活得既艰辛、痛苦，又慷慨、悲壮！既值得我们的同情，又值得我们崇敬。

我们只能伸出无私的手，默默地援助他们；我们只能敞开真诚的心，静静地祝福他们：祝他们能够改造所在的环境！祝他们战胜艰辛的命运！祝他们过上幸福的生活。

大学生生源农村孩子比例越来越小了

孙立平

随着一年一度高考的结束和高校新生入学时间的来临，农村孩子入学的问题再次引起社会的关注。话题虽然是老话题，但在最近几年中，一些新的因素的出现，还是使得我们不得不对这个问题再次进行讨论。

几个有关的报道是值得注意的。

报道一："在今年的高考中，有 463 万中国农村考生步入高考考场，为跳出'农门'而拼搏。"应该说，在几千年的中国传统社会中，科举考试就是一种改变自己生存处境的制度化途径。就这一点，今天与过去的几千年没有本质差别。也正因为此，与其他的文明相比，传统中国是一种流动性较大，结构也并不十分僵硬的社会。不同的是，传统社会是一个以农村为主的社会，绝大多数人都生活在农村，因此，即使考试不中，也没有今天这样严重的含义。而今天的社会已经进入工业化和城市化的时代，特别是在我国，由于严重的城乡二元结构的存在，农村和城市几乎分属两个完全不同的时代。因此，能否通过高考实现社会流动，实际上意味着你将生活在哪个时代，是个人命运的一种抉择。

然而，有一个现象是不能不让人担忧的。据前几年进行的一项调查，清华大学 2000 年农村学生占学生总数的 17.6%，比 1990 年减少 4.1%。北京大学 1999 年农村学生占 16.3%，比 1991 年减少 2.5%。北京师范大学 2002 年农村大学生占 22.3%，比 1990 年减少 5.7%。在 1999 年底，中国青年报还曾披露了一份关于中国公民高等教育的报告。从报告中对北京多所高校 2000 余名学生的抽样调查中发现：这些学生里，28% 来自北京，30% 来自北京以外的城市，24% 来自全国各地不出名的城镇，18%（确切数值是 17.7%）来自农村。也就是说，城乡大学生的比例分别是 82.3% 和 17.7%。而在 1980 年代，高校中农村生源还占 30% 多。对此，我们可以形成这样一个判断：从绝对意义上看，由于近年来高校的扩招，农村孩子上大学的绝对人数没有减少，甚至还有可能增加；但从相对意义上看，农村孩子在大学生源中的比例在明显下降，与 1980 年代相比几乎下降了近一半。这就大体可以推断，当高校扩招结束，招生规模相对稳定之后，农村孩子上大学的绝对数量将会减少。这意味着通过高考，农村孩子向上流动的渠道将会缩窄。

报道二："大学生 4 年学费等于农民 35 年纯收入。"这是两会期间一则经常被人们提及的报道。报道说，在全国政协十届三次会议上，有政协委员说："西部地区一个大学生每年平均支出 7000 元，相当于贫困地区 9 个农民一年的纯收入，一个本科生 4 年最少花费 2.8 万元，相当于贫困县一个农民 35 年的纯收入。"但准确一点说，应当是一个西部地区大学生 4 年学费等于贫困地区农民 35 年纯收入。如果将这个说法用到全国，稍微有些夸大。

据笔者的计算，以全国农村居民年人均纯收入 3000 元计算，一个外地孩子在北京上大学，学费加上住宿费、生活费和其他费用，每年大约需要 15000 元左右，4 年大约需要 60000 元。这样，一个大学生 4 年学费大约相当于一个农村居民 20 年纯收入。应当说，对于一年平均收入只有 3000 元的农民来说，这是一个相当沉重的负担。而且这还是 1 个孩子。假设有个农村家庭有两个孩子，又都考上了大学，将两个孩子供完本科，大约需要 1 个农村居民 40 年的纯收入。于是就有了投资的说法。农民供自己的孩子上大学，期望的是回报，回报就是孩子的前途，当然收入的含义也在其中。应当说，这是一笔相当巨大的投资。这笔投资的规模，我们可以做个类比：现在我国城市居民的年均可支配收入大约在 10000 元左右。也就是说，一个农民用 60000 元的收入进行投资，大体相当于一个城市居民用 200000 元进行的投资。而我们知道，就一个个体工商户来说，200000 元也是一个不小的投资规模了。

当然，这还是农民有钱进行投资的情形。问题是，有相当一些农民实际是无力承担这笔费用的。于是，在今年就有了"不上学等着穷，上了学立刻穷"的说法。前些年，我们经常听到因病致穷、因病返穷的说法，现在在一些地方已经出现明显的因教致贫、因教返贫的现象。不仅读大学的费用对于收入低微的农民来说成了天文数字，就是为了使孩子获得高考的资格和能力所必须支付的中小学教育费用，也成为一个难以承受的负担。甘肃省 2004 年抽样调查显示，由于教育因素返贫的农户，占返贫总数 50%。据报道，在普遍实行两孩化的农村地区，昂贵的教育支出，"已经迫使一些农民不得不做出人生最为艰难的抉择：保一个孩子上学，强迫另一个辍学"。

报道三："出身农村家庭的大学生就业更加困难。"报道说，据北京大学高等教育规模扩展与毕业生就业课题组调查，家庭背景决定子女就业。这项调查显示，家庭背景愈好，毕业的工作落实率与起薪点就愈高。父亲为农民比父亲为公务员的毕业生平均月收入少 400 元。据 2003 年度全国高校毕业生就业状况显示，父母社会地位愈高，权力愈大，社会关系愈多，动员和利用这些资源为子女求学和就业服务的权力就愈大。北大的调查还显示，父亲为公务员的工作落实率要比农民子弟高出 14 个百分点。

到此为止，我们可以看到有关农村孩子上大学的三个值得重视的因素：一是上大学对于农村孩子来说是一件决定命运的重大事件；二是上大学的费用日渐昂贵；三是大学毕业后能否就业越来越没有保障。于是，就出现了近一两年的一个新说法：农村孩子上大学如同赌博。扩招以后，大学毕业生逐年增加，大量农村生源毕业后无业可就，家庭付出的巨额投资得不到合理补偿，"新读书无用论"正在西部地区滋生。这种认识不仅使一些大学生弃学，甚至已波及中小学教育。根据民盟青海省委的调查，近几年来，西部地区中小学校的辍学人数正在逐年上升。

　　给人一些希望的是，北京大学的调查也显示，学历层次愈高，学校知名度愈大，受家庭背景的影响就愈小。也就是说，相对于本科生来说，硕士研究生和博士研究生就业时，受家庭背景的影响更小，更看重真才实学。但这个结论给人的希望是短暂的。前些天媒体报道，今年北京大学、清华大学、武汉大学、华中科技大学、复旦大学、上海交通大学、同济大学、西安交通大学和哈尔滨工业大学 9 所院校将参与研究生培养机制改革试点，率先实行研究生全面收费。尽管一些学校随后澄清，今年不会马上实行收费（今年的已经录取，当然无法实行），但不久的将来呢？

农村九年义务教育调查[1]

中央党校课题组

近年来，农村学生的辍学、流失率偏高，初中生辍学率上升，有的地方农村辍学率高达 10% 以上，农村 15 岁及 15 岁以上人口平均受教育年限不足 7 年，与城市平均水平相差近 3 年。在 15~64 岁农村劳动力人口中，受过大专以上教育的不足 1%，比城市低 13 个百分点。全国现有 8500 万文盲半文盲，3/4 以上集中在西部农村、少数民族地区和国家级贫困县。

实际完成三年初中教育的学生大致不超过 30%。如此多的孩子放弃接受初等教育，不纯粹由于经济原因。

中央党校中国农村九年义务教育调查课题组，先后到黑龙江、辽宁、内蒙、宁夏、新疆、西藏、陕西、山西、河南、河北、湖南、湖北、山东、广东、广西、海南等 16 省市进行调查研究。农村教育或繁荣或苍凉，都预告着 9 亿农民之子弟下一代的命运，也影响和决定着我们整个国家未来的发展。

辍学率反弹拉响农村九年义务教育警报

2000 年，国家宣布如期实现"基本普及九年义务教育"、"基本扫除青壮年文盲"的任务，在全国范围内实现了基本普及九年义务教育。特别是农村义务教育，2002 年发生了翻天覆地的变化，小学和初中入学率分别达到 98.6% 和 90%。全国有 2598 个县实现了

---

[1] 原题为《中国农村九年义务教育的困境与出路》，中共中央党校经济学教研部课题组调查编写，执笔人为潘云良。该调查报告收入本书时内容有删节。

"两基"目标，占总县数的 90%。

但是，当课题组奔赴全国各地调查研究时发现，农村的教育，尤其是落后地区的教育状况，并不像城市的教育那样成效显著，更说不上繁荣，而用"凋敝"这个词来形容，却一点都不夸张。

我们深深感到，目前"普九"的成果是低标准的，并且相当脆弱。一方面，所谓"基本普及"，是指 85% 的人口覆盖地区实现这一要求，还有 15% 的人口覆盖地区——主要在西部贫困地区——这一目标远未实现；另一方面，即便在"普九"已经验收的地区，普及义务教育的成果和质量也是很不巩固、很脆弱的，不少地区的辍学率出现了明显的反弹。近年来，农村学生的辍学、流失率偏高，初中生辍学率上升，有的地方农村辍学率高达 10% 以上。而且，就许多地方的实际观察，农村学生的流失辍学率，比统计数字要高得多。

以黑龙江省宾县为例，该县地处黑龙江省中部，其经济发展在该省也处于中游。全县共有中学 35 所，小学 160 所，县城中学的辍学率能控制在 2% 左右，但各乡镇的辍学率则远不是上报的数字。以宾县久太中学为例，实际上报的只有 2%，而其真实辍学率则在 8% 以上。再以河南省商丘市宁陵县为例，该县上报辍学率为 2%，但实际辍学率在 9% 以上。

有些学校学生虽然在册，但学生并不在校。有些学校只要学生交钱，随便可以买到初中毕业证书，而实际根本未上课。更有甚者，在上级验收检查时竟然借学生凑数。

一个无可置疑的现实是，在我国，《义务教育法》颁布已经十多年了，但在广大的农村地区，特别是在比较落后的地区，仍然存在大量问题，亟须进一步认真贯彻、落实。近年农村初中在校生辍学率又连年回升，根据官方公布的数字显示，已达到 5.47%。

辍学的学生基本上都是 20 世纪 90 年代生的那一代，是所谓的真正的长在阳光下的一代。具有讽刺意味的是，这一代人的父母有的过去还能读到高中毕业，相比之下，他们初中还没有读完，接受的教育还超不过他们的父母。况且，从我们调查的情况看，农村中学的辍学率远不是官方公布的数字，这应该引起各级领导的关注。

农村九年义务教育的现实困境

课题组先后到16省市进行调查研究时了解到，许多地方农民负担依然沉重，乡村学校校舍简陋破败，县乡九年义务教育达标后落下债台高筑，一些中小学毕业生面临"升学无望、就业无门、致富无术"的尴尬。农村九年义务教育的现状不容乐观，概括起来有以下几个方面的问题。

经济困难是造成农村学生无法继续升学的重要原因

在享有九年义务教育这一权利方面，农村孩子的"待遇"远远低于城市的孩子。在政府规定免除学费的同时，却允许增收杂费，这一规定在实质上取消了"义务"的无条件性。在缺乏国家财政拨款支持的前提下，农村教育部门由于财政困难，不得不把增收超过学费的杂费变成最主要的经济来源，来维持学校的正常运转。

众所周知，中国农村最大的问题是贫困，教育支出在农村尤其在贫困地区对大多数家庭是一个沉重的包袱。在巨大的经济压力面前，辍学、失学、特困生成为了农村教育的几个最常见的关键词。我们到宁夏调查了解到，像轰动了全欧洲的"马燕日记"（马燕是宁夏回族自治区的一个小姑娘，她在日记本上写道："今年我上不起学了，我回来种田，供养弟弟上学，我一想起校园的欢笑声，就像在学校读书一样。我多么想读书啊！可是我家没钱。"马燕的日记是被法国解放日报记者发现的，并在报上连载，反响强烈。她的日记已被译成法、英、德、意多种文字，欧洲人被感动得纷纷写信慰问、捐款。后来，马燕及当地60个孩子因外国人的关心而能上学了，马燕成为她村里的第一个女初中生）所描述的这种现象在宁夏普遍存在。

对于经济贫困家庭的孩子来说，每年甚至每学期的学费，成为他们通往学校的主要障碍。在几个省的调查中，当就目前农村教育收费水平发表看法时，农民等弱势群体都表示"吃力"或"非常吃力"。在湖南省安乡县,农民的家庭年收入是 1200 元,供一个孩子读书要 800 元,而有两个孩子的家庭占大多数,也就是说两个孩子都上学几乎是不可能的。更何况农民人均纯收入中四成是实物折抵的收入,还有两成用于预购化肥农药等生产资料,农民每年自行支配的货币收入远不足 1200 元。

学困问题

从辽宁省黑山县、彰武县、内蒙古自治区库伦旗调查情况看,三地农民实际家庭年均纯收入大致都在 5000 元至 20000 元左右,从全国看应属中等水平。几乎所有儿童都有经济条件接受九年义务教育,但实际完成三年初中教育的学生比率很小,大致不超过 30%。调查发现,如此多的孩子放弃接受初等教育,不纯粹由于经济原因。孩子们选择回家的原因有如下几种:

第一、农村人口居住分散,中学布局根据现有生源情况一般为一乡设一所学校。这样一来,多数学生无法像小学时一样在家门口的村小学校上学,而因交通不便,学生上学除少数家庭条件好的可以合伙打车外,只能选择骑自行车到校,道路条件又不好,很多孩子因吃不了苦而放弃学业。以辽宁省黑山县段家乡为例,该乡惟一一所中学离最近的村子 3 华里,最远的 15 华里。距离学校较远的中心村 2002 年有 17 个小学生毕业,同年全部升入初中,但只有 3 人坚持到毕业,2 人考入高中。

第二、农村小学教育水平低,学习条件差,农村小学毕业生掌握知识少,学习成绩差,大多难以适应中学以后的系统学习,学习失去兴趣,吃苦失去动力。

第三、目前我国仍以应试教育体制为主导,孩子在小学毕业摆脱文盲后,受初中教育的惟一目的是考上高中并最终考上大学,而初高中课程的设置对那些考不上大学只能务农的孩子几乎没有多少用处,只有参军及少数进城打工的岗位需要初中毕业证书,但目前这种证书只要花钱就很容易得到。

第四,由于基础太差,学习跟不上,很多学生对学习失去兴趣。

再加上学校片面强调升学率，对教师实行量化管理，这样一来，老师排斥差的学生，使学习差的学生在班级抬不起头来，不得不离开学校。

校困问题

我国现行的教育经费负担模式是城市教育由国家负担，而农村以县级统筹为主。由于目前中国大多数县属于"吃饭"财政，能够投向教育的资金十分有限，造成很多农村学校难以为继。

首先是校舍不足而且简陋。据统计，上世纪末我国中小学有危房约1300万平方米，集中在中西部农村。据国家审计署的最新报告，仅四川南部、中江、小金三地，2001～2003年间，从多渠道筹集危改资金共计7397.43万元，共消除各类危房21万多平方米，但尚未改造的校舍危房面积仍达94639平方米，其中必须拆除重建的D级危房为65367平方米。

在调查中，我们真实地看到和感受了这种状况。如广西蒙山县的总体情况是，相当一部分小学无校门，无围墙，校园环境差；教师的办公桌椅大部分是六七十年代的产物，高低不一，长短不齐，陈旧破烂；初中学生宿舍条件极差，三个人睡一张床，房间四处漏风，食堂也异常简陋；教学仪器、图书及电教设备严重不足。我们到过的几所学校，有的教室墙体已经开裂，有的地基严重下陷。

其次是负债严重。2003年度国家审计署审计调查的50个县，2001年底的基础教育负债为23.84亿元，2002年底上升为31亿元，增长30%；到2003年6月底，仅半年时间又增长了25.7%，达38.98亿元。负债总额相当于这些地方一年财政收入的80%。

教育负债首先与2000年"普九"验收有关。1986年，《义务教育法》第一次提出2000年在全国范围内"普九"，并要求学校建有相应的图书馆、教学楼和运动场等硬件设施。这后来成了很多地方教育部门的硬性任务。各省教育厅与各市（地、州）政府（行署）教委签订了双向目标责任书，各地上下级政府之间、政府与相关部门之间也签订了责任书，把"普九"纳入党政干部的政绩考核内容，

"普九"得以全面铺开。但为了达到"普九"目标，本已困难的基层政府和教育部门不得不向外贷款或由施工队垫资，背上了巨额债务。据调查，截至 2000 年"普九"验收前夕，四川全省已完成和正在推行"普九"的县的教育负债总额达 39 亿元。

同时，各地省级以下财政逐渐萎缩，地方财政逐渐难以承担教育投入，更加剧了各地的教育负债。

再次是拖欠教师工资。据中国教育工会 1999 年上半年调查，中国有三分之二的省、自治区、直辖市拖欠教师工资，即便在经济比较发达的广东省也有拖欠情况。从我们调查的情况看，虽然现在情况要好一些，大部分县都能保证基本工资的发放，但不能足额发放却是普遍现象。

师困问题

农村学校师资总体素质不高，队伍不稳，是农村中小学十分突出的问题。由于国家对农村和城市学校建设的投资不均衡，导致农村中小学办学条件恶劣，教师待遇差、工资低，许多骨干教师流向城市和经济发达地区。公办教师人心思走，民办教师（代课教师）"亦农亦教"，使农村基础教育雪上加霜，究其原因主要有以下几个方面：

一是多数教师家在当地，并且配偶没有固定收入，一个人的工资难以养家糊口，不得不分散精力从事其他职业，增加收入以维持生计，从而不可能全身心投入教育教学工作，由于家在当地，调动的可能性小，也影响了教师的进取精神。

二是学校其他收入微薄，对教师的考核评价不能完全与教师劳动付出成正比，奖金分配差距不大，难以充分调动教师工作积极性。

三是由于学校经费不足，教师外出学习培训、交流的机会少，致使多数教师不可能进行教育科研和教学改革，因此改革意识较为淡漠。

四是由于很多乡镇经费困难，学校即便严重缺编，镇乡领导也不进人，宁愿请素质不高的代课教师（这样可节约资金）。

　　五是由于山区教师缺编严重，教师所教学科极不稳定，并且常常一个教师是同时教几个学科，这极不利于教师教学水平的提高和培养学科骨干教师，造成教师教学手段单一，教学方法单调，就更谈不上提高教学艺术水平了。

　　六是现在很多村级小学的教师是由民办教师经过突击培训转正而来，其整体素质不适应当前教育的发展。

　　总之，由于贫困地区学校条件艰苦，外面的好教师调不来，本校的好教师又留不住，使这些学校教师整体素质较差。

　　随着农村经济的发展和教育事业的发展，以上问题越来越突出地表现出来，贫困地区尤为突出。如甘肃省礼县，全县共有学生10多万人，而教职工不到4000人；甘谷格板峪小学五个班级，只有一位老师任教。再比如河南汝阳，全县有代课教师700人，有相当一部分小学没有一位公办教师，基本是初中毕业生教小学，有的教师连初中都没毕业，小学教育的质量可想而知。新安县一个乡公办教师140人，代课教师117人，代课教师几乎占了一半。农村教师队伍的现状令人担忧，这个问题不解决，实施素质教育、提高农村教育质量便很难落实。

　　前景贫困

　　在辽宁省黑山县中心村调查中，该村2000级小学毕业生中有14人未读完初中，问起原因，大都认为经济上不划算。供养一名初中生一年大约需要学杂费、书本费、中餐费、交通费等至少2000元，这笔钱多数农民家庭负担得起，但在家庭总收入中所占比例比城市高得多，家长们不会像大多数城市家长那样不在乎，在他们看来，只有孩子学习好，将来能考上大学，找到工作赚到钱，这些投资（当然得加上以后上高中和上大学所需的更多费用）才算有了回报，才花得值，否则不如不念，不但不花钱，还可以帮家里做些农活，或打工增加收入。

　　尤其是近来各地大学学费在不断上涨，这对农民打击很大。北大、人大、北师大、复旦、浙大、南开、厦大等学费均在4500元左右。真能上这样的学校也倒罢了，至少将来容易找到工作。问题是一般学校收费也不低，将来还不一定能找到工作。

农民给我们算了一笔账：若要供子女四年大学，至少需负担4万~6万元，这已经相当于普通城镇家庭5~10年的全部积蓄了！这个费用，是边远贫困家庭所无法想象的，更何况学生上了大学也不一定能找到工作。

统计表明，目前的农村辍学孩子中，有近一半是因为升学无望。更多的是因为看不到上学能带来什么好处，前景无望才是农村九年义务教育难以巩固的深层原因。

思考与出路

农村教育问题的根源究竟在哪里？我们认为，首先应给予农村学生以平等受教育的机会，义务教育应真正落到实处；其次，必须加强农村师资队伍建设，没有合格的老师，不可能出合格的学生；最后，必须思考九年义务教育教育什么，如果教育的内容仅仅是为了考大学，那么农村学生又有几个能考上？

为此，我们提出以下建议。

义务教育城乡统筹兼顾

中国农村教育面临的最主要困难是教育负担不公平。城市推行九年义务教育，教育费用基本上由政府承担，而农村的九年义务教育，费用绝大部分由农民自己承担。2002年农民人均纯收入2476元，仅为城市居民的32%。就是这32%，也不能全部作为生活费用。

目前全国有80%以上的小学、64%以上的初中设置在农村，所以，"以民为主"使得农民承担了义务教育半数以上的"义务"。国务院发展研究中心"县乡财政与农民负担"课题组的调查结果显示，目前我国农村义务教育的投入实际上主要还是由农民们自己负担的。在全部投入中，乡镇一级的负担竟高达78%左右，县财政负担约9%，省地负担约11%，中央财政只负担了2%。

国家教育经费的不足是一个众所周知的现实，问题是这些有限的教育投资，大部分还被"锦上添花"地投放在基础较好的城市学校，尤其是其中的重点中小学。因此，必须逐步取消城乡分割的教育投入机制，中央和省级财政要加大对县级、尤其是贫困地区转移支付的力度，同时逐步压缩高等教育经费所占的比例，教育投入逐步向义务教育倾斜。

应逐步调整义务教育负担的比例，应由县级统筹为主逐步转向以省和中央为主。从我们调查的情况看，要县级财政扛起农村义务教育的重担，县级财政恐怕难当重任。全国半数以上的县是"吃饭"财政，其中有很大一部分连"吃饭"也保证不了，又哪有精力和能力去筹划"百年大计"？中央的转移支付又不足以解决落后地区义务教育的现实问题，很明显，越是落后的地区教育投入越是不足。

我们认为，义务教育经费的工资部分应由中央统筹。粗略地估计和测算：农村义务教育支出中最重要的是教师工资。中国农村小学教师有 380 万人，如果中央政府能够保证其每月 500 元的收入，需要 232 亿人民币（东部地区需要政府再补贴一点；中西部基本就能稳定小学教师队伍）。全国农村还有中学教师 223 万人，如果保证其每月 800 元收入，总费用是 214 亿人民币。两项加起来是 446 亿人民币，占 2002 年全国财政总收入的 2.3%。用中央财政来支付义务教育中最大的一笔教师费用，完全可行。义务教育的其他经费如校舍、教学仪器、设备等由省、县两级负担。做到这一点，才是名正言顺、名副其实的义务教育，才能稳定农村义务教育的教师队伍，才能巩固和发展农村九年义务教育成果。

加强农村师资队伍建设

我国 800 万农村教师，承担着 6600 万农村中小学生的教育，肩负着普及九年义务教育并将我国沉重的人口负担转变为高素质人力资源的神圣使命。关注 800 万农村教师的生存和生活，是确保农村教育发展的关键。

从各地了解的情况综合起来看，农村教师队伍整体素质仍有待提高。相当部分农村教师教育观念陈旧，知识老化，方法落后，难以适应教育改革发展的需要；学历达标与能力达标存在较大落差，进一步提高农村教师实际教学能力，仍是一项艰巨的任务；农村教师中民转公教师多，代课教师多，层层拔高使用的多，教师整体水平难以保证。此外，由于待遇低、工资拖欠、专业教育程度低、师资来源复杂、管理松散等多方面原因，造成一些农村教师工作缺乏责任心、职业意识淡漠。

与此同时，我们也体会到农村教师的艰辛。许多农村教师工资水平较低，津贴补助至今未得到解决，城乡教师实际收入差距大。为此，各级政府应切实解决农村教师待遇问题，并加强农村教师的培养和管理。

调整农村九年义务教育的内容

教育体制僵化，办学形式单一，农村基础教育脱离农村经济发展需要，缺乏与农村社会的血肉联系，这是当前农村教育问题的突出表现。在教育体制上，农村基础教育、职业教育、成人教育各成体系，实行条条管理，各自强化，没有充分利用农村中小学已有的教育设施和相对雄厚的师资力量办职教和成教，而是另起炉灶，占用了有限的农村教育资源，制约了农村中小学教育的发展。

由于农村职教和成教的设施、经费和人员很难一步到位，造成农村职教、成教流于形式，收效甚微。

在教育投入方式上，政府投入不到位，镇乡领导直接或间接鼓励学校通过各种形式的乱收费来补充教育经费的不足，使得学校校长在夹缝中生存——一方面要为学校的正常运转和发展筹集资金，另一方面又要随时准备为乱收费承担责任。

中等职业学校普遍出现生存危机，农林中专更是难以为继，出现这种状况的原因是这些学校并不能为农村学生带来很好的就业出路。

为此，我们建议，农村教育的重点应放在提高农村人口的素质，培养适应"三农"多样化需求的人才上，而不是让农村学生只有考大学一条路。农村九年义务教育从目标、内容、形式、结构和布局诸方面要彻底改革。

高等教育入学机会的阶层差距

杨东平

在近年来我国教育公平的研究中,社会阶层之间接受教育的差距未被特别关注,为巨大的城乡差距所遮蔽。一系列研究显示,随着在社会转型中城乡差距、贫富差距逐渐拉大,教育制度作为社会分层的机制逐渐突显,中小学和高等学校学生的阶层差距正在扩大。

教育中的阶层差距,是社会阶层差距的表现。在不同类型的国家,拥有更多经济资本、社会资本和文化资本的优势阶层子女在享受教育和接受高等教育上占有优势,而低社会阶层的子女则处于劣势,是一个基本现象。现代教育的理想和使命则是努力"减少由出身造成的对儿童所获得的教育机会的制约"。我们需要认识和评价教育中客观存在的阶层差距,探究其影响因素和形成机制,从而缩小这一差距。20世纪90年代以来,高校学生的阶层背景发生了新的变化。由于我国常规统计中缺乏学生家庭背景的材料,基本没有反映阶层差距的数据,此处只能以一些高校的个案、以往学者做过的一些调查以及本课题组的局部调查为素材,从这些零星的、局部的数据中一窥这种变化。是为破题。

高校学生家庭背景的变化

新中国成立之后,我国教育公平的理念建立在主流意识形态的阶级理论之上,强调面向大多数人的教育,强调工农子弟接受教育的优先权,努力培养"无产阶级知识分子"队伍。在高校招生中,逐渐形成、贯彻重视家庭出身和政治标准的"阶级路线"政策。在这种理论中,排斥剥削阶级家庭出身的学生,而优先录取工农子弟、干部子弟。1949 年之前，绝大多数高校学生来自社会优势阶层和富裕家庭。随着实行新的政策，1952 年高校学生中工农子弟的比例达到 20.5%；1958 年高校新生中的工农子女已占 55.28%，1965 年则达到达 71.2%。[1] 以北京大学为例，来自工农家庭的学生，1957 年为 30.8%，1960 年为 64.8%，1964 年为 41.5%，"文革"期间的 1974 年这一比例最高，达到 78.6%。[2] 如前所述，当时高校学生中工农子弟比例居高，并非社会不同群体竞争或学业成就的自然表现，而是通过政治力量强行推动的。

在 1977 年恢复高考，分数—能力标准取代了强制性的政治标准之后，情况马上发生了变化，工农子弟的比例迅速回落，而干部、知识分子子弟大幅增加。

北京大学的情况

以北京大学为例，如图 1 所示，1978 年新生中工农子弟占 27.5%，干部、军人、知识分子子弟占 52.2%，其他为 20.3%。1991 年，工农子弟为 37.1%，干部、军人、知识分子子弟为 62.3%，其他为 0.6%。

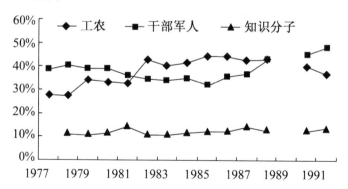

---

〔1〕 马和民，高旭平. 教育社会学研究. 上海：上海教育出版社，1998：111.

〔2〕 李文胜. 中国经济发展战略与中国高等教育入学机会的公平. 引自：刘海峰主编. 公平与效率：21 世纪高等教育改革与发展. 福州：福建教育出版社，2003：425.

	工人、农民	干部、军人	知识分子	其他
1977	27.5	38.7		
1978	27.5	40.6	11.6	20.3
1979	34.4	39.2	11.4	15.0
1980	33.3	39.2	12	15.5
1981	33	36.4	14.2	16.4
1982	43.1	34.6	11	11.3
1983	40.5	34.1	11	14.4
1984	41.9	35.2	12	10.9
1985	44.6	32.3	12.4	10.6
1986	44.4	35.9	12.3	7.3
1987	42.7	37.3	14.4	0.6
1988	42.8	43.2	13	1
1990	40.4	45.7	13.3	0.6
1991	37.1	48.7	13.6	0.6

资料来源：李文胜．中国经济发展战略与中国高等教育入学机会的公平．引自：刘海峰主编．公平与效率：21世纪高等教育改革与发展．福州：福建教育出版社，2003：425．

图1　1977—1991年北京大学新生家庭背景的变化（％）

在工农子弟、干部、军人子弟和知识分子子弟这三条曲线中，只有知识分子的变化是比较平缓的，从1978年到1991年，知识分子子弟在大学新生中所占的比例增长了2个百分点。

工农子弟新生所占比例的曲线在80年代初经历了保护性政策取消而导致的低落后，开始回升，在1985年达到44.6%的最高点，增长了约17个百分点，然后在80年代末这一比例开始低落，1991年降至37.1%的新低点。与1978年相比，总共增长了不到10个百分点。

变化同样显著的是干部军人子弟曲线，其构成从 1978 年的 40% 左右，在 1985 年降至 32.3% 的最低点，此后稳步增加，到 1991 年达到 48.7% 的高点。与 1978 年相比，增长了 8 个百分点，如图 2 所示。

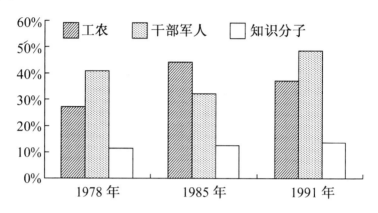

图 2　北京大学新生家庭背景结构变化柱形图

北京大学一校的数据虽然不足以反映整个高等教育的全貌，但仍具有作为"晴雨表"和"风向标"的指示意义。考虑到在 1995 年全国就业人口构成中，专业技术人员仅占 5.43%，机关、企事业负责人仅占 2.02%[1]，其子女在重点高校高达 50%～60% 的比例，便不能不令人惊讶。

几个全国性调查

20 世纪 90 年代以来高校学生家庭背景的分布和变化，散见于国内学者做过的一些调查。

谢维和 1998 年 37 所高校调查

谢维和 1998 年对全国 37 所高校一年级（1997 级）和四年级

〔1〕 李文胜．中国经济发展战略与中国高等教育入学机会的公平．见：刘海峰主编．公平与效率：21 世纪高等教育改革与发展．福州：福建教育出版社，2003.

（1994 级）学生的调查，其样本共 69258 人。调查结果如表 1 所示。该结果表明城市的学生在高校学生中占 52.8% 的多数，而来自于农村和乡镇的学生占少数。专业人员、国家干部、管理人员子女所占的比例为 32.8%，工农子弟分别占 20.8% 和 31.4%。不同家庭背景学生在四类不同层次高校中的分布有明显差异。

表1　1998 年 37 所高校调查高校学生的阶层分布（%）

	国家干部	专业技术人员	企业管理人员	个体工商业者	工人	农民	军人	其他
样本总体	11.7	12.7	8.4	4.4	20.8	31.4	0.7	9.9
国家重点院校	14.4	16.4	10.3	3.7	23.1	21.8	0.8	9.5
部委重点院校	12.6	14.4	8.9	5.0	19.5	30.8	0.5	8.3
普通高等院校	9.7	12.0	8.2	3.5	23.4	29.8	0.8	12.6
地方高等院校	9.5	7.1	6.0	5.6	17.2	45.6	0.6	8.4

资料来源：曾满超主编. 教育政策的经济分析. 北京：人民教育出版社，2000：268.

如将上表调整，前三类职业合并计算，则其在四类高校中的分布分别为 41.1%、35.9%、29.9% 和 22.6%，呈与学校层级相反的降序排列。而将工人、农民子弟合并计算，其在四类高校中的分布分别为 44.9%、50.3%、53.2% 和 62.8%，呈现与由高到低的学校层级相反的升序排列。

钟宇平、陆根书 1998 年 14 所高校调查

钟宇平、陆根书于 1998 年对北京、南京、西安等地 14 所高校进行的调查，其总样本为 13511 个，结果如表 2 所示。以学生的父亲职业计算，显示总样本中党政机关干部、专业技术人员、教师和管理人员子弟的比例为 45.3%，工人、农民合计占 47.1%。

表2　1998年14所高校调查大学生父母亲职业构成（%）

	党政机关干部	专业技术人员	大中小学教师	管理人员	工人	农民	其他
父亲职业	15.0	13.5	7.9	8.9	17.7	29.4	8.0
母亲职业	5.5	8.9	8.1	3.9	22.4	40.2	11.0

　　资料来源：陆根书. 高等教育成本回收：对我国大陆大学生付费能力与意愿的研究. 香港：香港中文大学教育学院，1999：56. 转自：许庆豫. 教育发展论：理论评价与个案分析，福州：福建教育出版社，2001：379.

　　据1995年全国人口普查1%人口抽样资料，以学生的父亲职业为准，机关干部和企事业负责人在全国从业人口中所占比例为2.02%，但他们的子女在本科高校学生中的比例高达15%；如果加上管理人员的子女，所占比例高达23%以上。专业技术人员在从业人口中的比例是5.43%，其子女在高校本科生总数中所占的比例是13%。而农民及其相关职业的从业人口在整个从业人口中的比例高达69.4%，但他们的子女在本科高校学生中的比例却只有29.4%。

厦门大学2004年34所高校调查

　　厦门大学教育学院课题组于2004年对陕西、福建、浙江、湖南、广东、广西、安徽、上海等地34所高校（包括部属重点高校8所、公立普通本科院校8所、公立高职院校11所、民办高职院校3所、独立学院4所）进行了调查，收到有效问卷7264份。其职业分类是按照中国社会科学院社会学所的社会阶层研究，共分为10类。不同家庭背景学生在各类高校中的分布见表3。

　　该调查以"辈出率"（该阶层在校生的比例与该阶层在社会总人口中的比例之比，即B/A）的概念来表达不同阶层子女获得高等教育机会的差距，如B/A的数值为1，即意味着该阶层在校生的比例与其在社会人口结构中的比例相等，是最公平的状态。

表3 2004年34所高校调查大学生阶层分布（%）

	社会阶层构成	样本总体	总体的阶层辈出率	部属重点高校	普通本科院校	公立高职院校	民办高职院校	独立学院
	A	B	B/A	B_1	B_2	B_3	B_4	B_5
1. 国家与社会管理者	2.1	8.2	3.90	11.5	6.6	5.7	9.7	10.9
2. 经理人员	1.6	4.0	2.50	3.8	2.9	3.5	4.8	8.9
3. 私营企业主	1.0	5.9	5.90	4.3	3.5	2.0	10.7	17.7
4. 专业技术人员	4.6	12.3	2.67	16.6	11.9	10.0	11.2	9.3
5. 办事人员	7.2	6.0	0.83	6.7	5.5	5.2	6.2	8.0
6. 个体工商户	7.1	16.8	2.37	10.7	17.3	18.4	23.3	22.0
7. 商业服务员工	11.2	5.7	0.51	4.2	5.5	7.0	6.0	6.1
8. 产业工人	17.5	13.3	0.76	13.4	14.7	14.9	12.4	9.1
9. 农业劳动者	42.9	25.5	0.59	27.3	29.5	30.6	12.6	6.3
10. 城乡无业失业人员	4.8	2.2	0.46	1.6	2.5	2.7	3.1	1.6
合计	100.0	100.0	—	100.0	100.0	100.0	100.0	100.0

资料来源：王伟宜. 不同社会阶层子女高等教育入学机会差异的研究. 民办教育研究，2005（4）.

调查显示国家与社会管理者、经理人员、私营企业主、专业技术人员和个体工商户这五个优势阶层家庭的辈出率为2.37～5.9，为平均数的2～6倍。私营企业主阶层的辈出率最高，达5.9；城乡无业失业人员的这一比率最低，为0.46。最高与最低阶层的辈出率差距达13倍。这表明出身较高阶层的子女拥有比出身较低阶层的子女更多的入学机会。

在部属重点院校，管理干部和专业技术人员阶层的辈出率（B_1/A）最高，达5.48和3.6。阶层辈出率的最大差距约为17倍，意味着国家管理干部子女进入重点部属高校的机会是城乡无业失业人员子女的17倍。在公立普通高校，这一差距缩小为7倍，在公立高职院校，这一差距约为5倍。这表明在公立高等教育系统，阶层差距主要体现在对高层次的部属重点院校入学机会的获取上。

尽管私营企业主阶层的辈出率最高，但其子女主要分布在民办高校和独立学院。在收费远远高于公立高校的民办高职院校和独立学院，私营企业主和经理人员阶层的辈出率最高，而商业服务业员工、产业工人和农业劳动者的辈出率大幅降低。

如将上表的职业分类合并计算，它大致反映了社会的优势阶层、中间阶层和弱势阶层子女在不同类型高校的分布。前四个阶层（干部、管理人员、私企和专业技术人员）在社会人口中占 9.3%，其子女在高校学生中占 30.6%，是其社会比例的 3 倍。中间阶层（办事人员、个体工商户、商业服务员工）的这一分布比较合理，在人口中占 25.5%，在高校占 28.5%。而高校学生中弱势阶层达 65.2%，其子女在高校在校生中仅占 41%。差距最大的是农业劳动者，占总人口 42.9% 的农业劳动者阶层，其子女在高校仅占 25.5%，辈出率仅为 0.59。[1]

由于调查学校不同，此样本中非重点和职业类高校较多，因此与以往的调查缺乏直接可比性，但重点高校和本科院校的数据或可比较。将 1998 年谢维和 37 所高校调查数据（表 1 中两类重点高校、两类本科院校合并计算）与上述厦门大学 2004 年的调查数据相比较，得表 4。从这一并不严格的比较中，可以窥见一个大致趋势：重点高校中，干部、管理人员子女增加了 3.7 个百分点，表明它是高等教育扩招获益最多的阶层。比较而言，专业技术人员子女仅增长了 1 个百分点。而受损最严重的不是农民阶层而是工人。工人子女的比例在重点高校减少了 7.9 个百分点，在普通高校减少了 5.6 个百分点，下降最为显著，反映近年来城市阶层差距的扩大，造成了对工人子女入学机会的影响。农民子弟在重点高校的比例没有明显变化，但在普通本科院校的比例下降了 8.2 个百分点。

---

〔1〕 王伟宜. 不同社会阶层子女高等教育入学机会差异的研究. 民办教育研究，2005（4）.

表4　1998 年和 2004 年若干阶层子女高校分布变化（％）

		干部、管理人员	专业技术人员	工人	农民
重点高校	1998 年 37 高校调查	11.6	15.4	21.3	26.3
	2004 年 34 高校调查	15.3	16.6	13.4	27.3
普通本科	1998 年 37 高校调查	8.35	9.55	20.3	37.7
	2004 年 34 高校调查	9.5	11.9	14.7	29.5

需要再次强调，由于每次调查的调查对象、抽样方法、职业分类标准等均不相同，所以这种比较不可能是严格的，我们可以从这些定量调查中感受、体会正在发生的变化。

为更丰富地了解高校整体的分层状况，再补充两个高校的个案。

全国重点高校武汉大学 1995 级学生的家庭背景分布是：党政干部占 8.3％，企事业干部占 23.8％，专业技术人员占 20.9％，个体、私营业主占 0.9％，军人占 0.4％，工人占 22.2％，农民占 23.1％。干部合并计为 32.1％，工农合并计为 45.3％。

全国重点高校北京理工大学 1998 级学生的家庭背景是：干部占 27.0％、知识分子占 9.4％、职员占 3.6％、军人占 2.1％、工人占 26.4％、农民占 18.7％、其他占 12.2％。整合之后，则工农子弟占 45.1％。[1] 这或许有一定的共性：与理工科大学相比，文科大学来自干部、知识分子家庭的学生比例更高。

本科生、硕士生、博士生的家庭背景

高等学校本科生和研究生的家庭背景有较大的差异。20 世纪 90 年代对 3 所高校的调查显示，研究生中来自干部、知识分子家庭的比重明显较少，而来自农村的学生占更大的比重，呈现学历层次与家庭背景"倒挂"的特征。农村学生的比重随着学历的提高而增加，博士阶段农村学生的比例大约是本科生时期的一倍；而干部、知识

――――――――

〔1〕　北京理工大学学生工作处材料，1998.

分子子弟的比例则降低了三分之一甚至一半，见表 5。

表 5　中国人民大学、辽宁大学、东北大学学生的家庭背景（%）

		农民	工人	干部、知识分子
中国人民大学	91 级本科生	30.0	16.8	53.2
	92 级博、硕士生	49.4	12.0	36.6
	92 级博士生	60.0	14.0	20.0
辽宁大学	95 级本科生	33.7	29.5	35.9
	95 级硕士生		2.4	43.0
	95 级博士生	68.4	10.5	21.0
东北大学	905 级硕士生	48.8	15.8	27.8
	95 级博士生	58.4	10.9	21.8

资料来源：李强. 当代中国社会分层与流动. 北京：中国经济出版社，1993：245. 张德祥，周润智. 高等教育社会学. 北京：高等教育出版社，2002：71.

　　显然，不能简单地认为我国高学历的获得受社会经济地位的影响较小。可以认识的原因是，90 年代初社会上对高学历的追求尚未兴起，考研远未成"热"，因而不具特别强烈的竞争性。由于当时收入"体脑倒挂"和经商热，出现过高校研究生厌学和大量退学的情况。此外，考研在一定程度上是就业不利应对策略，它从反面显示了干部、知识分子子女的就业优势。

　　令人关注的是在当前社会性的考研热和研究生扩招的背景下，阶层与学历的"倒挂"是否依然存在。我们对北京理工大学 2003 级本科生（442 个样本）和 2002、2003 级硕士生和博士生的抽样调查（有效问卷 593 份）显示，低阶层子女在研究生阶段的优势正在消失，见表 6。

　　随着学历的增高，农民子女的比例仍在增加，但增大的趋势已不明显；而优势阶层子弟在高学位阶段的分布，与本科生阶段的差距也不再明显。这说明在 20 世纪 90 年代曾出现的分层特征逐渐消失，在不同学历层次，具有较强文化资本、社会资本的阶层子女都获得了更多的教育机会。

表6 2004 年北京理工大学学生的家庭背景（%）

	农民	工人	干部、知识分子
2003 级本科生	10.6	18.1	41.6
2002、2003 级硕士生	24.8	9.4	41.6
2002、2003 级博士生	26.3	14.3	41.3

可资比较的是，上海财经大学公共政策研究中心于 2001 年进行的调查，涉及 31 个省、自治区、直辖市约 1 万余名在校大学生，有效问卷共 8270 份（其中上海样本 3060 个）。不计上海样本，不同学历层次学生的城乡构成如表 7 所示。虽然没有更详细的阶层划分，但也显示出随着学历提高，农村学生比例逐渐减少的情况，与以往的研究结果很不相同。

表7 2001 年上海财经大学的调查结果（%）

	城市	农村
总体	76.2	23.8
专科生	64.4	35.6
本科生	78.1	21.9
硕士研究生	73.8	16.2

资料来源：赵海利，高等教育公共政策，上海：上海财经大学出版社 2003：182.

我国研究生教育在大规模扩张的过程中，对社会分层的作用和影响仍须深入考察。一方面，研究生入学机会的获得所反映的已经不完全是学术能力的竞争，而与就业形势和劳动力市场呈现复杂的互动关系；另一方面，官员和经理人员以各种方式大量进入研究生阶段的学习，也会造成分层数据的失真和紊乱。

不同家庭背景学生的学科专业分布

令人关注的是学生在不同学科专业的分布，也越来越具有阶层属性。表8为北京理工大学部分学院2003级本科生家庭背景和学科专业的分布状况。该表调查显示，优势阶层的子女更多地选择了热门专业和艺术类专业，而工人、农民等低阶层的子女选择冷门专业的更多。

表8　北京理工大学部分学院2003级本科生家庭背景和学科专业分布（％）

学生家庭背景＼学科专业	信息技术（热门）	机电工程（较冷门）	设计与艺术（艺术类）
管理、专业技术人员	57.3	35.3	58.3
职员、个体、私营、其他	17.2	21.6	12.2
工人、农民、下岗	25.4	43.1	29.5
小计	100.0	100.0	100.0

资料来源：周蜜．我国高等教育入学机会阶层差距研究．北京理工大学人文学院硕士学位论文，2005.

对北京理工大学硕士和博士生的调查显示，在研究生阶段，学生在专业选择上的阶层差距更为明显，见表9。在冷门的理学，低阶层子女的比例高达61.3％，超过了该阶层在研究生总体中的比例，而管理、专业技术人员的比例在各个学科专业中最低。

表9　北京理工大学研究生家庭背景和学科专业分布（％）

学生家庭背景＼学科专业	信息技术（热门）	管理与经济（热门）	机械与车辆（热门）	理学（较冷门）	研究生总体
管理、专业技术人员	45.7	52.9	28.0	26.5	41.4
职员、个体、私营、其他	16.3	17.7	22.1	12.2	16.0
工人、农民、下岗	38.0	29.4	50.0	61.3	42.6
小计	100.0	100.0	100.0	100.0	100.0

高校学生学科专业分布中的阶层属性，可能是中国特有的一个特点。早在1990年，就有学者注意到了这一现象。据方跃林在1990年对福建省高等院校1708名学生家庭社会情况的调查，热门专业中

来自知识分子和社会管理者家庭的学生占 57.24%，来自工农家庭的学生只占 34.06%；冷门专业则相反，来自知识分子和社会管理者家庭的学生只占 38.3%，而来自工农家庭的学生却占 50.17%。[1]

对武汉大学 1995 级学生的调查，也揭示了学科专业分布的阶层属性，见表 10。热门的国际贸易、国际金融和计算机学科，优势阶层的比例最高；冷门的数学、历史，工农子弟的比例最高。

表 10　武汉大学 1995 级学生的家庭背景和学科专业分布（%）

学生家庭背景	农民	工人	党政干部	企事业干部	专业技术人员	个体、私营业主	军人
学生总体	23.1	22.2	8.3	23.8	20.9	0.9	0.4
数学	21.0	25.8	9.0	18.0	16.9	3.8	—
历史	29.5	22.7	4.5	26.1	13.6	1.1	—
计算机	12.2	23.1	7.7	23.1	28.6	1.1	1.1
国际贸易	11.4	11.4	20.0	34.3	22.9	—	—
国际金融	12.0	4.0	12.0	34.0	38.0	—	—

资料来源：刘宏元. 努力为青年人创造平等的受教育机会——武汉大学 1995 级新生状况调查. 青年研究，1996（4）.（调查样本 1890 个）

余小波对某电力学院 2000 级学生学科专业分布的调查，也揭示了这一特征，见表 11。干部子女比例最高的前 5 个专业依次为经济学、电气工程和自动化、计算机科学与技术、电子信息与通信技术、会计学，均为该校的热门或强势专业。工人子女比较集中的前 5 个专业依次为数学与应用数学、计算机科学与技术、热能动力工程、电气工程及自动化，多数为一般专业。农民子女比例最高的前 5 个专业依次是供用电技术、物理学、热能动力工程、建筑环境与设备工程、化学，基本上为冷门专业。面向农村的供用电技术专业，农

---

〔1〕 方耀林. 社会阶层化与高等教育入学机会的差异性研究. 厦门大学高等教育研究所，1996.

民子女所占比例高达 61%。

表11　某电力学院 2000 级学生的家庭背景和专业分布（%）

	干部子女	工人子女	农民子女
经济学	45	18	37
电气工程及自动化	41	31	28
电子信息与通信技术	40	27	33
计算机科学与技术	40	35	25
会计学	38	24	38
财务管理	35	27	38
英语	34	30	36
物理学	33	13	54
自动化	29	31	40
数学与应用数学	28	41	31
电算会计	26	28	46
建筑环境与设备工程	26	24	50
化学	24	28	48
汉语言文学	24	29	47
供用电技术	23	16	61
热能动力工程	16	32	52

　　资料来源：余小波．当前我国社会分层与高等教育机会探索——对某所高校 2000 级学生的实证研究．现代大学教育，2002（2）．

　　造成这一现象的部分原因，是有些冷门专业的收费较低，或者有定向培养等优惠政策，对贫寒家庭的学生具有吸引力。由于高校的招生和教务部门对学生的专业调整有很大的决定权，优势阶层子弟更多地集中在热门专业，令人强烈地感到"社会资本"的影响。因而，在学校自主裁定权最多的艺术类学科，这种阶层属性最为明显。

不同家庭背景学生的高考录取分数

不仅高校学生的学科专业分布具有阶层属性，而且经由全国统一高考进入大学的录取分数，也存在明显的阶层特点，令人十分意外。

表 12 为北京某高校 2003 级不同家庭子女的高考录取分数。可以看出低阶层家庭子女的平均录取分数普遍高出高阶层的子女。从总体来看，平均分从高到低的排序依次是：农民、下岗人员、个体经营者、工人、职员、中高层管理和技术人员，与他们的社会地位大致相反。将三类专业平均计算，则高级管理技术人员阶层子女的平均分（571.3）最低，比农民阶层子女的平均分（610.1）低 38.8 分、比工人阶层低 26.2 分、比下岗失业人员阶层低 35 分。

表 12 北京某高校部分阶层子女的高考录取分数（分）

	热门专业			冷门专业			艺术类专业		
	平均分 A	最低分 B	A－B	平均分 A	最低分 B	A－B	平均分 A	最低分 B	A－B
高级管理、技术人员	590.9	521	69.9	575.8	546	29.8	547.3	300	247.3
中层管理、技术人员	591.4	469	122.4	568.1	500	68.1	599.3	576	23.3
工人	602.5	549	53.5	591.0	548	43.0	559.0	501	58.0
农民、民工、农村干部	611.0	590	21.0	607.3	598	9.3	618.0	618	0
私企业主	601.3	580	21.3	578.0	531	47.0	543.0	408	135.0
下岗、失业、家务	594.0	584	10.0	613.2	586	27.2	603.5	593	10.5

资料来源：周蜜：我国高等教育入学机会阶层差距研究．北京理工大学人文学院硕士学位论文．2005．

不同阶层学生的平均分，热门专业最高分与最低分可相差 20分，冷门专业相差 37.4 分，艺术类专业则可相差 318 分！显然，在这一过程中，拥有较多社会资本的高中级管理和专业人员获得了最多的实惠，他们享受了最大的录取分数差距，甚至可以以低于平均分 122 分的成绩进入热门专业，以低于平均分 247 分的成绩进入艺术类专业。拥有较多经济资本的私企阶层也获得了实惠，在艺术类招生中，能够以低于平均分 135 分的成绩被录取。在特别显示家长社会关系和经济能力的艺术类招生中，农民家庭子女享受的"优惠分"为零。

可资比较的，是余小波对某电力学院 2000 级学生录取分数的调查，见表 13。农民子女的平均录取分数最高，比干部子女高 22 分，比工人子女高 18 分。其中工科类农民子女的分数比干部子女高 26分，财经类的录取分数差最大，达 30 分。[1]

表 13　某电力学院 2000 级学生分阶层的录取分数（%）

	总体	工科	财经	文科	理科
干部子女	512	511	509	521	512
工人子女	516	530	517	514	512
农民子女	534	537	539	525	530

资料来源：余小波．当前我国社会分层与高等教育机会探索——对某所高校2000 级学生的实证研究．现代大学教育，2002（2）．

中国高校不同家庭背景的学生录取分数的巨大差异和学科专业分布的阶层属性都是令人震惊的。它说明貌似公平的全国统一高考，形式上的"分数面前人人平等"，离实质的平等有多大的距离！

农村学生的录取高分数是由现行高考录取制度中的"城市中心主义"造成的。那些农村学生占多数的人口大省由于配额较少、整

〔1〕　余小波．当前我国社会分层与高等教育机会探索——对某所高校 2000 级学生的实证研究．现代大学教育，2002（2）．

体录取率偏低而录取分数奇高，甚至可以比北京、上海等大城市高100 多分。因而，农村学生只有其中最优秀的那一部分、只有考出比城市学生更高的分数才能进入大学。而城市社会中来自低阶层的学生考分更高，从而颠覆了"文化资本"理论，这一现象尚难以有效地解释，需要进一步研究。市场因素对分数标准的侵蚀、高校招生中的不规范行为都是可以想见的原因，但并不能确认它就是最主要的因素。

以上讨论大致揭示了扩招之后我国高校入学机会阶层差距的变化，也可以从中认识新中国成立之后的这一变化轨迹。

在 20 世纪 50 年代初，由社会主义理论所支持的阶级论的公平观，强调工人农民、劳苦大众的教育权利，对扩大工农的高等教育机会采取倾斜性的保护政策，极大地提高了工农子女的教育机会。在新的社会结构和社会环境中，随着优势阶层的形成，他们的利益也逐渐显现，并且影响了高等教育政策。这一变化在社会主义国家是具有共性的，前苏联就经历了这一过程：在新政权建立之初，农民和工人农家庭子弟比资产阶级出身的学生享有更大的优先权。在1931 年，高等学校约有 58% 的学生出身于工农家庭；然而到 1950 年代初，这些学生只占总入学人数的 10% 左右，大约有 50% 的学生出身于各种上层集团（官员、部队、党务人员）。为了增加工农子弟的比例，前苏联采取了对工业和农业组织保送的青年给予入学的优先权的措施。[1] 在我国，可以相比的是 20 世纪 60 年代初期以及"文革"时期，采取优先录取工农子女的"阶级路线"政策。

需要讨论的是 90 年代以来高等教育阶层差距的扩大，基本的动因究竟是什么。可以认识的是，高等教育阶段学生的阶层差距主要是中等教育阶层特征的积累和延续。如前所述，高中阶段学生的阶层差距主要是从城乡分治的二元结构、重点学校与非重点学校的二元结构中产生的。学生的家庭背景成为影响学生进入不同类型高中

---

〔1〕 〔美〕巴巴拉·伯恩. 九国高等教育. 上海：上海人民出版社，1973.

的重要因素，家长所拥有的社会资本的影响力为最大。

如果说家庭经济资本对高中入学机会的影响相对较小，那么对高等教育入学机会的影响则明显增加，体现在高收费的民办高职和独立学院的学生中，来自私企业主、个体工商户和管理干部家庭学生的比例相当高。高阶层子女在重点高校分布的增加，是城市学生高录取率的一个自然后果，也显示了家庭文化资本实在的影响。而在学科专业和录取分数上的阶层属性——这可能是典型的中国特征——则更多地体现了社会资本的影响，因为在高校录取和专业调剂的过程中，人的因素究竟具有怎样的重要性，是难以说清的。显而易见，在具备制度公正、完全以学习能力为标准的考试和录取制度中，入学机会的差距主要体现为个体学术能力的差距及其背后家庭文化资本的影响。而在我国目前的制度环境中，究竟如何认识不同因素的影响，是很费思量的。它尖锐地指向了这样的疑问：当前高等教育阶层差距的扩大，主要是基于文化资本的原因，还是基于无所不在的特权？

无论是准确地监测高校学生的阶层差距，还是对经济资本、社会资本、文化资本三者的不同影响做出定量的评价，都需要建立在宏观统计或科学抽样、大样本的问卷调查的基础上，这是我们这样的研究所不能胜任的。我们基于一些局部、片断信息对阶层差距所作的揭示，只是一个粗浅的开端，希望能给后来者作一些最基本的铺垫。

基本结论

高等教育入学机会的阶层差距，既表现在不同阶层子女进入高等学校的比率上，更表现在他们在高等教育系统的分布上。不同家庭背景学生在不同层次高校中的分布有明显差异。拥有更多文化资本和社会资本的管理干部、专业技术人员、知识分子的子女在国家重点高校占有较大的份额。在重点高校，国家管理干部子女是城乡无业、失业人员子女的 17 倍。私营企业主、个体工商户子女在民办高校和独立学院的分布更多，而农民、城乡无业失业人员子女在高等学校和高层次高校的比例最低。

在 20 世纪 90 年代曾出现的研究生阶段农村学生比例更高的阶层"倒挂"特征正在消失。随着学历的增高，农民子女的比例仍在增加，但增大的趋势已不明显。在不同学历层次，具有较强文化资本、社会资本的优势阶层都获得了更多的教育机会。

高校学生在不同学科专业的分布具有明显的阶层属性。优势阶层子弟更多地集中在热门专业，工人、农民等低阶层的子女选择冷门专业的更多。

经由全国统一高考进入大学的学生，其录取分数也存在明显的阶层特点，即低阶层家庭子女的平均录取分数普遍高出高阶层的子女，农民子女的录取分数为最高，显示了形式上"分数面前人人平等"的全国统一高考离实质平等的巨大差距。

中国农村教育：问题与出路

张玉林

农村义务教育："基本普及"之后的问题

自两年前中国政府宣布"基本普及了九年制义务教育"之后，许多担心中国农村教育问题的人士似乎松了一口气。但是透过表面的"达标"我们会发现，农村的教育状况并没有登上一个"新的台阶"。相反，在并没有根除导致问题的根源而又遭遇农村税费改革等新的制度环境时，农村普九问题变得似乎更加突出了。只是问题的表现形式不同而已。

首先，"基本普及"这一含糊的语义背后所隐藏的问题是，在15%的人口——大约为1亿8000万人——所居住的区域还远没有普及，这也就意味着每年有数百万少年儿童作为共和国的公民难以充分享受他们接受义务教育的权利。即以官方公布的"学龄儿童"入学率达到99.1%来看，由于学龄儿童的基数过于庞大，没有入学的0.9%的儿童数量实际上超过了110万人。这庞大人群的绝大多数当然是在农村，他们将成为未来的新文盲。

第二，正如20世纪90年代中后期各地政府的作为所显示的那样，这种"普及"是在压力型体制下"冲刺"的结果，一些县乡政府为了达成这一目标使用了各种手段，包括"弄虚作假"这一经典式的法宝。而不择手段的结果是导致了许多后遗症，比如许多乡镇所背负的沉重的"教育债务"，此外还包括入学率的下降和失学率的反弹。两年前的一项抽样调查表明：在已经通过"普九"验收的1242个县中，失学率超过5%的有209个县，超过10%的有63个。

在中西部，初中生辍学是一个带有全局性的问题。而湖南省有关部门今年夏天对 6 个县市的一项调查表明，农村贫困生的失学率高达 30.4%（其中小学为 39.7%，初中为 20.0%），农村家庭用于教育的支出占家庭收入的比例仍然居高不下，其中贫困家庭教育支出占其收入的比例竟高达 92.1%。

　　第三，从 1986 年《义务教育法》颁布之后到 2000 年实现"基本普及"之前的 15 年间，总计有 1 亿 5000 多万少年儿童完全没有或没有完全接受义务教育。这其中包括未入小学的近 3200 万人、小学阶段失学的 3791.5 万人、小学毕业后未能升学的 5000 多万人，以及初中阶段失学的 3067.6 万人。这一庞大人群的一部分显然在以各种各样的方式显示着他们的存在：从国家今年公布的"8500 万青壮年文盲"，到各地以种种暴力手段威胁着社会的低文化层青少年犯罪。这些事实尤其需要教育行政官员们的深刻反思，同时也为教育改革提供了一面耀眼刺目的镜子。

城乡教育对比：差距究竟有多大

　　农村教育问题的另一个表现在于同城市的比较。这方面的直观感受往往会让有良知的人痛心疾首：从北京市某所花费 3 亿元人民币建设的小学，到贵州、甘肃乃至于距北京数十公里内存在的"危险校舍"；从城市的"中产阶级"或"白领"们每年要花费数千元去培养其子女的"综合素质"，到农村那些尚未实现温饱的家长们要为筹集数十元的学杂费而一筹莫展；从城里重点小学或"实验小学"的教师们到"新马泰"去度假旅游，到广大农村里的多数教师领不全他们每月的薪水……新世纪的天空下"农村中国"与"城市中国"的两幅图景，的确显得"光怪陆离"，让我们看到城市教育的虚假繁荣和农村教育的真实危机。

　　不过，仅凭直观感受来评说城乡教育差距可能会被一些"权威人士"指斥为以偏概全。为此我这里提供两个系列的重要数据，即城乡各教育阶段升学率的差距和城乡中小学生人均教育经费的差距，以此来进行全面的观照。

就教育机会的差距而言，在小学阶段，除了因高度残疾而无法入学的极少数情况之外，几乎 100% 的城市学龄儿童都进入了小学，而农村每年尚有 100 万左右的儿童没有入学。在初中阶段，在《义务教育法》公布之前的 1985 年，与城市的小学毕业生几乎全部升入初中相比，农村小学毕业生的升学率只有 64%，其中贵州、广西和西藏三省区农村不到 50%。到 1999 年，农村的升学率上升到了91%，但低于 90% 的省区仍有 15 个，其中贵州和内蒙分别为 72.4%和 75.7%，西藏更只有 38.1%。全国则有 130 万的农村少年在小学毕业后即走向社会成为"劳动力"。

义务教育阶段城乡教育机会的差距，到了高中阶段进一步扩大。从初中毕业生升入普通高中的比例来看，城市的升学率从 1985 年的40% 提高到了 1999 年的 55.4%，而同期农村则从 22.3% 降到18.6%，两者的倍数差从 1.8 倍扩大到 3 倍，绝对差从 17.7 个百分点扩大到 36.8 个百分点。而许多省区内部的城乡差距要大于全国的情况：1999 年，城乡差距超过 3 倍的省区达 15 个，超过 4 倍的有 5个。安徽和贵州省的城乡差距都在 3.6 倍（分别为 55.7%：15.4% 和56.2%：15.4%），湖北达到 3.9 倍（71.4%：18.4%），山东（72.3%：16.8%）和河南（57.4%：12.9%）则分别达到 4.4 倍和4.5 倍。在上述省区，城市的升学率都超过了全国城市的平均数，而农村的升学率则低于全国农村的平均数。

关于大学阶段的城乡教育差距，可以用学生的城乡分布来对比。据对 1989 全国高校录取的 61.9 万名新生的统计，来自农村的学生占总数的 44%，城市的占 56%。以各自出身的人口母体为基数来换算，可知当年大学阶段城乡教育机会的差距为 4.9 倍。而随着高中阶段城乡教育差距的扩大和近年来高等教育"高收费"的影响，相信这种差距 90 年代末之后进一步扩大了。不过，由于缺少全国的数据，我们难以给予量化。而从北京大学和清华大学 1999 年招收的5080 名本科生的情况来看，来自农村的学生只有 902 人，占总数的

17.8%，这与同年农村人口占全国人口的近70%形成鲜明对比。通过计算可知，在这两所生产"精英中的精英"的著名学府，城乡之间教育机会的差距，若以城乡高中毕业生的数量为基数，可以量化到7.7倍；如果以农村人口和城市人口为基数，则可以量化到10.3倍！

让我们再来看看城乡之间因教育资源的不平等分配所造成的在校生人均教育经费的差距。它在相当程度上涉及教育质量问题。

就全国范围而言，1993年，城市小学生的人均经费为476.1元，农村为250.4元；城市初中生的人均经费为941.7元，农村为472.8元。差距分别为1.9倍和2倍。到1999年，两者的差距都扩大到3.1倍，绝对金额比分别为1492.2元：476.1元和2671.2元：861.6元。

如果将比较的单元下放到省级行政区，城乡之间的极差将更加突出。1993年，上海市（包括所属郊区）小学生的人均经费高达879.2元，而安徽农村只有125.6元，相差7倍；北京市初中生的人均经费为2157.7元，贵州农村仅为214.1元，相差10倍以上。至1999年，极差进一步拉大，小学生的城乡差距扩大到11倍（上海市3556.9元：贵州农村323.6元），初中生的城乡差距则扩大到12.4倍（北京市5155.2元：贵州农村416.7元）。

而同一省区内部城乡之间也同样存在着巨大差距。以贵州为例，在整个90年代，其城乡小学生的人均经费差距都在3倍，初中生都在4.2倍。郑州市1999年小学生的人均预算内教育经费为河南省农村平均额的5.9倍，相当于滑县农村的14.7倍；关于初中生的情况，最高的新乡市与全省农村的平均数相差5.9倍，与最低的延津县相差11.4倍……

教育财政改革："以县为主"的局限

应当看到，城乡之间的巨大教育差距在一定程度上是城乡经济差距的结果。但同时也必须承认，它是教育资源的汲取和分配制度即"分级办学"制度的必然归结。

自 1985 年实行的以乡镇为主的"分级办学"制度，作为一项至为重要的公共政策，未能起到统一调配资源以确保全体适龄人口平等地享受义务教育权利的作用，而是在单纯强调发挥地方"办学积极性"的逻辑下，将应该由政府、社会和家长共同承担的义务教育的"义务"主要转嫁给了农民，将理应由各级政府共同承担的责任主要转嫁给了乡镇和村。其结果是，不仅给广大的农村和农民造成了沉重的负担——1985～1999 年间向农民提取的"教育费附加"总额超过 1100 亿元，1993～1999 年间向农民征收的"教育集资"超过 516 亿元；乡镇财政则普遍成了"教育财政"——而且进一步强化了城乡分割的二元教育制度。它不是将城乡之间的经济差距在教育层面上缩小，而是将其扩散和放大，从而造成了农村教育的迟滞和城乡教育差距的扩大，农村少年儿童的失学和教师工资的大面积拖欠也随之变成了几乎不可逃脱的"宿命"。

所幸的是，在"分级办学"制度运行了 16 年之后，它的弊端终于得到了承认——虽然是一种默认。去年 6 月，国务院《关于基础教育改革与发展的决定》提出农村义务教育实行"分级管理、以县为主"的新体制。今年 4 月 26 日，国务院副总理李岚清强调要实现两个转变，即把农村义务教育的责任从主要由农民承担转到主要由政府承担，把政府的责任从以乡镇为主转到以县为主。5 月中旬，国务院办公厅又在相关文件中对"以县为主"作了详细规定，其核心是县级政府负有确保农村义务教育经费的责任，即通过调整本级财政支出结构，增加教育经费预算，合理使用上级转移支付资金，做好"三个确保"（即工资发放、公用经费、危房改造及校舍建设），而乡镇不再承担义务教育投资责任的重压。新体制运行一年之后，据新华社的报道说，全国已有 75% 的县市实行统一发放教师工资，今年内则要求全部推行到位。

上述转变应该说是一个较大的改进。在县这一级更大的行政区域内调度教育资源，较原来的制度有利于提供农村教育资金，有利于减轻乡镇政府和农民的负担，也有助于缓和乡镇政权因向农民摊派教育经费而造成的紧张和冲突。不过，进一步的分析会使我们发现，县一级财政的实力决定了这一新的制度的先天缺陷，由此不能抱过大的期望。

在现有的"分税制"财政体制下，县级财政所占份额很小，加上乡（镇）级财政也只超过全国财政收入的 20%（中央政府占51%，省和地市两级占 27%）。在现有的 2109 个县级行政区域中，财政收入超亿元的县不足 600 个，包括 574 个国家级贫困县在内，财政补贴县多达 1036 个（均为 1999 年数据）。大部分县连维持"吃饭财政"的水准都困难，一些县全年的财政收入甚至不够用于教育的支出。

基于此，绝大多数县级财政显然无法担当教育经费投入主体的责任。进而言之，"以县为主"仍然没有摆脱教育上城乡分割的格局，因为县级行政区域仍然属于"农村"，从乡镇为主到"以县为主"，只是在农村内部调整教育资金的汲取和分配方式，并不能从根本上改善农村教育的基础条件，缩小近 20 年来越拉越大的城乡教育差距。从对这项制度的最大预期来说，"以县为主"的教育财政可能缓解一县之内教育上"贫富不均"的情况，但却难以改变一个市或地区内部、一个省区内部以及全国范围内极端"贫富不均"的局面，无法消除城乡之间教育的天壤之别。

中央政府试图通过加大财政转移支付和对贫困地区教育援助的力度来解决"以县为主"后农村教育财源不足的问题，但迄今为止，效果并不明显："十五"期间总的投入额度只有 330 亿元，包括总计50 亿元的"国家贫困地区义务教育工程"资金；每年 50 亿元用于中西部贫困地区中小学教师工资发放的专项资金；30 亿元的"中小学危房改造工程"资金（2001~2002 年）。这些资金只相当于数年之前国家和地方政府一年内对农民收取的"教育费附加"和教育集资的收入。而即便将所有资金——不再出现中途截留——都用于国家级贫困县，每县每年能够分得的部分也只有 1000 多万元，最多能解决"吃饭"问题。有鉴于此，有必要采取更大的举措来加以调整。

一是从教育平等和缩小城乡教育差距的理念出发，限定义务教育阶段教师工资水平和生均公用经费、教学设备的最大差距，以确保农村义务教育条件的改善和城乡义务教育阶段差距的缩小。参照目前的现状，生均公用经费差距在全国范围内不应超过 2 倍，在同一省区内不应超过 1 倍，教师工资水平也应以不大于上述倍数为宜。当然，确定最大差距并非要将城市中小学的现有条件和教师收入砍下来，而是大幅度提高和改善农村的办学条件。

二是按照财权和事权相对称的原则，将过去十多年间颠倒了的权利义务关系彻底扭转过来，明确中央政府和省级政府作为义务教育投资主体的责任和义务，而不是"以县为主"。中央应承担义务教育投入的 50% 左右，省和地市两级承担 30%，县乡两级承担 20%（其中县承担 15%，乡镇承担 5%）。中央政府承担的份额是就全国范围而言，省和地市两级也是就各自管辖的行政区域整体而言，并不意味着平均分配，而是结合前述第一条原则向农村和贫困地区倾斜。

应该承认，在传统的城乡分治的思维和制度空间内，并不容易做到这两点。但是反过来说，如果不能从根本上调整城乡之间和各级政府之间的利益分配关系，依然在老框框里做小幅度调整，也就难以彻底改变中国农村教育的现状以及它同城市之间的令人感到残酷的差别，并且有可能拖垮普遍贫弱的县级财政——就像已经"拖垮"了的乡级财政一样。

乡村教育：被遮蔽的文化世界

乡村的终结与乡村教育的文化缺失

刘铁芳

每次回乡，都会有心灵的触动。一到家，总会听到村里的若干消息：和我同年的邻居媳妇因为肾病没及时医治转变成尿毒症更没钱治疗而去世，对门四十多岁的后生得了鼻咽癌，隔壁堂兄去福建开小餐馆赔了本，哪个人家买码赚了几十万，哪家人买码穷得一塌糊涂，村里的几个快九十岁的老人日子过得都不好，尽管子孙不少。还有哪个孩子今年考上了大学，哪家有人挖矿井断臂伤腿。站在那片熟悉而陌生的土地上，我静静环顾，突然感觉，我的乡村依然在时间与历史的长河中静静地躺着，生老病死，似乎跟外在的世界并没有多大的关系。这就是我的乡村，这就是我们的乡村，这就是中西部地区大多数乡村的真实面目。一只南美洲亚马孙河流域热带雨林中的蝴蝶，偶尔扇动几下翅膀，可能在两周后引得美国德克萨斯刮起一场龙卷风。面对乡村社会，蝴蝶效应其实许多时候不过只是知识人的浪漫想象与理论虚构。

乡村社会的边缘化与乡村文化的虚化

在通往现代化的路途之中，乡村社会完全处于劣势和被动的地位。为作为现代化代表的城市的繁荣，乡村社会贡献了自己最优秀的智力支援，最强壮的劳动力，甚至包括青春也献给了城市的享乐。他们获得了什么？他们获得的只是生存与温饱之间的挣扎。在与城市现代化被动接轨的过程中，乡村的被动与劣势实际上是在一步步扩大。正因为如此，在整个社会现代化的过程中，乡村不可避免地边缘化。这种局面的直接表现当然是经济发展的边缘化，即农村社会的经济形式继续充当城市的补充，以供应廉价劳动力与农产品为主导。乡村社会以向城市靠拢的方式，走向发展与富裕，这本身是无可非议的，是乡村社会发展的必然路径。关键的问题在于，在一个经济发展主宰一切的社会里，经济发展的边缘化必然导致文化的边缘化，导致乡村文化本身的虚化，这在今天实际上已越来越成了一个隐在的、却可以说是危机重重的、事关乡村社会生存命脉的大问题，如果我们认为乡村社会的发展不仅仅是经济的发展，而是整体文化与文明发展的话。

当求富裕成为乡村人压倒一切的生活目标、经济成为乡村生活中的强势话语，乡村社会由玛格丽特·米德所言的以年长者为主导的前喻文化迅速向以年轻人为主导的后喻文化过渡，年长者在乡村文化秩序中迅速边缘化，年轻人外出打工挣钱，见识和经济上的优势使得他们之中的成功者一跃而成为乡村社会中举足轻重的人物。恰恰是乡村社会的成功典范们由于更多地远离乡村生活，对于当下的乡村文化生活秩序而言，他们处于一种不在场的状态，不足以积极介入乡村文化秩序的建设之中，而传统乡村文化的代表——那些年长者则完全沦为乡村社会的边缘人物，乡村本土文化秩序处于迅速瓦解之中。更为关键的是乡村文化价值体系的解体，利益的驱动几乎淹没一切传统乡村社会文化价值，而成为乡村社会的最高主宰。乡村实际上在今天已不再是一个文化概念，而更多的是一个地域（相对于城市）、经济（相对于经济发展）的概念，乡村逐步沦为文化的荒漠。乡村生活已逐渐失去了自己独到的文化精神的内涵，赌博、买码、暴力犯罪，这在很大程度上都是乡村社会文化精神缺失的表征。

乡村社会在改革开放、走向现代化的过程中，完全处于被动的位置，乡村社会的文化内涵在以发展为中心的现代化框架中被隐匿。以城市取向为中心的外来文化的冲击使得原来的乡村文化秩序土崩瓦解。民歌、民间故事、民间曲艺逐渐从乡村消失，乃至绝迹，代际之间的乡村文化交流已经完全让位于对以金钱为中心的拜物教文化的崇拜，年夜饭也基本成了春节联欢晚会的点缀。乡村社会的独特性已经或者正在全然丧失，完全沦为城市文明的附庸。乡村其实越来越多地成了一个地域的概念，成了一个没有实质内涵、或者说缺少文化内涵的空洞符号，作为文化—生命内涵的乡村已经终结，乡村社会成为文化的看客，不再具有自我文化生长与更新的能力与机制。

乡村文化的解体与乡村少年精神的荒漠化

回想自己，我生长在湘中地区一个偏远的小山村，构成童年生命重要内涵的，一是乡村伙伴与山野小溪、鸡犬牛羊之间自然活泼的嬉戏交流；一是老人与年长者在田间劳动之余讲述的民间故事，包括村里稍微多读了一点书的成人所讲的三国、水浒、西游记的故事，还有逢年过节时灯笼、舞狮各种民间文艺活动，以及一场场跑几个地方反复看的露天电影等。不难看出，构成乡村文化整体的，一是乡村独特的自然生态景观；一是建立在这种生态之上的村民们自然的劳作与生存方式；一是相对稳定的乡村生活之间不断孕育、传递的民间故事、文化与情感的交流融合。正是在这种有着某种天人合一旨趣的文化生态之中，乡村表现出自然、淳朴而独到的文化品格。乡村少年身心沉浸其中，尽管生活条件艰苦，但却能在与自然的和谐相处中感受自然的美好，在参与村民自然劳作、与长者的故事交流以及多样的乡村民俗文化中感受乡村温暖的情怀，在田间地头乡村知识人的文化传播中获得心智的启蒙。正是乡村独到的文化寄予乡村少年生命以真实的乡村蕴涵。我这样描述童年的乡村并无意于给贫困时代的乡村涂抹亮色，而是实实在在地分析乡村文化的构成，以及这种文化对乡村少年成长的影响。

乡村文化的边缘化，乡村自身文化生态的破坏，直接导致乡村少年对自身周遭文化的冷漠，他们生存其中的土壤不足以带给他们生存的自信，从而无法给他们的生命以良好的情感呵护，使得他们不再把目光系于乡间。他们与生养他们的乡村自然同样失去了过去时代的那份亲近与美好，乡间已经逐渐地不再像逝去的时代那样成为人们童年的乐土。乡村作为文化存在的虚化直接导致乡村少年成长中本土资源的缺失，他们是地地道道地"生活在别处"。乡村少年与本土亲近性的缺失，使得乡村少年不再是文化意义上的乡村少年，他们中有许多人变得看不起乡土，看不起劳动，但他们又无所适从；他们同样不是城市文化意义上的少年，他们因此成了一种在文化精神上无根的存在，成了文化的荒漠中人。既有乡村文化处于解体之中，而新的适合农村儿童健康发展的合宜文化秩序又尚待建设，他们内在精神的贫乏就成为不可避免的大势。除开少数天资较好、能通过应试的成功获得心理上的肯定，大量的乡村少年在无根的文化处境中表现出明显的生存的无奈与自卑。

社会需要文化的支撑，教育更加如此。一种教育必然需要相应文化背景的全面滋养，需要本土文化的悉心呵护，那才是全方位滋养一个人的精神生命、发育人生各种细微情感的沃土。乡村儿童不仅仅生活在教师、课堂、书本所构成的知识生活之中，而且同时生活在乡村社会生活秩序与乡村文化底蕴无时无刻的渗透之中。电视传媒以及各种以城市为中心的外来文化价值的渗透对原来乡村文化价值生活秩序的冲击，中年父母在乡村儿童成长过程中的缺席，乡村文化精神的整体失落，必然导致乡村儿童精神生活的贫乏。加上乡村教育本身的落后，根本不足以积极应对、消解这种贫乏，这样的结果便是乡村儿童精神生活本身的荒漠化。大量的乡村少年不爱读书，厌恶读书，对读书失去了一份美好的情感。这其中绝不仅仅是一个读书的问题，也不仅仅是个别孩子因为家庭或者智力原因不爱读书，而是涉及乡村少年生命存在的根基的问题。说得严重一点，他们生存的精神根基正在动摇，或者说早已动摇。

湖南师大几个本科生曾就乡村普遍存在的留守儿童现象进行了深入的调查访谈，他们的调查报告获得了全国大学生挑战杯科技竞赛一等奖。他们在调查中发现，很大一部分留守儿童沉溺于网络、电子游戏、色情影视和图书，打架斗殴乃是寻常小事。相当多的留守儿童经常逃学，到外面闲逛，沉溺于网吧与电游，甚至与社会不良青年厮混在一块，追求所谓的刺激，以至于抢劫、偷窃等行为也时有发生。面对这种情况，老师既痛心又无奈，学校对此一筹莫展。这些少年儿童认为，反正父母不在家，怎么处置都行，读书和不读书，本质上没什么区别，反正迟早要出去打工，而且亲戚邻居某某人，初中都没毕业，还不是一样的挣大钱，一样过着潇洒生活。在他们的身上，我们真的很难看出文化的影子，他们就像精神上无根的人，就像漂浮的影子，在乡村社会的时间与空间里游荡。

　　乡村文化的荒漠化对于处于经济弱势地位的乡村社会而言，确实有其必然性和毋庸置疑的合理性，但这对于乡村儿童精神与人格发展而言，却可能是无法挽回的伤害。对于今天而言，我们关注乡村文化秩序的建构，绝不仅仅是简单的繁荣乡村文化的问题，更是一个事关千万乡村少年健康发展的重要问题。

重建乡村文化的尊严

　　2006 年初，上海大学王晓明在由上海高校都市文化 E—研究院组织的"城市化进程中的乡村文化危机"学术研讨会上提出：相对于物质生活的质量低下，乡村所具有的悠久历史传统和本土气息的文化形态更是匮乏得近乎荡然无存，城市商品社会制造出来的流行文化、不切农村实际的生活方式和价值观却已经渗透到农村的每一个角落，这既体现在乡村教育的自觉追求中，也反映在青年农民的生活细节上。文化的核心与实质乃是一种生存方式。传统乡村文化之为一种独特的文化韵味，正在于其中所蕴涵的泥土般的厚重、自然、淳朴而又不乏温情的生存姿态。乡村文化的解体，其核心正在于传统乡村生活方式的土崩瓦解。乡村文化的虚化直接导致村民原子化生存与民间社会的解体，失去了既有文化的内在聚合力，乡村实际上越来越成为一盘散沙，利益成为彼此联系的压倒一切的纽带，金钱许多时候甚至可以轻易地盖过亲情，敬老爱幼这一乡村社会的基本美德也在许多时候轻易地被弃如敝屣。

　　我听说老家的村里有位快九十的老婆婆被媳妇推倒摔断了腿、又戳瞎了一只眼睛，别人还不能去看。她有几个儿子也都各顾各，没有人去更多地关心。传统乡间伦理价值秩序早已解体，法律难以进入村民日常生活，新的合理的价值秩序又远没有建立，剩下的就只能是金钱与利益。一个老婆婆就这样在乡村走向富裕的同时陷于生不如死的尴尬之中。这虽然是个别现象，但个别事物的存在中却真实地包含着当今时代乡村社会的诸多迹象，它只不过是乡村文化秩序解体、传统价值缺席的极端表现而已。包括近年来不断出现的源自农村社会的极端恶性犯罪，实际上都跟当前乡村文化秩序的解体有着密切的联系。

　　正因为如此，乡村文化的建设绝不是一个简单的问题，它需要整个社会生存理念以及对现代化想象的转变。在以求富裕作为整个社会基本生存姿态、以城市化等同于现代化的基本追求为背景的文化想象之中，乡村文化的边缘化是无可挽回的。只有当我们逐步倡导、树立一种开放、和谐、自由、精神的富足重于物质的享受为基本理念的生存方式时，乡村文化才可能作为独立的文化品格进入现代化的视野之中。

　　乡村文化当然不应该是一个静态的概念，它需要不断更新，关键在于这种更新是基于内在发展的，而不是替代性的发展。当乡村本身不再作为乡村自身文化发展与更新的主体，而只是作为被动接受的容器，乡村实际上作为文化主体就基本死亡。所以，乡村文化的重建，其核心就是要恢复乡村文化的自信心，重建乡村作为社会文化有机体存在的尊严。

　　显然，在全社会欲望大开、趋利之心足以淹没一切的背景下，要从生存价值理念的引导入手，来重建乡村文化的自信心，是非常困难的，至少是过于理想化。可行的方式只能是在承认并尊重现有生存价值理念、尊重乡村社会对富裕的渴求的基础上，逐步引导、培植乡村文化的长流细水。这里包含着两个层面，一是发掘、培植、提升目前还存留着的或者可能恢复的乡村文化种子，予以适当的扶植，使其具备自我生存与发展的能力，扩大传统乡村文化生存的空间；一是建立合适的机制，鼓励文化下乡，真正走进乡村生活世界之中，成为乡村文化的内涵，就像当年的露天电影一样，成为无数个乡村夜晚的美好记忆。目前的所谓文化下乡，实际上只是进一步凸现既有乡村文化的劣势，昙花一现，匆匆而过，并不足以融入乡村文化世界之中。

乡村教育是否可能作为文化荒漠之中的绿洲

小的时候，父亲就是这样教我，会读书的穿皮鞋，不会读书的穿草鞋。在我的印象中，父老乡亲反复告诫子女的，就是通过读书来走出农村社会、改变务农的命运。但在我的生命历程之中，乡村社会依然给我们那个年代的乡村少年以全面的精神滋养，足以让我们从中感受乡村社会的美好，找到自己存在其中的生命的欢娱。随着乡村文化价值的进一步失落，乡村社会的解体，浸润其中的文化背景早已不足以带给乡村少年生存的自信与积极向上的生命姿态，学校教育中以升学、逃离本土社会、进入社会的主流作为强势价值渲染，本土文化不足以给个人生存提供价值的基础与精神的支持，直接导致乡村少年的生存焦虑与精神迷失。

相对于个人完整生命而言，学校教育所能提供的文化滋养与价值教化总是简单的，不足以慰藉个人生命需要的多样性，人的健全发展需要个人周遭的生存空间的整体孕育。所以良好的教育需要学校文化与个人生存其中的隐性文化、本土文化的和谐与补充，个人周遭的缄默知识乃是个人成长重要的精神资源，在个人生命发育的过程中实际上有着无可替代的作用。当外来文化处于压倒一切的强势地位之时，本土文化就成了个人急于摆脱的衣襟。外来文化又不足以全面呵护个人的成长，这样的结果就只能是个人精神发育的畸形化。

培植乡村文化世界，就是在培植乡村少年的文化空间，就是在孕育乡村少年的文化生命。如果说乡村文化的荒漠化是一个短时期无法转变的事实，那么，对于乡村少年而言，在这荒漠之中唯一的指望就是乡村学校教育了。乡村学校教育是否可能成为乡村文化荒漠化之中乡村少年的救命稻草，为乡村少年树起一片精神的绿洲？这意味着在物质逐步发达的条件下乡村学校的重要性不是降低，而是需要大大地加强，乡村教育需要承担乡村文化虚化后给乡村少年成长留下的精神空白，全方位地抚慰、孕育乡村少年的生命肌体，培育他们的完整心性与情感。换言之，乡村学校既要在智识发展上继续深化传统乡村学校的教育功能，又要充当乡村文化虚化后全面含蕴乡村少年成长的精神保姆。乡村学校能否承受如此艰难的使命？何以承担如何重大的使命？

乡村教育需要承担起在乡村文化虚化的现实中营造一种积极的文化想象空间的职责，从而尽可能多地给予精神趋于贫乏的乡村少年以文化精神的抚慰。在乡村教育条件——不仅仅是硬件，更是软件，即乡村学校的文化品格的提升——很难一蹴而就的情况下，师资就成了决定乡村教育质量的关键之所在。缺少了好的教师，感受不到有意义的教育，这才是乡村孩子失学的关键内因。营构乡村教育的文化想象空间，需要那种真正能理解乡村、理解乡村少年境遇、扎根乡村社会、又有远见、心智活泼的教师，他们在开启乡村少年的知识视界的同时，能充分地引导乡村孩子理解周遭的乡村世界，吸收乡村社会的教育资源，从而引领乡村少年的乡村情感与意识的全面孕育，让他们真实地生活在他们所栖居的乡村环境之中，让他们不仅仅生活在对未来走出农门的想象之中，而且尽可能地生活在当下，并且亲近他们当下生活的世界。乡村教师的素质要求绝不仅仅是知识的多少与学历的高低，更是对乡村社会的亲近与广博的爱。

有着百年历史的中等师范教育作为中国特色的教育形式实际上真正受益的正是广大的乡村社会。中等师范曾经大量地吸引着具备优秀潜质的乡村少年，进入中师的学生大都是农家子弟，对乡村有着一种朴素的情感。他们中的绝大多数学成归来回报乡村社会。近年来，随着师范教育与国际接轨的呼声，为了提高办学层次，一夜之间宣告了中等师范学校的消失。提高教师学历层次，作为一种理想的追求当然是非常好的设想，但问题在于，高学历而又高素质的教师在目前条件下根本不可能大量地进入乡村学校，而高学历、低素质的教师进入乡村学校只会把对乡村社会的怨恨进一步传递给学生，强化学生对乡村世界的隔膜，所以实际上乡村社会更需要的是学历并不一定高、但素质较高的教师，他们用心从事乡村教育，他们才真正是乡村教育值得信赖的薪火。中等师范的"一刀切"，实际上是截断了乡村教育师资的源头活水，就目前而言，乡村教师的青黄不接已经成为一个日渐凸现的重要问题。所以，应当适当地保留、发展中等师范，采取必要的措施吸引比较优秀的乡村少年。一是给予学费上的优惠，免学费，还由政府提供适当的奖学金；二是提高师范教育水平，全面拓展师范生立足乡村社会所需要的文化意识和综合素养；三是改善乡村学校条件，提高乡村教师的待遇。这是一条适应当代中国农村社会需要的、真正具有中国特色的教育路径。相对稳定的、高素质的、富于爱心的师资，这是发展乡村教育、提升乡村文化，甚至实现整个乡村社会健康发展的重要保障。因为乡村教师的品质，在很大程度上，就直接地决定或者说影响了乡村少年发展的品质。

高桥镇的学生们

文　敏

无论远观还是近看，这个学校与城里的学校都没有多大区别，两层楼的校舍造得很漂亮，学校领导谦虚的语气里透着骄傲："这是前几年盖的房子，已经旧了，旧了。"教学大楼后面的操场有四百米的标准跑道；篮球场上，体育老师在向学生们示范标准投篮姿势。

教学大楼后面的学生宿舍门口贴着管理规定，每间宿舍住上下铺六人，都有卫生间——尽管是蹲坑。只有大冬天时宿舍床板席子上薄薄的铺盖让人感到农村孩子与城里孩子先天抗寒能力的不同。学校每年收取每个学生寄宿费600元，伙食费由学生自理。

学校共有一千四百多名学生。原先高桥是个小镇，镇中学也是个小小的初级中学，后来把新义乡、坑西乡的学校并过来以后，学校的规模大大扩展了，校舍每年都不够，教室显得有点挤。目前高桥镇中的学生除了镇上干部的子弟外，基本上全是农民子女，这样说是因为他们的户口还都是农村户口，虽说他们已基本脱离了土地，或者说没有土地了。随着城市化的进程，这个地方的农民手里的土地大多已卖出去作开发之用了。高桥镇，这个有着27000人口的小镇，以前并不是一个富乡，但如同所有靠近城镇的乡村一样，土地资源在经济发展中被利用得最为充分。三口之家一般可得到土地补偿金15万元左右，大家都用这笔钱来翻盖或装修房子。农业在这里已成为副业。当然，基本上所有的孩子都不擅长农业劳动，说实在的，连家务劳动也不擅长，因为家长们与城里家长的想法也一样："读好书，读上去，是你最要紧的事情。"

高桥镇中初三年级的徐军老师已经在这里教了十年语文了。他和同学们组织了一个名为"西岩山"的文学社，还搞了小记者站，让学生模仿记者去采访自己的同学和老师。

这样看起来，乡镇中学似乎与城里中学也没什么两样了。"不是啊。"徐老师摇了摇头。最大的不一样是乡镇中学生课外书读得少。他曾要求学生报一报自己的藏书，交上来一看，平均每个人只有五到六本课外书，而且大多数还是怎样写作文之类的。当然，学校也有图书馆。孩子们也来向它借诸如《平凡的世界》、《中学生天地》之类的书看。

至于写作，乡村中学生写作文只有一个目的，就是应试。叫他们写一些张扬自己个性或是表现自己生活、理想的文章，他们会吗？他们全红着脸笑笑，不说话。徐军老师代他们说："会的，当然会。他们当中有才华的人不少，只是没表现机会。"徐老师曾有过一个计划，在城市化进程中，在乡村逐渐消失的过程中，请学生们写一下自己的"村落档案"、"家族故事"、"我的父亲母亲"和他们自己的生活故事。

农村该有怎样的人文教育

吴秀笔

2004 年的最后一天，风雪连天，天寒地冻，一个关于"我是农民的儿女"的乡村学生作文征文活动引发的采访，让记者停不住地奔跑，从杭州一直跑到上海。著名学者、上海华东师大教授钱谷融，著名学者、上海华东师大和上海大学教授王晓明等上海著名教育学者为这样的奔跑感动，不仅因为记者的上门探讨，更因为乡村教育折射出的必须正视的现实问题。

由钱江晚报和浙江教育出版社主办的"我是农民的儿女"乡村学生作文大赛，将这个现实问题端给了身居繁华大都市的著名学者，学者们对此非常激赏："你们的报道和征文大赛非常有意义，而且第一手采访获取的资料和反映的问题，正是我们研究者最感兴趣、最有价值的东西。"

钱谷融：农村教育"棋局"期待"破招"

钱谷融老先生退休后仍潜心研究，因年事已高而减少了外出，但他并没有降低关注乡村教育问题的热情。记者见到钱老先生时，他正坐在自家书房兼客厅的阳台上与他的弟子下棋。他说："农村孩子的写作，或者说是农村孩子的教育问题，并不是现在才突然发现的，问题是面对这一盘错综复杂的教育棋局，如何下出新的破招。"

今年已 86 岁高龄的钱老眼神很好，仔细读完了本报刊登的学生作文和记者的报道。他被孩子们的真实生活和语言感动："这些作文都写得非常具体、真切，就像生活一样。我们从他们的文字中可以了解现在农村的变化，特别宝贵的是可以从中分析出这些孩子的思维和心态变化。这样的变化是被不断变化着的农村现实影响着的，其中不良的影响必须得到教育修正。"

王晓明：乡土教育也应适应现代社会文化

钱老的大弟子王晓明，是浙江义乌人，这几年他在从现代文学转型到现代文化研究的过程中，一直关注浙江富裕地区的农村文化。他发现，浙中地区千百年来"耕读传家"的人文传统正在遭受商业致富的强烈冲击。农村孩子观察社会的方式和观念也随之改变。"你们的报道非常好。孩子提出'我应该是做父母眼中的孝顺儿子，还是自己心目中的孝顺儿子'这样的问题。这给现有的教育模式提出了新的挑战。"王晓明读完本报的报道后，兴奋地说，"什么时候安排一个时间，我邀请你们到华东师大来和我们的学生和老师座谈，把你们的报道作为一堂最好的社会实践课。"

终于，又一次收到了王晓明的邀请。上个世纪90年代，对中国知识界影响深远的大讨论——"重建人文精神"讨论，其源头就在华东师大，王晓明是主要的组织者和推动者。经历了研究方向转型后，记者发现，逐渐找到感觉的王晓明，他的第三次研究高峰或许将很快到来。"农村乡土教育已不再是一个语文或文学教学范围所面对的问题，社会现实变化得非常快，必须在现代社会文化的范围内寻找新的教育孩子的价值观、人生观。"

王晓明提到，不久前上海师大曾举行过一个乡土教育研讨会，王安忆在会上提出一个有意思的问题："农村孩子今后凭什么说他是农村的？或许很多会说，'我有兄弟姐妹，而城市里的孩子没有'。除此之外，农村孩子的乡村本色在渐渐淡化。"更有甚者，有人还提出一个非常现实的问题："越强调素质教育，农村的孩子就越没有机会。农村孩子的经济条件和人文背景已决定了他们在素质教育方面比不过城市的孩子。"

王晓明解释说，这个问题其实指出了当前素质教育的要求在农村无法得到实现，它忽略了农村学生的教育特质，譬如说，会做农活，熟悉乡村的格言谚语，懂得欣赏社戏，以及千百年在中国农民身上保留下来的勤劳、肯吃苦、坚韧、顽强的性格特质，这些其实都是素质，但遗憾的是尚没有被纳入到当前素质教育的范畴。农村教育不要羞于谈这些，而应该为此感到自豪，应该大力倡导孩子在写作中，多写写周围的人、周围的环境、周围的生活、周围的真情实感，不要空泛，越真实越好，不要只教会他们应试的技巧。说到此，王晓明又跳出一个想法："这个寒假，让华东师大和上海大学的学生们学学你们的采访报道，去了解农村孩子们的真实生活环境。"

倪文尖：媒体为研究者设立考题

华东师大中文系教育倪文尖从闵行上完课兴冲冲赶来，他和他的导师钱谷融一样，对农村教育倾注着热情。他说，他会带着这一两年来的思考和调研参加本报即将发起的专题研讨。他感叹说，在中国这样一个农业人口大国，一个令人深思的事实是，农村的基础教育被太多人视为"就业教育"、"户口转换教育"，到底应该成为怎样一个有独立人格，独立观察、思考能力的人，没有人在这样一个真正决定孩子未来的问题上多下工夫。媒体先行，把这个问题提出来，研究者应该奉献自己的一份力量。

故事与反思：教材在农村遭遇的尴尬

郑新蓉

黑白教材中的红叶秋天

秋天是北京看红叶的时节，我在甘肃的东乡民族自治县一个乡村学校一年级课堂上听课时，也正巧讲到"香山红叶"。其实，我知道此时全国各地大多数一年级的语文课都在讲这篇课文，这是全国发行量最大的统编教材中的一篇课文。

上课的是一位中年男教师，他讲得满头大汗也没有讲清楚课本中的"香山"和"红叶"，原来这里的孩子用的是价格便宜的黑白教材，香山上的红叶照片变成了黑乎乎的一片，而且学生都是说东乡语的，教师不辞辛苦地从乡中心小学教师那里借来一本破旧的彩色版教材，挨个地传给孩子们看，一会用东乡话、一会儿用汉话解释什么是"香山"，一会儿扯扯自己的衣袖，指指孩子的铅笔解释什么是"红色"，一节课都快完了，孩子们还是没有被香山的红叶激动起来，依旧是茫然的表情，领略不到北京香山红叶的美妙。课间，与教师交谈时，我向教师建议道："你们可以使用一些彩色的挂图来讲这一课。"教师答道："是吗，我们没见过，就是有学校也买不起。"我又建议道："现在是秋天，你可以把本地的红叶采一些带到课堂上来。"教师很是抱歉地说道："教授，我们这里秋天树叶会变黄，但是不变红。"我竟然尴尬起来，无言以对，这一路过来我哪儿看到过红叶呢！为什么没有写"秋天黄叶"的课文？为什么为了贫困地区印制的黑白教材反而妨碍了他们的学习？

假山、司马光与水缸

《司马光砸缸》是一篇经典的小学课文，讲宋代文学家司马光在孩童时期砸破水缸机智救小孩的故事。在西北山区一个乡村小学的课堂上，恰逢教师在讲这篇课文。教师基本上是从字词到句子、由段落到全文意思这样按部就班地上课。我只是隐约感到一些奇怪，这是一篇孩子应该喜欢的课文，可是看不到学生兴奋和活跃的表现。下课了，我拉上几个学生闲谈，想知道个究竟。我先问，你们原来知道司马光吗？知道他是古代的一个文学家吗？学生都说不知道，我又问，你们家都有水缸吗？一些孩子点头，一些孩子们摇头，不知道什么是水缸，但我听见旁边一个孩子小声告诉另一个孩子："水缸就是家里的水窖。"最后，针对"孩子们在假山后面玩耍"的课文内容，我又问："你们知道什么是假山吗？"多数孩子茫然地看着我不吱声，只有一个孩子自信地说："我知道。"我有些诧异："你怎么知道的？"孩子没有回答，拉着我走出教室，指着学校墙外遥远的黄土高山说："那就是假山。"我一时间哭笑不得，一时间我也悟到："经典的未必就是普遍的。"没有与儿童的文化背景和经验系统发生联系的教材或课文，在乡村课堂上既为难教师，更是为难学生。

教师、教材与雪

去年，我和英国专家玛丽在兰州参加一次教师的强化参与式培训，培训的最后一天是教师们模拟课堂的参与式教学，教师们自愿分组，自定学科，选择一节课进行模拟教学。有两三个小组选择模拟语文课，其中有两组都选择了简短的唐诗。有一个组选择了"下雪"作为教学内容，不一会儿，这个组教师告诉我们，他们没法备课，因为他们没有带教材和教学参考书，又背诵不了课文内容，因此，他们也想讲唐诗。我刚要答应他们改课文的要求，来自英国的玛丽吃惊地问道：这里没有下雪吗？几天前这里就有一场大雪呀！为什么没有教材就不能讲"下雪"的课呢？她不仅把我问倒了，在场的所有的教师都开始反省。是啊，教材是工具，还是上帝？是教师用教材，还是教材用教师？这节课的教学目的是什么？通过反思和讨论，教师们开始了他们的备课。

在一个贫困县的新华书店，我听到这样一场"官司"，书店的经理告诉我们，现在的家长素质太低，经常把用过的书退回来，因此书店常常与学校和家长发生矛盾。原来，在开学之初新华书店服务上门，展销的教材有黑白的和彩色的，让学生自己选择，然后交钱。许多孩子当场就选定了花花绿绿的彩色版教材。几天后，家长到学校却不是交钱而是退书，而书已经被孩子写上了名字或涂上了印记。这是一个辛酸的故事，我能想象当家长拿着孩子喜欢的彩色书去退还的时候，这个孩子该有多伤心。但我又知道在这个学校，孩子们常常是抱着西瓜或拿着家里的鸡蛋来充垫书费。尽管教材由国家限价和补贴，但是要所有农村家庭买齐所有教材是不现实的。

在我国的新课程改革中，各出版社编印出了许多新颖有趣的教材，有些教材连成年人都爱不释手。在令人兴奋的同时，我又为贫困地区的儿童和家长揪心，他们喜欢但又掏不起钱怎么办？

几个故事，都是在脑子里挥之不去的。最近，令人感到兴奋的是国家在贫困地区又增拨大量经费用于免费教材。但是在内容和形式上，农村地区的教材还应该是与乡村儿童的经验和当地的文化相关的，是帮助教师而不是束缚教师的，是贫困家庭用得起的。有些教材是可以借用的，是可以循环使用的，也可以是音像的。

认识我们脚下的土地

钱理群

这是我从北大退休后所做的第一件大事：和当年在贵州的朋友合作编成了这本由贵州教育出版社出版的《贵州读本》。这是我的贵州情缘所致，是对曾经宽厚地接纳了我的贵州这块土地及其人民的一个回报——我曾在那里度过了人生最艰难也最难忘的长达十八年的岁月。编这本书，也是我的精神归根之举。我在给编委会的朋友的信中这样谈到我编书过程中的生命体验："我好像第一次进入贵州，而以前只是一个陌生人，行走在这块土地上而已。同时，我也重新发现和认识了我自己：原来我和这块土地及生息其中的普通百姓，竟有着如此多的相通，这是我的真正的回乡之旅。坦白地说，这一个多月，我的日子过得并不轻松，国际、国内，中国知识分子中发生的许多事情，都让我忧心如焚。但只要打开电脑，进入贵州，我的心就平静下来，仿佛回到真实的大地，感受到某种永恒的东西。于是，所有外界的纷扰，就变得无足轻重，有如过眼烟云了。真没想到，这次编《贵州读本》，对于我，竟会起到精神提升的作用：贵州再一次恩惠于我了。"

当然，《贵州读本》的编选，也还有另一种意义：贵州和其他西部地区一样，正处在一个新的开发时期；但人们通常把这样的开发，理解为经济的开发，有时仿佛也在谈文化开发，但着眼点在旅游经济的发展，即所谓"文化搭台，经济唱戏"。这就是说，文化开发与建设的问题并没有受到真正的重视。在我看来，这是有可能影响到整个开发的方向的：如果对贵州（西部地区）本土文化缺乏科学的分析和认识，简单地以"封闭"与"落后"两个词全盘否定，这样，就会把贵州（西部地区）的现代化建设变成"重起炉灶"，将固有的传统全盘抛弃，特别是将其中体现了人类文明理想的宝贵的文化内核，像"脏水"一样泼掉，就会在取得某些方面进展的同时，又造成了历史的局部倒退，走一条"先破坏，再恢复、重建"的老路，那付出的代价就太大了。因此，《贵州读本》的编选，对于我和我的贵州朋友来说，是一个重新认识贵州文化的过程，是对贵州本土文化的一个新的发现与开掘；在我们看来，这也是科学地开发贵州的一个基础性的工作。而其内含的问题："在进行现代化建设中如何充分利用本土资源"，以及由此产生的种种困惑，诸如如何处理"保护"和"开发"、"继承"和"创新"、"理想"和"现实"的关系，等等，都是具有更普遍的意义的。

在更深层次上，《贵州读本》的编写，还包含着我们的一个隐忧：我们现在正生活在一个"全球化"的时代，由此产生的开放意识、全球意识已经深刻地影响了新一代年轻人的精神面貌与精神走向，这在总体上自然是有一种积极意义的；但也不能不看到，在相当一部分年轻人中间，却出现了另一种倾向，即对生养、培育自己的这块土地，其中蕴含的深厚文化，坚守其上的人民，在认识、情感，以至心理上产生了疏离感、陌生感。在我们看来，这不仅可能导致民族文化的危机，更是人自身存在的危机：一旦从泥土中拔出，就成了无根的人。正是出于这样的可以说是根本性的忧虑，我和我的朋友想发出一个呼吁："认识我们脚下的土地！"这是一个重大的教育课题，也是精神建设的大问题。《贵州读本》的编选，正是一个自觉的尝试：我们期待着以这本书作为契机（我们正在同时编选《中学生区域文化读本》），与贵州（西部地区，以至全国）的年轻一代大、中学生们一起关注、讨论与研究贵州（西部地区，以至中国）这块土地，认识其中深厚的地理文化与历史文化，和祖祖辈辈耕耘于这块土地上的父老乡亲对话，共同感受生命的快乐与痛苦，从中领悟人的生命意义与价值，并将这一切融入自己的灵魂与血肉中，成为自我生命的底蕴与存在之根：这就能够为以后一生的发展，奠定一个坚实而丰厚的精神底子。

　　这件事需要持之以恒地长期坚持下去，需要有更多的人一起来做。现在只是开始。

乡土教育与人文素质

乐黛云

　　人总得生活在一定的时段和一定的环境中，这两者构成的坐标就是人所生活的那个"点"。记得"二战"时期曾有一首著名的苏联歌曲，其中唱道："我们自幼所喜爱的一切，宁死也不能让给敌人！"所谓"自幼所爱"就是在你所生活的那个时段中，你周围的山川河流、父老兄弟、风俗习惯、神话传说……以至家里的桌椅板凳、锅碗瓢盆和你在那段时间所感受到的、沉淀于你的记忆中的一切。无论你走多远，这一切都会潜藏在你心的深处，诱你回归。

　　钱钟书先生一九四七年三月曾在《书林季刊》（*Philobiblon*）上用英文发表了一篇有关还乡与乡愁的文章（*The Return of the Native*）。他说，他发现了一个堪称所有道家及禅宗说教者核心的隐喻，即漫游者回归故土的隐喻，或浪子回到父亲身边的隐喻，或只是一般意义上的还家。他引庄子的话说："旧国旧都，望之畅然。"（《杂篇·则阳第二十五》）又引庄子设计的"云将东游"与"鸿濛"的对话，其中后者劝说前者"返归故土"，"仙仙乎归矣……各复其根"（《外篇·在宥第十一》）。钱先生还引了《妙法莲华径·信解品第四》所讲述的一个寓言，讲说一个"年幼乞儿，舍父出逃，漫游经年，复归故里，父启其智，乃识乡邻"的故事并联系到"新柏拉图主义的修习者会立刻联想到普鲁克勒斯（Proclus）对录魂朝圣三阶段的划分：居家、旅行、还乡。"

　　如今，怀旧、乡愁仍然是人们普遍的情怀，然而，"旧"和"乡"已是渐行渐远，人们对自己的历史和乡土所知越来越少，一个不爱自己的历史和乡土的人又如何能爱自己的民族和国家呢？上面提到的《妙法莲华经》所说的"父启其智，乃识乡邻"，就是说要启发人们对乡土、邻里，也就是对自己的周围的自然环境和人文环境的理解和热爱，这确实是当今爱国主义教育的极其重要的一环。可惜中国历来是一个中央集权的大国，多有中央文化对地方文化普及以至覆盖，中央却少有对地方文化的了解，更谈不上地方文化对中央文化的反哺。从这个意义上来说，《贵州读本》（钱理群、戴明贤、封孝伦编，贵州教育出息版社二〇〇三年版）的出版确实是一个创举，是先驱，是号角，是旗帜，它的文化价值和现实意义受到再高的评价也不为过。

　　有谁真正了解和关切贵州呢？过去，人们对于贵州多半只有一些似是而非的，甚至带有歧视性的印象，浅近一点的，如"天无三日晴，地无三尺平，人无三分银"之类，高雅一点的还有"黔驴技穷"、"夜郎自大"等等。总之，贵州是一个又苦、又穷，又没有文化的穷山恶水！然而，钱理群等人精心编辑的《贵州读本》却给我们展开了一幅完全不同的图景。这里有"集五岳之奇险"、仅森林树种就有七百三十余种的梵净山，有在赤水河谷延续了两亿年，号称"古生物活化石"的桫椤树国家自然保护区，有"上侪禹碑，下陋秦石"、"壁立万仞"，首字高七尺，末字高二尺六寸，至今未有识者的十行"红岩天书"，在这里还可以看到至柔之水与至刚之石如何结成千古奇观的黄果树瀑布和天星桥，它们或雷霆轰鸣，天河狂泻，或石临水面，巧妆凝固若镶嵌于蓝天的白云，或水绕石而弄影，秋波低徊，千娇百媚……难怪图画大师刘海粟要说："贵州山不仅孕育着交响乐的情绪，当文化积累到高峰时期，一定要出震古烁今的大天才，来吟唱中华民族心灵深处的大悲欢！"

　　然而，这"文化高峰时期"何时才能到来呢，作为一个在大学教书的贵州人，我往往不能不为故乡高考成绩连年徘徊在全国最低水平而焦虑，而汗颜。其实，贵州教育也并非从来如此。贵州于明代建省以来，见于记载的书院就有文明书院、阳明书院、贵山书院、正习书院、正本书院、学古书院等一百五十余所。其中历史最悠久的是始建于元朝皇庆年间的文明书院，据记载明朝正德四年春、夏、冬三季，王阳明都曾在此居住和讲学，他采用咏歌、回答、闲聊等多种教学方式，开一代新风。清代雍正十三年，贵州巡抚元展成修贵山书院，"用银一千两，增建学社五十间，购买经史子集各类书籍……又设置学田，作为生员膏火来源"（《贵州读本》288 页）。光绪二十九年学政严修改革学古书院，增设算学、外语、格致（物理化学）诸科。他为学生写下三十二字座右铭："礼义之学，孔孟程朱；词章之学，班马韩苏；经济之学，中西并受，中其十一，而西十九。（同上）"在一些有远见卓识的官员和一些被崇德贬谪而来的大学者（除王阳明外，尚有弹劾严嵩父子的张翀，冒犯权相张居正、被廷核杖八十发配的邹元标等）的倡导下，贵州教育也曾盛极一时，以致不仅在明清两代五百四十三年间，出现了"六千举人七百进士"的好成绩，而且在辛亥革命前后也涌现出一批志在改革的优秀人才。

可见一切并非宿命，要紧的是"事在人为"。当我得知钱理群教授退休后，到中学教语文，志在探索如何通过语文课，自幼培养一个高洁的灵魂时，我感到了深深的愧疚和震撼！我们常常埋怨"世风日下，道德沦丧"云云，但作为一个教育者，我们为改变这种现状究竟做过什么呢？"无奈"——这只巨魔之手似乎扼杀了我们的进取之心，甚至覆盖了我们生活的全部！钱里群教授不仅身体力行，真正为教育献身，而且高瞻远瞩，开风气之先，和贵州的先觉者们一起编写了这第一部乡土教材——《贵州读本》，它在时间和空间的坐标上，极其丰富地展示了贵州，展示了这一片热土的历史沿革，山川地貌，风土人情，并以充沛的激情和平易的语言出之。我愿再说一遍，它的文化价值和现实意义受到再高的评价也不为过。

大雁哪里去了?

蔡蓬溪

1

大雁飞行时一会儿排成人字，一会儿排成一字，是歌谣的描述。上小学的女儿问我，为什么从来没有看到过歌里唱的大雁呢？——是啊，春天是大雁飞来的季节，七九河开，八九雁来，可是，河开了，雁没来。多少年没来了？好多年了。静夜中读《里尔克诗集》，想到与女儿的对话，忽觉惆怅，笔下遂为大雁的哀歌：

在童年的记忆里，飞翔着一群群大雁。

绵延着悠长的阵列，遨游于瓦蓝的天空。

"鸣雁唉唉，冬去春来"，祖母的童谣，伴着大雁飞来。

倏忽之间，祖母已逝多年，秋天仰望天空，不见了南飞的大雁。

苍穹寂寥，鸿影不再，大雁哪里去了，为何你一去不返？

《吕氏春秋》说：孟春之月候雁北，仲秋之月候雁来。[1] 大雁从高高的天空传来略带凄凉的"唉，唉"声，四十岁以上的人大概都听到过，仅就文字的记录而言，鸿雁高翔悲鸣于天际已持续了数千年，而今忽然沉落中断，世界发生了什么？而奇异的是，匆忙的世人似乎根本没有注意到大雁从天空中的消失。有时凝神思之，似有神谶存焉，古人祈盼河清海晏，即使未现，不过失吉，非凶；而今

---

[1] 见《吕氏春秋》的《孟春纪》和《仲秋纪》。"孟春之月候雁北，仲秋之月候雁来"两句在《吕氏春秋》中不是连贯语句，原句"孟春之月：日在营室……候雁北……"；"仲秋之月：日在角……候雁来……"。

鸿雁寂寥苍穹，该不会有什么大劫正在世界中悄然地酝酿吧，为躲避内心恐怖，吾人似只有祈祷与自省了。祈祷的方式之一可以是像古代抄经手那样抄录佛经，以"无有恐怖，远离颠倒梦想"（《心经》句），自省的方法则可以是把问题转换为写作可供阅读的散淡文本。

每读王勃《滕王阁序》"雁阵惊寒，声断衡阳之浦"一句，便想到童年的我秋天站在原野中看那高翔的雁群与闻那凄凉的雁鸣，而这又每与荒凉的野洼、水边随风摇曳的芦苇联系起来，以致我觉得这就是《诗经》里描写的野外情景。大雁在天空飞翔的景象，或者在人类进化史中眼睛明亮那一刻起就发现了，先民逐渐领悟了大雁和季节的关系，他们以大雁的来去定义春秋的轮回。大雁不只是报季的使者，传说曾作为信使穿越山高水长的空间，当它携带寄意别情的诗篇飞向苍森的云天，在诗人的内心便隐喻了高远的志向；之外更是美的象征。《诗经·邶风·匏有苦叶》云："雍雍鸣雁，旭日始旦。士如归妻，迨冰未泮。"说的是一个女子在秋天的河水边期盼着爱侣迎娶自己，正是黎明太阳东升的时候，她听见成群的大雁的鸣叫，女子希望美妙的佳期是在河水未被冰封之前；雁群的鸣叫声就与内心的美好心绪综合为一了，"蒹葭苍苍，白露为霜。所谓伊人，在水一方"。这是东方自然主义天堂般的境界。

若通观数百万年的人类进化史，我们与数千年前的先民其实是属于"同时代"，但正是在近千年来人类文明加速度发展，使"同时代"的我们和他们本来差别很小的情愫迅速地拉大了距离，最直接的表现莫过于绘画与诗文的古今之别了。

子曰："知者乐水，仁者乐山。"中国艺术的最高境界每在山水画中体现，而山水画中一个被宋元以来文人画家常画的景象，便是平远山水中一抹浅黛的山下，烟波浩森的湖面上，芦苇边一叶独行的扁舟，扁舟上的隐士悠闲地垂钓，而画面上部大面积的空白所显示的，是天空中一行渺远的芦雁。

　　最早用绘画艺术表现大雁形象的是古埃及人，[1] 在公元前两千六百年古埃及第四王朝一个名叫梅杜姆的墓室内，就画了六只野鹅（即大雁），画面中野鹅步态安详，形神皆肖，甚至能辨其雌雄。中国宋元以来画芦雁的画家很多，如北宋的崔白、赵佶、元张中、明林良、汪肇都是画野禽、芦雁的高手；清人以画芦雁出名的画家当属边寿民，我曾见高其佩、八大山人所绘芦雁也别有情致。

　　遗憾的是今日中国的山河大地，那一行秋雁渐渐地消逝了，古人笔下那荒寒的境界也就失了点睛的一笔。现代人身处喧嚣的旅游景点，那种古人出门即见的荒山野水、飞禽走兽，成了无法企及的梦想。今日画家下笔即为悦目的艳丽，而少悠远的韵味，今人之不如古人，不全是技法的不精，而主要是心境的变迁。今人丧失了与大自然亲近的能力，表现在他们的心灵与自然的关系之"主"与"客"的分立，而非古人天我的"合一"（"天地与我并生，万物与我为一"）。大自然因人类的活动而大大变化了，自然中既没了冷僻荒凉的地域，画家也就少了冷僻荒凉的心绪。无论任何名山大川，作为天空点睛之笔的雁阵一旦被高压线或旅游缆车取代，则"心"顿失"远"，"地"立即不"偏"了。

　　没有天空中高翔的大雁和草丛中嬉戏的走兽野禽，大自然的生机之美在今人和古人之间也就有了巨大的差别："天"与"人"似乎都不再是当初的二者了。古人诗文中那种神秘、荒寒、悠远而苍莽的意境，来自于他们乘着缓慢的舟车艰难旅行的体验，人烟的稀少、舟车在大自然中的渺小，使古人眼里的自然有无尽的神秘，这种神秘浸染到他们的生活与诗文中，所表现出的是人对"天"的无限敬畏。当初苏东坡在贬谪的途中每日行走不过数十里，时光和行程都同样缓慢，内心推敲着文章的字句，耳闻秋水断桥边的鹤唳溪喧，目送白云千里飞鸿远逝，想象胞弟接到家兄手书的喜悦。而信

---

　　〔1〕　在更早时期（可追溯到新石器时代），岩画中也有大雁形象出现，如我国甘肃的黑山岩画，但画面过于简单，还不是成熟的艺术。

息时代的现代人，"鸿雁传书"的比喻意义都大半忘却（写亲笔信的人越来越少），也就不在意雁阵从天空中的消失了。

人们忘记了，自然原本不是外在于自己的"客观"风景（更不是实用的矿藏），而是与人类脐带相连的、孕育人类的母亲——子宫；而人一旦作为生物人（脱离动物）之后，在人类心灵觉醒的历史中，自然又以她丰富的意象启蒙人类的心智。而鸿雁的"实际用途"就远不止于工具性的"陆机黄耳"（更非如字典中的"毛可用，肉可食"）；一如华亭鹤唳、上蔡苍鹰所隐喻的对生命的渴望，天际鸿影所蕴涵的意义更多是精神性的，作为自由精神的形而上启蒙者，鸿雁、鸿鹄（天鹅）意象使人类的视野从大地上升到天空延展到宇宙（而牛羊的视野没有离开草地，虎狼的视野没有离开奔跑着麋鹿的原野，它们都没有发现鸿鸟的意象，它们"心灵"中也就没有自由的概念）。"目送归鸿，手挥五弦。俯仰自得，游于太玄"。（嵇康《赠秀才入军》）嵇康欲把先秦哲人的世界呼唤到眼前，其比兴"游于太玄"之自由境界的自然符号是"归鸿"——南归的鸿雁。哲学史家说中国哲学没有"自由"概念，是不对的，每一个发现鸿雁与鸿鹄之诗性的民族都不同程度地发现了"自由"，或曰鸿鸟的诗性总是启发人类对自由的理解，"逍遥"的"自由"意义在庄子是以大鱼鲲变幻的大鸟鹏"抟扶摇而上者九万里"来比喻的，鹏"其翼若垂天之云"或是庄子从对晚霞中雁阵高翔云端排列如巨翅的超现实主义想象而来，是精神自由理想的外化形象，也暗合了生物从远古鱼类到爬行类到哺乳类到人类的演化历程，以及与此平行的自由精神在心灵中的成长——从"物"到达"心"（远古人类祖先如牛羊狼犬动物一样有物—肉的自由，而无现代人心—灵的自由），有如鲲鹏从海洋到达天空。

考证手持汉节被困异国泽畔牧羊的苏武是否把帛书系在雁足上试图与汉帝交通并不重要，《汉书·苏武传》记录的苏武思念故国、渴望自由心灵的真实性才是重要的，因此那只被诗人想象的鸿雁因其承载的历史性心灵以及以其所演义的诗剧浸润到后辈的幽思，苏武悲凉的真情以鸿雁的诗性—神性到达我们，使我们在闭目中仿佛看见了汉代的大地和天空。[1] 中国的大地之比美洲、非洲乃至欧洲大地显得古老而文明，是因为中国山河大地的诗性—神性被先民很早地发现和吟咏，如"雁门关"、"回雁峰"文字镶嵌在砖石结构的城墙的匾额上、或刻在摩崖巨石上，书法汉字内在的精神性的美和人文意义，使观者即刻感受到了其蕴涵于山川大地的历史性和诗性；而地名如"衡阳"对于读书人就非是单纯的地名，而有太多诗意的韵味，"衡阳雁去"的自然景象在小诗人也可以脱口而出，如唐吴融《望嵩山》句"不觉衡阳遮雁过，如何钟阜斗龙盘"。大雁春秋两次大规模迁徙，绕衡山之南回雁峰而过（北雁至回雁峰不再南飞），长烟落日中谁能"无留意"呢。但"工业文明"对"文明"含义的扭曲使大地的诗性—神性日益丧失，没有"雁"的"雁门关"、"回雁峰"、"雁栖湖"的历史性因缺乏现时性而模糊了它们的诗意，更多时候呈现的是缺乏诗意的高速公路上无美感的简化字。

2

在鸟类分类学中，大雁属雁形目，雁形目成员全世界有一百六十一种之多，我国五十一种，占近三分之一比重，野鸭与天鹅都是大雁的近亲。我们知道，大雁的种群随季节迁徙与其他候鸟的迁徙一样，总是在同一个道路上飞行（雁道），进化史加予它们的生存经验或已保留到基因中（它们的飞行道路依靠自身磁场与地球磁场的感应定位）。为了保护自己，雁群休息时有专门站岗的守夜雁（雁奴），殊不知这种智慧只能防范偷猎的野兽，却不能防范偷猎的人。

---

〔1〕《汉书·苏武传》："昭帝继位数年，匈奴与汉和亲，汉求武等，匈奴诡言武死。后汉使复至匈奴，常惠请其守者与俱，得夜见汉使，具自陈道，教使者谓单于，言天子射上林中，得雁，足有系帛书，言武等在某泽中。使者大喜，如惠语以让单于，单于视左右而惊，谢汉使曰：'武等实在。'"可知苏武的信并未到达汉帝，但常惠能教汉使如彼，而单于信，可见鸿雁传书非虚拟，苏武帛书雁传汉帝也就是可能的；因此后世诗人根据《汉书》演义苏武雁足传书故事也就并非传讹。

猎人偷袭大雁时，总要故意使雁奴遭众雁的怨恨，先制造小的声响让它报警，众雁纷纷飞起，发现并没有敌情，就埋怨它的误报；猎雁者再次虚张声势，雁奴又报，众雁见仍无敌情，就纷纷啄弄雁奴。如此几番，守夜雁不知道自己为何总出错，想不到是猎人的诡计，它在受了众雁的反复埋怨后便不得不放弃自己的职责，振翅飞离雁群，猎雁者方才下手。

猎人的小聪明还不至于对大雁的种群造成毁灭性危害，人类的大聪明对大雁乃至整个生物圈的危害才是致命的。机械力、电力代替人力使人类成为地球上最强大的霸主，人迹罕至的地方越来越少，人类的活动把孵化鸟蛋的芦苇湿地变成了农田，鸟类的天堂湿地变为耕地固然使人类更大数量地繁衍，同时把飞禽走兽驱逐得无家可归。

上世纪七十年代有部电影短片（那时露天电影在正片前先放一新闻短片），记录白洋淀人是如何猎杀大雁的：月夜中几只木船在芦苇里缓行，猎雁者把船用芦苇伪装好，船头露出枪管，悄然驶入雁群，站岗的大雁不曾发现这隐秘的行动，大雁实在不知道那从猿人进化出来的一支早已经超越了它们在与天敌斗争中发扬的智慧，伪装的船只最近距离地接近在芦苇中酣睡的大雁，砰轰之声，四大发明之一的火药摧动沙砾飞向雁群，月光下的罪恶顷刻发生又结束，生产队的猎人们满怀欢喜地收获他们的"劳动成果"——大屠杀后战场上鸿雁的尸体，满载野味而归的木船吃水很深。

启发了自由精神的飞鸿最终却逐渐毁灭在自由精神者的手里，人类作为自由者忘记了那自由精神的启蒙老师的恩惠，而物质主义地把它们视作飞肉，自由者的俄狄浦斯情结使他们的自由宿命般地昭示在不可违逆的神谕中，他们以自己的智慧来满足自己垂涎欲滴的饕餮欲当然比动物本能的食欲来得凶猛，因此对生物食物链的破坏具有毁灭性，但其后果对他们自己同样是灾难性的，就像海盗船的海盗们被迷魂后拼命挖掘自己的船底以寻找宝藏一样，海水将从那个被寄予宝藏希望的漏洞喷薄出死亡。

人类"改造自然的生产斗争"使天空消失了那在地球上存在了数千万年的景象,[1] 与人类经济加速发展平行,自然界的生物加速灭绝。从宇宙发展史看地球发展史,生物从地球上纷纷消失或预示着地球正处在衰败的段落中,这个衰败的段落以人类的经济持续增长为标志,二十与二十一世纪的人类见证了自己所处的衰败历史的转折点。让大雁重现天空也许比任何一项科学发明都难,过去的无法挽回,未来的不可预知,历史的不可逆性使敏感的人充满忧愁,人类的聪明正在使自己走一条可能是违背自己愿望的道路。个体的人面对整体的人类行为都有一种无力回天之感,对于野禽翔集郊野的美好时代,除了缅怀,就是无可奈何的悲哀了。当地球上的大型动物只有人类自己,只能从古书上看到各种稀奇的动物,他们会作何感想呢?波德莱尔的《信天翁》里描写水手们对那空中英雄的戏弄,可波德莱尔没有描写风暴是如何戏弄沉船前的水手们的。地球尽管在我们眼里是巨大的,但在宇宙中它显然不是永不沉没的航船,聪明者对不聪明者的戏弄是否也会有一天临到聪明者自己头上?我们人类很聪明,但显然还不如上帝聪明。

古人对未来曾充满憧憬,正如今人对未来也幻想联翩;今人也时常向往古代,就像古人也向往更古的时代。有关世界是从美好堕落为粗俗还是从野蛮进化为文明,古埃及人、古希腊哲人和中国的先秦诸子有不同意见,哲学所谓美好或粗俗的标准多注重在人性方面,而就人类的大部分成员来说,他们所向往的未来的美好大部分在物质的方面,因为生存问题是人类首先考虑的第一要著。以我自己为例,上小学时自然课本里有一幅画曾使我羡慕原始人的好生活,画面上原始人正把一头鹿用火烧烤,原始人用双手把着鹿角,仿佛

---

〔1〕 鸟类的出现可追溯到侏罗纪(距今为 1.4 亿年)的始祖鸟,白垩纪的无齿鸟类的近鸡目与鸡形目、雁形目关系密切。而雁形目(Anseriformes)形成于始新世,距今 5300 万~3650 万年。见中国大百科全书出版社《中国大百科全书·生物学Ⅱ》1992 年版,第 1057 页。

正在闻着鹿肉的清香。我当时想，原始人的生活真不错，每天打猎、吃肉，而我所生活的乡村，温饱尚且难求，何谈肉食。后来上初中，上课时在课桌下偷读一本插图本的史前史小册子，才知道原始人的寿命很短，原因于他们生活艰辛，又没有发明医院。

可是既然人类已被上帝赋予了智慧，为了生存，他们就迟早有一天会发明医院的。智慧使人类不断探索自然，其探索的道路是否早已经命中注定了？医院需要器械，所以需要工厂以造钢材，需要车磨铣刨制造机械的车间；医院需要药品，就需要生产医药的工厂；医院使人的成活率越来越高，地球的人口也就以幂级增长，城市高楼就像雨后春笋般生长，生活垃圾因此堆积如山。如此，工厂里的黄黑的污水把古人荒寒的郊野驱向更远的地区，黑烟、垃圾产生的有毒气体如所罗门王封在海底瓶子里的魔鬼被渔夫打捞后释放出来，狰狞的面孔膨胀蔓延，吞噬生灵，让雁道上的大雁从天而落，羽毛腐烂在地里——这一切如此"自然而然"，如此符合"逻辑"。

大雁在天空中消失了，但据说在北京郊区的某些地方还是能看到大雁的，我去过怀柔县的雁栖湖，这里曾是成群的大雁的栖息地，可我却没有看到大雁的踪影，看到的是人们乘坐飞快的游艇嬉戏，我注意到水上的生物似只有蜻蜓，还有很少的鸭子在水里游泳，人工饲养的鸭子在游艇的波浪里起伏，全没有游人的兴奋。在进化链上，鸭子的智慧早被人类大大地超越了，而人类的物质主义使他们把生物们作为审美对象的吸引力拗不过人类对它们的食欲，野鸭已经很少见了。

管桦有一首歌词写道："湖边的芦苇中，藏着成群的野鸭。"歌词的情景令人神往，荒草甸子的湖泊湿地一眼望不到边际，各种禽鸟在这里安家，无边的芦苇、成群的野鸭，多么令人向往的生机之美呀。但管桦接下来的句子却不敢恭维了："伐木工人请出一棵棵大树，去建造楼房，去建造矿山和工厂。"在无边的芦苇和成群的野鸭的意境中，伐木、矿山、工厂——未免大煞风景。但检讨我的心理却并没有什么高尚感，我向往无边的芦苇中成群的野鸭，可同样不能拒绝生活方便的诱惑，出门需要自行车、汽车，制造车辆没有矿山、工厂行吗？房子、写字台所需的木材没有伐木工人的砍伐行吗？我们生活行为与心理之间、欲求与审美之间，仔细想来，实在是有太多悖谬。人们渴望现代化生活条件，若能拥有原始人的无污染的水源空气当然更好，不过欲求的满足既然不能得兼，矛盾的解决便以欲求的大小决胜，结果舒适的现代化生活就以牺牲自然生态平衡为代价，因前者更迫切。

上世纪八十年代初我在保定读书，到白洋淀游玩尚见少许芦雁和野鸭起落，渔民说芦苇深处可捡到野蛋；今年四月我回保定，问起白洋淀还有大雁否，答的人直摇头，说白洋淀最近（2006年春）发生了历史上最为严重的污染，淀里的鱼几乎死光了，何言大雁，原因是周围的化纤、造纸厂把白洋淀当成了排污池。闻之凄然，归而日记曰："呜呼，自然育万有，万有孕人伦，自然者，人之古母也；而人不知反哺而反加害之，人伦之祸以祸自然而祸及自身者，命矣夫？"写完了看着我的笔记本出神，暗思说不定此笔记本的纸张就产自白洋淀（起码有一定概率），从经济学的需求决定生产理论来说，我自己的需求是社会总需求的一分子，故与生态灾难不是毫无关系的，尽管我所写的内容正相反对——这之间的背谬在许多人的行为中时刻发生着，异己的力量恰恰来自于许多人的"自己"。

3

既然现代人都在参与对自然的破坏，而人已经无法回到原始时代，如此说来，是否意味着人类应该否定自己的生存权呢？人类是宇宙历史进化出的高级生物，他们的精神世界是宇宙历史发展出的奇迹，他们的生存权是天赋的，他们有权发掘自己的智力以发展文明，这是首先需要明确的；同时，正因为人类是上帝之爱所钟，先在地禀有天赋道德，作为万物的灵长，就承担着在地球上的不可推卸的道德责任。

如何行为才是道德的呢？"文明的进步"既然不可逆转，人们下意识的思维是：文明发展必然带来包括物种消亡等一系列生态后果，与其杞人忧天，不如任生物自生自灭。但是，物质文明的发展已经到了威胁文明本身的程度，与农业时代不同，工业时代人与自然的对立到了以人类奢侈的"生"建立在生物物种痛苦的"死"的地步，动物的灭绝已不是恐龙时代的自生自灭，而是人类生产与生活方式造成的。以物质生产的花样翻新导致自然界积数亿年之功所育的一种秩序性复杂结构（生物）一去不返地毁灭，是否符合道德？"文明"是否因此而"进步"了呢？

即使从复杂性、自洽性与完善程度来说，一只蚂蚁也比一台巨型计算机更高级（而况灵鸟如大雁），为什么？这是天的造物——生物和人的造物——机器的不能逾越的本质区别：机器属于人类所造之物，其诞生显现了宇宙历史创造出了最高层级的世界即精神世界，但就机器本身来说却属于低级的机械世界，它永远达不到次高级的生物有机世界。我们可以轻易踩死一只蚂蚁，但不能随意毁坏一台机器，毁坏一台机器能够再造，而灭绝一个生物物种则无法再造了。人类尽管能制造宇宙飞船，但他们连最简单的单细胞生物也造不出来（基因技术复制不是创造），人与上帝的区别是绝对性的。

中国哲学的中心问题是究天人关系，这个关系的重要方面是天理与人欲的关系。一方面，人们的思维能大致理解这些关系，而做起来却往往随波逐流，这是人类个体知行的矛盾；另一方面，人们又不能精微地理解这些关系，因为"天"除了蕴涵在自然中，还蕴涵在"人"中。人欲中有天理，天理中也有人欲，但天理却不等于人欲，尤其当人之欲从生物时代过渡到精神时代的时候。如果把"道"理解为天的逻辑理性，那么"德"就是天的实践理性。天的逻辑理性让生物圈构成自洽的食物链，天也正是以这种自洽性表达自己的实践理性即爱生之德：众生平等。而自从人类在诸生物类中崛起，人以其理性为工具，与生物的竞争就不再平等了。而天给予人类以理性，是要人理解天的道德，并代表他执法，法的最高理念依然是"众生平等"，而非赋予人类惟我独尊、在地球上滥用执法权的权力。人与自然"强迫交易"——以低级的机械器具制造换取高级的生物牺牲——的"野蛮执法"短视、急功近利，不公平也不符合道德。

即使以人类中心论而论，"众生平等"理念也比狭隘人本主义更符合人类长远利益；而人与自然分离乃至对立的机械自然观是与天我和谐为一的有机自然观背离的。"人定胜天"是口号，不是真理。欲挑战上天，说明人已足够强大，不过人之理性是天赋的，理性不能把矛头对准理性的赋予者，否则人类未来比堂·吉诃德的风车之战将更少胜算。当人类文明的发展成为否定宇宙文明的力量，就将意味着人类自身的被否定，因而我们需要足够的远见，文明"进步"的异化形态必须被遏制。

是故，以中国道德哲学而论，科技理性不等于天理，无限制的增长不符合天道，发展以灭绝生物为前提违背天法与天德。人若自恃拥有"理性之剑"，不是"替天行道"而是纵容自己所欲而把自然看作被征服的对象，则"天罚"也许为期不远了。

4

《水浒传》中，宋江带领梁山好汉南征方腊前（伐王庆后），大军过秋林渡，一行大雁飞过，浪子燕青援臂弯弓，射杀数只飞鸿，宋江耳闻雁鸣凄厉，仰见雁阵惊散，默默有所悟，怨燕青不该射杀此仁义之鸟。[1] 小说作者或以此情节暗示，梁山好汉如这大雁一般，南征时队伍浩荡壮阔，北返时将凄凉惨淡、十不一二。现在的天空已经没有可供人类显示射技的雁阵了，农药的使用使农作物大面积丰产固然是人道主义的胜利，却没有考虑对鸟类繁衍的灾难性影响，生物们没有自己的哲学向人类论辩，指出人道主义的野蛮。人类以

---

〔1〕　见《水浒传》百二十回本第一百一十回"燕青秋林渡射雁，宋江东京城献俘"；或百回本第九十回"五台山宋江参禅，双林镇燕青遇故"。本文据百二十回本叙。

自己为中心，其活动的目的就是掠夺地球资源以满足自己的物质欲求，对于大部分动物来说，人类是他们最危险的敌人；即使来自人类的"爱"，也还是把它们关在笼子里参观和赚钱。除了老鼠蟑螂蚊虫，天上地下的大部分生物似乎都厌倦与人类为伍，纷纷以灭绝的方式与世界诀别。进化道路上，人类曾与地球上的各种动物大军同行，但随着人类智慧的增长，渐渐地，动物的种类变得稀少，面对动物们零落的尸体，人类似乎无宋江哭梁山兄弟的悲哀，也没有多少惟我独尊的得意，有的只是——冷漠。

作为地球的统治者，人类不断以持续的发展显示自己的强大，可当地球被开采为一架狰狞的髑髅时，人类的末日是否也为期不远了呢？大雁，按着季节的变化出现在我们祖先的视野中，而今却在我们时代的天空消失了，这无论如何不是一个好征兆。在上帝厌倦人类之前是否应该想想未来，"我身后哪怕洪水滔天"——不是理性的人类应抱有的世界观。也正是在此种意义上，才见出老子的反进步主义之于人类文明的恒久意义。如果将来自然资源稀缺到了这样的程度：为了清洁水源和无污染的空气而大动干戈，饲养着少量动物的动物园的门票要用黄金购买，人们幸福的理想是做原始人，富翁的最高级别是园丁，那么，今日所谓"物质文明"理想又意味着什么呢！异化的文明错乱了本末关系，其实老子早就发现了那个治疗文明异化而"合乎道德地生活"的方法——抱朴、虚静、无为。美好的"新世界"其实就是我们百年人生看见、拥有的自然世界，天堂就在清晨鲜花的露珠里，在秋日天空的雁鸣中，在明湖清波的涟漪上。"抱朴"不是要人回归蒙昧时代，而是使文明发展从容悠闲；"虚静"也非抑制人类的理性想象力，而是以深思熟虑取代蛮勇狂暴；"无为"是为了最高之"为"——人类在宇宙中的生存权不因暴疾而终，而是享尽天年。

"合乎道德地生活"的道德担负需要每个具体的人，而非空虚的"人类"概念。人类作为群体是由个体组成，而个体意志似乎不影响群体行为，但群体意志分明是个体意志的综合。如果每个个体能从

"我"做起，领悟自然之道并约束自己的行为，则人类理解的道德就可能与"自然"契合，违逆自然的、异己的力量只能靠每个"自己"克服。那么，何种力量能启示"自然"之"道德"理念被众"心"领悟呢？除了来自自然的教训，有什么超越存在能对人类群体"合乎道德地生活"给予巨大的说服力呢？

我们的知性科学既然永远不能解决我们理性提出的诸多错综复杂的问题和我们自身生存所面临的困境，我们是否应呼唤我们祖先曾信仰的神明归来？自然神曾使我们的祖先对自然充满敬畏，在科学时代人们却驱逐了他们，是否有一天自然神能返回到人类的心灵中，来限制人类的某些无法预知后果的行为呢？我们来分析一种现象：在许多人看来，木讷的山民不及城市人体面精明。可是，为什么"土著"山民面对"圣山神水"总是满怀虔诚，双手合十，惟恐得罪，何言破坏；而一群现代都市青年男女却可以恣意毁坏云南香格里拉碧沽天池的自然景观？回答是，因为前者心中有神，而后者心中无神。后者也喜欢美景，但美景在他们理智上是纯粹外在的，是"有用"的"东西"——可用来拍摄电影胶片贩卖赚钱；而在前者，水光山色的本体是"我的祖先，我的母亲，我的神"——灵魂的皈依之地。可见，有神的善与无神的恶，并不因受教育程度而颠倒；或者说，自然神论使人类生活更合乎道德。但是，消逝的诸神能重新回到普世人的心灵中吗？

记得童年时代，村西荒冢有巨大杜梨树，二人合抱不接，村人敬而祭之。革命兴，破迷信，有数少年欲伐之，长老曰：此树历八百年，见证村史，虽数遇水旱蝗灾而不死，吾村之神明也，佑我子孙，祀之尚恐不及，何忍伐之？少年不听，斥之曰：神鬼者，封建迷信，古木不过一实用之材耳，干可变桌椅，枝可燃灶火，何佑之有，遂伐之。越三十年，嘉树绝，珍禽灭，野兔不奔于郊野，鸿雁不翔于水泽，即梁上之燕巢几绝迹矣。神明者，人类之佑护者也，人有所畏惧，其福不远；人无所畏惧，其祸将至。害华夏文明之大者，莫过于近世之唯科学主义者也。科学很好，但只有科学不够。

科学在世界中，而非世界在科学中。世界者，诸神之世界也，哲人与诗人之世界也，然后才是科学之世界。宗教、哲学、诗、科学能否并行不悖？自然本不悖，所悖者，心也；灭心灵中绝对主义，使多元共存于自由者心灵，则拯救之路或在望中耳。

边寿民有一幅《芦雁图》，画面画一芦雁游在芦荻丛下的浅水中，引颈向天，遥对着高空中另一只芦雁，似在呼唤它，那呼应的神态令我想到家庭般的词语："天气冷了，该带领咱们的儿女回到南方去了。"——翻译成韵文可作"不见天凉北风起，快携儿女到江南"。当我们把人类间的亲情推及动物间的亲情，我们或者能够领略佛家不杀生的训诫来自于觉者对世界何等深切的悲悯。绝对的不杀生也许办不到，但我们能办到的是对自己的约束。动物并不需要人类特别的关爱，它们需要的是人类的行为尽量少地干涉它们的生活。那些林立的烟囱、腥臭的河沟、堆积如山的垃圾破坏了雁道，我们人类尽管不能像制订经济规划一样制订修复雁道的规划，但考虑到还有零星候鸟的迁徙，我们的烟筒里少些二氧化硫，臭水河沟少些腥臭，减少垃圾的污染，大概还是能够做到的。

甚至有乐观的环保主义者相信，科学技术所破坏的生态环境最后也还需要科学技术来拯救。我尽管不是乐观主义者，但也不是悲观主义者，已经灭绝的生物在将来能否通过基因技术复制它们？我对此不敢奢望，但对于没有灭绝的生物，我们延缓它们灭绝的时间大概总是能做到的。我甚至有一个梦想：觉者再临人间，普降法音，启示人类觉悟其所临危厄如飓风起于瀚海，增长的极限使生命之舟将飘坠罗刹鬼国；令百千亿万众生顿生畏惧，知爱自然即爱自己，护他生即护我生，一念观音而生无量悲心，善缘连环而生、蓬勃鸯起，寰宇兆灵遂解脱罗刹之难。苟如此，"顿悟"的人类发宏愿拯救濒危生命成为可能，我们的子孙或可看到祖先看到的景象——大雁重新回到天空，排着整齐的队伍，一会儿排成人字，一会儿排成一字。

荒野与大学有着同等的重要性

彭　程

有一些好书常常不能够及时读到，这只能说是阅读者的损失。虽然这种被延宕的阅读，常常会因为读者阅历的增加、见识的长进，反而会比及早读到使读者有更多的收获，但人们仍然会想：我要是早些时候知道这本书，该有多好！

吉林人民出版社"绿色经典文库"第二批中，有一本《哲学走向荒野》，对我来说就是这样的一部书。版权页上标明是 2000 年初出版，我却在不久前才看到。作者霍尔姆斯·罗尔斯顿是美国科罗拉多州立大学的哲学教授、国际环境伦理学会与该会会刊《环境伦理学》的创始人、美国国会和总统顾问委员会环境事务顾问、世界著名的生态哲学的开拓者和奠基者。

这部作品，实际上是作者从上个世纪六十年代末到八十年代初所撰写的十五篇论文的汇集，根据内容而分别归入四个部分：伦理学与自然、自然中的价值、实践中的环境哲学、体验自然。它涉及环境伦理学几乎所有的领域，也归纳了生态伦理学的主要观点，内容丰富浩瀚。对其进行全面准确的概括，对我这样的门外汉来说，是一件困难的、难以胜任的事。好在没有人这样要求我，那我也完全可以就自己感兴趣的地方，谈一些哪怕是幼稚粗浅的体会。

1

森林和土壤、阳光和雨水、河流和山峰、循环的四季、野生花草和野生动物——所有这些从来就存在的自然事物，支撑着其他的一切。

以上是该书的中文版序言中的一段话，作者开宗明义，表明了在他的心目中，大自然是作为万物依托的、第一位的存在。在书中多篇文章中，他列举了大自然所蕴含的多种价值，虽然在不同的地方，谈及它们时的命名、种类的数量有所区别，但内在精神是一致的。作者将它们概括为：经济价值、生命支撑价值、消遣价值、科学价值、遗传多样性价值、审美价值、生命价值、多样性与统一性价值、稳定性与自发性价值、辩证的价值、宗教象征价值等。作者用相当的篇幅，充分地论述了这些价值的内涵。

对这些价值分类中的少数几种，像经济价值、科学价值等，我们并不感到陌生。尤其是经济价值，在我们这块土地上，在很长时间的各种语境中，被大加张扬，以至于给我们一种感觉，经济价值几乎就是大自然的全部的、唯一的价值了，它包括了也遮蔽了所有其他的价值。既然大自然已经被这般定位，相应地人和它之间也便只有一种予取予夺的关系。尽管古代也曾经有过"天人合一"的哲学主张，仿佛是在讲求人和自然的和谐，但仔细探究起来，其实质是一种玄妙的、神秘主义的思维，是在譬喻意义上被使用，其现实目的主要还是维护政治伦常和统治秩序，绝不是现代意义上人与自然和谐相处的共生关系。某些学者脱离具体语境，抽取古人的片言只语，做割裂式的解读，试图得出环保主义也是华夏本土的思想资源的结论，未免穿凿。事实上，几千年历史实践中惯常闻见的，倒是对大自然的过度榨取和破坏。两千多年前，黄土高原曾经温暖湿润，森林密布，所谓"杂树交阴，云垂烟接"、"翠柏烟峰，清泉灌顶"。但随着多少个世纪中的人口急剧增长，过度垦殖砍伐，才变成了今日的干旱瘠薄。到了上个世纪中期，这一过度的利用变成了竭泽而渔式的赤裸裸的掠夺，借用那个时代一句无人不知的表述，就是"与天斗，其乐无穷"。它很长时间内成为国家意识形态的斗争哲学，也被套用在人和自然的关系上，于是便有了砍伐树木大炼钢铁、围湖造田等一系列气壮山河的蠢事，造成的严重后果至今未曾消退。改革开放二十多年来，经济大潮汹涌，正常合理的人性需求获得尊重得到复苏，但人性中的贪婪也随着魔瓶的被打开而一同涌出，迅速膨胀。在欲望的眼光中，大自然只是一个可以提供种种物质财富、满足人的无穷奢求的客体。于是，在发展经济的口号下，大自然被蚕食鲸吞，污染无所不在，田园牧歌的情调早已变成了神话。大量田地被改造为住宅、别墅、开发区，那些尚未遭到严重毁损的地方则每每被辟为旅游地，目的仍然是赚取利润。要找一片尚未被人类活动侵扰、可供沉思默想的地方，实在很难。

但在本书作者笔下，经济价值只是大自然价值中的一种。而且，获得这种价值也绝不是毫无限制的、可以为所欲为的，而是有必须遵循的原则，这种原则归根到底是一种道德原则。作者提出了"公正的环境商业"的概念，将道德评判引入到了经济行为中。不管发展的理由如何充足，也"不能夺走明天的自然基础"，不能留给子孙一个糟糕透顶的环境。在此统领性的原则下，作者的思索深入细致，触及诸多实践层面，像他提出的重复消费准则、不打折扣准则、"毒物威胁为王"准则、接受经济中的非增长产业等思路，都是着眼于对自然生态的良好保护，是为了奠定可持续发展的坚实的环境基础。

如果说，对于大自然的经济价值我们丝毫不感陌生的话，那么作者谈到的其他多种价值，却是人们很少闻听，更遑论进行深入的思考了。相对于前者是一种容易理解的、可见可触的"常规资源"，后面提到的诸多价值该是属于一种"超常规资源"。前者化作物质形态的器物、财富等，后者则是为灵魂的居所增添库藏。它们是以一种暗示的、潜移默化的方式诉诸我们的感受，作用于我们的精神世界，影响着每一个个体乃至整个人类的生命。让我们跟随作者的阐述，列举数种。

辩证的（矛盾斗争的）价值。作者清晰地表达了一种辩证的思想：环境的"阻力"同时也是"助力"，生命之河是在这助力与阻力的交织中向前流淌的。一个绝对平和的环境，会使生命停滞。美洲狮锋利的牙齿使鹿的视力变得敏锐，鹿的快腿又使狮子变得更为敏捷。最好地成全了你的，恰恰正是你的敌人。开发北美大陆的拓荒者、清教徒、探险家和移居者都热爱边疆，因为边疆生活给他们以挑战和训练，正是这种挑战与训练造就了美国精神。作者推导了这样的结论："如果我们把自然对我们的伤害看作客观的恶，那也必须愿意把自然给我们的助益看作客观的善。"

宗教象征价值。当我们凝视着大海的怒涛，或午夜的星空，我们会俗念尽消，获得一种灵魂的净化，对外在于我们的巨大存在产生敬畏与谦卑之感。帕斯卡尔"这无垠天空的无限的寂静让我战栗"的警句，和康德的"天上的星空和心中的道德律"的著名陈述，就都产生于这样的凝视。于是得出这样的结论便是顺理成章了：自然不仅是科学的源泉，也是诗、哲学与宗教的源泉。人类作为自然界的成员，先验地获得了某种规定性，"自然在我们生命里编入了程序"。人类几千年来心智的演化过程，是与自然紧密相连的，正是通过与自然的互动来发现和创造用以理解世界的符号。面包、水、酒、道路、山峰、河流等，这些自然界中的现象，都成为意义丰富的宗教象征，是有充分的道理的。

艺术或审美价值。这点似乎最容易理解，连小学生作文的一大主题都是赞美自然风光的美丽动人。但作者的论述显然是在更高、更本质的层面上展开的。翱翔的鹰、蜿蜒滑行的蛇、蕨草的复杂结构都具有独特的美。一块普通岩石的断面在微观上都是一幅绝佳的晶体镶嵌图。这些，都会让人联想到那个"美是形式"的命题。在具备了这种审美能力的人看来，最平常的地方，都有一种普通人无法想象的协调性、完整性与自主性。这样看来，大自然就是一个巨大的艺术作品。

文化象征价值。"我们想要保留一些荒野，因为它体现着叠加在它上面的文化价值，使我们对它有了一种归属感和认同感。"精神或者文化常常需要借助于自然中的事物而获得一种象征化的表现，虽然在不同的民族，这种意义的负载物可以很不同。作者以秃鹰为例，指出它象征着美国民族的自我形象及其所向往的自由、强大和美。同样，大角羊是科罗拉多州的标志，白头翁花是南达科他州的州花，短吻鳄作为佛罗里达州的象征，都有着各自的寓意。我们的思绪暂时离开这本书，飞临其他国度，会联想到白桦林之于俄罗斯人，仙人掌之于墨西哥人，也都有独特的价值意蕴。在我国广袤的西部，藏羚羊是某种藏地精神的象征，而新疆南疆沙漠中的骆驼，以及连绵的胡杨林，则把西域的魅力发挥到了极致。

人格塑造价值。这一点，也可以理解为前面提到的矛盾对立价值在每一个体身上的具体化。荒野经历能挑战一个人的能力，使他对自己在荒野中需要具备的技能进行反思。荒野还能让人感觉到世界的广袤巨大，学会谦卑，打消灵魂中某些虚妄的理念。这样的经验一旦被整合到一个人的性格中去，会使他变得健康强壮。我们可以联想到文学名著中的例子。不论是美国小说家杰克·伦敦小说中的阿拉斯加冰原上的淘金汉，还是挪威作家汉姆生笔下的北欧荒野中的农夫，都是粗犷、坚韧、顽强，充满大无畏的英雄气概。

2

观念当然是重要的，但得出结论的方式同样具有重要的意义。它涉及价值判断的真伪，涉及认识所达到的深度，以及会在什么样的程度上让人信服。让我们结合具体的例子，了解一番作者的思考是如何展开的，是通过什么样的路径抵达答案的。

相对于《自然中的价值》一文中冷静的理性剖析，书中的第四部分《体验自然》是一个感性洋溢的文本，收入的数篇文章都带有更浓郁的诗的特质。由于工作关系，作者深入到湖泊、森林等人迹罕至的荒野深处，和大自然有过最深切的接触，从而真切地触摸到了大自然的脉搏。

在他看来，荒野是进行真正的精神生活的必要处所，是哲学与宗教的一种"场"。心灵在荒野中的沉浸不仅是消遣，也是一种再创造的体验。从这种体验中，人感觉到自然的广大，意识到自己在自然中的位置，产生了对自然的认同。这种认同的极致，便是一种物我交融、相忘的境界。这是一个名叫索利图德的湖带给他的思索：

"湖的表面静静的，像镜子一样映射着天空，也映射着夜晚和星星。人在宁静的沉思中时，不也能像镜子一样映射出天地间的事物吗？人们也只有在宁静的时候，心灵的深度才能显现出来。湖提供了一个场所，让他能独自进入一种迷狂，或者说让他从平凡的事务中站出来。"（《索利图德湖：荒野中的个人》）

这种迷狂，指的是一种精神的深度的沉醉，类似人本主义心理学家马斯洛所谓的"高峰体验"。他揭示了一种充满了辩证法的关系：抽身，正是为了进入。这样一种神启般的体验，不可能在灯红酒绿、人声喧哗的热闹场所产生，而只能孕育于孤独寂寞的地方。孤独使精神超越琐碎凡庸，关注重要的事物，关注其本质和内涵。从蒙田到尼采、梭罗、克尔凯郭尔等，多少伟大的人物都强调过孤独对于精神文化创造的不可或缺的作用。大自然中的亲历，也使得本书作者对此坚信不疑，反复强调。"有一种相对的孤独，是个体人格保持完整所必需的。作为一种社会性很强的动物，人同时又有一种奇异的能力，能使自己的价值个人化；要实现这种个人化，与社会有一定的距离至关重要"。而荒野无疑最能够提供真正思考所需的这种孤独。广袤的荒野让人的躯体显得渺小之极，但却因此而凸现了人作为"思想的芦苇"所具有的精神能量。

这样，在湖边的沉思就具有了一种特别的意义："一个人除非可以来到这样一个湖边，让地理上的距离来松开社会加于他的羁绊，他的心灵中就不会有足够的空间与清醒，让他能建立和维持自我的边界。人们如果不是各自心灵中都有这样的空间，也就没有真正意义上的共同生活，而只有同质的人融合在一起。我们不能独自成为人，但如果我们没有一些独自的空间，同样也不能成为人。"

正是出自对于这一点的深刻认知，作者表达了一个不无独特的观念："自我是地盘性的。空间并不仅仅代表一种个性；它也是一个人灵魂的组成部分。"精神的存在，与大自然存在的方式具有某种同构性。作者进而提出："荒野与大学有着同等的重要性。真正的生活都是在社会边界上的生活。"理解了作者思想的内在逻辑路径，我们就不会认为这是故作惊人之语了。

　　当然，孤独本身并不是目的，而是达到目的的手段。只有踏上这条小径，才能够最终接近那些储存了价值宝藏的洞穴。对作者而言，在荒野中他的收获无比丰盈。《白头翁花》一文便是一个堪称完整自足的文本，它把这种感悟的过程及结果真实、具体而生动地展现了出来。

　　在春分刚过后不久，作家徒步游览落基山下面的水草地，看到了数千朵盛开的白头翁花。这种早春时节顶着严寒和肆虐的暴风雪、最先绽放的花儿引起他极大的兴趣，他试图探讨其中形而上的意蕴。他这样揭示这种现象的内涵：花朵本身就是对死亡的反抗，是生命繁盛的象征。这种认识也许并不十分独特，但其论证、联系的途径也即思考的方式，却具有一种综合的、开放的特点。首先，白头翁花以其特有的美在早春开放，象征着生命历尽苦难而存活。正是通过严酷的斗争，生命的美、生命的神圣才得到昭显。在洪水或严冬之后，大地便会进入一个繁花似锦的季节，这一点让人深入地领悟到生命的复苏，理解自然终极的意义。其次，还可以通过瞩目凌寒怒放的白头翁花，体验到苦难对于生命的塑造、增益作用。它一方面是与冬天为敌，另一方面也是被冬天促成的，它们相辅相成，缺一不可，"没有死亡的行进也就没有生命的进化"。他进而联想到人类的进化。"现代人是冰河时代产生出来的。人类的基因库被暴露于冰川的压力下，这压力在间冰期又会有所放松，冰川期与间冰期就像冬与夏一样地交替，给人类造成了进化的压力，使我们成了现代人。自然给我们的逆境与支撑，一个是经，一个是纬；人类的生命正是由这经与纬编织成的。"第三，生命都是互相启发的，"开花"也会让人联系到我们的价值，象征着生命在心理、理智、文化、甚至精神层次的一切朝向某种目标的努力。总之，透过花朵的开放，作者发现了一个关于所有生命的隐喻。生物学的原理同社会人生的规律，获得了交融和互证。

　　作者还从植物学的角度，解释了白头翁花何以具有十分亮丽的色彩。因为要在残冬开花，需要有一些特殊的适应性的机制，如必须要有足够大的花瓣的萼片等等。这些让作者"看到了在关于生命如何求生存的科学之上，还有一种艺术的技巧"。这些归根结底又与自然进化中的选汰规律有关。把同样的目光投向人类社会时，作者发现，凡生活在有白头翁花的地方的人，寒冷促使他们的祖先学会了缝制衣物和取火，从而"艺术之美被叠加在生存的科学之上"。这样，作者的视野就进一步延伸到了艺术、美学的疆域，其思维触及到了广义的文化起源的命题。

然而，这里尚不是作者思维的最后边界。他的想象在更广阔的空间驰骋往复。通过考察宗教的、历史的文献，并对白头翁花的俗名进行词源学的分析，作者追溯到古英语、法语、希腊语，最终到希伯来语，他发现了它与基督教的复活节和犹太教的逾越节的联系，这两个节日在各自的教义中分别代表了摆脱奴役、与死亡擦身而过，以及获得自由和开始新生活。白头翁花不畏严寒，在复活节前后率先绽放，其生命力的顽强，被一代代的人们从生物学、心理学乃至神学的意义上给予解读，赋予象征意义。这些联系并非不着边际的虚构，而是都有着文献学的充分依据。这样，从原本隶属于生物学范畴的现象中，他却收获了深刻的宗教感悟："自然之道就是十字架之道。"

阅读这部作品，我们会得出这样的一个十分清晰明确的结论：荒野，或者说作为生态系统的原初状态的大自然，是一个呈现着美丽、完整与稳定性的生命共同体。正是因为大自然具有这样丰富的精神价值，我们才要走出人类中心主义，平等地对待大自然，和环境、和大自然建立起一种和谐的关系——这些，也正是生态伦理学思想的核心所在。

读这部作品，我能够明显地感觉到一条精神链条的存在。梭罗、利奥波德等生态运动、环境保护主义先驱的名字和思想一再被作者提及，不独是表达对这些前辈们的敬意，也不独是其著作与他们的著作有一种传承性，更是由于贯穿于他们的思想之间的是一种共同的精神关怀。他们都是怀着对于大自然的爱，努力呵护着大自然的完整和尊严。而这样做，也就是为人类的幸福而守夜。作者描述了人和大自然关系的理想状态："这种拥有不是征服，而是保存；不是武断，而是容让；不是贪欲，而是爱。"

从这样的意义上，作者清楚地表达了自己的职业信念："我觉得，一个人如果对地球生命共同体——这个我们生活和行动于其中的、支持着我们生存的生命之源——没有一种关心的话，就不能算作一个真正爱智慧的哲学家。"这是一个富有强烈的责任心的知识者的心声，也是其哲学研究走向荒野的最根本的动力。

乡村的游戏和玩具

张　柠

　　透过对农村儿童行为（游戏）及其相关器物（玩具）的研究，我们可以从一个更独特的角度进一步认识乡土文化的特征。在乡村儿童行为与成年农民行为的对比中，在儿童游戏和玩具与乡土意象的对比中，在游戏所追求的自由精神和它对儿童肉体的训练和限制中，可以发现乡土文化更为复杂的意蕴。特别要声明的是，文章中所举例子以南方乡村为主。

乡村的儿童游戏

游戏的前提

　　乡村生活的重复和循环，将农民变得跟土地上的植物一样。随着岁月轮回，他们由一株年轻的植物变成一株衰老的植物，并因身边又长出了一群小植物而感到欣慰。这种贫寒的生活状态和单调的生理节奏，只有成年农民才能容忍，孩子是一刻也不能忍受的。而农民认为"忍受"是"成熟"的表现，是承担生产责任的前提，因而被视为一种荣耀。与此相对立的是孩子"不成熟"的游戏状态。这种状态与乡土社会价值的对立，暂时被"成熟"与"不成熟"的矛盾所缓解。因为只要假以时日，孩子在生活的重压面前终究要"成熟"的。因此，那些整天身不由己、乱说乱动的儿童游戏被农民所"忍受"。是游戏拯救了孩子，使他们暂且忘却乡村生活的贫苦和单调。因为游戏中包含着对另一种生活的希望和想象，对父亲生活之外的世界的"预先占有"，对"种谷—收谷—吃谷—拉谷"法则的超越，对身体的解放。儿童游戏是人类最健康的运动。它没有成人行为的功利性和计划性。它是非功利的、耗费性的、充满想象性的。

游戏的三个基本前提（时间、能量、冒险）都与农民价值格格不入。第一，只有孩子才有剩余时间。成年农民整天都很忙，白天或农忙时节干粗活（农活），晚上或农闲时节干细活（手工活），现代"休闲理论"与农民无关。第二，游戏是一种无意义的能量释放活动。而节约能量是农民的一条基本准则。他们每天摄入和耗费的卡路里，常常处于收支不平衡的状态，所以，不到万不得已，农民是不会轻易释放卡路里的。今天城市流行的攀岩族、暴走族、健身族，农民都无法理解。第三，游戏还是一种冒险。游戏的结局（比赛的胜负）是未知的，不像种稻子那么胸有成竹，即使年成不好，多少也能收一点。游戏（比如爬树、游泳比赛、翻跟斗、踩高跷）还充满了一种毫无效益的危险，成本太高。

成年农民之所以容忍孩子那些毫无意义的游戏，不仅是因为其中有他们自己童年时代曾经尝过的乐趣，更重要的是，他们从中发现了今天自己"成熟"的雏形。也就是说，纯粹游戏的"时间"要素中，包含了孩子对自然和成人世界的"模仿"主题。纯粹游戏的"能量"宣泄中，包含了世俗社会的"力量"、"攻击"主题。纯粹游戏的"冒险"中，包含了孩子协调个人身体和智力，协调外部世界的"学习"主题。正是纯粹游戏的这些附加功能（隐含的世俗化功能），才使得孩子们的游戏在生产至上的中国乡村源远流长。

游戏与有闲

所谓的"有闲阶级"，就是不从事农业生产、时间过剩、精力过剩，并且通过各种手段宣泄这些过剩因素的人。这是今天城里人梦寐以求的理想。按照农业社会的价值，这种人简直可以说是不可救药的，人们会鄙视他。传统中国农民必须是一个勤劳的、手脚忙个不停的、不会无事到处游逛的人。乡下人必须让人知道他在忙，忙得很。即使是生病干不了活，他也必须让全村人都知道这一点，并且还在挣扎着要去干活，直到别人说：你歇着吧。特别是妇女，双手不停是对其进行道德评价的重要标准。

　　只有儿童是唯一的例外。他们就是时间过剩、精力过剩的人，他们就是要通过各种游戏来消耗过剩时间和过剩精力的人，他们是乡村社会唯一合法的"有闲阶级"。按照凡勃伦的说法，他们是在代表全村的农民执行"荣誉性消费"，执行"代理性休闲"。但尽管如此，他们也依然是一个弱势的阶级，不像城市的有闲阶级那么理直气壮。他们是在成年农民一双双严厉的眼睛监视下，执行"荣誉性消费"或"休闲"的。农民的荣誉感，并不来自传统的贵族化的奢侈（浪费时间和金钱），而是因宗族发达和家族延续而产生的。看到自己的产品（孩子）在到处乱跑，他们心里踏实，与儿童的游戏无关。所以，你们玩可以，但不要得意忘形。孩子们什么时候游戏才得体，并不是随心所欲的，否则就是不合时宜、不识相，会遭到父亲们的斥责。

　　比如"春耕"、"双抢"季节，最好少玩，能干点就干点，干不了什么的最好呆在家里。比如，平常父母和村里人都在地里忙的时候（上午和下午），也最好不要玩，等他们休息的时候出来玩比较安全。最适合游戏的时候是黄昏，母亲们在做晚饭，父亲们挑着粪桶到菜地里去了。青年们也开始叼着烟游手好闲了，围观的人也多了。这是游戏的黄金时刻，它一直持续到天黑。最讨厌的是，当你玩得正尽兴的时候，突然被父母喊回家去了。可见，乡村"有闲阶级"并不是十分自由的，建立在劳动生产基础上的乡村道德观和价值观，就像一个巨大的屁股，时时刻刻坐在游戏者的头顶上。

　　但不管怎么说，在沉重劳作的压力下，在一个贫苦的生活环境中，乡村儿童还算是幸运者。尽管他们穿得很差、很葬，吃得很粗、很单调，拖着两条鼻涕，蓬头垢面，面带菜色，双目无光，但他们毕竟是唯一的"有闲阶级"。他们的腰还没有弯，背还没有驼，精力旺盛，热血奔涌。他们有机会、有本钱消费剩余时间和精力。

乡村玩具的特性

农业玩具与工业玩具

　　农村的孩子和城里的孩子一样喜欢玩。尽管他们游戏的背景不同（一个是带有"苦中作乐"的味道，另一个有"玩物丧志"的苗头），但从欢乐的角度看，他们之间似乎没有差别。乡下孩子的玩具和和游戏也很多，手枪、火药枪、陀螺、铁环、飞镖、风筝、纸鸢子、弹弓、弹珠、石子棋、毽子、跳绳、捉迷藏……从游戏功能的角度看，农业玩具已经涵盖了所有工业玩具的类型（电子玩具没有改变游戏的功能）。

乡下孩子的玩具都是自己亲手制作的。从取材（主要是木头、竹子、石头、鸡毛、铁丝、纸、棉线、麻绳等无须花钱就能得到的材料），到自己动手制作，都具有农业文明特色（无法重复的、独一无二的、创造性的）。乡下孩子的玩具大同小异，一把木头或纸质手枪，看上去差不多，其实每个人的都不一样。在同一类玩具上，既带有个人的手工制作的印记，也体现了每一个人的个性和天分。比如，一个孩子从大人那里学会了制作一种玩具，另一个孩子在模仿制作的过程中可能会走样（制作得更差），也可能会有所改进（制作得更好），总之，它不会重复。制作是游戏整体的一部分。一件制作精美的玩具，就像一个人的个性一样，会伴随着一个农村孩子的整个童年时代。

城市的玩具是无差别的工业复制品。只要父母投资，每一个孩子都能得到一件同样的玩具。于是，城里的孩子为了追求差异性，无须动手，只要动嘴，也就是让父母花钱更换玩具，就像成年女性不断更换服装的时尚一样。孩子们自己没有参与制作过程，玩具也就成了一种成人的消费行为。"创造性"这种本应属于每一个孩子的品质，现在集中到制造商身上了。但是，制造商的所谓创造性，已经与真正的游戏精神没有关系。流水线生产脱离了个体的身体动作，从属于工业利润和剩余价值。制造商为了利润而发明玩具，从手动的到电动的再到数码的，更新速度惊人，刺激消费的力量也是巨大的。于是，孩子的个性被父母的消费能力所取代，游戏竞赛被消费竞赛所取代。单个玩具的造型的确美观了，但它属于"工业美学"

的范畴，与机器复制、消费和利润密切相关，而不是与人的游戏本性相关。所以，工业玩具与其说是"美"，不如说是"刺激"或"快感消费"。

在这一过程中，城市的孩子是无辜的。我发现，他们得到的尽管是一件工业复制品玩具，他们也试图将它当作独一无二的东西来与之交流。但他们已经明白，玩具是用金钱换来的。他们可能永远也不明白自己制造玩具的辛苦和乐趣。

传统玩具与电子玩具

传统玩具的一项主要功能，是增加四肢的长度、身体的速度和忍耐力，或者增强器官（眼睛、耳朵）的能量。比如，枪、弹弓、飞镖增加了手臂的长度或力度（将石子送到更远的地方）。比如，男孩子玩陀螺是对潜意识中身体平衡梦想的再现；女孩子踢毽子是对平衡和耐力的考验。通过玩具，儿童在想象中实现了他对自己身体的改造和对外部世界的模仿。枪战游戏是对成人暴力的模仿。风筝是对鸟儿飞翔的模仿。弹珠或铁钉游戏是对狩猎的模仿。"跳房子"游戏是对农民积累财富方式的模仿。但这些模仿游戏不是虚拟的，而是一种伴随着身体的剧烈运动，伴随着情感想象的童话剧。

现代工业社会的"电动—电子"玩具，通过"电动—数码"的方式来模拟传统农业社会的玩具，但游戏或玩具的"基本功能"和本质并没有变化。"电动—电子"玩具试图通过其"附加功能"（自己发声、旋转、数码化等），来改变儿童游戏时的身体状态。对于那些身体动作占支配地位的儿童来说，电子模拟产生的动作，还无法完全代替孩子自己的身体动作。但更大的孩子简直成了电子玩具上的一个零件。

儿童在玩电动玩具的时候，嘴巴还是不停地在"哒哒哒哒……冲啊，开火"地叫唤。电子玩具会自动发声："Go，Go，Fire，Fire again"，他们为什么还大喊大叫呢？因为电子模拟和儿童自己的意识，都不能控制儿童活跃的身体。当他们的意识日趋成熟的时候，他们将彻底被"电子—电动"玩具的附加功能所异化。

现在流行的电子宠物（数码暴龙），事实上就是在不养宠物的前提下，通过一种数码虚拟的手法来养宠物。打扫宠物的住处、喂食喂水、让它在特定的地方排泄、招呼它睡觉等行为，不是真正的现实行为，而是按动几个按钮来实现。与农村孩子真正的养猫、养狗、养蚕相比，养电子宠物要省心得多，无须身体的劳作，无须责任心，更没有情感因素的介入，纯粹是一种"超人性"的智力游戏。

农村孩子的传统游戏（玩具），尽管具有节日狂欢色彩，具有中止农业社会循环时间的特点。但由于它与实际的肉体动作密切相关，并伴随着一系列的手工制作，因此，传统游戏实际上培养了他们耕作劳动的本能。城里孩子的"电动—电子"游戏（玩具）伴随着一种抽象的智性活动和狂欢化的消费行为，它无形中培养了孩子一种脱离身体的抽象的货币"生产—消费"本能。这种本能（或者说潜意识）已经根植于他们各自的童年记忆之中，终生难改。

玩具的性别

乡村儿童的玩具都是最简单的自然物品，他们的游戏也都是直接与肢体动作相关的简单动作。乡村不像城市，成年农民既不支持也不反对儿童游戏，使得乡村儿童游戏更具有自发性，因此，他们的游戏和玩具最能体现身体（动作）与自然物品的本质关系。而男孩与女孩身体上的差别，一开始就体现在他们对自然物品的利用和游戏动作之中。

最初的乡村玩具都是一些石子、瓦片、草绳、树枝、鸡毛之类的东西。但在游戏的时候，男孩和女孩一开始就出现了分化。比如，男孩子对付石子的动作很简单——发射出去。必要时，他们还会借助于工具（弹弓、自制手枪等），将石子发射得更有力度、更远，总之是让它有去无回，消失无踪（游戏耗费的石子不重复使用），以此来体现他们的攻击、侵略和浪费的本能。

女孩子的"抓石子"游戏，是将一个或几个石子抛到空中，趁石子没有掉下来之际，在地上抓更多的石子，然后赶紧将往下坠落的石子接住，使之回到自己手里（游戏的石子可以重复使用）。整个过程就像是一个对采集和积累能力的训练，并体现了一种"出去—回来—出去—回来"的节奏，与男孩发射石子的"出去—出去—出去"节奏恰恰相反。

乡村男童的游戏都是没有边界、无法预知的，因此带有冒险性。比如"滚铁环"的游戏，带着滚动的铁环毫无目标地狂奔。他们自己也不知道要跑到什么地方去。他们仿佛变成了一颗发射出去的、有去无回的石子。女童游戏都是有固定边界的。比如踢毽子，是一种在有限边界内的游戏（踢出去、收回来，循环往复）。跳绳子、跳房子等，也都是没有危险的原地踏步的游戏。

男童游戏具有破坏、冒险、耗费、侵略性质。女童游戏具有修补（缝织游戏）、生产（采集和收藏）、守护（有固定游戏边界）、交往（朋友）性质。不管是出自个体本能还是社会习得，两种游戏的区别是客观存在的。男童游戏带有狩猎和战争的痕迹，它的目标是针对人（社会）的，因此具有荣誉性质。女童游戏带有采集和农耕的属性，它的目标是针对自然的，因此具有生产性质。

两种性别不同的游戏，决定了它的进化状态。女童游戏基本上没有什么进化，只有精确度的差别。男童游戏具有明显的进化色彩，在身体难度和智力难度上进化。比如扔石子的暴力游戏变成了石子棋的智力游戏（女孩不玩这种游戏）。我们可以在游牧、海盗、商业文明（侵略、攻击、冒险、计算）中看到男童游戏的特征。而农业文明的阴柔和守成色彩与女童游戏的本质密切相关。

游戏与泥土意象

泥土是农民的命根子，就像水泥（人工石头）是市民的命根子一样。没有泥土就没有农民和农村，没有水泥（石头）就没有市民和城市。石头是泥土的固化物，也是生命时间的中止。农民可以生活在没有石头的世界里，但不能生活在没有泥土的世界里。石头是对农民自然本质的否定。古希腊人很早就摆脱了农民身份，因为他们生活在缺少泥土，到处都是裸露的岩石的环境里。所以他们由海盗（狩猎的特殊形式）变成了商人（市民）。

千百年来，中国农民在对泥土的依恋中变成了泥土的附属品，他们的生活节奏乃至生理节奏，都和从泥土中生长出来的植物一样，在一种四季交替的循环时间中运转。我老家就基本上没有石头，只有泥土和水。当地人住的房子全是土砖坯造的，村庄的路面和村中央的晒场也是泥土的。所以，我老家的文化是最典型的农民文化。

泥土是一个生长的意象，其中隐含着人类物种出生和死亡的信息。从这个意义上看，土地就是女人，是母亲，是子宫。只要有种子、水和阳光，它就会生长。至于农耕文化中的耕种技术（深耕细作、土地轮休、施肥松土等），是农民在生存压力催促下的功利主义表现形式。其目的是最大限度地开发土地的生育能力，其代价是一种取之不尽的资源——体力和汗水，当然也包括经验和记忆。这是成年农民一生的宿命。

农民实用主义并不能改变他们与泥土之间的本质关系。在乡村儿童的游戏中，泥土摆脱了其实用目的，暴露了被农耕文明掩盖的物种秘密。在城里，泥土被视为垃圾。孩子玩泥土是遭到禁止的，最多也只能玩玩沙子。沙子这种介于泥土与石头之间的怪物，多少补偿了城市儿童对泥土的留恋。所以在公园里，孩子转眼就奔沙子而去了。

泥土是乡村儿童的主要玩具之一。乡村儿童对泥土的迷恋就像他们对母亲的迷恋。尽管男孩和女孩在玩具上一开始就有区别——男孩喜欢硬玩具（木头刀枪、石头），女孩喜欢软玩具（羽毛、绳子），但他们对泥土的爱好是共同的。只有在玩泥巴的时候，男孩和女孩才会平和地走到一起。为了便于把玩，他们常常将尿水与泥土和在一起。更常见的是将泥土堆起来，然后推倒，如此反复，仿佛在预演一场"毁坏—成型"的戏剧。他们能够一整天在泥巴里流连忘返，乐此不疲。

每当满身灰土的孩子们从泥土中归来的时候，父亲总是吹胡子、瞪眼睛，仿佛孩子戳穿了他的一个秘密。相反，母亲总是用嗔怪的语气掩饰着自己内心的狂喜。她们仿佛看到自己的孩子刚从子宫里钻出来，满脸污泥血一样耀眼。

游戏与粪便意象

粪便是一种特殊的"泥土"。它是乡村的一个重要景观，牛、猪、鸡、狗的粪便随时随地出现在厅堂、院子、晒场、道路、田埂上，目光所及之处都有它的影子。它来自动物的身体，通过生物化学作用变成泥土，转而进入了植物身体，由排泄物变成了植物或粮食，最后转变为农民的身体能量。农民是根据一种实用理性（成本节约的广义经济学原则）来使用它的——在粮食生长的生物化学过程中，粪便既能节约农民的体力，又能节约植物的体力。久而久之，它就成了农民最忠实的朋友。

从粪便中体味到稻谷的香味，没有长期的农耕经历，是根本无法理解的。因为它是一个漫长而隐秘的、只能在一个完整的季节交替中在能见到的过程。衡量一个人是不是真正的农民，对粪便的态度是一项重要指标。人类对粪便的依赖心理是无法更改的。成年农民对粪便的青睐，是因为它建立在自然生产基础上的有用性。城市人对粪便的厌恶，源于它的无用性。黄金和货币是粪便的心理替代物。

城市儿童很少见到粪便，动物粪便就更不用说了。粪便在城市里经过了处理、隐藏、掩饰、禁忌，变成了遭到歧视的对象，变成了一个污秽的秘密，因而也变成了城市儿童的一个心理空缺。相反，农村儿童对粪便再熟悉不过了。他们就是在粪便中成长起来的。与成年农民的实用态度相反，乡村儿童对粪便的态度是非功利的、直观的。与城市儿童的拒绝心理相反，面对粪便，乡村儿童会产生一种介于接纳和拒绝之间的狂喜和矛盾。他们会对着粪便哈哈大笑（无实用信息），反复叙说它（破坏语言世俗功能），玩弄它（玩具），甚至将它作为攻击的武器（利用它的否定性）。

乡村儿童直观到了粪便的"无用性"，这正是他们在游戏中所追求的东西。作为排泄物的粪便的确是无用而污秽的，但也隐含着一种神秘性。粪便中一方面包含着物种新陈代谢的死亡信息，同时又蕴涵着另一物种的生长信息。它原本就是一种既污秽又神圣的东西。因此它泄漏了存在的秘密。这种秘密不在成年农民和城市居民的功利性中，而在乡村儿童对"污秽物"和"无用物"的迷恋之中。越是成人世界禁忌的东西，他们越是迷恋。将粪便作为乡村儿童游戏内容之一，似乎不可思议。但根据游戏的本质，它便顺理成章。游戏正是一种将自己"弄脏"（反禁忌）的把戏，一种攻击和破坏（非理性）的把戏。溢出了世俗社会理性和功利的边界，正是儿童游戏最本质的地方。在这一点上，没有什么比乡村随处可见的粪便更为方便的东西。

　　游戏与植物意象

　　植物是来自土地的奇迹和恩典，是土地给农民的一个意外的惊喜。我们在中国古代诗歌中可以看到，中国农民对植物的狂热赞叹和歌咏。从生命的本质形态上看，农民就是植物的动物形态——"意识"的睡眠和生命节奏的搏动，这构成了它与市民社会对立存在的奇异景观。老聃（老子）最大的理想，就是保持人身上真正的"植物性"。他为此不惜要将自己变成"婴儿"。因为，只有婴儿才能将活跃的生命节奏，与休眠的"意识"状态高度结合在一起。在土地的怀抱里，他们像植物一样生长，在杂草丛生的无序的自然中自由嬉戏。

　　农耕文化是一种觉醒了的文化形态，包含了世俗社会的计划和盘算。它的主要特征，就是对庄稼之外的异物（灌木、乔木、野草）进行清除，以维护一种原始农耕秩序。比清除要温和一点的是改造，这就是后来出现的园艺技术（培植成本较高的非实用植物，比如花卉珍草）。让我感到惊奇的是，我的家乡从来就没有出现过园艺技术，除了庄稼之外，一律格杀勿论。这是他们对陌生文化拒绝的一个社会心理根源，尽管乡土社会没有产生现代极权主义的"社会园艺工程"。

　　乡村儿童对庄稼没有特殊的兴趣，因为那不过是一种人工植物，是众多植物中的一种，是父亲们的精心制作和料理的"玩具"。孩子真正的兴趣在那些自然界无序生长的野生植物身上。哪里有尚未清除的野生植物，哪里就有孩子们的身影。乔木无疑是他们制作玩具的主要材料（但因乔木有实用性，得来并不容易）。灌木和野草既是他们的玩具，也是他们游戏的场所，有一些野草的根茎，还是他们的零食和水果（比如茅根、荆棘嫩枝、草茎等）。在这里，他们像昆虫一样自在。

"斗草"是乡童经常玩的游戏之一，只在男孩和女孩之间进行。男孩和女孩各拿一根30厘米左右的草茎，纵向撕开，中间有一根草丝连接的为"公草"，有两根草丝连接的为"母草"。男孩撕到"母草"为输，女孩撕到"公草"为输。这个游戏规则是人为的，属于"意识"的范畴，带有文化禁忌的痕迹。但是在潜意识层面，这正是一种两性之间的生殖游戏。这种生殖游戏与自然植物（野草的生长）联系在一起，隐含着对禁忌的违反，对自然世界能够无序而自由地交媾和生长的模仿和迷恋。

儿童在野生植物中自由地嬉戏，成人则将野生植物彻底清除，这无形中构成了一种对抗关系。农民对此并不经意，其实背后隐藏着一种凶险。现在，这种凶险正在"现代性"社会对农民文化的歧视和清除中得到了验证。

游戏与动物意象

尼采说，在人类起源的大门口站着一只猴子。动物的存在时刻提醒着我们的来路。作为自然的一部分，农民与动物之间有着最为久远的亲密共存和残酷斗争关系。当人类成了动物的主人的时候，共存就变成了主宰和被主宰。

家畜和家禽的出现，是农民对动物驯化和利用的结果。此时的家畜家禽已经不是"动物"，而是生产资料的一部分。被驯化的动物主要是那些力气大、能干活的（牛、驴）、不长脑子只长肉的（猪、鸡、鸭）、行动迟缓便于捕捉的、性情温顺没有攻击性的。总之，是能够介入农业生产的，或者为农民的生产力再生产提供能源支持的。不符合这些条件的，比如豺狼、老虎、狮子、老鼠、狐狸、老鹰等，都被农民赶进深山老林去了，被逐出了农业的范畴，由猎人去对付。狩猎不是一种专门的职业，而是农民的业余活动。

还有一类动物，尽管不介入农业生产，但它们是农民的帮凶。比如，猫是专门对付老鼠的，鱼鹰是对付鱼的，狗对付兔子很有一套（还可以对付小偷）。农民豢养这一类动物，也不是纯粹的游戏和共处，而是有实用目的。乡村儿童自己的性质就很像这些动物——豢养成本很低，不直接介入农业生产，但有时可以成为农民的帮凶。乡村儿童和动物一样被驯化，被纳入了整个农业生产的秩序之中。

乡村儿童与动物的游戏，在农业生产秩序的缝隙中游移不定。儿童与动物的关系是非功利的友谊关系，非生产的"休闲"活动，因而得不到成人的支持。但跟动物游戏和跟小伙伴游戏的意义是同等的。不过它被限制在一定的范围之内。首先，生产性家畜被排除在游戏之外，因为它们与农业生产和副业收入密切相关。其次，凶猛的、有攻击性的动物被排除，这类动物被捕获之后会立即被杀死。剩下的只有一些被驯服的非生产性物种，主要是狗、猫之类。当然还可以养松鼠（吃黄豆）、刺猬（吃饭粒）、乌龟（几乎不吃不喝）、八哥（吃谷子）、蚕（吃桑叶）。豢养这些动物根本就不耗费什么成本（否则会遭到大人的禁止），即使是养狗也是如此，乡村的狗吃什么大家都知道。

这些动物都是乡村儿童心爱的"玩具"，他们从这种游戏中，体验到成人功利世界无法感知的经验。在这些"宠物"身上，孩子们既能学会更多的生存技巧，也看到了自己的影子。与宠物之间的游戏，跟与小伙伴之间的游戏还是有着本质的区别。这种游戏更多地出现在他们孤独、无助、伤心的时候。乡村儿童的确就像那些自生自灭的小猫、小狗一样。各类动物的名称，都是乡村儿童的"爱称"。

游戏和玩具的世俗功能

攻击性游戏和荣誉感

乡村男孩的第一件玩具，就是他的小鸡鸡的仿制品——武器

（刀、枪、剑、棍）。所有这些玩具武器，都是自己动手（或在父兄帮助下）制作的手工制品。材料以木竹为主，外加一些铁钉和橡皮。作为玩具，男孩子游戏时的武器是其攻击本能的社会化表现。男孩子的社会意识萌发之初，相当于人类开化之初的状况，充满了一种残酷的攻击性和荣誉感。

乡村儿童对攻击性武器的迷恋，大约要维持到 12 岁左右（至少是小学毕业）。最初是玩那种最简单的攻击性武器——木棍。随着年龄的增长，攻击性武器也会越来越花样繁多。木制手枪，弹弓，弓箭。用子弹头、铁丝和铁钉组合而成的火药枪（火药主要是火柴头，或者土墙上的硝加木炭屑）、用竹筒制作的水枪、竹筒子弹枪（竹筒两头塞上咀嚼过的纸团，用一根木棒当活塞，利用空气压缩原理将前面一个纸团射出去）。在乡村，这些武器的实用性远远超过象征性（城市的孩子比较文明，只是象征性地使用枪支，嘴里发出叭、叭、叭的声音）。乡村儿童常常用这些武器对伙伴和牲口进行攻击，比较危险。正是这种伴随着勇敢的攻击行为，在满足他们隐秘的荣誉感。

荣誉感不仅仅与攻击本能（力量）相关，还与控制欲（精神和肉体双重控制）、领袖欲（重新制造一种秩序）相关。无论是攻击性还是控制行为，都是远离农业生产的。也就是说，荣誉感与日常生计（谋生）活动无关，与劳作、采集、修补无关，而是一种与非理性耗费能量密切相关的活动。经济学家凡勃伦认为，政治家、军人、教士、运动员、强盗、猎人等，都是与荣誉感相关的职业（与此相反的职业是农民、手工业者和工人）。

荣誉性职业具有攻击性和毁灭性，也具有控制作用（宗教是精神控制，军事和暴力是肉体控制）。在古希腊社会里，这种荣誉性职业比较多。但在中国乡土社会里，这一类职业相对比较少。这并不等于中国农民对荣誉感没有需求。只不过他们的荣誉感，过早地被一种农耕性的生产价值（与自然进行能量交换）所替换，实用理性取代了与纯粹能量耗费相关的非理性。所以有人说我们是一个"早熟的民族"。但在乡村儿童的游戏中，我们依然可以发现古老荣誉感的遗存。不过，一到 15 岁左右，一整套乡土社会的价值规范就开始制约他们，使得乡村儿童迅速融进乡土秩序，也就是加入到将能量（体力和时间）用于跟自然进行物质交换的行列中去了。

危险陷阱里的警觉游戏

在旅游者眼里，农村的确是"山清水秀"，但对乡村儿童来说是，却是一个充满了险恶的地方。农村的孩子只要学会了走路，就开始像家禽和家畜一样自生自灭。农村没有幼儿园，大人下地之后，孩子只能自己照管自己。一般来说，都是小孩子跟着大孩子玩。池塘河湖、山坡险路，都是开放性，没有防护措施，随时都有掉下去的危险，大孩子根本没有应对危险的能力，等大人赶到，为时已晚。我自己就有数次差一点淹死在水里，之所以没有死，只能用农村的说法解释：命大。我儿时的朋友，早殇者多矣，有淹死的，有烧死的，有病死的，还有一些尽管还活着，但已经残废了。1998 年夏天，我还看到一个孩子玩耍时掉进水井里淹死的惨状。

培养孩子对外部危险环境的警觉，或许是乡村游戏的一种重要内容和潜在功能。像丢手绢、捉迷藏游戏，就是培养他们的警觉。不过这种游戏主要是低幼玩的，特别是女孩子，要时刻警觉别人在她身边做手脚，这很管用。大一点的孩子，特别是男孩，经常会玩"老鹰抓小鸡"的游戏（城里的孩子也会在老师的组织和监督下玩），称之为"豺狼抓小羊"游戏也未尝不可。我估计这种游戏起源十分古老，大概是原始社会。因为它在培养儿童对危险的警觉时，主要对象是飞禽走兽。这种游戏对今天的儿童基本上没有什么用处，也就纯粹游戏而已。今天哪里能见到飞禽走兽？都被农民抓到城里，让城里人吃光了。今天农村儿童真正的危险情景依然存在。它不是野兽，而是自然环境，是自然中的山水，是人为的火灾，是疾病。

如果再发明一种抵御自然危险的游戏，对乡村儿童可能有利。我苦于根本想不出什么好点子。真正的安全就是赶紧办幼儿园，要做到一村一园，国家财政要适当补贴，像推行九年制义务教育一样重视它。如果聪明、好动的孩子都淹死了、摔死了、病死了，义务教育也没什么意义。农民对孩子不应该野放，而应该"圈养"，不要像放牛一样，而要像养猪一样。我从来没听说农民的猪摔死、淹死的，倒是经常见到乡村儿童遇难。为什么不能像养猪一样将他们圈起来呢？严谨的中国农民在对待儿童的态度上一反常态，充满了游戏精神。

游戏作为一种儿童行为，的确有其特殊的社会功能。但这种功能是潜移默化的，不能应对紧急情况。如果老鹰或者豺狼真的来了，玩"老鹰抓小鸡"游戏是不管用的，此刻，只有能降服它们的武器，或者比它们跑得还要快的交通工具才能帮上忙。没有这些，只有游戏，孩子只能是死路一条。

像铁环一样在泥巴上飞奔

与力度和速度（攻击性游戏的主要动力）这些能量释放行为相比，平衡感游戏是培养控制能力，准确使用身体能量的活动，也是孩子力图与乡土社会节奏保持协调的前奏。如果等到参与集体农耕活动的时候，才发现自己身体节奏不合拍，则为时已晚。

乡村许多游戏都带有训练身体平衡感的功能。在这一类游戏中，我不怎么喜欢踩高跷，而是喜欢滚铁环。我老家村里没有水泥地，到处都是掺杂着粪便的泥巴。这种黄泥路"天晴一块铜，下雨一包脓"，每到下雨天，根本无法行走，即使穿上橡胶雨鞋也很困难。于是，大人、小孩、女人都踩着高跷串门。踩高跷游戏已经堕落为一种实用主义行为，丧失了游戏的本性。尽管偶尔也有一些自发性的踩高跷比赛，但它已经在实用的阴影下黯然失色了。

尽管踩高跷是一种平衡感训练的重要方式，但也不是不可以替代的。滚铁环游戏就可以替代它。通过加快速度来保持铁环的平衡，然后再调整自己的身体节奏，以保持跟铁环滚动时相同的节奏，最后，我们自己变成一个个铁环，在村子里四处飞奔。这种速度和平衡游戏，比开车更为直观。因为车轮的动力在柴油机的气缸活塞上，我们只需按动一些按钮就成；而铁环的动力在我们的手腕上，可以直接感知。所以我们可以想象自己是一个铁环，而无法想象自己是一辆车。同时，滚铁环游戏只有孩子才玩，成人不会介入，因为它没有任何直接转化为实用功能的可能性。正是这种无用性，保全了滚铁环游戏的贞洁。

滚铁环游戏也有很多麻烦。因为铁环是手工业制品，孩子无法自己动手制作，因此常常受制于成人。首先，家里必须要有用铁环箍成的、已经坏了的木桶，要知道这并不容易。农民的家具更新换代的速度，比生孩子的频率要低得多。何况很多农民家里的木桶不用铁箍，而是用篾箍。于是，有的孩子就只好滚篾环，他的身体已经在想象中滚向了远方，而轻飘的篾环早就倒在了身后。所以，有一个铁环是一件很骄傲的事情，你身后会跟着一大批起哄的孩子。他们会关切地说："你歇一歇吧，让我滚一次。"

奇怪的是，乡村铁匠从来就没有想到过，另外制造一批铁环供孩子们滚着玩。他们挥舞着铁锤，脑子里想的全是稻子、植物、大粪、尿和水。他们只会制造生产工具，而不会想到飞奔的铁环后面的孩子。所以，"平衡感训练游戏"的说法，不过是我一厢情愿的抽象，而不是农民所关注的问题。农民大概认为，平衡也罢，不平衡也罢，你自己看着办，我管不了那么多，态度十分决绝。

游戏与财富积累的隐秘关联

踢毽子、跳房子、打尜尜，都是我老家儿童经常玩的游戏。这类游戏像普通的游戏一样，也包含着竞争，但不具备攻击性，也无需冒险。它是一种伴随着智力、体力和身体平衡能力的积累游戏。我将它视为一种在乡村儿童身上预演的财富积累游戏。

踢毽子游戏无论在乡村还是城市都比较常见，在此不作分析。跳房子游戏，就是在地上画出诸多的房间（排列形状像飞机）。游戏者以瓦片作为货币，投向要买的房屋，越到后面难度越大，最后以买房子或土地的多少来决定胜负。

"打尜尜"游戏更抽象一些。游戏道具为一个尜尜和一块像菜刀一样的木板。尜尜是用树枝削成的，直径大约2—3厘米，长度为8—12厘米不等，中间为较长的圆柱，两头为较短的圆锥。将尜尜放在地上的一个圆圈边上。圆锥一头离地面有一段距离。用刀型木板砍圆锥的一头，由于杠杆原理，尜尜会向空中飞起，然后用木板将尜尜击向远处，以击打距离的远近论胜负（相当于一次性能量耗费）。如果不急于打出去，而是像托乒乓球一样反复托击（尜尜必须控制在向上飞的状态），那么，就可以将托的次数乘于最后一击的距离（比如20米×100次＝2000米，相当于利滚利）。当一位参赛者在托击尜尜的时候，你会听到一片怪叫声，有喝彩加油的，有捣乱（分散注意力）的，操场上所有的人都会加入这一狂欢的场面。那种心态，就像眼看到一个村人不断在发家致富一样，起哄的、嫉妒的、添乱的都有。在参与游戏的孩子中，只有那些性格沉着、能抵御外部压力的人才能获胜。

我们知道，游戏就是耗费过剩能量（体力和时间）的一种休闲活动，主要发生在孩子身上。成年农民的能量必须用于跟自然界（包括自然的人）发生交换，以此来促使土地和人的生长能力（广义的财富积累）。只有在特定的状态下（吃、性、节日、祭祀等），他们才会挥霍、耗费。如果一个人的能量耗尽，就意味着死亡。而财富的积累，将农民的剩余能量转换为可见、可藏的实物（包括生儿子），这是农民消解集体潜意识中"死亡焦虑"的唯一方式。

农民的剩余能量在农耕生产中得以转换（没有浪费）。但农村儿童的剩余能量也不是可以随意挥霍的。纯挥霍性游戏（暴力、冒险、浪费等）常常会遭到限制，或者不予普及和流传。像"打尜尜"、"踢毽子"、"跳房子"这一类游戏，之所以能够一代又一代地流传下来，正是因为其中隐含着能量转换的有用性，也就是说，其中隐含着"财富积累"的技巧和潜意识。

超越现实原则的游戏

飞翔和远航的幻想

我的老家就在一个大湖边。天高云淡的日子，我能看到湖面上的帆船悠悠地驶过，直到白帆消失在地平线下。我不知道那神秘的水天一线之处是什么地方。那些信使一样的帆船中当然也有我们村的。村里负责驾船跑运输的人，每年秋收后就出门，直到过年的时候回来。每当村里的船只从外面回来的时候，孩子们就围着那几个船老大转，像迎接远航归来的尤利西斯一样。他们讲着一路上的历险（船出长江口的途中有两个十分凶险的地方，必须下船烧香拜佛，以求庇护）。他们炫耀上水和下水两个大码头（汉口和南京）的种种奇闻逸事。我想象着他们的历险和那些大码头的样子，内心有一种奇怪的冲动。

尽管现在我们村里的船只，都被笨拙的水泥或铁皮机帆船（柴油机发动）所取代，但我还记得那两条木帆船的样子——船板是深土黄色的，漆得锃亮，散发着樟木刺鼻的香味；船的两头高高翘起，跟古建筑屋顶上的飞檐一模一样；两根长长的桅杆高高耸立，挂起布帆的时候极其壮观。这种称为"罗滩船"的帆船，简直就是一件艺术品。如果哪个村里的"罗滩船"又新又大又漂亮，将是全村人的骄傲。帆船出远门的时候，孩子们会一直送到湖边。我们站在岸边感觉不到有风，但船帆一扯起来，就被风灌得满满的，船身飞快而轻巧地飙离了岸边，后面还拖着一只小舢板。

帆船远航去了，孩子们也开始了自己的"远航"。学习制作木帆船模型，是湖边孩子们的必修功课。小舢板一般是自己制作（"罗滩船"的制作十分复杂，必须求助于大人），可以用整木块雕刻，也可以用小木板钉成，然后抹上油灰（桐油加石灰加麻丝），涂上桐油晒干，安上桅杆和布帆。孩子们带着各自制作的帆船到湖边去放船，就像去远航一样。

与航行游戏相似的是放风筝。制作风筝也是每一个孩子都必须亲自动手的（竹子、纸张和棉线）。放风筝游戏比帆船游戏更为抽象。航行游戏是模仿成人的流浪行为（也包括非农耕的商业行为）。放风筝游戏却是对鸟类的模仿。航行游戏是对土地或农耕价值的否定（其起源有社会学和经济学性质），而飞翔游戏则是对地球引力的否定（其起源有哲学或人类学性质）。但它们的本质都是一样的，也就是对束缚力（引力）的否定和对自由、飞翔的向往。

乡村儿童的这类游戏与城里人不一样。城里人的放风筝游戏带有消费性，常常是大人陪着一起玩；城里孩子的航模游戏就是一场智力竞赛，是大人的教育投资的一部分。相反，乡下孩子的航行和飞翔游戏，隐藏着一种梦幻般的僭越。飞翔和远航游戏，就像一首孤独的童谣，是乡下孩子自己对自己的心灵安抚。它在幽暗的童年生涯中，留下了一道光亮。

性游戏和早衰的童年

乡村儿童很小就开始玩性游戏。在公众场合，他们玩的是"拜堂游戏"，男孩和女孩一起装扮新郎和新娘，坐花轿、入洞房，全程模仿。这种游戏往往会得到大人的默许和鼓励。但在私下里，儿童们经常会玩生育游戏，让女孩子躺下，男孩子来当接生婆。再大一点，他们就能在成人聊天的时候，听到各种极其露骨的黄色笑话，或者看到成年农民打情骂俏时的当众越轨行为。在更小的圈子里，他们会直接传授性知识。实质性的性游戏，有时候会发生在10到12岁的孩子身上。对此，除了女孩的父母感到害羞，并痛揍女儿之外，男方的父母往往得意忘形，认为自己的儿子大了，占便宜了。其他人会带着兴奋的心情传播这个故事，并当众嘲笑男孩，说他不害羞，这么小就想老婆云云。

乡村儿童连识字都成问题（辍学，甚至根本不上学是常见的事情），还谈什么接受科学的生理知识，以及科学的性启蒙教育。最奇怪的是成年农民的心理。他们一方面是传统乡土社会性禁忌的支持者，另一方面，他们又带着隐秘的心态去刺激儿童的性意识（讲色情故事，当众调戏农妇等等）。我推测，一是个人性压抑通过话语传播方式向儿童的转移；二是他们潜意识里的农耕精神的体现——试图通过施肥来促使庄稼快速成熟，也就是用色情笑话来促使儿童性的快速成熟。按照现代人的观念，这是极端不负责任的。但是，按照农民的价值观念，这就太正常了。该成熟的就要成熟，该收割的就要收割，不管是稻子还是人。"施肥"行为，并不能将庄稼成熟的日子提前，只不过是让庄稼长得更肥而已。不管肥的瘦的，到了成熟的季节都要成熟。

性意识一旦成熟，"性游戏"时代就提前结束了，最旺盛的身体生长期也提前结束了。伴随着"性游戏"的结束，孩子们就像秋天一株没有完全成熟的稻子。其标志是，生长的意义被收割的意义所取代，早婚宣告了他们孩提时代的提前结束。此时，无论是泥土还是植物和动物，一切游戏因素都变成了生产因素。从此，他们只能没日没夜地从事与种稻子和生儿子相关的"农耕生产"。在往后的日子里，他们既没有充足的休息时间，也没有足够合理的营养补充，完全是超额耗费积攒了十几年的老本，透支原本不甚健康的身体。在我的老家，十六七岁的少年结婚的比比皆是。昨天还是乳臭未干的少年，转眼变成了儿女成群的父亲。

"性游戏"实际上是一种"死亡游戏"，是对现实"唯乐原则"的否定，也是对真正的游戏精神的否定，就像最后一次狂欢。童年时代过早地结束，苍老过早地降临在他们的额头。灰暗的脸色和布满皱纹的眼角上，还隐约能见到一丝稚气。我最害怕回老家见到同龄人。他们就像镜子一样，照见了未来死亡的容貌。

乡土教材在中国

蒋韩薇

其其格的故事

环境教育流动教学车来到学校的那天夜里，其其格又梦见了多年前的那个早晨：

天刚亮，妈妈挤奶回来，煮好了奶茶。其其格被妈妈叫醒了，妈妈说要带上奶酪、奶豆腐、炒米、黄油在路上吃。吃过早饭，太阳从陶瑙照了进来，蒙古包里明亮又温暖。爸爸看了看太阳的样子，说："孩子们，我们收拾东西，装车了。"

其其格爬进最前面的车里，依偎在妈妈怀里，问妈妈："我们去哪儿？"妈妈说："我们赶着羊群去美丽的夏季牧场。"

草原上的野花织成地毯铺向天边，空气里流动着沁人心脾的清香。集体的草原，大家共同使用，十几驾牛车一起向美丽的夏季牧场搬迁。老鹰在天空盘旋，偶尔有野兔从眼前穿过。其其格觉得这些小动物都是自己的兄弟姐妹。

爸爸的歌声从远处飘过来："蓝蓝的天上白云飘，白云下面马儿跑……"

去年的那达慕上，哥哥赛马拿了第一，全家人都为他骄傲。爸爸常说："没有马的蒙古人是不可思议的，我们的祖先打猎、放牧、作战，都是在马背上。"

锡林郭勒大草原一望无际，高高的野草随风波动。天似穹庐笼盖四野。虽然其其格还是个小孩子，可她觉得这样的旅程很熟悉，好像自己已经走了上千年。坐在勒勒车上，慢慢地、晃晃悠悠地走在草里，小小的她觉得又安全又自在。

其其格醒来的时候，发现自己是在苏木中学的宿舍里，不再是那个在勒勒车上的小姑娘了。想着这些年草原上的变化，其其格有些困惑。

草场承包后，其其格家有了自己的冬夏草场。草原被划分成很多块，分给牧民，这样勤快的人可以有更好的收入。可其其格很想知道，那些铁丝网对她童年的小伙伴——黄羊、野兔、百灵、老鹰都意味着什么？

其其格家的羊比小时候多了很多。听说这是因为大城市里的人喜欢吃羊肉，喜欢穿羊绒衫，所以多养羊可以多卖钱，生活可以更好。其其格家里还挂着奖状："牲畜超千头，生活达小康"。

和别人家一样，爸爸用卖羊的钱在冬草场盖了房子。房子里很暖和、很舒服。可是羊群来来回回地在房子四周走，房子周围的草越来越矮，草叶下面出现了沙子。每天，羊群要走很远的路去远处吃草。

今年，远房叔叔来其其格家乡的草场放牧了。叔叔的家原来也是在大草原上，后来大片草原开垦成农田，现在则变成了一片沙漠，沙子已经爬上了墙，人们不得不赶着牛羊离开家乡。还有人从叔叔家买了牛羊，租了其其格邻居的草场来放牧。自己家的草场将来也会变成沙漠吗？想到这里，其其格不由得打了个冷战。

前几天，家里的牛羊在河边喝水回来后死了，其其格隐约觉得这和最近在自家的草场上开的银矿有关。不知道以后牛羊要到哪里才能喝到干净的水。

哥哥不再骑马了。现在的人们更喜欢吉普车和摩托车。可前年雪灾的时候，吉普车开不出去，只有骑马才能到外面求援。其其格不禁想起爸爸说的："没有马的蒙古人是不可思议的。"

听说从北京来了老师给同学们上环保课，其其格觉得，也许可以从老师那里找到答案。老师让同学们扮演草原上的动物，在模拟草原生态系统的过程中，其其格懂得了一个道理：草原上的动物、植物种类越丰富，草原上的生态系统就越稳定。水是草原荣枯的关键。工厂排出的废水首先被植物吸收，或者渗透到湿地的腐殖土中，接下去进入鸟儿和牛羊这些食草动物的身体，也会影响到两栖类动物以及昆虫。这些有毒有害的物质，最终会通过食物进入人类的身体，带来疾病和死亡。如果能维持草原的生态系统，那么草原人就有可能继续过着已经持续了几个世纪的游牧生活。老师还说，风能和太阳能为牧民提供了流动的能源，卫星电话和互联网的出现为传统的游牧文化赋予了新的内容。环境教育流动教学车离开时，其其格对老师说："钱没了，还可以挣，草原没了，就什么都没有了。"

其其格是内蒙古大草原上一个普通的小姑娘的名字，而以上的故事，却不仅仅发生在她一人身上。生活方式变了，环境也变了，这本名叫《其其格的故事》的小册子，是自然之友流动环境教育书系中的一本。

小册子最初是设计给草原上的小朋友们看的，文字简短，主要以图画为主，还配了蒙古文。可许多成年人一拿到它就被吸引了，他们常常一口气读完，兴奋地指着其中的插图说："以前草原就是这样的。"

给这本书画插图的陈继群，在草原插队多年，如今是一位民间环保人士。《其其格的故事》最初只印了 1000 本，得知很多成年人喜欢这本书，他和几个好朋友凑了几千元钱，加印了 8000 册，然后开车去大草原，分发给那里的小学校和牧民。

《其其格的故事》主编郝冰，是北京天下溪教育研究所所长。在过去的几年里，作为民间组织的"天下溪"已经开发了一系列乡土教材，在全国数个地区使用。

乡土教材，是相对国家统编教材而言。它关注的重点，是乡土的历史和文化。2003 年，教育部颁布条例，允许各地自己开发本土教材，就是俗称的"乡土教材"，许多教育界人士和民间机构，迅速进入这个领域。天下溪，就是其中的先行者，在国际鹤类基金会的资助下，先后开发了系列乡土教材，包括《草海的故事》、《霍林河流过的地方》、《白鹤小云》、《扎龙》、《与鹤共舞》等。

"让所有的人都参与"

自从参与乡土教材开发，韩静的假期就没闲着。韩静在北京朝阳区青少年活动中心工作，也是天下溪的志愿者。2006年暑假一开始，她就带着厚厚的几大包资料和电脑赶去昆明，下了飞机，又坐了8个小时的长途车，赶到丽江。天下溪在这个暑假，将帮助丽江拉市海的小学校，开发一套乡土教材。当地老师已经按照北京的专家给出的提纲，写出了教材的第一稿。如果筹集到足够的资金，新教材将在秋季投入使用。

拉市乡吉余完小、丽金学校、美全完小的十几位老师都赶来了。他们之中，有纳西族人，也有彝族人。正在写作中的新教材，主角就是三位纳西族和彝族的小朋友，这也符合当地的特点，学校里基本都是这两个少数民族的学生。

在三天时间里，韩静的工作就是和当地老师们一起，修订新教材。当地火把节究竟是哪天开始？火把上扎的是什么花？纳西族妇女服装背后为什么是"七星伴月"的图案？老师们给出的答案生动而具体。

他们还发现了不少细节上的错误。比如，初稿里描述当地人农耕生活："爸爸给果树修剪完枝条，又给山药松土。"一位老师指出，这两项农活，根本不在同一个季节。"发动当地人参与，是乡土教材项目能够成功的重要因素。"韩静介绍说，天下溪在做第一本乡土教材时，光靠北京的几位专家编写，结果专家组离开以后，新教材没能在当地使用，"非常遗憾，在那之后，我们特别注重当地教师和社区的参与"。

晚上回到小客栈后，当地从事环保的其他NGO成员也来拜访，还带来了一位美国志愿者Kate。Kate是美国哥伦比亚大学电影学二年级学生，她的父亲在中国工作。暑假里，Kate自费从美国飞来，到中国做志愿者。

Kate 绘画不错，便想到为乡土教材画插图。白天，她到村子里去，用刚学会的简单汉语和当地人聊天，更多的时候需要借助肢体语言。她拍纳西的服装，拍当地的建筑，晚上，她住在 20 元一晚的小客栈，借着走廊的灯光，把白天看到的画下来。她非常仔细，在电脑上把照片放大，对照着画出纳西民族服装上的每一点装饰。

离开中国的前一夜，Kate 用数码相机拍下自己刚完成的几幅作品，她说"要把这些带回美国给朋友们看"。

而同样在丽江，城市另一端的玉龙县白沙完小，也刚完成乡土教材的编写工作，他们的项目得到了福特基金会、云南社会科学院丽江东巴文化研究分院和白玛山地文化研究中心的帮助。

白沙乡是丽江木姓土司的发源地，有许多历史文化遗迹，比如白沙壁画、白沙细乐、白沙古镇。这些都在乡土教材里得到了体现。学校老师不无得意地说："我们的乡土教材是老师和学生自己写的！"

这本只有几十页的乡土教材，花去了白沙完小近百名师生一年半的时间。老师把学生分成数个小组，有的负责采访，有的负责整理民间传说，有的负责拍照。从一开始，学校就从热心的村民里，选拔出 4 位村民辅导员，带着孩子们一起做调查。为了给教材配插图，项目组专门送给学校四台相机，让孩子们自己动手拍摄。

丽江东巴文化研究分院的和品正研究员，亲历了整个过程。"如果让我们三位专家编写，只要两三个月就能写完，为什么要孩子们自己来动手，主要就是为了培养他们的动手能力。孩子们在编写教材的过程中学会了调查，提高了写作能力，孩子们的绘画、摄影作品收入了课本，对他们都是极大的鼓励。"

"人类属于大地"

在《霍林河流过的地方》里，记载着一个就要失传的游戏——宝根吉日格。宝根吉日格意为"鹿棋"，它曾是在草原上广为流传的一种民间游戏。宝根吉日格由两人对弈，一方是鹿，另一方是狗。祖祖辈辈玩的时候，常常随便找点石子、小树枝，在地上画个棋盘，蹲下来就可以玩。开局前，在两边的山口各放一只鹿，中间的平原上放八只狗。按照一定的规则挪动鹿和狗，直到鹿"吃"掉所有的狗，或者鹿被狗困到死角里。鹿和狗，也可以换成狼和羊。这个游戏展示的，是自然界中猎食的故事。但是现在很少有人知道了。在编写乡土教材的过程中，一位上年纪的老人回忆起这个爷爷、爷爷的爷爷小时候玩的游戏来。

另一方面，新的乡土教材介绍了很多外国的资料。《扎龙》特别刊登了西雅图印第安索瓜米西族酋长的演讲。1851 年，美国政府要求以 15 万美元买下印第安人 200 万英亩的土地。酋长发表了演说：

"我们印第安人，视大地每一方土地为圣洁……大地是我们的母亲，绿意芬芳的花朵是我们的姐妹，鹿、马、鹰是我们的兄弟，山岩峭壁、草原上的露水、人身上、马身上散发出的体热，都是一家子亲人。

"……若卖地给你，务请牢记，务请教导你的子孙，大地是神圣的，湖中清水里的每一种映象，都代表一种灵意，映出无数的古迹，各式的仪式，以及我们的生活方式。流水的声音不大，但它说的话，是我们祖先的声音。

"……若卖地给你，务请记得，务请教导你的子女，河流是我们的兄弟，你对它，要付出爱，要周到，像爱你自己的兄弟一样。

"……大地的命运，就是人类的命运，人若唾弃大地，就是唾弃自己。

"我们确知一事，大地并不属于人类，而人类属于大地。"

这篇演说激发了人们对大自然的热爱，促进了美国各民族共同保护大地和自然的行动。华盛顿州的一个城市，从此以西雅图命名。

《扎龙》还介绍了加拿大班夫国家公园的历史。1886 年，班夫设立了加拿大第一个国家公园，充分发挥公园的商业价值，一直是这个国家公园的特点：不断开发旅游点、修筑公路、规划城镇、伐木、采石、开矿，甚至兴建现代化滑雪场。后来，公园管理者逐渐认识到用严重干扰自然的办法来吸引游客，有悖于国家公园的原则。

因此，取消了其中的动物园。现在，加拿大已经用法律的形式在国家公园的条例里写到："国家公园是加拿大自然遗产的组成部分，应该作为一种传统的财富永远保留下去，以便使现在和未来的加拿大人都可以享受到这些与众不同的未受干扰的自然景色。"

《扎龙》的最后三课，都围绕着在这里为保护大天鹅而牺牲的扎龙人徐秀娟。一篇是她的日记，一篇是联合国副秘书长、联合国环境规划署执行主任多德斯韦尔女士在徐秀娟逝世 10 周年时写来的纪念信，还有一篇，则是根据徐秀娟故事创作的歌曲，由朱哲琴演唱的《一个真实的故事》。

游戏中的智慧

"如果你是一只候鸟，那么你生来就带着一个承诺，你必须选择固定的时间，沿着固定的路线，在繁殖地和越冬地之间重复着充满艰辛的旅程，万水千山，风雨无阻，南来北往都是在回家路上。"每次夏令营里，韩静都安排孩子们做"候鸟"的游戏，而每次游戏的开始，她都要念上这段小诗。

在游戏里，每个孩子扮演一只白鹤，同学们自愿分成若干小组，每个小组发若干豆子，豆子的数量是人数的三倍。豆子所代表的，是这队白鹤起程时所拥有的全部能量。游戏的路径就是白鹤迁徙的路线——从西伯利亚到鄱阳湖。其间要经历俄罗斯恰格达、向海（或科尔沁、扎龙）、双台子河口、黄河河口四个停歇地。飞临的"鸟群"每到一处停歇地，都要抽取一张字条，并按字条的要求拿掉或者添加一些豆子。当豆子的数量少于人数时，就代表有白鹤个体能量耗尽，在迁徙中死亡。如果豆子全部被收走，就代表鹤群全部死亡。"字条上写的，都是保护区工作人员提供的真实情况。比如，扎龙保护区曾发生大火，鹤群到了却找不到吃的；在鄱阳湖保护区，因为过度捕捞，导致白鹤的食物减少，这时就要减豆子。当然，也有的地方，因为保护得好，食物充足，则可以加豆子。游戏中，每个小组都会遇到豆子减少的时候，我们让孩子们投票，来决定谁被淘汰，谁能留下。"

"有的孩子会说，为什么我被饿死？别的孩子就说，你是最瘦的一个，或者，你跑得最慢，所以就饿死了。有一次，几个孩子谁也不愿意被淘汰，他们问我，不淘汰行吗？我们每个人都饿一点，大家都到终点，说得眼泪都快掉下来。我们只好去做工作，这是大自然的法则，如果食物不够，所有的白鹤都没力气飞到目的地。"

天下溪编写的乡土教材有一个共同特点：安排一些有争议的内容，让学生们来讨论。

2005 年春天，丹顶鹤历经艰险从南方飞回扎龙，可映入眼帘的不是湿地，而是焦土。3 月 21 日，黑龙江省杜尔伯特蒙古族自治县烟筒屯镇当奈村芦苇塘发生火灾。大火随风扑向林甸县育苇场，转向军马场，同时蔓延到三合乡草原，并于 22 日返回烟筒屯镇。大火直线蔓延 30 公里，过火面积达 10 多万亩。直到 3 月 28 日，天降大雪，火才熄灭了。老师要求孩子们扮演火灾中涉及到的角色，召开"救火联合会"。

扮演林甸县育苇场负责人的孩子说："我们是无辜受害者，是杜尔伯特县起火，他们扑打不力，大风将火刮到我们境内，我们好不容易才灭火，根本没有精力去扑灭边界的零星火。"扮演杜尔伯特县烟筒屯镇镇长的孩子说："虽然我们这里的农民作业起火，但林甸县内也同时起火，当时风朝我们这吹，所以很难确定是谁最先起火。"

扮演村民的孩子说："我通过私人关系借来一辆消防车保护苇垛。这么大的火咱也救不了。再说，烧不烧到丹顶鹤和咱啥关系啊，鹤不知道是谁的，但苇子是我自己的，烧苇子就是烧我的钱啊。"

扮演学校老师的孩子说："大火来来回回把村子附近的苇塘烧了个遍，但镇里没组织过任何扑救，而且火场离村子不足 3 里路，村民都很担心大火刮进村来。"

扮演保护区工作人员的孩子说："因为体制原因，管理局对湿地内的村镇没有管辖权，对人力、物力没有调配权，哪里起火只能与当地政府商量。扎龙横跨这么多县市，各家都顾及自己的利益，因此管理局的协调能力十分弱。"

扮演消防员的孩子说："湿地地形地貌特殊，消防车很难近距离灭火，干着急，使不上劲儿。"

真是"公说公有理，婆说婆有理"。天下溪志愿者、教育专家梁晓燕说，这就是我们想要的效果。"现实社会中，很多事情没有绝对的对错，在不同的立场就有不同的观点"。

"小项目推动大理念"

2005 年，已经在乡土教材编写上先行一步的天下溪，决定和其他也在做乡土教材的机构交流一下。"我们花了半年多时间来寻找，哪里有人在做乡土教材。大家都是从具体的事做起，而并非理念先行，所以，我们只找到了几家。"

北京理工大学高教研究所著名的教育专家杨东平也参加了这次会议。他的另一个身份是民间组织 21 世纪教育研究院院长。他说："当前的教育改革到了这么一个阶段，要追求更好的品质，探索好的教育究竟是什么样子，因为我们目前面对的应试教育模式，把教育真正的活力和生命力全都抹杀了，学生成了分数和考试的奴隶，这引起了上下高度的重视。应试教育从上世纪 80 年代到现在，愈演愈烈，已经到了难以收拾的地步。

"另一方面，近几年随着现代化的价值取向成为主导，教育的价值观也越来越城市化、国际化、西方化。在这个过程中，教育的内涵变质了，也就是说作为一个中国人的独特的教育越来越模糊了。中国是一个幅员辽阔的大国，有着丰富多彩的地方文化和不同民族传统的历史文化，但这些都在慢慢地消失。最典型的是少数民族的语言教育。这种民族文化越来越消失退化。地方化、个性化、基层化的东西越来越少，代之以城市化、国际化、西方化，这是当今乡土教育中最基本的一个矛盾。"

钱理群，北京大学中文系教授。钱教授在贵州工作了 20 余年，主编了《贵州读本》，是较早的乡土教材。钱理群认为，今天重新提出编乡土教材，有一个更深刻的文化背景——我们生活在全球化的时代，全球化是必然的趋势，全球意识和开放意识已经深刻地影响了年轻一代的思想和精神面貌，这从总体上来看是积极的，但是也不能不看到随之而来的另外一种文化现象——一种逃离自己生长的土地的倾向，从农村逃到中小城市，从中小城市逃到大城市，从大城市逃到国外，这是年轻一代的生命选择和文化选择。

"我忧虑的不是大家离开本土，到国外去学习，忧虑的是年轻一代对养育自己的土地，和这片土地上的文化，以及土地上的人民产生了认识上的陌生感，情感和心理上的疏离感。我觉得这会构成危机的。我经常跟学生说你离开了本土，没有了本土的意识，同时又很难融入到新的环境中去，从农村到城市，你很难融入到城市，到美国，也很难融入到美国，这样一边融不入，一边脱离了，就变成了无根的人，从而形成巨大的生存危机，而且从民族文化上说，对民族文化也构成巨大的危机。所以我编《贵州读本》时就很明确地提出一个口号——'认识你脚下的土地'。在全球化这样一个背景下提出这样的口号，其实就是寻找我们的根，我们民族国家的根。所以乡土教材不仅仅是增加学生对一些乡土的了解，更主要的是建立他和乡土（包括乡土文化及乡村的普通百姓、父老乡亲）的精神血缘联系，我觉得这是乡土教育一个重大的特征。"

同样的，郝冰在她主持的系列乡土教材总序里写道："在乡里，最容易辨认的就是乡村小学。教室、旗杆、操场、围墙、标语，都是显著的标志。年复一年，学生们从校门中走出来，有的回到土地，有的走向城市。学校教育给了这些乡村少年什么呢？我们想让这些孩子的行囊中多一样东西：对家乡的记忆和理解。无论他们今后走向哪里，他们是有根的人。因此我们决定编一套乡土教材，把天空、大地、飞鸟、湖泊和人的故事写进去。这套教材只是一粒种子，一滴水，希望有一天这些乡村少年心里装着森林、大海走世界。"

天下溪志愿者、资深教育专家梁晓燕搜集比较了多种乡土教材。在天下溪的乡土教材研讨会召开后，有十几家机构找上门来交流经验。"我们不是要比谁做的教材好，而是要讨论它呈现的原则。即在城市化背景下，乡土的概念包含哪些因素？乡土教材究竟适合在哪些地区做？要不要展示一个动态的过程？抑或只介绍过去的传统？要不要承载'公民'的元素？还有，当我们离开家乡，家乡对我们的精神有什么影响？"

"乡土教材的生命力在于民间的自发成长，在于文化多样性和教育多元化。它靠小项目来表达大理念。但有些传统的乡土教材，就文化讲文化，就传统讲传统，不面对变化中的生活。自从不同的NGO进入乡土教材及其后续开发后，乡土教材融入了更多的现代公民思想。"

梁特别推崇中英大龄女童合作伙伴项目。这个商务部与英国国际发展部签署的女童国际合作项目，由全国妇联具体实施。项目于2002年启动，目标是使中国西部贫困地区的大龄女童能够参与经济和社会发展，并从中受益。该项目免费为部分15—18岁辍学在家的女童提供培训。教材内容包括蔬菜选种、果树嫁接、花卉栽培、农药的安全使用、预计项目、刺绣针法、绒线编织等，对于那些即将出外打工的女孩，还教授实用生活技能，包括：如何使用公共设施、如何自我介绍、如何给家里寄东西、危机防护与自救和预防艾滋病等。执行结束时能够使项目县中12000名辍学大龄女童接受培训。

"乡土教材是对'大一统'教育模式的质疑和改造。"梁晓燕强调说。

村落文化视野中的教育需求

——一种质的研究及其现实主义表达

赖长春

村落的文化释读

村落作为中国传统文化的自然载体，是中国传统生活方式保存得最完整的地方，也是中国文化最广泛、最深厚的基础。因此，从某种意义上说，中国文化就是村落文化。

通过对村落社会事实的考察，以及对村落生活中隐喻的分析，可以看出村落文化所呈现的一些基本特征。

"熟人"、"人情"与"关节"

在S县X村，笔者了解到这样一件事。村民何某偷摘胡某家的桑叶被胡某逮个正着，两人因此发生口角，并打了起来，后被路过的村长及时制止。村长在听了两人的辩解后，以天色已晚为由，叫他们第二天一起到他家里去调解。但是，何某与胡某都没有等到第二天，他们先后带着礼物到村长家，请求村长裁决对方无理，并向自己赔礼道歉。他们为什么这么做呢？尤其是胡某，他是受害者，却依然拿了两瓶酒去"拜访"村长。对此，胡某解释说：

"何某与他（指村长）家关系特好，要是我不去找他，有理都会变成无理。"

"可明明你是受害者呀！"我说。

"哪个受害不是你说了算，这话要从村长嘴巴里冒出来才算数。"

"你应当去找对你有利的证据嘛。"

"证据，关系就是证据！哪个有关系哪个就有证据；哪个关系好哪个证据就多。前几天……唉，算了，不给你说，反正你不晓得我们这里的情况。"

......

"想过运用法律手段保护自己吗？"

"法律？法律是为有钱人和有关系的人制定的。"

"不要那么极端嘛。"

"不是极端，给你说了，你不晓得我们这里的情况。法律是硬不过关系的！"

......

这个案例的结果是：胡某赢了，他得到了何某 5 元钱的赔偿，但他却送了 18 块钱的礼！可胡某却说"值得"，因为通过这件事，他和村长的关系就近了，"按惯例，今后就没有人会惹我了。"

类似的事情还很多。从这些社会事实以及"随时挂在村民嘴里的口头禅"可以看出，正如费孝通过先生所分析的那样，中国社会是一个"'熟悉人'的社会"、"礼治社会"、"人情社会"。[1] 人情在村落里不仅是一种交往方式，一种"人际关系创设与维持的常识与准则"，而且还是一种可以获得回报的投资，这种回报"可以是礼品、借贷、劳力，但其内在价值却是无形的'情谊'"。[2] 因此，人情便自然而然地成为了村民进行社会交易时用以馈赠对方的一种资源，成为村落里村民们相处的社会规范。所以，村民办事或是遇到麻烦，首先想到的"不是翻规章或是寻求法律的帮助，而是找关系，托熟人。找不到关系，便打通关节，用请客送礼来铺设关系。"[3]

"争来的"与"赐予的"

曹锦清教授通过实地考察后得出了一个结论："民主制在西方各

---

〔1〕 费孝通. 乡土中国 生育制度，北京：北京大学出版社，1998：9.

〔2〕 王铭铭. 村落视野中的文化与权力，北京：生活、读书、新知三联书店，1997：170.

〔3〕 曹锦清. 黄河边的中国——一个学者对乡村社会的观察与思考，上海：上海文艺出版社，1998：488.

国有名有实，一旦移入第三世界，如印度者，往往有其名而无其实。因为最广大的民众，在政治上依然是'消散被动'的一群：既缺乏权利意识，更没有组织起来实施宪法本已赋予的各项政治权利。西方人争来权利就会用权利，而第三世界民众则被'赐予权利'，但没有能力使用这些权利。"[1] 笔者的调查与这种观点不谋而合。

在 S 县 B 村，笔者对 90 名村民询问了他们"是否知道自己享有哪些权利"，回答"晓不得"（不知道的意思）的有 56 名，占被调查人数的 62.22%；回答"选举权"的有 12 名，占被调查人数的 13.33%；回答"应该晓得村里的财务情况"的有 5 名，占被调查人数的 5.56%；回答"继承权"的有 4 名，占被调查人数的 4.44%；还有 3 名村民分别回答"监督干部"、"财产权"和"上访"；另有 10 名笑而不答。由此可见，村落里，村民的权利意识十分薄弱，大部分村民根本不知道自己有什么权利（在调查中，不排除存在知道但因各种原因而不据实回答的村民），即便知道有某种权利，也不排除他们只是听说而已，并没有实际领会或使用。这可以用下面的事实予以说明。

在 S 县 B 村，笔者对一位回答有选举权的村民进行了深度访谈：

问：你是怎么知道有选举权？

答：上面有规定，我们早就在搞村民自治了。

问：你知道什么是选举权吗？

答（想了一会儿）：上面叫我们选，我们就选嘛。

问：那不让你选呢？

答：最好莫喊我选，反正都是走过场（走形式的意思），我懒得去。

……

从以上社会事实可以看出，村民的权利认知水平是相当低的。

---

〔1〕 曹锦清. 黄河边的中国——一个学者对乡村社会的观察与思考，上海：上海文艺出版社，1998：237.

比如选举权，他们甚至认为那只不过是一种不得不完成的任务，而且不少村民只知道有选举别人的权利，却不知道还有被别人选举的权利。所以，村民们对权利的理解是非常肤浅的，是不完整的。就算知道了有某种权利，也没有能力或是不知道好好利用。而造成这种现象的原因，主要是农民无法认识到权利的实现与其自身利益的客观相关性。因为"从根本上说，乡村民主及农民民主要求的内存基础和动力是利益"，"农民行为从根本上说是由其利益决定和制约的"。[1]而村民一旦在主观上形成不了利益概念，他们就不会轻易行动。

另外，在村民眼中，权利都是上面给予的，"上面不给，下面就没得"。他们也从不想去争取什么权利，"世世代代都过来了，大家都在忍，我有什么稳不住的"。这就是村落里的人民，他们已经习惯了受奴役、受管制，从来没有想到要去争取一点点本来就属于自己的东西，他们只是祈望上面能多给点。但是，新中国给了他们民主，他们却又不知道如何正确行使自己的民主权利。因此，要想在村落里建设政治文明，让村民真正享有民主权利，还须首先培养起他们的权利意识和正确使用权利的能力，要让他们清醒地认识到权利的实现与其自身利益是密切相关的，而利益的取得需要自己去争取，而不是"等"、"靠"、"要"。

"带头人"与清官意识

在 D 县 Q 村，笔者了解到一件"奇怪"的事情。之所以说它奇怪，乃是因为，这件事情，本来可以由村民自己好好组织一下就可以解决，但他们却一边苦苦地忍耐，一边苦苦地等待。

下面是村民的自述：

我们怀疑村长吃（贪污的意思）了我们的集资款。两次要求乡政府替我们查账，乡政府却答复说："村里的事，由村里自己负责，你们怀疑他吃了钱，喊他给你们报一下账嘛。"但是，村里没有人带

---

〔1〕 吴重庆、贺雪峰. 直选与自治——当代中国农村政治生活，广州：羊城晚报出版社，2003：27.

头，于是，我们几个胆子大的人又跑到乡政府，喊乡政府为我们做主，要求村长给我们一个满意的答复。但乡政府的人说，他们管不到……我们已经想好了，既然他们不管我们，我们也顾不了那么多，我们准备到乡政府去闹，看他们管不管……

在这件事中，可以清晰地看到，在村落社会内，尽管村民存在着事实上共同利益，但他们很难通过平等协商的途径在主观上形成他们的共同利益，并因此采取行动，这便决定了他们只能期待一个"高于他们的带头人"来代表他们的利益，并领导他们解决生产和生活中的一切事情。这个带头人一般情况下是地方政府的官员，也可以是村落里的权威人士，总之，只要有一个带头人就行，因为他们只相信上面，相信权威，上面都是"对的"、"好的"，只有他们才有能力解决好自己遇到的一切麻烦。这或许就是村落"清官意识"的深层原因。

"散就散"

缺乏合作精神是村民的一个基本特点，这从上面的事件中便可以看出。同样的事几乎在所有的村落里都存在。比如，在 L 县 C 村，笔者了解到这样一件事：村民杨甲和堂弟杨乙于 2001 年 5 月合伙办了一家豆油厂，半年后，豆油厂开始赢利。但好景不长，2003 年 10 月，豆油厂便"垮台"了。原因是什么呢？

杨甲说：主要是我们兄弟（指杨乙）的原因。我们曾约法三章："不招亲戚朋友为工人"、"我们两兄弟都不当会计或出纳，另请高明"、"一切纠纷请司法所出面解决"。但是，刚赚钱不久，他就说我多拿了钱，因为会计是我中学的老师，对我偏心。我叫他查帐，他又不查，坚决要求换会计。我莫办法，只好得罪人，把会计换了。但是直到散伙，都再没找到合适的人，只好一直由我兄弟做会计。唉，不好说，他这个人，从小就个性强。

那么杨乙又怎么说呢？他说：

我哥狡猾得很，他说不招亲戚朋友，却又请了个退休老师当会计——你晓得不？那是他中学的数学老师，跟他穿的连裆裤（立场一致的意思），无非是想把我盯到（监督的意思）。他这明显是不相信人嘛。他看到我当了会计，就把出纳换了，叫他舅子（妻子的哥或弟在当地被称为"舅子"）来干——心眼小得很。就这样，大家没心思跑销售，弟兄家又不好翻脸，只好阴到整（暗地里斗的意思）。再后来，他叫他舅子把钱捏到不拿出来，工人没得工资，也不做活路，大家就散伙了——散就散，反正这几年也整到几个钱（赚了些钱的意思），不愁啥子。

那么，他们为什么不按规定找司法所调解呢？杨甲的回答是"两弟兄的事，咋好意思喊外人说东说西的"，而杨乙的回答是"约定管屁用，哪个听？都是搞到耍的（闹着玩的意思）"。一个好好的厂就这样昙花一现，两兄弟也因此翻了脸。如果大家都遵循当初的约定，或是有了矛盾就"摆到桌面上来商量，厂子是不会垮的"（L县C村支部书记原话）。然而，他们没有，其中的原因就是在村民心中普遍有种"散就散"的文化心理。他们只知道自己的眼前利益，而看不到长远利益，因此，他们总是不能很好的合作。他们有时也会认真地制定一些规定或章程，但是，他们几乎所有人都认为规章是"管别人"的，因此，他们不会对哪怕是亲自制定的规则产生一点点的尊重，更不用说是自觉服从了。因此，可以说，"缺乏协商与合作精神与能力是中国农民与农村中的大问题。"[1]

村落现代化的文化诉求

按照中央的提法，村落现代化的目标，就是要达到三个文明——物质文明、政治文明、精神文明。在此，笔者仅以物质文明与政治文明建设为例，分析村落现代化过程中的文化诉求。

物质文明建设中的文化诉求

从中国农村目前的发展状况来看，发展得比较好的村落，或说

---

〔1〕　曹锦清. 黄河边的中国——一个学者对乡村社会的观察与思考，上海：上海文艺出版社，1998：9.

村民普遍比较富裕的村落一般都得利于以下因素：

1、交通便利，离中心城市较近，从而使农副产品有广阔的市场，同时方便农民做生意；

2、人均耕地多，一般在两亩以上，这样便使农民有足够多的余粮用于市场交换或饲养家禽；

3、有良好的自然资源，如矿产、旅游等，从而使他们有机会开展服务业或是打工；

4、特殊的地理条件，从而有普遍的特产产生；

5、国家特殊政策的照顾，如处于经济开发区的村落；

6、特殊的区域优势，足够引起投资者的关注和兴趣。

然而，在中国，具备以上一种或几种条件的村落实在太少，大部分村落就像笔者所调查的一样：人均耕地不到 1 亩，没有矿产资源，也没有开发旅游的条件，不生产任何特殊的产品，国家的特殊政策更不可能普惠村落。因此，关注村落现代化，更多地应该关注这些村落的现代化。

如何才能使它们获得普遍的物质文明呢？他们的农产品在解决自己的吃饭问题之后已所剩无几，只能饲养少量的家畜或家禽，这些家畜或家禽一般用来换钱，少量用以自己享用，不会让他们普遍富起来；他们没有可供开发的资源，又得不到国家的特殊照顾，因此也不可能"靠天"或外部力量富起来。为此，要想使中国村落普遍实现物质文明，一个有效的办法是：加快土地的集中化，使人均耕地面积相对增加，并在人均耕地面积增加的前提下，实现农业产业结构的调整；同时，加速农村剩余劳动力的转移——一部分人外出打工，一部分人留在本地发展第三产业。但是，一幕幕的悲剧又告诉我们，一个个分散的农民往往会遭到各类"老板群"的恶诈——民工拿不到微薄的工资；工作环境、条件得不到应有的改善；工伤事故得不到合理的解决；权益受损得不到法律的帮助等等，这从一个侧面暴露出了农民分散的弊端：他们重复着别人的悲剧，很少想到用法律的武器来保护自己，更没有想到大家在平等协商的基础上形成一个自己的组织或团队来维护自身权益。

留守在村落里的人们也一样，包产到户后，一个个分散的农户单干，以个体的力量参与市场竞争，却总是被市场各个击破。因此，广大村民如要增强自身的竞争力，必须在协商、契约的基础上建立起各种超家庭、超血缘关系的经济联合体，如各种形式的专业协会，然后以组织的形式参与到市场中去，这样才可能有更多赢的机会，才能把村民带上稳定的致富道路。然而，这需要一个前提——村民具有在平等基础上协商的精神与合作的能力。

村落政治文明建设的文化诉求

村落是一个人情社会，熟人社会，村民讲的私人感情和个人关系，他们习惯于用攀亲戚，拉关系，请客送礼等方式解决自己的事。因此，有法不依，执法不严，除了制度设计方面的原因外，与村落的文化特性也是分不开的。但政治文明建设要求，"最广泛地动员和组织人民群众依法管理国家和社会事务，管理经济和文化事业"，[1] 而要实现让人民群众依法管理国家和社会事务，管理经济和文化事业，就必须使他们有自我管理的意识，有自我代表的意识与能力，但这又恰恰是村民所缺乏的。

以村务公开为例，《村民委员会组织法》要求十九条所列事项及国家计划生育政策的落实方案；救灾救济款物的发放情况；水电费的收缴以及涉及本村村民利益、村民普遍关心的其他事项等必须公开，接受村民监督。但是，很多村并没有这么做，即便公开了，也只是公开一个结果，对于关键的过程或重要的财务凭证却看不到。然而，很少有人提出疑问，偶尔"有个别刁民装怪"，都被干部"骂回去了，哪个敢再提"？村民争取自己权利的行动就到此为止了，他们大部分人不会再有更高的奢望。真正上访的村民其实不多，集体上访的村民更少，原因并不是没有矛盾，而是因为：

---

〔1〕 江泽民．全面建设小康社会，开创中国特色社会主义事业新局面——在中国共产党第十六次全国代表大会上的报告，人民日报，2002－11－18（1）

1、"忍一忍，顺口气，就当把钱拿去养娃儿了"的忍耐性格和阿 Q 心理；

2、"都没得哪个提，你一个人说到有啥意思哇"的"无我"意识；

3、"栽花不栽刺，不去惹哪个"的厌讼心理；

4、"当官的都没有喊，你提也没得用"的厌世情绪；

5、他们眼中只有单个的个体利益，而没有整体利益，尽管这种整体利益是客观存在的。

不过，村民也不是一味地做顺民，一旦事态发展超出他们的忍耐限度，他们会在顷刻之间变成"暴民"——村民世代都在"顺民"与"暴民"之间徘徊，唯独没有形成现代意义上的公民，因此，要推进村落政治文明的建设，除了制度与法制建设外，还得将村民由要别人做主的"臣民"变为自己替自己做主的"公民"。这样，才能将国家力量推动的民主变成村落的内生型民主。

文化诉求中的教育可能

正如上文所分析的那样，要实现村落的物质文明，就应当使村民能够在平等协商的基础上建立起超家庭、超血缘的经济组织，而要实现这一目标，就必须去掉村落社会中的"善分"性格，让村民普遍形成契约意识、合作意识，形成对合作规则的尊重和自觉服从。而要实现村落的政治文明，则需要将村民由要别人做主的"臣民"变为自己替自己做主的"公民"，为此，必须"注销"村民脑中的清官意识，生成自己为自己做主的"自我代表"意识；此外，还得给传统社会中的人情加一个"紧箍"，任何超越"紧箍"的人情都得承受"紧箍咒"的痛苦——这个"紧箍"就是法律。

然而，任何文化的转型和国民心态的改变都是一个长期而缓慢的过程，暴风骤雨式的革命虽然可以改变人们的文化表现形式，但却无法改变人们内心深处的东西，这已是历史和事实所证明了的。

生产力与生活方式深深地影响着文化的类型和特征，而当文化定型后，又会反过来影响生产力和生活方式。这正如斯特斯·林赛所看到的那样："一个国家能否繁荣，文化是一个重大的决定因素，因为文化影响到个人对风险、报偿和机会的看法……影响到人们对进步的想法。文化价值观之所以重要，尤其是因为它们要形成人们组织经济活动所遵循的原则，而没有经济活动，就不可能有进步。"[1] 同时，马克斯·韦伯也认为，"尽管经济合理主义的发展部分地依赖合理的技术和法律，但它同时也取决于人类适应某些实际合理行为的能力和气质。如果这类合理行为受到精神上的阻碍，则合理经济行为的发生也会遇到严重的内部阻力"。[2] 因此，当一种文化已成为阻碍社会进步的因素的时候，我们便应通过加速文化的改造来促进社会的进步。这种观点，其实早在上个世纪 60 年代，奥斯卡·刘易斯就在其"贫困文化理论"中有所表述。他认为，贫困不仅是一种结果，而且是造成新的贫困的原因。因为生活在社会底层的人认为自己无望成功，所以形成了一整套与他们贫困的社会地位相适应的价值观、生活态度和社会行为模式。因此，村民要致富，必须改变与目标相左的价值观、生活态度和社会行为模式。

而要实现这种改变，最有效的途径就是教育。因为教育具有延续、更新和普及文化以及交流、整合不同类型文化的功能。[3] 不过，更新一种文化以及整合不同类型的文化都是一个艰巨的任务，因为更新的对象是积累了几千年的传统，这种传统无论是积极的还是消极的，都达到了根深蒂固的程度。我们要改变传统文化中不适应现代化要求的一面，要改变人们几千年来的已有的旧观念，要树立新的适应现代社会需要的新意识、新观念和新的行为方式，就必须利

〔1〕 斯特斯·林赛. 文化、心理模式和国家繁荣，塞缪尔·亨廷顿、劳伦斯·哈里森主编，文化的重要作用——价值观如何影响人类进步，北京：新华出版社，2002：407.

〔2〕 马克斯·韦伯，新教伦理与资本主义精神，西安：陕西师范大学出版社，2002：26.

〔3〕 叶澜. 教育概论，北京：人民教育出版社，1991：176.

用教育来培养既能继承传统文化精粹，又富有创造力和时代特征的一代新人。

　　但是传统的村落教育或说农村教育却忽视了这一点，它有两个致命的弊病：一是只重文化继承，且这种继承往往是不论精华与糟粕都统统"接着"，至于创新与整合，则在很长一段时间时里被视为"捣乱"、"耍小聪明"、"制造混乱"或是"出风头"、"出卖祖宗"等；二是功利性太强，过分强调农村教育应当为农村经济建设服务，开设适合当的实际的农业类课程等。对此，笔者认为，这种想法固然良好，却有舍本逐末的嫌疑。

　　其一，农村教育主要承担的是基础教育的使命，在目前广大农村普九攻坚战尚未取得决定性胜利的时候，又要给农村教育增加新的任务，似乎有些不太现实——既有资金难题，又有人才和技术难题，因此，真正应为和能为农村经济建设服务的恰恰不是农村教育，而是高等职业技术教育及其他高等院校如农业院校；其二，基础教育的主要任务不在技术训练，而在国民素质的总体提高，在于为人的一生的发展和幸福奠定深厚的文化基础，在于使人能明明白白地过一生，而不是在一种愚昧的状态下过一生。因此，农村教育应当义无反顾的承担起唤起村民自我意识、公民意识、权利意识以及平等的合作意识和协商精神的重任，村落里的孩子只有从小就接受这样的教育，未来的村民或市民才有更大的可能性成为现代意识上的国家"公民"，而不是几千年来习惯了的"臣民"；才有更大的可能性成为勇于探索、不断进取的建设者和创业者，而不是安于现状的守业者甚至"败家子"。其三，一个不争的事实是，村落里的孩子真正通过教育走出村落的其实很少，他们大部分还得继续扎根在村落，因此，我们可以设想，经过这种教育的学生——未来的村民会是一个什么样子：他们和他们的先辈不一样了，他们接受了新式教育的洗礼，脑子里已经有"公民"、"权利"、"法治"、"平等"、"合作"、"协商"等与传统不一样的观念，加上国家政策的支持和外部环境的刺激，他们的行为必定会"出轨"的，村落也必定会实现文明的全面进步的。

但是，如何保障弱小的孩子所受的教育不被顽固的大人们和强大的传统惯性"打败"呢？道路是有的，那就是同时对成年村民进行同样的"新式教育"。

中国农民，正如晏阳初先生所说，"所可惜者，厥为'脑矿'未开，民智闭塞。倘'脑矿'一开，民智发达，即可称雄于世界"。[1]因此，对成年村民进行新式教育是必需的，同时也是可能的。

首先，留守在村落里的村民一年内差不多有一半的时间是空闲的，据笔者的调查，在"农闲"时间里，村民主要的事情是打麻将或"东逛西逛"（无所事事的意思）。也就是说，村民有足够接受新式教育的时间，如果我们利用这段时间把村民组织起来，对之进行教育和培训，蕴藏在他们中间的"脑矿"将被充分地挖掘出来。

其次，我国政府基本上已在农村普遍设立了农校、农技站或是成人文化学校等机构，但是这些机构大多是"摆设"，没有发挥实际作用——尤其是农校和成份文化学校。此外，随着国家广电事业的发展，基本实现了村村通广播或有线电视，但是，这些机构都还停留在技术层面，如果我们将以上资源进行整合，赋予它们新的使命——按照新式教育的理念和方法来教育和培训成年村民，唤醒他们内心的自我意识、公民意识、权利意识以及平等协商的精神和合作能力，他们就不会轻易对他们的孩子所接受的教育说"不"了。

最后，农村学校不能置身于村落建设之外，它应当成为村落的文化中心。农村学校的教师可以利用多种形式影响成年村民，利用家长学校对成年村民进行新式教育，使家长对孩子产生观念上的认同或是开发旨在培育村民民主意识和民主文化及现代观念的校本教材等。

总之，教育不是万能的，必须弄清教育的可为与不可为，可能

---

〔1〕　晏阳初．关于平民教育精神的讲话，晏阳初全集，第一卷，长沙：湖南教育出版社，1989：89.

与不可能，否则一切都是徒劳。教育促进社会文明的全面进步是可能的，也是大有可为的，但必须弄清楚"为"的途径和方式，不能蛮干。村落教育应当培养三农问题的掘墓人，应使三农问题不再成为问题，应使村落成为文明的乐土，应使所有的村民能在自由的土地上幸福地生活。为此，农村教育应当义无反顾地承担起村落文化的改造和民主意识与民主文化的培育，以及唤起村民觉醒、开发村民"脑矿"的使命。

现代化、乡村文化与教育重建

黄灯：故乡：现代化进程中的村落命运

康晓光："现代化"是必须承受的宿命

刘健芝：乡村建设的另类经验

贺雪峰：新农村建设与中国道路

蔡禹僧：重建一个丰富的民间社会

刘健芝：乡村图书馆——公共生活空间的开拓

刘老石：农村的精神文化重建与新乡村建设的开始

石中英：失重的农村文明与农村教育

张宝石：空心社会的发展陷阱和困境中的不绝希望

黄菡：乡村的目光——农村学生城市认知的经验研究

钱理群：关于西部农村教育的思考

故乡：现代化进程中的村落命运

黄　灯

　　故乡是美好的。千百年来，故乡对外在的游子而言，无不成为他们精神和情感的寄托之处。对我而言，故乡更是我的生命之根和情感之源，尽管出外求学多年，对故地的牵挂和想念却是一点也没有减少，无论再忙，每年的假期我都尽量要回家呆上一段时间。

　　令我惊异的是，近年来，我发现自己回家的渴望竟不像以前那样强烈，我与故乡之间，仿佛无形中多了一层隔膜，至于这种隔膜到底来自何方，在我眼前竟然朦胧一片。我得承认，年少时代对故乡那份浪漫的想象，固然是我心态变化的重要原因之一，但她近十年来的变化确实令人触目惊心。在此，我无意从文学的角度对故乡作些描述，而只是作为一个见证人，说说我所亲历的故乡的一些变化，在现代化无所不至的社会进程中，我只想对故乡鲜活的生存情状做一简单的勾勒。

河水脏了，青山秃了

　　2005年腊月初十左右，加叔（爸爸的堂弟）跑到我家，和爸爸商量，说是要找志癫子算账。志癫子是老家所在村原来的村支书，前几年以办福利厂的名义和乡政府联合搞了一个纸厂，办厂之初，由乡政府出面，将加叔几兄弟靠近河边和马路的那片农田征收了过去，做了厂房，以优先招工为条件，答应每亩补助三千块，但那些钱一直没有兑现。找乡政府，乡政府说是厂子现在已经归到了志老板名下，和政府没有任何关系，找志癫子，说是钱早就给了乡政府，政府没有将钱补到位，怪不得他。

　　姑且抛开农田每亩是否真的只值三千块的补助金这个前提不说，只说说造纸厂给亲人带来的伤害。显而易见，加叔和他的兄弟是直接的受害者，由于家乡的田地本来就不多，纸厂将他们的田地征收后，粮食生产受到了很大的影响，农民尽管可以到纸厂上班，但每个月付出高强度的体力劳动后，所得也不会超过五百块，更何况这种工作并不稳定，有活干时，可能加班加点，没活干时，则可能分文不入。更令我们痛心和遗憾的是，由于纸厂的安全设施差，我一个堂哥在上夜班时，由于过度劳累，竟然不小心将整个大腿卷进了碎浆机中，在三十六岁的时候就永远失去了自己的左腿，成了一个高位截肢的残疾人。尽管最后协商的结果是赔了八万块钱，但这种椎心的伤痛是什么都无法弥补的。然而，从长远看来，纸厂对村人的最大伤害主要还在于对环境的破坏。故乡那条无名的小河在纸厂没有开办之前，终年水质甘甜，清可见底，总能看到活泼的鱼儿透过阳光的照射，藏在礁石的阴影中自由地嬉戏。自从纸厂开办后，由于乌黑的废水没有经过任何处理，就直接排进河水中，河水不到半年就变得昏黄污浊，臭气熏天，村人甚至连鸭子都不敢放养。靠近纸厂的河岸更是成了一个巨大的垃圾场，旁人只得掩鼻而过。与此形成鲜明对照的是，纸厂显然给某些人带来了巨大利益，首先得利的当然是老板。志癞子每年由此获得的纯利至少超过三十万元（因为是福利厂，几乎不用交一分钱的税，加上曾经和政府合办的背景，更可以省掉很多麻烦事），他因此也在短短的时间内成为村里的首富。其次得利的当然是乡政府，尽管难以确定他们之间分配利益的具体方式，但有一点可以肯定，乡政府在很大程度上是纸厂的后台和靠山，没有乡政府，志癞子的纸厂不可能开得这么顺利，他拖欠的征地补贴也不可能一拖再拖，甚至不了了之，自然，作为回报，他也不可能不给乡政府任何好处。

　　从少数人的角度而言，纸厂所获得的利润当然是巨大的，但如果从整体看呢？这种收获与付出相比，也许根本就不值一提：利润可以计算，可以成为政府工作报告中的政绩，可以成为全国 GDP 中的一个具体小数点，但纸厂侵占的农田给村民带来的损失、几万村民赖以灌溉和生存的河水被污染后的代价以及整体生态环境的变坏对村人健康的潜在损害，又有谁来真正计算过呢？事实是，这些无形的伤害并不因为它分散到了很多人身上，并不因为某一群体在共同承担就可以忽略不计，相反，由于纸厂老板和村人错综复杂的关系（客观说，志癞子在开办纸厂以前为人也并不太坏，他在村里说不上人缘很好，但也没有留下多少难以处理的关系），很多本应摆上台面仔细研究和共同解决的迫切问题，反而就这样耽搁了下来。以上面提到的环境污染为例，纸厂开办半年后，由于河水变质太快，村里华叔的田地根本就没有办法灌溉，他找志癞子商量，志癞子一时也拿不出解决的方案，不可能在短期内将污水处理跟上去，他于是找到村上原来的队长全国叔，要全国叔和华叔商量，华叔和全国叔是堂兄关系，事情弄到这个地步，村里熟人熟面，华叔看在全国叔的分上，也就不好说什么。志癞子为了平息民愤，随便弄了一个污水处理设备，然后放出风来，说污水是经过净化的，对农田和饮用没有伤害，完全符合国家的相关标准，明眼人一看就知道这个设备形同虚设，但又不可能再去和他计较什么，事情就这样不了了之。结果呢？河水变得越来越脏，鸭子还是不能放养，农田灌溉只得从水库买水解决，河边的公共井也被废弃不用，村人直接用管子把山上的泉水接到家中。

泉水接到了家中，固然暂时解决了村人饮用水的难题，但没有人可以保证曾经取之不尽的泉水永远不会枯竭。绿水不再是绿水，青山又何曾还是青山？河水污染后，故乡的青山仿佛也慢慢变成了光秃秃的山冈，到处是黄黄的裸露的岩石，和岩石中间的土缝里被砍过的树桩。说起家乡的山，我不由得想起童年的时光，那时由于植被生长好，小伙伴们总喜欢到山上玩，春天采映山红，初夏端午时节采野草莓，秋天打坚果毛栗，冬天则到山上扒毛茸茸的枞树叶子做引火柴；不同的季节还能看到各种各样的动物，野鸡就不用说，我们总能在短短的灌木丛中看到它傻傻地将头埋进树叶中，以躲避行人的笨样子；还有野兔，灰灰黑黑的，速度很快，但也时常被我们打中；现在踪影难觅的麂子也时常看到，高高的腿，总喜欢沿着峡谷或在峡谷里一路狂奔；甚至还有狐狸，非常漂亮，露出机警的眼睛，大大的尾巴总喜欢摆在灌木丛中；松树和黄鼠狼更是常见，在树丛中间跳来跳去，快乐异常。但现在，随着山上的大树被砍光（村里的山分到个人后，个人自用，砍伐增多，加上前几年建筑业的飞速发展，对木材的需求量增长，也直接导致他人去偷伐树木），加上近年来煤气的涨价，乡亲们承受不起高昂的费用，只得从山上索取燃料，这样一来，那些矮矮的灌木未能幸免，山冈变山光就无可避免了。纸厂的开办对河水的污染直接导致乡亲们对山泉的依赖，但随着山上植被的减少，山泉也并非取之不尽的资源，由此看来，如果情况持续下去，总有一天，乡亲们连保证基本的饮用水也会受到严峻的挑战。山清水秀的地方在无尽的掠夺下，就这样一天天变得贫瘠而又满目疮痍。

加叔说要找志癞子算账，可是这笔账是否真的就只能算在志癞子一人身上呢？

跑江湖的嫂子回来了

除了生存环境的改变外，故乡最明显的变化莫过于常住人口结构的改变。

大年刚过，正月初一，父母带我们几姊妹挨家挨户给本家的叔爷叔奶、堂伯堂叔拜年。本家的亲戚几年来变化较大，以前的土砖泥瓦房有一些已被新修的钢筋混凝土楼房所取代，房屋的设计不再是以前的老式样——堂屋带连三间，或者是堂屋带连两间，而是全部变成了目前流行的套间，和城里时髦、实用的房屋结构没有半点差别，装修也一样，用鲜亮的瓷砖铺地板，组合家具，挂窗帘，清一色的席梦思床，电器更是齐备。当然也不是所有亲戚都修了新楼房，加叔女儿因为长得漂亮，并且生得聪明伶俐，到长沙打工没多久，就通过别人的介绍到一个赌场上班，专门负责看场子，由于赌场较大，常去的人都很有钱，她嘴巴乖巧，办事灵活，总能获得客户较高的小费，加上她通过认识的一些客户还做做小生意，诸如夏天推销空调，冬天推销毛毯，总能赚一些"炮火钱"，刚 2005 年就给了家里两万块，极大缓解了家里的经济压力。我们挨家拜户过去，不久就到了知根叔家，刚近门口，看到一个鲜亮而又熟悉的身影从那闪过，姐夫眼亮，我们还没反应过来是谁，他就开起了玩笑："跑江湖的婶子回来了。"我们一笑，方知道刚才门口闪过的那个身影是小甑叔（在老家，只有对男性的称谓），知根叔的老婆。这几年随着老家打工潮的兴起，青壮年劳力大都南下广东，家里主要留下老人和孩子，开始两年还有一些生了孩子的妇女也留在家中，统称为"三八、六一、九三"部队（当时有人戏称，村里如果真的有什么丧事要办的话，只怕连八个顶用的丧夫都难以找齐；万一有火灾发生，更没有年轻的劳力能够赶到现场去处理灾情。幸亏还好，近十年来家乡几乎没有出现过这些紧急情况），没多久，年轻的媳妇生完孩子后也紧接着背井离乡，加入到了南下打工的行列。据我所知，家乡过来的男劳力主要是搞建筑、搞装修，体力活和简单的技术活都干，并没有固定的工作，工资收入也不稳定，忙时，一个月加班加点，可以拿两三千块，闲时则可能要吃老本。以我叔叔为例，他带着两个已成年的堂弟南下广州五六年了，主要跟我一个表哥干装修，到现在，没有存一分钱，家里的田地自然荒了，老屋由于长年没人居住，早就倒塌废弃，根本就没有办法住人。而女工则主要进工厂干活，玩具厂、鞋厂、电子厂、制衣厂是她们常去的地方。我 2004 年到叔叔租用的地方过中秋，老家过来的婶婶聚在一起。她们都抱怨工厂的劳动强度太大，季叔说"太累了，真的吃不消，又没有半点空，还以为出来日子好过，没想到这么难受"；和国叔说"最主要的是眼睛受不了，一进厂房就流泪，缝纫机开起来眼睛就发昏，现在要是退还押金，就辞工"，美叔则说"真是在家千日好，出外时时难，金窝银窝不如自己的狗窝，无论如何，就出来遭这一次孽了，不如在家将伢子带好"。说是这么说，真到过完年，看到有人准备出来做事，那些体力好，孩子又已经断奶的妇女又禁不住心痒，最后还是决定出来干。她们也算过一笔帐，出来干再苦再累，一个月正常上班五百块钱还是能够挣的，一年下来，除了自己的开销（一般工厂包吃包住，她们的开销也小得可怜）外，最少也能存四五千块钱（当然是在他们身体好，并且家人也平安的前提下），趁年轻干七八年存几万块钱，修房子，送孩子念书就有了一定的保障。

小甑叔就是其中主意最坚定的一个。比起那些年轻的媳妇，她的年龄比她们要大一轮，现在大约是四十五岁左右。在进城打工还没有兴起来前，她嫁到老家后，曾是村里公认最能干、最勤快的媳妇，生育了一双儿女后，她做了结扎手术，但不久又怀了一胎，又生了一个男孩。三个孩子围着她转，辛劳的程度可想而知。村里有人出去打工后，她是第一个主动提出来要到外面做事的女人，家人都建议她在家带好孩子，她主意已定，在最小的儿子三岁还不到的时候，义无反顾地加入到了打工的行列。刚开始，她和别人一样，进厂上班，过着辛苦但有规律的生活，一年后，她嫌工厂上班太累，工资低，辞职不干，在广州耗着，到后来据说跟了一个包工程的老板，时常出去跟他做一些杂事，自此以后，小甑叔在村人的嘴里就变得暧昧起来，再后来，又听说那个老板出了事，死了，小甑叔还是没有回家，在此以前，她曾经回来和知根叔交涉过，想离婚，孩子一个也不要，东西也不要，知根叔没有答应。旁边和她年龄差不多的女人提醒她，要给自己留一条后路，年轻时候在外面放浪也就算了，崽女毕竟还是亲生的好，老了还是要靠他们的，凡事不要做得太绝，小甑叔将这些话听进去了，再也没有提出过离婚，知根叔生性懦弱，也懒得管她，就由着她去。客观说，小甑叔也说不上是一个生性风流、没有良心的女人，每年过年，无论如何，她都要回家，总要给知根叔和孩子准备一些衣物和钱。妈妈曾经和她开玩笑："在外面过得怎样？"她浅浅一笑，很久才说上一句"在外面过惯了，真的没有办法呆在家里"。长年在外的生活确实改变了她的性情，也改变了她的装束和气质。可以想象，在广州，尽管她长期都处在社会的底层，但和从来没有出过远门的女人比起来，毕竟见识要多一些，对生活的要求也要高一些，我还记得有一年她带回来了一个相机，亲戚一到她家，她就热情地问："照相不？"神色很诚恳，还带了一点小姑娘的期盼和娇羞。

不知为何，在亲人有意无意对小甑叔的指责中，我对她更多的是一种理解的同情。她高中毕业，没有考上大学，家里困难，早早就嫁给了老实巴交的知根叔，知根叔是一个老实人，勤快，但也真的只有勤快，两人之间要说精神上的沟通，是几乎不存在的，加上孩子多，她难以承受祖祖辈辈可以忍受的困苦生活，完全可以理解。使人感到遗憾的是，在论及农村剩余劳力进城打工时，很多人只算经济账，而忽视掉了他们生活方式的变化对其生命质量的影响，以及由此带来的精神困惑。

春节过后，很多年轻的夫妻由于急着进厂上班，往往大年刚过，就将年幼的孩子留在家里，每年正月和孩子分别时，没有一个孩子不是撕心裂肺地哭喊着挽留母亲，年老的父母也躲在一旁抹眼泪，这种和亲人分别的情感折磨是一般人难以承受的；夫妻之间的分居就更常见，很多年轻的新婚夫妇，往往是举行完婚礼，就劳燕分飞，外出谋生，怀了孩子，就回来生孩子，孩子断奶，又出去了；孩子的早期教育当然说不上，年老的父母能够照看好孩子的基本生活就算万幸，要谈对孩子的学习指导简直是一种奢望，当然，他们一般也没有这方面的意识，在他们看来，能够给孩子赚来学费才是当务之急；至于年迈的父母，同样承受了极大的压力，随着年岁的增长，这些老人的行动本来就迟缓了很多，有些连自己的生活都无法照顾，但现在却不得不照看年幼的孙子，体力上的辛劳可想而知，这些无疑极大地增强了留守家中的老人和孩子的生存风险，由于他们没有可以依赖的组织，一旦有什么意外发生，在现有的情况下，将没有能力和办法来补救和处理。

除了这些实际困难外，他们的精神困惑同样不能忽视。在农村，他们被叫做农民，在城市，他们被称作民工，但无论被叫做民工还是农民，他们对精神生活的需求是真实而又强烈的，他们希望获得尊重、获得关注的愿望并不亚于他们要迫切改变自己的经济地位的渴求。在地域、文化、社会地位、经济差异的强烈碰撞下，他们的精神世界正承受着难以觉察的煎熬：城市尽管不属于他们，甚至还会无形中给他们带来屈辱，但他们却热爱城市，希望能做一个光鲜的城市人；农村尽管是他们的出生地，做一个农民尽管是他们与生俱来的命运，但在见识了外面的世界后，在目睹农村的真实情况后，他们早就彻头彻尾地对农村生出了一种隔膜甚至厌恶。这种情感上的煎熬真实而又磨人，理想和现实之间产生了很深的矛盾，却找不到解决矛盾的办法。农村是他们的家园，他们无法对此产生一种天然的归宿感和家园感；城市不过是他们讨生活的人生驿站，他们却渴望能够在这个并不属于他们的驿站做多一分的停留。

现今的学者对农村问题的研究，对农民命运的关怀，往往更注重从经济的角度进入，但只要有过真实农村生活经验的人，都可以发现精神生活的困惑和匮乏，对他们而言，也是一个迫在眉睫的问题。在我看来，叔叔和堂弟的选择正来源于精神上的困惑。叔叔曾在八十年代因承包工程赚过一笔大钱，挥霍掉后，再也没有东山再起，自此以后，他总是梦想着在城里能够再次发迹。其实，按照爸爸的想法，像他那样聪明的人，只要老老实实地过日子，哪怕在农村，也不会过得太差，可他宁愿蜗居在广州那间又窄又暗又潮的小房子里，就是不愿回乡。他并非不知道广州生活之艰难，但还是执意选择这样一种活法，这种固执的坚守与其说是他好逸恶劳的脾气对生活压力的一种逃避，不如说是他对城市机会的强烈渴望所导致的结果。小甑叔的困惑更与精神上的迷惘有关，她没有实现自己上大学的梦想，没有办法来到城市生活，赶上了打工的浪潮，可以留在城市过一种卑微的生活，但现实总是制约着她做出选择，她不能做一个彻底的城里人，也不心甘情愿地做一个村妇，放弃了对孩子的母爱，获得的只有误解，她两头跑来跑去，过一种自己都无法理解的生活，不管别人的眼光，顺便承受一下道德的洗礼和审问。在亲人的口中，她被戏谑成一个"跑江湖的女人"，她的回乡过年也就只能被姐夫说成是"跑江湖的婶子回来了"，至于她浅浅一笑背后的伤痛和无奈，是不会进入亲人体察中的，当然，也不会进入任何学者的研究视域中，不管他们研究的是三农问题，还是农民工对城市发展带来的影响这些冠冕堂皇的课题。

老满被他的儿子放倒了

故乡人口流入城市所带来的最深远的变化，并不是故乡的房子变得越来越新、变得越来越时髦，而是他们所带回的新的生活方式对村人已有生活的震荡，在传统的价值观念已遭破坏而新的观念并未扎根的前提下，这些"泊来"的想法冲击了故乡的根基，也极大地败坏了故乡的风气。

市场经济的无孔不入，直接改变了村人的价值观念，在和他们的交谈中，穷怕了的乡亲们口口声声谈得最多的是钱。我漫长的求学生涯结束后，他们和我的父母一样，总算松了一口气，在乡亲们看来，我毕业之日，恰似他们开春捉来的小猪出栏后应该计算成本之时，每次回到家中，他们总是理直气壮地问我一些问题，而最有兴趣的就是：你每月能挣多少钱？在得到我的如实回答后，他们怎么也难以相信我竟然只拿那么一点工资，"呵呵，那还比不上雄伢子一个月赚得多"，雄伢子是我小学的一个同学，小学毕业后没有接着念书，在家乡开了一家保险柜厂，专门生产银行所需的保安设备。那些纯朴的乡亲当然不会注意到我的尴尬，我当然也无法向他们解释，我和雄伢子所干的工作完全不同，但在他们眼中，最能衡量人价值的标准毫无疑问只有金钱。能不能赚到钱，能不能在最短的时间内赚到最多的钱，已经内化为他们行动的最大理由和动力。

在我记忆中，故乡虽然说不上富裕，但绝对是一个山清水秀，人情味极浓，而且有着良好风气的地方。记得上世纪八十年代在农村总是流行严打，但严打的对象从来就没有在故乡这块土地上出现过。但最近几年，我却深刻地体会到故乡变了，故乡烂了，烂到骨子里了，只要一踏上故乡的土地，谁都能感受到这块土地的无序、污浊和浮躁！

大年刚过，和往常一样，去看外婆。没想到，几个舅舅家，几乎家家户户的每个房间都是一桌牌，从扑克到麻将，从纸牌到骨牌，从"澳门翻"到"香港打法"，从"扳坨子"到"捞鸡"，从男人到女人，从年轻人到老年人，从儿童到成年人，赌博的盛行可以说已到了无孔不入的程度。我还听说很多农村妇女赶很远的路去"扳坨子"，每一晚的输赢成千上万（她们往往拿着全家所有的家当孤注一掷，拼命一搏），家里的事一概不管，甚至连做饭也懒得做，小孩的学习更不可能过问。尽管我们去外婆舅舅家的机会很少，但他们由于手头的"工作紧张"，很明显，已无暇多顾忌我们。舅妈要我们先坐一下，说是等她摸完这手牌再来给我们倒茶，口里的礼节尽管还在，但我明显感觉变了味。舅妈是个热情人，待客真诚，也做得一手好菜，在我印象中，去看外婆往往意味着有好吃的菜肴，加上晚上一家人围着火炉，说说家常，上点小吃：卤猪肝、辣豆腐、炒豌豆、酱萝卜、生盐姜，计划着来年的事情，总是能够感到一种切切实实地快乐和充实，但现在，这种景象再也没有了，亲人来了，拜年不过是个形式，速度比打火还快，在象征性地和老人打个招呼后，他们总是能以最快的速度组成一桌牌，昏天黑地，几天几夜，年就算是过完了。以前在农村流行的舞龙、玩狮子也难觅踪迹，寂寥的村落除了偶尔能够听到几声鞭炮的响声，就是麻将的声音和牌桌上的吵闹声，至于正月期间雷打不动的花鼓戏，更是好长时间都难以碰到，就算偶尔还唱一下，好看的程度也远远不如以前，我向外婆抱怨现在的戏子越来越难看，扮相越来越丑，外婆看着我，半天不做声，最后很遗憾地叹了一口气："后生仔都到外面打工去了，哪里还有什么好看的戏子！"

赌博成风，打牌还只是最常见也最不刺激的常规节目。近两年，家乡流行香港的六合彩，叫"买码"，已经泛滥到了触目惊心的程度。在乡亲们口中，出现频率最高的词汇早就与农活无关，"买码"

的诱惑像给他们注射了一针奇特的兴奋剂，使得他们完全偏离了正常的生活轨迹，早就失去了理智和面对生活的从容和耐心。我一回家，就不断有人要我帮忙猜特码，他们猜码的热衷令我惭愧，每个人手头不是一份码报，就是厚厚的一本白小姐提供的码书，他们对生肖、单双、红绿蓝波的掌握之多令我惊讶。好多农村妇女几十年来都没有提笔写过字，但因为买码，都做了厚厚的读书笔记（买码对农村扫盲倒是功劳不小），这种认真的程度远远超过现在的研究生准备一篇学术论文。因为买码，还出了很多笑话，与我家乡邻近的大荆镇，据说有一个农妇正在洗澡，因为听说中了特码，没有穿衣服就直接溜出来了，在几十人面前一丝不挂。我曾亲历过开码的现场，几十个人站在屋檐下，等待从香港、广州那边开码的信息，一个个神情紧张而又两眼无神，嘴里念念有词，但就是不知道说些什么，孩子在大人中间乱串，同样兴奋无比，他们在父母的纵容下也不断加入到买码的行列。我父亲这边的亲戚，几乎家家都买码，甚至连我爸爸的叔叔满爹，快八十岁的老人了，将他五年来从工厂捡废品所积攒下来的三千元养老钱，都毫不犹豫地投入到买码的赌博中，我一个堂姐，因为参加写单，被庄家吃了单，恰好那晚出了很多特码，庄家跑了，堂姐不得不独自承担将近二十万元的债务，她将家中的房子卖了，欠下了十几万元对她而言的巨债，一个原本还能过着安宁日子的家庭就这样陷入了万劫不复的命运之中；我爸爸最好的朋友，小杨叔叔，在妻子患病去世后，独自承担了抚养五个未成年子女的重担，好不容易将他们拉扯大，好不容易将所欠的债务还清，因为抵挡不住买码的诱惑，又重新背上了巨额的债务，从而过着噩梦般的生活！近年来，故乡里因为赌博或者买码最后弄得自杀、甚至家破人亡的消息更是不绝于耳！我一个在邮政储蓄工作的朋友曾经透露，2004年下半年，从家乡汇到广东的钱，一天之中最多的有200多万！他们在外面辛辛苦苦打工所挣的一点血汗钱，就这样被"买码"这根巨大的抽血管，重新输到了广州和香港这些原本就比家乡要富裕得多的地方，从而使得故乡这块土地变得更加贫瘠而又荒凉。

面对这种猖獗的局面，当地政府也出面采取过措施，有一段时间，政府的主要工作甚至就是对付买码写单和坐庄的人，很多人因此都进了局子，但情况没有任何好转，这些拿了身家性命参与搏斗的人根本就不将这些惩处放在眼中。更何况，政府内部本身就有很多人参与买码，加上操作的难度太大（买码刚刚开始时，还能找到写单的现场，自从政府干预后，写单的人根本就不出面，都是电话联系，他们凭着邻里和亲人之间的信任，发展到写飞单，每次写单的时候一到，电话就不堪重负，总是造成网络堵塞和繁忙），整体看来，收效甚微。有人将这种状况归结到现在科技的发达："都是信息太发达的缘故，一个电话打过去，就可以报单，几分钟，巨额汇款就可以到帐，如果像以前一样信息闭塞，买码就搞不成器了。"这种分析当然有些偏颇，但不得不承认，现代科技的发展，往往是一把双刃剑。一方面，固然可以加快经济的发展速度，提高效率，但另一方面，这种负载于高科技上的消极事物的传播往往会对脆弱的、预防能力极低的农村，造成致命的打击和瓦解，他们由此要承担更多的经济风险和生活风险。

如果说，"买码"的流行终究会按照经济规律的运行，最终放慢甚至停止它的脚步，那么，吸毒这颗毒瘤在家乡的潜滋暗长，只会将她推进一个可怕的深渊。我不止一次地听到父母说起"老满被他的儿子放倒了"。老满是我们镇上最早的一个个体户，先是做南杂生意，八十年代时就在镇上修了很气派的楼房，随着资金的积累，他又开了第一家大米加工厂，每年的收入可观，但偏偏他的儿子伟伢子在广东混上几年后，别的本事没有学到，染上了毒瘾，人瘦得不成样子，脸色惨白，凭借家里的声望和积累，好说歹说给他娶了个媳妇，媳妇怀了孩子后，因为无法忍受他毒瘾发作后的反常，早就搬回了娘家。家境再好，也禁不住一个瘾君子的消费，老满没有办法，主动将儿子告发，让公安机关将他关了一年。一年以后，儿子出狱，还是老样子，戒毒要钱，他将儿子送去过几次，但最终也没有什么起色，只得放弃将他送入戒毒所的想法。家里的积累早就被儿子败得不成样子，更为可怕的是，儿子的毒瘾已经发展到只要他见到别人稍稍值钱的东西，不论亲疏，就要去抢的地步。老满的米厂生意由此大受影响，五六十岁了因为请不起雇工，还要自己亲自挑谷去打。"想想当年老满在花桥街上是如何风光，谁想到他今天会这么霉气，都是他遭报应的儿子害的！"在家乡，吸毒的绝不是个别，"到了汨罗，到了花桥，就相当于到了广州"，有人这样形容家乡的毒品交易之便。确实，由于家乡处在三县交界之处，交通便捷，地形复杂，加上和 107 国道、京珠高速公路临近，客观上给毒品的流通带来了很多便利，提供了家乡瘾君子的毒品供应。我在镇上时常能见到那些因为子女吸毒，背负了巨大精神压力的父母，他们无精打采、形容枯槁、面色绝望，对生活已提不起任何劲头。在上世纪八十年代的改革大潮中，他们曾经在市场经济的浪潮中勇立潮头，创下了自己的一片基业，但他们没有想到，在短短的十来年内，他们的人生竟然会沦落到这样的境地。可以想象，毒品这颗在城市都没有办法控制的恶瘤，一旦在农村广阔而又失控的土地上获得繁殖，将会带来什么样的后果。而由此带来的社会问题，诸如艾滋病的传播又会将家乡人的命运引向何方？

　　全球化的浪潮确实无所不至，现代化的脚步并不会因为山村的遥远就停止造访，通过故乡的命运，我深切的感受到，农村就像一条没有任何保障的小船，没有舵手，没有路灯，也没有方向，正被现代化这股狂流冲得七零八落，单是一个六合彩的流行，就至少导致家乡的经济倒退了八年，在这场无形的斗争中，很多人被无形地卷入其中，又制造了多少人间的悲剧！

　　而老满的命运不过是其中的一个缩影！

大学梦越来越遥远了

　　很多人将老满命运的改变归结到他没有注重儿子的教育。确实，从个人命运的角度而言，他如果在做生意之余，能将一定的精力投入到子女的教育中，伟伢子也许不会走向这样一条道路，但问题是，就算他儿子教育好了，吸毒的泛滥并不会由此得到根本的遏制。事实上呢？近十年来，曾经承载了无数乡亲藉以改变子孙命运梦想的教育，又获得了怎样的发展呢？

记得初中和高中时（1986～1992），每年的暑假，高考成绩的公布往往成为全乡最能吸引乡亲眼球的事实：在信息极为闭塞的当时，每个参加高考的孩子的分数短时间之内就会传遍全乡，谁家的孩子考上大学立即成为全乡最具震撼力的新闻。在当时，乡亲们都铆足了劲要送孩子念书，念完了初中，念高中，老大念了，老二念，老二念了，老三念，高中应届没考上，复读再考（我熟知的一个复读了八年，最后还是考上了一所中专），考一届不行，考两届，直到考上为止（我很多同窗通过复读考上大学）。我念的高中是本县的重点中学，一中，当初八个高一的新生班，几乎所有的学生都达到了录取分数线，放眼望去，到处可见衣着朴素但充满自信的农村孩子，在当时，能够考上一中的学生大多是来自各个乡镇的尖子生。我初三的化学老师在批评当时不认真读书的学生时，喜欢用这样的口气夸赞一中的风气："任何学习的时间走进一中的校园，可以听到一根针掉到地上的声音。"言下之意就是我们应该到一中去参观一下，应该去感受一下一中的学习风气。正因为这样，在我们眼中，一中神圣而又高不可攀，是每一个想通过读书改变命运的孩子梦寐以求的地方，家长在送孩子念书这一点上，往往极易达成共识。大学，对于孩子和家长，都具有神奇的诱惑力。我家几姊妹在那个时候，靠着父亲微薄的工资相继念完中专和大学。但情况早就发生了变化，现在，一中每年的招生名额中，只有一半是通过划定分数线考进来的，剩下的一半则留给那些家境好，但分数不够的学生。无论差多少，只要有足够多的钱，就能进一中的校园，有时算起来，一分值几千块。这种情况，和以前比起来，对家境贫寒的农村孩子而言，实际上剥夺了他们一半的升学机会，他们的父母没有足够的竞争力，就算成绩还过得去，但如果跨不过那个竞争激烈的门槛，等待他们的命运就只能是南下打工。现有的升学体制同样给他们设置了比以前大得多的障碍：小学、初中，由于教育资源的流失，他们享受不到好的教育；高中，他们在先天不足的情况下，自然要付出更多才能获得和别人共同竞争的机会；就算很少的孩子能够挤过高考的独木桥，他们升上大学后，面对强烈的反差，还是要承受很多别人不知的压力。在我现在所任教的班上，通过学生给我写的信，我知道来自农村的孩子，尤其是女孩，往往压抑、敏感而又自尊，其性格较之家境好的孩子，明显要自闭，她们往往独自承受旁人难以觉察、真实而又细微的伤痛。当别的孩子拿着手提、拧着数码相机，穿着他们连名字都叫不出的名牌服装，尽情挥洒青春的时候，一个农村孩子却要为自己的三餐而担忧！面对此种景象，任何报纸上讨论得热火朝天，任何从理论的角度阐释农村的孩子应该自立、自信的论点，都显得隔靴搔痒而又不近人情，毕竟不是所有有幸考上大学、家境贫寒的农村孩子都是洪战辉，不是所有的孩子在承受巨大压力时，都能够像洪战辉那样引起别人的关注，并由此彻底改变自己的命运，进而上升为一种精神的高标。尽管国家在这方面也采取了很多措施，诸如每年开学时候的绿色通道，诸如银行一年年公布增加的无息助学贷款，但这些就算能够解决他们的经济困难，落实到每个个体，也无法改变他们对世界的悲观看法，无法改变他们在长期艰难的处境中所形成的性格。更何况，他们大学毕业以后的前景，和家境好、出生好，尤其是有权力的家庭比较起来，更是有着天壤之别：也许，同窗毕业以后就能有房有车，甚至能够出国深造，但他们却面临着用十年低廉的工资，来偿清读书所欠下的巨债这样一个现实。他们没有任何过硬的社会关系，可能在实际能力、知识水平上面也比不上别人，在现在竞争日渐激烈的处境中，有谁想过他们的命运之舟到底能划向何方？

正因为这样，我高中的同窗只要一见面，就感叹："幸亏出生早，赶上了读书成本低的时代，要是现在，根本就没有办法读出来！"在我老家，自从弟弟考上大学后，比他小五六岁的堂弟堂妹有九个，但没有一个能够升上高中，自然也没人能够考上大学。我在上面提到的小杨叔叔，大女儿考上一中后，因为下面弟妹多，母亲去世早，根本就没有迈进高中的门槛，初中毕业后就直接到广州打工，十九岁刚过，就匆匆嫁了人。也正因为这样，现在的父母也不像我念书时那样，对儿女上学抱有太多的期望。他们平时也懒得管孩子的学习。年轻的父母就算不外出打工，完成基本的农活后，大部分时间都沉湎于打牌赌博，小孩从出生到上小学以前，基本的成长环境就是牌桌。这些沉湎牌桌、神情疲惫而又散淡的母亲，无不折射了家乡面貌的改变，无不表明了承担培养和教育新一代农村孩子家长的态度：他们对教育的冷漠和无奈，与城里家长对教育的热情和全力，构成了鲜明的对比！

学校的老师又会怎样呢？以前，由于教师的工资归县财政直接拨款，呆在县城和偏僻的山村，只要是正式老师，待遇不会有很大的差别。随着财政包干的实行，地方经济好的老师，其待遇比经济落后地区的老师要好很多，城里老师的工资随着公务员一次次加薪而上涨，而农村的老师几十年如一日，很多该给的都不能兑现，这就导致农村的老师削尖脑袋往镇上钻，镇上的老师削尖脑袋往县城钻，而县重点中学的老师又削尖脑袋往沿海发达地区钻。随之而来，农村的孩子，只要家里有一点点门路，都不在乡里的中学念书了，而是往县城的中学钻。当然不是所有的孩子都有这个条件，因此，农村中学还是得维持。教育拨款相当有限，老师的收入很多年都不看涨，校长为了调动老师的积极性，没有办法，惟有从学生身上想办法。明的费用不能乱收，只得另辟蹊径，从后勤入手，诸如要求学生中午在学校用餐，或者倡议毕业班的学生寄宿，通过学生的伙食和住宿获得一点盈利，作为老师微薄的福利。这种情况下，老师对于教学几乎都不怎么安心，很多骨干不是想办法调走，就是通过种种手段外出谋生；那些留下来教书的，工作上的事只求能够对付，平时有空就打牌赌博，加上校园风气越来越差，家长由于对孩子不抱指望，自然也不好对付，稍稍管教了一下学生，就嚷着要找老师算账，如此一来，即使老师有良知和责任感，也大大降低了工作热情。可想而知，这种师资条件下的教学质量能够达到怎样的程度。

由于我家就在一所中学里面，应校长的邀请，我曾经和那些孩子作过一次座谈，尽管只和他们接触过一次，但很多孩子都叫我老师，我一回家，总有孩子通过我家的窗户看到我，有的还上楼来和我说上几句。凭直觉，这些孩子并不像很多老师说的那样难以教育，也不像很多家长认定的那样没有出息，他们大多聪明活泼，也对未来怀有美好的愿望，只不过他们像一粒等待发芽生长的种子一样，没有找到一块肥沃的土地。我有一次和几个女孩聊天，问她们初中毕业以后想干什么，愿不愿意念高中考大学，一个女孩说，"当然愿意，只怕高中考不取，就算考取了大学，家里也不见得送得起"，还有一个女孩很直接地回答"毕业以后就去打工"，后来得知，她父母在她念小学的时候就到广东打工去了，她最大的心愿就是快点初中毕业，能够尽量靠近父母。

明天怎么办呢

我无力对故乡的变化做一个详细的描述。每每置身故乡这种真实的氛围，我就感觉自己的生命之源仿佛被切断了一样。每次回乡，看到那些不再亲切的景象，就从内心生出莫名的担忧：故乡像一条无法掌握命运的小船，在凶险的大海中随波逐流，而我这个已经逃脱了这艘命运莫测的小船的游子，在有些时候，竟然还抱怨故乡不再能够像儿时一样，给我提供温暖的庇护和依靠。故乡是我的根基，当我预感到这种根基不再稳固的时候，我又怎能心安理得地过我的日子呢？就算我可以逃离这艘小船，就算我可以永远不再回到生养我的土地，那种血脉相连的情感纽带，又怎能随着时空的变化随便割断？

我不知是什么悄悄地改变了故乡的命运，是什么悄悄地改变了亲人的性格和面貌，也不知从哪天起，这种真实的转折就已登陆故乡的土地。当亲人面对日渐艰难的真实生活处境，而只能抱怨命运的捉弄和不公时，我是多么地想告诉善良的亲人，这些变故并不仅仅与命运密切相关。千百年来，和我的祖辈一样，只是因为已经习惯了承受，习惯了最底层的挣扎和无人倾听的苦难，所以亲人在面对灾难时总是首先从自身找原因，并以此抹平心中的愤懑和不平。而面对他们的"堕落"和"不争"，我只是隐约觉得，原本淳朴的亲人之所以失去理智参加一些对他们而言只是深渊的活动，并不是他们人性中"恶"的方面被无端激发，而是多年来现实对他们的冲击，以及他们对这种冲击的无奈回应。

故乡原本美丽的土地之所以变得日渐肮脏而又丑陋，乡亲们也为此做出过抗争和选择，但"经济利益"的前景足以使他们放弃这种无力的抗争，也使得他们没有任何办法违抗政府的说服和教育；故乡纯朴的民风之所以变得面目可怕，也并非他们自甘堕落，他们不过在无望的生活中成为大多数盲目人群中的一个；在赌博和"买码"的狂潮背后，我看到更多的，是亲人真实的悔恨和辛酸的泪水，只不过，单凭自制力，还是无法阻挡他们去追逐那个可怕的梦魇；对孩子的教育，如果说，在以前的体制下，他们的子女通过勤学苦读升上大学后，还有可能彻底改变命运，那么，在今天，在教育资源分配越来越不均衡的今天，我那些土生土长的亲人，基本上已经不可能将希望寄托在这个虚无缥缈的梦想上面，就算他们的孩子能够考上高中，能够考上大学，他们也没有能力去供养孩子念书，就算他们全家背负巨额债务，将孩子供完了大学，谁又能保证，在就业日渐紧张、关系日渐复杂的时代，他的孩子能够找到一个如意的工作？既然改变命运在付出了巨大的代价后，依然要面对这么多的陷阱，对承担风险能力极低的乡亲们而言，谁还敢将全家的命运都寄托在此上面？

他们需要金钱！他们从来就没有像现在一样，对金钱充满了赤裸裸的渴望，哪怕在过去饿肚子的日子里，也不曾有过这样疯狂的欲念。他们还梦想着能够送孩子念书，他们也害怕不期而至的灾难、疾病，他们每个人都背负着抚养父母的重任，他们要对付农村数额庞大的人情开支，不可否认，就算这些对他们而言并不构成真实的经济压力，他们的灵魂深处同样有理由充满别样的欲望，在信息发达的今天，他们既然知道了外面的世界，知道了别的生活方式，当然不可避免会滋生出别样的欲望。

他们需要依靠！他们就像做了错事的孩子，只要不被父母抛弃，哪怕是承受父母的一顿责骂，也甘心忍受！没有任何组织属于他们，也没有任何组织能够代表他们说话。村委、乡政府和他们的联系，只在每年上缴各种费用的时候才会发生，"国家"这个宏大而亲切的词汇，在他们眼中已很久不带任何体温，已经很久没和他们产生任何的情感联系，好像总与他们遥不可及。他们在法律上是这个国家的公民，但除了履行应尽的义务之外，好像并没有享受到任何真实的权利。他们出生农村，但这一片生养他的故土，却难以使其从内心深处产生一种真实而深刻的家园感，而似一片浮萍无所归依；他们被城里的文明人视为愚昧落后的群体，但从来就没有人提供免费的咖啡和鸡尾酒，来告诉他们怎样培养高雅的气质，也没有人来首先保证他们的生存，然后告诉他们一些文明的礼节。他们自私，不会主动去保护河流，也不会想到山上的植被和国家的命运息息相关，但在他们的河水被污染后，在他们无法支付燃料费后，并没有相关的部分采取任何措施来解决他们的难题。

面对故乡迅速颓败的命运，也并非没有人为此做出过努力。在农村传统的文化遭到彻底破坏后，城市文明并没有在此扎根。我原以为电视在农村的普及，会切切实实改变农村的文化生活，但事实上，种种和生活隔膜、做秀多于关怀的节目并不能激起他们的半点兴趣，"超女"尽管使得满世界的城里人为之疯狂，但没有一个入围的女子是他们身边的邻家女孩，在这样一种精神的匮乏状态中，当带着利益目的、而又充满刺激的赌博和六合彩悄悄来临时，它们势如破竹的进展可以想象、也可以预见。

针对故乡的种种变化，九十年代中期，村里人出钱重修了一个赵公庙——这也是目前村里唯一的公共设施——他们将风气的败坏归结到神明没有显灵。不幸的是，赵公庙修好没两年，庙里陈列的那尊上百年的菩萨像就被外县人偷走。自此以后，故乡好像频频出事，单 2004 年，村里就接连出了几桩大事，首先是正月十五，我堂哥在纸厂上班的时候，被机器轧断了左腿；几个月后，又从广东传来消息，外出打工的黑皮被电打死；下半年，村里唯一的赤脚医生水平在行医的过程中，因为赶路骑摩托不小心撞死了一个外地人。这种种灾难的发生，加剧了他们的不安，命运的变幻莫测，更使他们无所适从，他们当然不会认为这些事故的发生只是一种偶然，更不会将这种偶然的事故，归结到社会的发展对他们生存的伤害。为了求得生存的平安，一些传统的仪式重新走向了台面。乡戏在沉寂了多年以后，在 2006 年的正月，再次来到了村里简陋的戏台上面，我记得正月十五下午唱的那场《卖妙郎》，坐在我后面的村妇看得泪光点点，唏嘘不已，一个劲地感叹"这个戏是在教育现在的后生仔，是在教育他们，要孝顺、要讲良心"。"打醮"作为一种民俗，也成为村里那些德高望重的老人挽救颓败乡村命运的一种手段。我看到淳朴的村民在鬼王游村时的虔诚，我看到乡间法师一脸的严肃和真诚，我看到惊慌的农妇，在将象征着灾难的那盆水泼出去后的释然。这些传统礼仪的重现，纯粹出自一种天然，村民在沐浴这些洗礼的时候，脸上出现了从未有过的宁静和坦然。也许，为了缓冲城市文化对乡村的强烈震荡，为了增强农村的抵抗力、并且尽快恢复农村的秩序，从而使得他们获得一种精神上的归宿和皈依，最后还是离不开生长在他们骨子里的传统文化的复兴和重建。

而我呢？面对故乡的现实，每次意识到应该去做点什么的时候，是否还会像以前那样，以个人力量的单薄为由再一次进行逃避？

"现代化"是必须承受的宿命

康晓光

我对时下轰轰烈烈的"新农村建设"不敢抱过分乐观的态度。这是因为，我觉得今天农村的困境是由一系列非常强大的力量造成的，所以这些困境也是很难在短期内得到根本改变的。其实，我们一直在讨论的"三农问题"就是现代化的必然结果，而"现代化"几乎就是人类——当然也包括我们中国人——必须承受的"宿命"！

如何解决当下的农村问题呢？一种思路是"进一步现代化"。最典型的话语就是"只有消灭农民，才能富裕农民"。在这类口号的背后，还是城市化和工业化，更准确地说是把城市化和工业化进行到底，借此彻底解决在这个过程中产生的各种各样的农村问题。另一种思路就是"反现代化"策略。我觉得温铁军的观点是非常有代表性的。目前的"新农村建设"有点中庸之道的味道。它承认必须进一步现代化，但是同时也承诺要对"现代化的自然进程"进行更多的人为干预，特别是政府干预，通过各种"非自发机制"改善农村的处境。实际上，这也是新一届政府"以人为本"国策在农村的具体表现。

那么，现代化的含义是什么呢？从政治上看，现代化是建立民族国家的过程。这个民族国家要承担起在全球竞争的背景下维护民族生存发展的基本空间和权利。从经济上看，要么是建立一种计划的体制，但无论如何追求的都是城市化和工业化。所以，现代化确立了城市和工商业的支配地位。从文化上看，它表现为一种世俗化的东西。在现代化过程中，进步主义、科学主义、消费主义逐渐摧毁和取代了传统的文化模式。在意识形态上，要么是自由主义，要么是马克思主义。从全球层面来看，现代化也就是持续了五百多年的"全球化"。可以说，这些因素、力量和过程，对于传统农村和处于转型过程中的农村来说，负面的影响大于正面的贡献。例如，在今天，我们可以看到这样的一种"全球化"，它导致了一些发达国家获得大量补贴的农产品对发展中国家农业的打压。我们也可以看到，无论在计划体制下，还是在市场体制下，都是城市掠夺农村，工业掠夺农业。而且无论是科学主义、进步主义，还是消费主义，都在摧毁农民的自信心，给他们一种自卑感，使他们向往城市的生活。自由主义意识形态，还有民族国家这样一种政治体制，也为城乡之间的不平等提供了精神和制度上的保证。因此，可以说，正是这种现代化的力量，造成了今天我们所面对的"三农问题"。农村的困境是城市追求自身利益的后果。这种不平等格局符合强者的利益。从国际上来看，它符合强国的利益。从国内来看，它符合强势集团的利益。这里的强势集团，或是掌握了政治权力的官僚，或是掌握了财富的资本家，或是掌握了话语权的知识分子，甚至还包括普通的市民集团。在这个世界上，一种格局只要符合强者的利益，那就很难改变。这就是为什么我对解决"三农问题"和"新农村建设"不敢过分乐观的根本原因。

让我举一个远一点的例子。我们知道组织是一种资源，而我们常说"组织起来是保护弱者的手段"。在这处情况下，我们似乎只想到弱者会利用组织资源保护自己，而没有想到强者同样可以利用组织资源扩大自己的利益，而强者会比弱者更好地利用这种资源。在结社权利有限开放的社会里，结社权利的分布是高度不平衡的，与弱者相比，强者的结社权利得到了更好的保障。或者说，强者更好地利用了"组织"这种稀缺资源。在这种情况下，"结社"、"组织"这种稀缺资源实际上是在加剧不平等，而不是在缩小不平等。实际上，即使在完全开放的背景下，强者也会比弱者更好地利用这些资源。所以，不要简单地认为"让农民组织起来"就可以解决问题。不要忘了，让农民组织起来，也得让别人组织起来！除非你说，只允许农民组织起来，不允许资本家组织起来。但是，你凭什么这么说呢？在现实情况下，这可能吗？因此，"组织"，到底是一种什么东西？它在什么样的情况下能发挥什么样的作用，在一个不等的社会里，这样一种新资源的开放，到底是有利于促进公平，还是加剧不公平？这都是值得思考的问题。

刚才，有人谈到"东亚模式"，我觉得这个"东亚模式"的确与西方发达国家走过的道路是不一样的，而且和我们在南美、南亚、非洲等地看到的模式不一样。那么，"东亚模式"的根基是什么呢？当"东亚模式"取得成功的时候，大家都来抢夺这个解释权。最先抢到手的还是西方的学者，他们用新自由主义来解释"东亚模式"，也就是说是以市场经济、出口导向、比较优势等等这一系列东西来解释东亚的成功，顶多再加一个发展导向的、由一群负责任的精英来支配的"权威主义"政府。但是，李光耀认为这样一种解释是非常脸浅的，实际上，很多南美国家、南亚国家、非洲国家，都不同程度地实行过世界银行总结的那种"东亚模式"，但是它们并没有获得东亚所取得的成功。那么，使得东亚成功的根本原因是什么呢？李光耀提出了一种文化的解释，也就是所谓的"亚洲价值观"。"亚洲价值"还是一个空间概念，还不是非常确切，后来人们把它进一步界定为"儒家价值"。李光耀以及新加坡的一些理论家对此作了非常系统的阐述，这些阐述也都很成熟。

那么，我们中国能不能比这些东亚邻居做得更好？能不能超越东亚模式？有没有这样一种可能性呢？我觉得这种可能性是存在的！

其实，我们现在最根本的问题就是，说不清什么样的生活是一种好的生活，由谁来决定好生活的标准。比如，新农村建设的二十字方针——生产发展、生活宽裕、管理民主、乡风文明、村容整洁，这样一些东西应该由谁来规定？规定的依据在哪里？再如，新农村建设的主体是什么？今天我们在这里讨论新农村建设就一个农民也没有，都是我们在这里告诉农民应该怎么怎么生活，恰恰又是我们这些人在强调要以农民为主体。我觉得这是一种很荒唐的局面。在这样一种格局下，能够真正以农民为主体吗？甚至是以农民为主体就是合理的吗？以他们为主体就能解决他们的问题吗？不见得。我本人还是比较主张精英主义的。我觉得如果有一批把家国天下担在肩上的社会精英，由他们和农民一起来解决问题，可能最有希望。

在此我想多说一句。如何看待一百多年来我们中国人在乡村发展方面所做的探索和努力，如何系统地总结像晏阳初先生、梁漱溟先生他们的探索，如何看待国民党搞的那样一些探索，如何看待社会主义革命中的得与失，都是需要我们继续探讨的问题。我本人对晏阳初、梁漱溟的那一套不是太感兴趣，我觉得靠他们那套东西，解决不了中国农村的问题，三十年代解决不了，五十年代解决不了，七十年代解决不了，二十一世纪照样解决不了。我们对他们还是需要有一种批判性的超越，而不是一种简单的继承。在今天，最需要的还是继往开来，推陈出新。

时至今日，面对农村问题，一方面是现代化的解决方案，一方面是反现代化的方案，在这里，我想应该警惕一种"逆向乌托邦陷阱"。"逆向乌托邦"这个概念是我在九十年代读一本小册子时发现的。我觉得这个概念很有启发性。他说当人们对现实不满的时候会进行批判，然后提出一个乌托邦理想来解决问题，但是他提出这个"乌托邦"的时候，完全是用"非此即彼的对立方式考虑问题。比如，马克思发现资本主义有很多弊端，他认为这个弊端是与不平等相联系的。而这种不平等是由市场和私有制造成的。所以他就提出要用计划和公有制来解决这些问题。这完全是一种对立的、逆向的思考方式。但实际上当这些东西在某种程度上变成了现实的时候，他又发现原来他所批判的那些弊端，可能都以不同的形式又产生了，有的甚至更加严重。因此，当我们在批判现代化模式带来的一些问题的时候，最好不是用一些非此即彼的思维方式，例如不要用现代化/反现代化、主流/非主流这样一些概念来思考问题。而且，我希望，当我们在面临这样一些问题的时候，能够在理想主义和现实主义之间寻求一种平衡，否则的话，就总是在两极之间摇摆，总是找不到现实的出路"。

乡村建设的另类经验

刘健芝

今天我们好像已经走到了某一个阶段，就是全世界都在说的，中国已经是二十一世纪世界的中心。我们自己欢呼、而且全球也欢呼这种成功，因为好像在短短的几十年，我们就可以从一个落后的国家变成一个现代化的国家，我们的工业，我们的资本，我们各方面好像都已经变得很进步，但是就在我们都在欢呼的时候，我们同时看到了很多个进程本身内在的问题，这些问题不是意外地、偶然地附在这个进程上，因为我们看到的整个现代化的进程带来的问题，不单中国有，各国都有。例如说三农问题，不只中国是这样，巴西是这样，你走日本、北欧，你走到哪一个国家，它们都有很大的相似性。几乎在每个地方，你问自杀的人群里面，哪个人群是占最大部分的，几乎农民都是排第一或第二，所以这种问题有它的普遍性，就是说我们不可能不思考的一个问题是为什么整个现代化进程允诺的是一种科技的发展，允诺的是整个社会的全面的生活、素质的提升，但是，在每一个国家内部，以及从全球的范围来看，贫穷却是越来越厉害了。不止是相对的贫困，而且是绝对的贫困。有一些事实我们都已经视而不见了，比如我们都印象深刻9·11那天双子塔死了三千多人，但是我们却很少想到，9·11那天，全球因饥饿和本可简易治疗的疾病而死的儿童就有三万多人，而且不仅9·11如此，9·12、9·13……每天都死三万多儿童。你到非洲，到拉美、亚洲，会发现这种贫穷和绝望的状态，不能简单地说因为他们还没有跟上来，也不能简单地说等发达国家带动不发达国家发展，或者国家内部让先富的带动后富。我们看到的不断重复的现象，背后有一个逻辑，就是这种富跟这种穷是内在相关的，不造成这边多数人的贫困，就不会有那边少数人的富裕。我们不可能不看我们中国在现在、在过去五十年、一百年，以及全世界在过去的几百年内，走的究竟是一种怎样的进程？我觉得我们有必要从历史的角度来看我们今天面对的这些问题。不少批判发展主义的著作，例如阿明的依附理论，有精辟的分析，这里我就不多说了。

我们作为知识分子，用来分析社会的角度、理论的框架、或者是我们实践应用方面，是怎么样的一套系统？它们是在殖民化的进程里面，以西方为中心的一整套思想的、思考的逻辑。它标榜的，是我们已习以为常、奉为圭臬的现代教育里的启蒙，或关于人权的观念，个体是理想中的独立、自主、积极的个体，但是，无论是知识分子，无论是农民或者是什么人，我们在一种好像不可逆的进程里面被卷进漩涡，在里面我们是被动的、消极的。表面上说我们这个商业化的社会好像很进步，但实际上我们变成生存是为了消费的人，已经不谈其他的价值，我们作为知识分子所接受的也就是一种霸权、非常要命的西方中心的整套现代化的论述。这不止是我们学科的问题，还是整个社会的常识问题，也就是有很多搞文化研究的朋友会特别批判的"常识"（common sense）。简单地总结一下，我觉得我们整个的思考跟想象其实是非常贫乏的，被套在某一种现代化的发展逻辑里面，带着二元的对立。就在这种单一的进程里面，我们把所有的东西都简单地二分，现代对立着传统，进步对立着落后。

所以，主流在谈三农问题的时候，往往把它作为现代化里面一个消极的、负面的问题看待，站在"现代化的高处，不自觉地俯视落在后边的、被看成是无知的顺民，或是刁蛮的暴民"。我们只能把农民想象成一个落后群体，简单使用二分法，就是现代—传统，进步—落后，然后就想用一整套的、根本的解决方法，去处理问题，即使我们不是位高权重，也会想象自己在统治全国、统治世界的位置上"救国救民"。我觉得这种视野需要深刻的批判，我参与编的一套文化社会翻译丛书里面，有一本《庶民研究》，就是参照并借助印度的历史学家的反思，扬弃"精英"立场，采纳庶民，即平民百姓的角度来看问题，大家有兴趣可以看看。

我的基本想法是，我们怎么把我们自以为是的这样一种精英立场所带有的封闭性打开，无所谓全开放，但是至少能看到自己的局限，不会以一种我们已经掌握了真理、认清了前路，以这种资格、这种高度来提出关于三农问题怎么解决。并不是说我们不在实际上做事，我们做的每一件小事本身都有重要性，但是我现在说的是我们怎么反思我们的整套思路。我觉得现在我们讨论的调子有点变了，我们不是简单只说三农"问题"，作为一个麻烦的"问题"来处理，来补救一下，让农民别太穷了，或者别暴动啊。现在已经提出要搞乡村建设，"建设"是一种比较积极的态度，但也可以只流于空谈。我想提出，更根本的是在这个建设里面，我们怎么从习惯的中心的、高高在上的位置跑到一种边缘的，底层的位置来看世界，看历史。如果我们跑到农村跟农民交往，带着主流价值观，很可能会看到农民是作为现代化进程里面被势弃的、跟不上的失败者。但是问题是，这种失败者是占我们世界上的绝对的多数。无论是中国，还是其他地方。所以，从所谓的失败者的边缘角度、农民的立场，让我们可以批判和反思我们习惯接受的这种中心的说法，看到一般不会被质疑的主流本身的问题。就是我们习惯了看很光明的地方，灯照在哪，我们就看到哪，但我们能不能改一下，从一个很阴暗的地方，去看这些在旁边的、在阴暗中的人群的处境，从他们的处境看到并不是他们自身有问题，而是在某一种关系之下，他们才被放逐在这样的位置。

过去几年，除了关注中国的乡村建设可能的或实际上已在做的工作之外，我还到国外去考察一些别的经验。这里说两个经验。

一个是印度的民众科学运动。民众科学运动有意思的是把科学在现代化里面的作用放在中心位置，它一方面是一种批判，指出科学整体而言不是穷人、普通人可以掌握的，但我们对于科学的迷信，几近宗教式的不可质疑的盲目的信仰，是支撑着整个现代化的很重要的部分。但是印度的民众科学运动同时提出，怎么让科学、技术以一种中间状态（就是中国技术或称千军万马用技术）服务于大部分的人群，具体的我就不说了。但是，我觉得它很重要的一点，是谈生态的问题。在印度的民众科学运动里面，很多人是马克思主义者，六十年代受到中国"文革"的感召，知识分子跑到农村，就是三十年、五十年呆在农村里，因为他们是自愿去的，所以能够一直留下来。他们正视生态的问题，重新反思整个马克思主义里面提到的关于不断发展生产力带来的各种问题。他们特别的地方，就是他们以科技作为手段来帮助农村提高生产，改善生活，但是同时，他们对科学主义提出很根本的一种批判，就是在科学发展里人的自大，觉得自己是世界的主要，可以掌控一切，实际上，我们当然掌控不了。这种科学主义让人类把自己无限放大，几乎成了造物主，但同时让人类感到非常渺小，因为往往我们释放出来的这种能量是我们不能控制的，无论是核电厂，或者是很多超级科学工程，所以民众科学运动一个很重要的部分是：它本身是对科学主义的一个根本的批判，带有很重要的文化内涵；我们的工业化，让我们抛弃了与自然的一种关系，我们以人为中心，已经不顾其他的动物、植物、万物的生存，而且人里面也只照顾其中小部分人的利益。民众科学运动另外一个重要的地方，就是它用科学的方法来提高社会的自给自足能力，不是说绝对的自给自足，但是他们有一个口号是：本地的生产是为了本地的消费，消费是为了我们的需要而不是为了我们的贪婪。是 need，不是 greed. 这里有甘地思想的影响，也贯穿着一种另类思路，我们现在总的生活，无论是生产、消费，还是文化，都越来越依赖被大资本、被全球的更大的一些力量来组织，我们失去了组织我们生活的能力，无论是物质上的，还是文化上的。所以它提出我们的另类，就是要减少这种依赖性。

另外一个例子是关于原住民。我看到农民虽然是不可避免地被卷入现代化的漩涡里面，但同时又被排斥在利益之外。可是，文化的内涵，例如保留原来的村社组织的细胞，或者是邻里的关系上，它被现代化进程伤害破坏的程度是非常大的。于是，我尝试寻找在现代化洪流里面还多少能保持自己的一些东西的例子，所以这几年我跑墨西哥、跑南美洲去看一些原住民的生活。当然，原住民比农民更多的被排斥在外，甚至连普通的农民也当不了。可是，反抗却没有完全被淹没。我看的例子包括墨西哥恰帕斯的原住民起义，他们的蒙面副司令叫马科斯，它的意义不仅在于 1994 年 1 月 1 日做的一个象征性的起义，然后撤退回山上，而是在于把原住民的一些理念，一些文化的想象，一些他们不可被消灭的方面，呈现出来。所以我们可以利用副司令马科斯写的一些小故事，例如小甲虫杜里托的故事啊，或者安东尼奥老人的故事啊，从这些故事里面多少看到一些对我们来说陌生的，但色彩斑斓的、还没有被现代化进程毁灭掉的东西。有一本戴锦华主编和翻译的书，刚刚出版，叫《蒙面骑士》，大家有兴趣可以看一看，这里不多说了。我觉得它里面提出了一个很重要的问题，我们怎么去改变一种关系，怎么改？这种关系包括人与人之间，也包括人与自然之间的关系。在改变过程里，我们体会到我们的渺小，体会到我们所受的伤害，我们被迫放弃了很多东西，但是在纷乱的形势下，还是有一些东西保留着，就是在百姓中间、在庶民中间、在农民中间、在原住民中间，还零散的存在一些痕迹，还坚持创造一些东西。

最后我想说，乡村建设不仅是一种实在的生活生计的改善和城市农村的互惠发展，而且是我们可以积极采取的一种视角，一种立场。这个立场让我们作为城市人、作为知识分子、作为现代人，看到我们所扮演的是什么样的角色。所以乡村建设是关乎所有人的，不简单的只是一个农民问题。谈乡村建设，就是谈一种生活态度，一种不同的存在。

新农村建设与中国道路

贺雪峰

中央提出社会主义新农村建设战略，有可能为中国现代化提供一条崭新的道路。然而，当前对社会主义新农村建设战略存在多种颇为不同的理解，这些理解甚至处于完全不同的方向。如何从中国发展战略的高度来理解社会主义新农村建设，则是一个紧迫的任务。

城市化的路径

提出新农村建设战略显然是基于对我国城市化艰难的认识。依据二〇〇五年国家统计局的统计，我国城镇人口占总人口的比重为43%，有近八亿人口生活在农村。如果今后每年城市化率提高一个百分点，三十年后，我国的城市化率可以达到73%，相应的农村人口约为四亿。由八亿人减少到四亿人，是一个巨大的变动，农村人口减少的过程，也是人财物流出农村的过程。数亿人大规模流出农村，农村会日渐衰败，对生活在农村的人口会造成严重问题。新农村建设就是要通过国家投入来缓解农村衰败所造成的严重问题，从而使农村人口也可以享受到现代化带来的好处。

问题不止如此。国家统计局公布的城镇化率数据，是按居住地来统计的，那些务工经商的进城农民工算在内。虽然有一部分进城农民工已经在城市购房并有稳定的工作和收入来源，从而可以在城市完成劳动力的再生产，但大多数进城农民工却不能在城市完成劳动力的再生产，而不得不在城乡之间流动：他们年轻时进城务工经商，年老时回到农村；自己在城市务工经商，却依托农村的土地赡养父母、养育子女。这部分农民工，不能真正算作城市人口，而只是城市中的过客。如果将这些农民工排除，则中国的城市化率仅略略超过 30%，农村人口（或依托农村生活的人口）约为九亿。

而且，在未来三十年，中国的城市化速度不太可能以每年一个百分点的速度增加。建国以来，前三十三年（一九四九至一九八二），城市化率每年增加 0.32 个百分点，后十七年（一九八二至一九九九），城市化率每年增加 0.57 个百分点。进入新世纪，中国城市化速度明显加快，其中一个主要原因是加入了 WTO 组织。但事实上，加入 WTO 并没有使得进城务工经商的农民工更容易到城市定居，从而在真正意义上提高中国的城市化率。因为进城农民工固然在增加，而农民工成为市民的难度却也在加大。即使不考虑发生世界性的经济萧条或其他意外事件，在未来三十年，中国的城市化率也几乎不可能持续地以每年一个百分点的速度增加。

也就是说，三十年以后，依托农村生活的人口可能还要占到中国总人口的一半左右。

如果不考虑居民的生活质量及社会风险防范，中国未来三十年，也可能通过政策和制度调整来加快城市化速度。具体来说，正如一些学者建言的，可以通过土地制度、户籍制度的改革加快中国城市化的速度。取消户籍制度降低农民进城的制度成本；明确农村土地产权，使农民可以将承包地置换为进城准备金。但是，进城农民工不稳定的工作和很低的收入，无法支撑农民工家庭在城市的体面生活，大量进城农民工将不得不住进城市贫民窟。

农民工住进贫民窟，可以提高城市化率，却不能真正提高他们的生活质量。贫民窟的生活是远离体面而有失尊严的生活。贫民窟中的贫民是城市中的边缘群体，不仅无法建立稳定的人际联系，而且无法形成对未来的有效预期。而当前村庄中的农民，却不仅温饱有余，而且由于祖祖辈辈生活在同一块土地之上，子子孙孙也许还会继续生活在这块土地上，他们的生活有根，也有预期，生活是有价值的。同时，也使他们有了共同应对社会风险的能力。一句话，同样的收入水平，在农村可以过得舒适，可以过得体面而有尊严，在贫民窟中，却变得毫无希望。

如果选择贫民窟式的城市化，中国城市人口会以更快的速度增加，但这种的城市化不仅不人性化，而且很危险。要避免这些就必然要实施建设社会主义新农村的战略。

城乡二元结构将长期存在

如果中国不选择贫民窟式的城市化发展路径，则依托于农村生活的人口将长期保持一个很大的规模，农民工流动和往返于城乡的现象将长期存在，城乡二元结构也将长期存在。

当前中国城乡二元结构是特定历史条件的产物，也是分析中国发展道路的起点。城乡二元结构有一定的合理性，其中之一是，因为存在城乡二元结构，同样的经济收入，在城市生活十分艰难，而在农村却可能过得舒适。城市是市场化的，农村却有相当部分非市场因素存在，比如自给自足农业经济的存在（如粮食、蔬菜的自给等）。总体来讲，中国进城农民工之所以可以提供高质量的劳动而接受很低的报酬，就是因为农村生产劳动力的成本比城市要低。何新早就指出，农村低成本生产廉价劳动力的机制，正是中国可以从全球化中获得好处的秘密。

城乡二元结构中，农村非市场因素的存在，还为国家建设社会主义新农村提供了基础。通过调动村庄中的非市场因素，进行农村社会建设、文化建设和组织建设，可能为农民增进大量非经济的福利，从而使农民在经济收入以外，获得文化性和社会性的好处，即获得体面和尊严上的好处。

只需要较少的经济收入，村庄中的人们就可以获得较高的生活质量（较高质量包括经济上解决了温饱，人际联系稳定，生活意义明确）。因为可以低成本地获得高质量的生活，就使只能获得很低收入的农民工也可以完成高质量的劳动力再生产。劳动力的这种再生产机制，使中国经济具有强大的国际竞争力，中国现代化也因此有了希望。

也因为农村生活具有意义，当城市就业机会较多，劳动力报酬较高时，大量农民工进城务工；当进城农民工过多，就业竞争激烈，劳动力报酬太低时，农民工可以返回村庄依靠一亩三分地生活。农民工自由往返城乡，就使中国在国际市场的竞争中，因为劳动力灵活供给的优势而占据有利位置。

城乡二元结构既是历史的产物，又因为农村社会不仅是农民的生产场所，而且是农民的生活和娱乐场所；不仅是物质生产的场所，而且是意义和价值的生产场所，它为低成本的劳动力再生产提供了绝好的空间，为中国赶超型现代化提供了机会。

新农村建设的思路

中央提出建设社会主义新农村，其基本出发点是中国存在城乡二元结构，而农民转移进入城市需要相当长一个时期，在此期间必须站在农民主体的角度考察他们从现代化中的获益状况。不过，当前关于社会主义新农村建设的主流思路，却与此有些差异。

当前新农村建设主流思路的两个代表人物是林毅夫和温铁军。林毅夫一直认为，新农村建设的核心是通过国家投资农村基础设施，以拉动农村的内需。中国是一个巨型国家，没有内需支持的经济发展，终究不可持续。林毅夫的思路是有价值的，这一思路似乎也已成为当前中央政策的主导思路。林毅夫认为，中国农村的根本出路是城市化，而城市化的基本办法是发挥中国劳动力成本低的比较优势，扩大低端产品的出口。林毅夫的思路是矛盾的，因为正是中国缺少战略产业，低端制造业无利可图，而使进城农民工报酬很少，不能真正在城市安居。如果中国一定要在发挥所谓劳动力比较优势的基础上城市化，这样的城市化就只能是贫民窟式的城市化。

温铁军建设新农村的思路与林毅夫有很大差异。温铁军关注的是农民能否组织起来应对市场风险和外在强力。市场经济条件下，中国以土地均分为基础的两亿多户小农的经济规模太小，无法应对市场风险，也不能有效抗御外来强力。曹锦清也非常认同温铁军将农民组织起来的意见，认为只有将农民组织起来，才是唯一出路。此外，潘维也认为，当前中国农民之所以穷，是因为没有组织起来，从而不能"劳动创造财富"，他甚至设想将农民组织起来造大城。

温铁军、曹锦清和潘维显然都是希望通过将农民组织起来，让他们获得经济上的好处。在农民人口极其庞大的前提下，国家不可能通过财政补贴给农民以持续的收入增长，唯有将农民组织起来，才能抵消中间环节的剥削，才能抗御外来强力，才能"劳动创造财富"。这种组织起来思路的典型是建立各种类型的合作社。然而，在当前条件下，即使农民组织起来，也缺少与其他阶层的谈判能力。而农民能否组织起来，也是一个很大的问题。比如，在市场经济条件下，农民合作社只能在高度竞争的市场末端组织起来获取不多的利润，却不得不支付高昂的组织成本。低组织收益和高组织成本，使农民合作社很难生存下来。农民数量庞大，也决定了农民增收的空间很少。农民收入增长较中国经济发展速度要慢，似乎是一个无法逾越的难题。将发展合作社作为新农村建设重点的思路，似乎有些一厢情愿。

更重要的是，在上述两种新农村建设的思路中，新农村建设的战略性难以体现出来。林毅夫试图在不对市场经济做任何反思的基础上推进新农村建设，温铁军建设农民合作社的思路虽然需要国家对农民合作社的财政和制度支持，其框架却仍然是市场经济的。这两种思路都难以解决九亿农民在中国现代化中的出路问题，也缺少农民本位的关照。

农民本位的新农村建设

当前中国绝大多数农村人口处于"温饱有余、小康不足"的状态。农民的困境，不只是或不主要是收入增长缓慢，而是支出增长太快。农民支出太快的原因有二，一是农民合作机制的解体导致农村公共品供给不足，农民应对生产生活风险的能力严重不足。举例来说，在我们的乡村建设实验区，因为乡村组织退出农村生产领域的事务，农民又不能自下而上地组织起来，人民公社时期修建的大中型水利设施无法使用，农户不得不打井灌溉水稻。打井灌溉不只是成本高，而且不能有效应对旱灾，从而使农业生产的风险急剧增加。

农民支出太快的另一个原因是消费主义文化的影响。消费主义是市场逻辑的必然产物。问题是消费主义调动起了农民的消费欲望，很少的现金收入却无法让这种欲望得到满足。他们羞愧于自己的贫穷。而他们努力赚钱的机会，却因农民数量过于庞大而缺少结构性的空间。

农民增支压力的另一个原因是，虽然农民增收不多，他们在教育、医疗方面的支出，却过快地市场化了。

也就是说，当前农村的根本问题不是农民的收入没有增长，而是支出增长的速度比收入增长的速度快得多。同时，由于公共品供给机制在解体，人与人之间的联系在减弱，人际价值生产能力在降低。因此，当前农民的苦，不是苦于纯粹物质的方面，而更苦于精神和社会的方面。当前的农民问题，不纯粹是一个经济问题，而更是一个文化问题，不纯粹是生产方式的问题，而更是生活方式的问题。

因此，在农民事实上不可能快速转移进入城市，农民收入不可能得到迅速提高的情况下，站在农民主体立场的新农村建设的核心，是重建农民的生活方式，从而为农民的生活意义提供说法；是从社会和文化方面，为农民提供福利的增进；是要建设一种"低消费、高福利"的不同于消费主义文化的生活方式，也就是要建设一种不用金钱作为生活价值主要衡量标准，却可以提高农民满意度的生活方式。举例来说，我们在湖北洪湖和湖北荆门四村建立老年人协会，只投入很少的钱，就极大地增进了农村老年人之间的交往，提高了农村老年人闲暇生活的质量，使农村老年人感到"心情愉快了"，"时间过得快了"，"身体好了"。老年人的幸福生活，使中青年人看得见未来的希望，从而降低了生活的贴现率，提高了合作的可能性。

老年人协会只是新农村建设可以着手的一个很小的项目，在我们实验区，中老年妇女自发组织的各种文化组织，如腰鼓队、健美操，不仅给农民带来了生活的情趣，而且使农村妇女有了生活的主体性，增加了村庄的社会资本。温铁军总结他所主持的乡村建设经验时，也认为"文化建设，收效最高"。

毛泽东时代有人民体育、人民教育、大众文化和大众医疗的说法，如果国家在实施新农村建设战略的过程中，注重农村人民体育和大众文化的建设，虽然不能改变消费主义文化对农民福利的负面影响，也至少可以抵消一部分这种负面影响，从而减少农民福利的损失，增加农民整体的福利水平。其结果是，在中国现代化建设过程中，一方面农民物质生活水平在缓慢增加；一方面，社会联系、文化生活、精神生活依然存在。农民虽然消费的物质财富不多，却因有较多的文化活动而福利水平较高。

较高的福利水平增加了农民对现代化的满意度，并为流动于城乡的农民工提供了可以回得去的富有人情味和生活意义的"家"，中国九亿农民有了牢固的"根"，农村成为中国现代化的稳定器。农村是可以回去的"家乡"，是廉价再生产劳动力的场所，又是调节劳动力供求的蓄水池。因为进城农民工可以回到家乡过上高福利的生活，他们不会接受无限低的打工报酬，这无疑可以提高农民整体收入水平。进城农民工回得去家乡的农村，是他们的基本人权。必须让农民工可以回得去，而不是被迫生活在无根的苦难的贫民窟中，从而不得不接受无限低的劳动报酬。

新农村建设与中国道路

以上展示出来的新农村建设思路，是一种以社会和文化建设为主体，以建设"低消费、高福利"生活方式为目标的新农村建设思路，是二〇〇六年中央一号文件所提出新农村建设要"经济建设、政治建设、文化建设、社会建设和党的建设"五大建设并举中的两大建设的强调，是试图通过社会建设和文化建设（及必然同时进行的经济建设、政治建设和组织建设，但这是次一级的），来抵消市场经济和消费主义文化对农民福利的负面影响，使农民可以得到中国现代化建设的整体好处，从而使农民成为中国现代化的支持者，以最终实现中国现代化的思路。

这只是新农村建设的第一重目标。新农村建设也许还可以做到更多。具体地说，当前中国现代化的预设中，是要建设一种美国式的"高消费、高福利"的生活方式。美国式生活方式是以大量消耗不可再生资料及严重污染自然环境为代价的，因此是一种"高消费、高污染、高能耗"基础上的高福利生活方式。美国式生活方式事实上不可能被全世界复制，尤其不可能为有十三亿人口的中国所复制。

中国以社会建设和文化建设为侧重点的新农村建设，是在与农民经济收入水平相一致情况下，因此是在有九亿农民内在动力的情况下，进行的一场"低消费（因此可以是低污染、低能耗）、高福利"的生活方式建设，就可能不只是要为收入增长不快的农民增加福利提供一种说法，而且这种说法因为有庞大群众的实践，而具有相当的正当性，这种正当性不是以消耗不可再生资源和污染环境来证明人的价值，而是以人与自然、人与人、人与自己内心世界的和谐相处，来证明人的价值。这种正当性，就与中国传统文明中"天人合一"的智慧，与东方文明中"知足常乐"的智慧，与环保主义中与自然和谐相处、敬畏自然的主张合拍，从而可能在地球不可再生资源越来越少，人类以高消费为基础的掠夺式文明不可持续时，为人类社会提供一种可能的文明选择。

重建一个丰富的民间社会

蔡禹僧

1

"日出而作，日入而息。凿井而饮，耕田而食。帝力何有于我哉。"晋皇甫谧《帝王世纪》记载：帝尧之世，天下大和，百姓无事，有五十老人击壤于道。《击壤歌》中"帝力何有于我哉"反映出中国固有的自然的自由主义，很可以说明在中国远古时代，曾有过淳朴祥和、安宁自由的时期。

三代（夏商周）以降，中国王权阶级逐渐扩大自己的统治势力，经历春秋战国时代群雄纷争，秦统一中国后试图以国家威权使帝业永固，但适得其反，帝国很快瓦解。汉以后的统治者吸取秦亡的教训，并不试图把国家权力延伸到社会的每个细胞。汉初高帝受陆贾献书《新语》十二篇，陆贾指出："夫道莫大于无为，行莫大于谨敬。何以言之？昔虞舜治天下，弹五弦之琴，歌南风之诗，寂若无治国之意，漠若无忧民之心，而天下治。"陆贾"每奏一篇，高帝未尝不称善，左右呼万岁"，汉高帝虽表面粗疏，而内心实有高贵伟岸之哲思，他纳陆贾言，崇黄老之学，"无为"的治世理念使天下百姓得以休养生息；至文景之时，清净恭俭，安养天下，轻徭薄赋，国富民足，这就是为后世史家所称道的"文景之治"。尽管道家在汉武帝以后因儒家的一尊地位而退居其次，但"无为而治"的治世理念还是直接或间接地（通过渗透到儒家）影响到统治者的统治。

佛教自东汉传入中国后，至东晋南北朝时迅速发展，成为与儒、道并立的一极。魏晋南北朝时中国社会虽动荡战乱，但民间自由思想却空前活跃，出现了继先秦诸子百家争鸣之后又一个黄金时期。佛教的般若"空"观与道家的贵"无"思想的结合使中国宇宙论形而上学（玄学）更为绵密悠远，宇宙论影响到生存论，文人隐士放浪形骸，藐视人间威权。"天人关系"的东方神秘主义是"人"对"天"的敬畏胜于人对世俗王权"君"的敬畏，因天是本根的，而君王是后生的，如两晋时人鲍敬言提出"上古无君"论；而慧远《沙门不敬王者论》则反映出中国政教分立的某些思想萌芽，说明至少僧人们有意识地把自己与国家权力范围区分，并不完全认同"普天之下莫非王土"。[1]

隋唐崇佛，中国历史上另一个统治者唐太宗以开放胸襟主动学习域外文明，当玄奘法师远涉印度求取真经而归，他不遗余力地支持玄奘等人的译经事业（亲撰《圣教序》），佛法的兴盛丰富了中华文明的文化内涵；"贞观之治"也成为中国历史上比肩"文景之治"的另一个繁荣时代，从此"汉唐"并称，成为中华帝国盛世的典范。中唐时期韩愈曾谏阻宪宗迎佛骨，主张尊儒排佛，恢复儒家一尊地位，有其特定的时代意义，但没有被统治者认同。

宋元至明清，庙堂主要以儒家治世思想为主（也可能阴使刑、名、法家，即所谓外儒内法）；而释、道属于民间。但儒家也属于民间，因儒家学说极为丰富，并不仅于治世思想。三家在中国传统社会基本上没有矛盾，而是走向互相融合。儒家思想已稳固地存在于君与民的内心，君王认为自己之能为君王乃"奉天承运"，自己的权力是"受命于天"；所以君王对天是不敢不敬的。当"飞蝗蔽日"或"天大旱，人相食"，君王往往认为天灾是由于自己得罪了上天，发"罪己诏"就并非虚饰客套，乃是他对自己作为人的有限性和天

---

〔1〕《沙门不敬王者论》并没有在政治层面明确提出佛家之于王权的独立性，而主要说明佛家在礼数上的独立性，当然以认同王权为前提；不过慧远法师在行为上所表达的僧人人格的独立性更直接地阐释了"沙门不敬王者"的意义，为后来僧人们树立了典范。

的无限性的体认。儒家哲学认为包括君王在内的所有人都没有"绝对的权力",只有"天"的权力是绝对的、不可违逆的。

当然,帝王时代的中国,国家权力不能延伸到社会一切方面还有时代条件的限制,由于古代交通、信息、物力的不发达,使得帝王权力要加予庞大的中华帝国之社会的所有层面实在鞭长莫及。

无论是由于儒释道三家对帝王之治世思想的综合作用,还是历史条件的限制使其统治力量薄弱,或者民间力量有意或无意的疏离,在人口相对分散,荒凉之地众多的中国古代,在帝国内部,丰富的民间社会在诸多层面游离于帝王威权之外。讨论中国传统社会自然的自由主义,可以不在乎西方自由主义的诠释学意义,而从自由的本质意义理解,中国存在自然的自由主义是历史中的现实。在和平时期,中国人的道德约束力足以使社会秩序稳定。古代"中国"概念其地理意义、使用共同语言文字的文明群落意义要大于"国家行政区"这样的现代意义,或者说"国家"概念只有在抵抗外部入侵时才被自然地理文明群落中生存的中国人意识到。希腊、罗马的公民意识的长入在人口密集的现代中国社会显得十分迫切;但在古代中国,缺乏公民意识正是自然的自由主义的特点,它所达到的"自由"更接近天然。

以自然的自由主义的温良平静挫败征服者的铁蹄和钢刀,使异族屠城者的子孙在惊恐后的反思中领悟儒家哀婉又雄强的汉字文本的古朴安详,当新生婴儿以汉语呼唤他们的母亲,便彻底皈依了华夏文明——这就是中华民族万古常新的奥秘。只有大河平原的农业文明足够悠久绵长才能达到这种海纳百川的博大而宽宏的自由境界,而巴比伦、印度、埃及的大河文明则没能使自由精神得到充分发展,或因没有广阔地域的纵深也没有险峻高山屏障而易于被游牧民族征服(如巴比伦),或因气候恶劣生存困难而使人陷于狂迷宗教的厌世主义(如印度),或因文明缺乏必要的封闭性而易于被海洋文明入侵同化(如埃及)。而中国人的地理环境没有这些缺点,"天赐神州"养育了历史最为悠久的华夏文明,其自然的自由比之希腊罗马人所理解的"自由"更为浑厚和淳朴，比如以陶渊明的诗歌《采菊》比较希腊人的雕塑《拉奥孔》可见出自由理想的两种境界：顺其自然的静穆高远与挣脱束缚的竭尽全力。当然希腊人的自由也有静穆庄严，中国人的自由也有张扬飞动，但总起来看中国人淳朴的自然的自由主义更为从容不迫、平和悠远、淡泊天真。如果把希腊罗马人的自由比作大海边独立于巍峨山峰上张扬威猛的雄狮，那么中国人的自由则是奔腾的大河边广阔原野中威而不猛、对任何动物都没有伤害的性情温和的悠闲散步的大象。

　　自然的自由主义，使传统中国社会如同一座植被丰富的山脉，即使在偏僻的角落也产生过奇花异卉。中国延续五千年的伟大文明传统都是这种自由生长的结果。不仅商业历来属于民间，而且宗教、学问、艺术都属于民间。从先秦诸子到明清儒者、从《诗经》到民间说唱文学、从孔壁《尚书》到历代匹夫匹妇"珍惜字纸"，中国文化朴厚丰茂、渊深博大、葳蕤蓬勃，"郁郁乎文哉"实非虚誉。而历代帝王中不乏沉湎于宗教、学问、艺术者，如桓玄崇佛、李世民好书、赵佶善画、乾隆喜诗文，都与民间风尚相辅相成，推波助澜，盛极一时。

　　这个江湖之远的自然的自由主义社会的构成可以大致划分为这样几个层次：僧道阶层；隐士阶层；非官宦的文人阶层；商人阶层；手工业者阶层；农民阶层；游民阶层。

　　1、僧道阶层。道教乃中国本土宗教，以神仙方术附会道家思想为其教旨；道家深邃的自然主义哲学堪与世界上最伟大的哲学相媲美，但正因它的哲学的自然主义，使以它为宗旨的道教不能与世俗生活划清界限，不具有一般宗教的禁欲主义特点，这样道教人士就难于树立自己在世俗生活中的道德典范，道家作为哲学派别的影响力显然大于它派生的宗教的影响力。道教的衍生与佛教的传入基本属于同一时期（公元 1～2 世纪），佛教传入后经三国、两晋、南北朝、隋、唐逐渐兴盛，而道教逐渐处于从属地位。佛教传入中土经历了佛教中国化的过程，僧人们选择名山修建自己的庙宇，尽管历史上经历多次毁佛运动，但运动之后，佛教又逐渐恢复，社会就形成了僧人阶层，在某些时期，甚至对庙堂之高的皇权发生影响。虽然佛教逐渐超过道教，但由于这两种教派的教义互相启发，而且他们都处于江湖之远的地位，加上道教与佛教的教义的非侵犯性，故佛道之间没有激烈的冲突——如欧洲社会教派之间的流血冲突乃至宗教战争。有些人亦僧亦道，由于生活方式差不多，也没有改换门庭的心理障碍。僧道阶层在民间有自己的松散信众（但从未达到欧洲基督教信众某些时期的狂热），使得历代帝王统治者不能小视僧道阶层，他们的存在客观上造成对皇权的制约，尽管中国僧道阶层的势力从来没有达到欧洲天主教的教皇势力。

2、隐士阶层。隐士阶层与僧道阶层不同，虽隐士也可能修佛或炼丹（属道术），但他们一般都是从庙堂之高辞职或退休回家的文人，文化修养高，不喜欢僧道生活的约束，所以不会到道观佛寺生活，但他们可能有自己僧道界的朋友，这使他们与僧道人士发生密切的关系。他们的思想主要是儒家，又可能兼收道家佛家的思想。他们能诗文或善绘画，对于中国这样一个崇尚文化的国家，他们曾经的高官地位和他们诗画的名声足以使他们在索求字画的官员、富户或商人那里获得报酬，所以不特别为生计操心，故比僧道的生活更自由些。他们一般选择山水名胜的地方隐居。他们的名声使民众尊重他们，使江湖豪客愿意和他们结交，所以皇权也不敢藐视隐者；尽管隐士表面上与世无争，但他们的诗歌如果略带嘲讽就能给庙堂之高的统治者带来威胁，由于隐士在民众中有崇高的地位，某些统治者为笼络一方民众，会拉拢隐士出山。

3、非官方的文人阶层。中国科举制度造就了士大夫官僚阶层，他们属于统治阶层，但还造就了更多落选的文人，读书已经成为他们的生活习惯，但又没有官职，他们的职业也就不固定。如果他们确有天才，他们会著书立说，或者成为有名望的诗人画家，这样他们也可以过隐士的生活，因为中国人认为不仅在山林可以做隐士，在市井也可以做隐士。如果他们没有足够的天才或者不善于使自己获得名声，他们为了生活可能选择做师爷或启蒙孩子的教员。师爷的"师"有教师的意义，还有军师的意义，某些官僚喜欢有自己的秘书班子，他们不仅起草文书还有军师的参谋作用，如徐渭在胡宗宪幕府中的角色。蒙童的老师也可能代理不识字的人写书信、状子、契约，但这些工作收入很少，所以他们的生活比较落魄。最落魄的就是那些科举不中、又看不起低级职业的人，"进德智所拙，退耕力不任"，他们没有干体力活的体力，又自恃清高，如果再有酒的嗜好，往往很难养活自己，所以非官方的文人阶层应该能划分出更多的层次，一般越到底层人数越多（但最落魄的阶层人数并不是最多）。这些文人尽管在社会中没有统一的势力，但庙堂之上的皇权同样不能藐视他们；由于身处底层他们随时可能发泄不满，在灾荒年月，往往被揭竿而起的农民起义军拉入军中出谋划策，在改朝换代的时代，落魄文人也可能成就大事业。

4、商人阶层。商人阶层在中国没有高的政治地位，盖国人有某种偏见，以为商人的富裕都是巧取豪夺而来，看不到商人在疏通物流中不可替代的作用。商人阶层的富裕使他们可以建立起与高的社会地位的人士的关系，以结交官员或隐士、僧道、文人来提高自己的声誉和社会地位；尤其通过结交官宦——尽管官商勾结产生腐败——使得皇帝某些压制商人集团的政令在贯彻中大打折扣，客观上起到保护商人阶层的作用，成为皇帝极端政策的润滑剂，缓冲社会由于皇帝弄权带来的危害。

5、手工业者阶层。中国帝王时代，自给自足使社会的商业活动的发展规模受到限制，技术进步也很缓慢，但某些生活资料是无法自给的，如盐、铁，并不是所有地区都有如空气一样丰富的盐矿、铁矿，因此手工业者的劳动就必不可少，他们制盐、冶铁、纺织、制造。这个阶层尽管不如文人阶层那样对国家政治有重大的影响，但他们不属于官方控制，尤其在中国帝王时代晚期，他们自发建立的行会也是不可轻视的势力。

6、农民阶层。这是中国社会人数最多的阶层，在帝王时代，皇帝似乎没有要对他们实行绝对统治的想法，在官职的设置中，县官以下再没有吃国家俸禄的官员了。中国的乡村，德高望重的乡绅的道德地位可能对村里的秩序有很大影响，但基本是自由放任的"自治"状态，统治乡村的不是官员，而是风俗或曰儒家伦理道德。只有发生刑事案件，村里的事务才有可能上达到县官那里解决。

7、游民阶层。说中国是一个数目字统治不发达的国家（黄仁宇语）——是就近代东西方比较而言，在古代，西方的数目字统治也不发达。数目字统治不发达，比如国家统治者不清楚自己臣民的准确数量，其实和他统治的质量好坏并没有多少关系，一个好的牧羊人不必把羊只数量精确到小数位。中国帝王时代的游民很可能就在户口统计的数字之外，他们是游侠、流浪艺人、乞丐，许多危害社会安全的行为可能出于这个阶层，但由于他们在社会各地区流浪，具有广博的见识，对于封闭的地区就具有传播世俗文化的作用；尤其流浪艺人，他们口头说唱文学的底本来自文人，不仅具有醇化风俗的作用，也还可能影射现实政治。

上面的七个民间阶层只是大致的划分，中国传统社会各阶层从来不是静态的，各阶层人员因各种原因沉浮变换，变换身份也是这个丰富的民间社会的特征之一。

2

什么力量使中国丰富的民间社会在近代迅速地瓦解了呢？回答是——科学主义。中国自然科学不如欧洲发达，正因为不发达，科学意识的长入就可能导致科学主义。所谓科学主义就是认为科学不仅限于自然领域的运用，还可以运用于宗教、思想、政治、经济、文化的各个领域，在这些领域中，只可能存在一种正确的思想，不可能有两种或多种正确思想并存；科学主义认为科学意味着正确，正确意味着正确的思想有绝对的理由消灭非正确的思想。科学主义对欧洲近代文明也产生了重大影响，但并没有达到如中国这样改变社会结构的程度，这是由于欧洲的科学与形而上学同样发达，他们的形而上学在科学家和人文学家的心目中有崇高的地位，他们知道科学与形而上学并非简单的对立关系，对"上帝"观念的反复求证，尤其康德哲学对纯粹理性的批判，使他们意识到在感性、知性、理性的上升中，理性并没有裁决关于理性概念（即理念）的诸理念论的正确或错误的权威，或者说理念论本来就存在二律背反，不能使其中一律压倒另一律。因此，科学主义没有给近代欧洲造成如中国这样对社会结构的重大影响，比如尽管欧洲产生了激进的无神论者（尼采等人），但他们的教会没有发生全方位的破坏——把教堂改作他用、把教士遣散。中国历史上有数次毁佛事件，北京郊区云居寺的石经就是缘于当初僧人们为预防未来社会可能的毁佛运动而刻制的（石经不容易遭水火的劫难），但历史上的毁佛运动基本来自于意识之外，即统治者毁佛运动的理由中没有足够的道理说明——佛教是错误的；而近代的毁佛运动是意识之内和意识之外并举。所谓意识之内是，科学主义认为，在各种领域只有一种思想是正确的，这种正确的思想就是科学思想，那么宗教中什么思想正确呢？对这个问题的回答不再是韩愈的观念的重复——儒家（儒家是准宗教，或非宗教但有宗教之作用）正统，其他错谬（当然韩愈的论述是不充分的），而是：一切宗教有神论（乃至准宗教的儒家纲常伦理道德）都是错误的，当年蔡元培、陈独秀等都旗帜鲜明地排斥宗教，便是突出的表现。由于科学在自然领域的神奇，尤其西方科技理性使他们在中国面前显示的强大威力，中国人大多对科学的神秘感远多于对科学具体内容的理解，因此，对于"宗教有神论是愚昧、科学无神论是科学"在一般民众心中就没有足够的理论资源可以反驳，不能意识到科学与有神论并非对立、宗教也并非等于愚昧。在宗教形而上学不发达的中国，中国人之于科学主义认定的"宗教＝愚昧＝精神鸦片"——几乎无任何能力辩驳和拒斥。这种意识内的否定肇始于民国时期，直接导致了意识外的行动：寺产被没收或改为学校的事件在全国很普遍；我们知道写"洞庭波送一僧来"的诗僧八指头陀就是在民国初期来京争取僧人的生存权利遭辱而死的。

　　在传统社会，各阶层之间尽管不可避免地存在高低贵贱，但"高低贵贱"的意义只是财富或职位的差别意义，而非如西方种族论的优劣意义，也就是说承认差别和认定优劣意义大不相同。比如一个官宦人家的子弟到市面上依旧讨价还价，这一面显示出他的斤斤计较，另一面也显示出他并不自恃高贵，因此从人性上说，大家都是平等的。这种平等观又为中国的科举制度所强化，科举制度的优胜者大多来自于那个丰富的民间社会，他们对于贫寒者经过个人努力而获得功名的传说以身实践之，故没有娇生惯养的世袭富贵者的骄矜，倒是富贵者常因那些凛然的寒士获得功名而油生钦敬。但近代欧洲而来的科学主义却把中国各阶层的自然的平等观念打碎了，由于科学的有用性在于对物质的改造，在西方社会是科学家受到推崇，即科学发现被视为最伟大的劳动；但由于中国对科学的理解更注重技术领域，而技术领域最直观的显现是工业生产中体力劳动者的劳动，火车电力机械与满手油污的工人联系起来，这样那种认为最近于物质底层的劳动者越具有神圣性的世界观也就容易被中国人认为是"科学的世界观"。由于传统民本思想的作用以及缺少深究抽象理论的思维习惯，人们基本看不出它对于美好未来的许诺有什么问题：体力劳动阶层将作为实现人类历史命运的伟大选民拯救世界，拯救世界的方式是彻底捣毁旧世界、建立新世界，纯洁的新世界将根除人类一切罪恶，不再有肮脏的寄生阶层存在，地球表面只允许干体力活的人生存；资产者、脑力者、知识者由于不干体力活且被文化毒化太深所以需要限制他们的生存权并逐步消灭之；由于消灭了社会中的寄生虫，从此之后人类将再也没有任何苦难和烦恼而永远过上无比幸福的生活。在这种观念许诺下，中国传统的重农主义也迅速变形，农民阶层的贫困者也一夜间被赋予了优越地位。劳动者的优越性不再具有传统民本主义的意义，而是作为对中国传统伦理中那种对文化景仰的反拨。

　　在近代中国，究竟选择哪种道路——是继续丰富的民间社会还是转而为建构匀质性、准军事式社会的问题上，不仅有中国人自己的意志作用，还有外界的作用。这个外界的主要作用就是日本的侵华战争，还有就是苏联体制的影响和干预。战争逼迫全民的军事化，而且军事化管理的高效性和敌我界限的分明使单纯社会的理想具有吸引力。历史的辩证法的确是存在的，日本入侵和大陆军事化国家制度之间的确有某种超形式逻辑的联系。一个有着丰富的民间社会的体制在战争中的确不敌全民军事化体制效率高，这是毋庸讳言的，否则当初希腊人的伯罗奔尼撒战争的结局就应该是另一个样子。至于苏联体制的影响和干预，则更为大家所熟知。苏联宪法曾指出：社会主义的政治管理是必须对整个社会——作为社会生活的经济领域、社会领域、政治领域和思想精神领域综合的整个社会组织进行理性的统一的集中管理。[1] 这种观点的核心就是高度集中的计划经济和计划社会。中国模仿苏联体制，一方面促成了社会系统的迅速整合，也便于社会资源的提取，但另一方面随着时间的推移，却造成了个人对组织、社会对国家的全面依赖，削弱了社会自我调节和自我管理的能力。在传统的社会主义模式中，一切社会组织均作为国家的附属而存在，国家等级性的行政联系弥漫在社会的每一个方面。只是随着改革开放和社会主义市场经济的发展，这种局面才逐步改观。

选择一旦确定，好比不同的路口通向不同的风景，历史也就呈现出不同的形态。当初香港、澳门及台湾社会远非中国经济最发达的地区，但丰富的民间社会由于特殊的历史原因得到了长足发展，以致这三处"弹丸之地"由过去的荒岛鱼村、刀耕火种的边缘地区而发展为世界上最发达的地区之一；而中国更广大的地区的社会则在另一个方向上被改造。首先是对人口众多的农民实行军事化集体管理，自然村落的家庭单位的悠闲劳作被公社化敲钟集合排队上工取代，跑步进入大同社会的号召使人们根据指令性计划创造出了亩产数万斤粮食的神话，集体食堂使民间的锅成为多余，于是"钢"

---

〔1〕 ［俄］奥马罗夫. 社会管理. 浙江人民出版社，1987：1-2.

与"锅"的关系发生了历史性颠覆——砸锅炼钢；随着城镇商业的国有化所进行的是一切领域的国家化，没有任何机构是可以独立于国家权力之外的；僧人从"不劳而食"而成为劳动者似乎显示出社会改造的成功，但宗教自主发展的力量因此受到影响；同时那个产生伟大思想和艺术家的山林隐士环境随着僧人和隐士的消失而诗意不再；"反右"运动后，学院里的文人其精神常常处于战战兢兢的状态。丧失自由思想的危险性不断累积，终于演变为"文革"的十年浩劫。

3

抗战强化了中国人的国家意识，集权思维作为凝聚民族向心力似不可避免，然其在和平时期继续强化，所带来的负面作用实在是太大了。战后半个多世纪的前三十年，国家的努力全在把整个社会都牢固控制在国家权力之内，相对独立的民间社会一度不复存在。这表现在农业的集体化、经济的国家化、企业的官僚化以及文艺的政治化。"文艺战线"等各种"战线"的名词日常使用反映出生活的空间变成了战斗的空间，悠然的"山人"远逝，闲适的山水画中垂钓的渔翁被怒目的"民兵"驱逐。敌我的阵营划分使各界人士为保存身家性命而把自己在权力机构中的归属看作自己合法存在的最高保障。

但中国人自身的自然的自由主义还是表现出顽强的生命力，表现在社会的军事化与中国人的生活习性背离：军事化的乡村没有生产出更多的粮食，票证的大量使用反映出城乡民众生活的艰难；亩产万斤言犹在耳，而非正常死亡数字却触目惊心。

深刻的教训使觉醒的智识者逐渐从理性上认识到自然的自由主义的意义。首先是把土地归还给农民，土地归还农民的政策使濒临崩溃的农村经济获得了生机。从合作化到人民公社的一系列社会革命运动改变了传统乡村的社会结构。当人们活下去的欲望使他们厌倦了人民公社，获得土地的农民即刻把粮仓堆满了金黄的粮食。其实农民需要政府的只是两个字"无为"，读作：请您尽量少地干涉我们。老子的智慧，有些理想主义者恐怕是难以梦见的。现在看来农村改革的成绩不过是把本来属于民间的最基本自由归还给民间。但因温饱缓过心神的老者打量家园，发现家园早已不是从前的模样了。宽厚的长者风范的乡绅、抑扬顿挫读古书的儒者、堂屋里幽雅的瓷器与山水古轴、祖屋里静穆安详的观音法像、孩子们追逐的卖唱艺人和算命瞎子、郊外古刹里打坐的僧人、节日里迎神送神的欢乐气氛、甚至妇女们哭丧时那种哀婉悲伤的古调韵味都已被时代席卷而走。儒家两千年礼乐教化的乡村已经古风不再。

随着把土地归还农民，觉醒的智识者把目光转向了城市，认识到应该继续在更大的范围内还民间以自由。经济企业的衙门化与经济市场化的天性显然是背离的，商业的重归民间成为中国经济改革的大势所趋。国退民进的改革成绩同样是把本来属于民间的自由还给民间。经济的民间化因关乎人们的物质需求，所以能被切身地感觉到，正因为切身，人们在实现经济民间化的改革中都迫切地去响应。

社会结构从丰富到单调所损失的并不仅限于经济，经济的滞后能在短时间内得到发展的补偿，而文化的损失却是如此明显。呆板的思维方式在国人身上仍比比皆是，中国作为哲学与美术的故乡似乎已成历史记忆。很多中国学者的著作缺乏创新精神，既少有中国古代哲人从容悠远的神秘诗意，也罕见西方思想家曲折回环的思辨灵犀；尤其在与异域文化的交流中显得或呆头呆脑或冒冒失失。这其实是那个单一的社会结构给中国人思维留下的后遗症。尽管持续的经济增长使中国人赢得了自信，但贫乏的想象力妨碍了中国文化的复兴。欧洲、美国乃至日本的社会中，创新性思想家层出不穷，丰富的社会结构、丰富的价值取向与丰富的人生目标之间具有相辅相成的关系，只有这样，才能在不经意处产生出人意料的天才。世界级的科学奖、文学奖获得者甚至在以色列这样人口很少的民族也大量出现，原因于犹太人崇拜的"上帝"观念和"世界"观念一样广阔，崇拜上帝就好像崇拜自由。中国作为人类文明历史中最为悠久而古老的国家除了"世界工厂"的"美誉"产生勤劳的工人和物美价廉的商品，是否已经没有产生伟大的哲学与美术的想象力了呢？当然不是，途径就是让丰富的民间社会回归中国。

民间社会的重建有某些"回归"的意义，但又决不限于回归的意义。这是因为随着时代生活和生产方式的变化，一个丰富的民间社会的可能构成早已超出了传统民间社会的内容。比如中国古代的私塾和书院已经被西式的小学到大学的教育机构取代；僧道人士除了在某些地区（如西藏）依然作为文化的中坚力量，在更广大的地区从他们之中产生哲学家和艺术家的可能性趋小了。传统僧道人士曾担当的文化创新功能部分地为自由职业的思想家取代了；由于人口的大量增长，山林的旅游业的发展，让传统的隐士居住山林也不再可能，比如防火就不再如古代那样简单或不重要；与此同时，由于现代中国人对商人阶层认识的转变，商人从传统社会的中间阶层已经跃迁到高层，表现在他们中的成功者所接受的教育越来越全面，对社会的作用也越来越大，他们如何使用私人财富也影响社会的价值取向；艺人已经不再如传统艺人那样辛苦，一个地点的表演可以通过媒体迅速传播到广远的地区，他们中的成功者是社会的高收入阶层，商业化发展也已经使他们早已从表演政治观念的模式中脱离出来。因此，重建的民间社会理应比中国传统的民间社会更加丰富。

伏尔泰把自己的剧目在自己的家庭剧院上演，爱因斯坦参加过私人主办的物理学会议；"家庭剧院"和"私人科学会议"反映出欧洲社会与中国传统社会一样有着丰富的民间社会的传统。不同的是我们中断了，而他们还延续着。在中国，随着市场经济更深入的发展，私人财产已经受到国家法律的保护，基本恢复了传统社会私人财产所有物的不可侵犯性的物权传统。可以想见，经过若干年，家族的资产传承必然使中国出现若干有深厚文化积淀、经济实力雄厚的大家族。富裕的家族在满足自己物质需求的渴望后，闲暇时光的充裕（这有赖于资产者作为所有者与其聘请的管理者的相对分离）

必定使他们从重物质向重文化转化，他们作为文化贵族阶层成员将成为民间社会的稳定力量。

其实我们大可不必顾忌而讳言"贵族"这个名词，它既不是法国大革命前的法国社会的贵族和现代英国社会的世袭贵族的意义，也不是种族主义的先天高贵的意义；贵族，在中国社会的现代还阙如，但有发展的迹象，在不长的未来，其可能意义是，他们是社会各个领域的成功者、有着雄厚的经济条件、受到系统而完善的高等教育、有着敏锐的思维和高雅的行为谈吐、对自身和社会有着冷静的观察因而更少自我优越感、而是更多社会责任感。也就是说，一个真正的物质的兼精神的贵族在某种意义上是中国世俗社会中人格的典范，他们能够完成政府不能完成的功能，比如慈善捐助、教育捐助、资助天才艺术家、举办大型文化沙龙。

人民当然是历史的创造者，但如果把"人民"局限于干体力活、没有接受过高等教育的人，则毋宁说，历史不是"人民"创造的，而是知识者创造的。因此社会价值观必须有一定的转换，社会不是崇拜某些人，而是鼓励所有人通过个人奋斗取得成功，那些通过创造性劳动获得成功、拥有物质财富、有着悲悯的情怀和高尚的精神的人们理应受到社会价值观的鼓励，而非相反。这样说绝不是漠视民众，没有人比中国民众在这方面更有切身体会了——在一个鼓励个人奋斗的社会的穷人也可能比一个平均主义社会中的富人更富裕。不过相对的贫困总是存在的，但我以为如果能让寺庙、国学私塾进入偏远的农村，让教士、儒者醇化乡村，贫穷不仅比化工厂黑烟引发的疾病更容易忍受，而且可能成为造就伟大的哲学家与美术家的土壤，使某个农家小院里长出震惊世界的天才成为现实；财富的量度并不仅于换算为货币的数量，青山绿水和寒山寺钟声的诗意"财富"并不比黄金更少珍贵，如何让乡村恢复那从远古即已开显的诗意和神性，也并不比修建马路更少迫切。

"山人兮归来"并非徒唤奈何，名胜的山林也许不再允许山人、隐士随意建茅屋居住，但"山人"、"贫僧"、"老衲"在古人代表的那种独立不迁的精神却应该被招魂回来，朱耷、石涛、渐江、石溪之能在世界艺术史中傲然独立在乎其为"山人"。"山人兮归来"不是指扮演山人的演员归来，而是或西装笔挺或邋遢随便的具有探索精神的思想家、诗人、美术家归来；他们不必巢居深山，而是住在某个胡同或高层楼房里的书屋里的"斋主"，除了这个"斋主"身份他们不应有任何身份。

民间博物馆、民间美术馆的出现无疑是一个社会走向丰富的迹象，但据我所知，还没有民间举办的哲学或科学的会议，民间思想家、民间科学家在近几年有所发展，但依然处于边缘化。雄厚民间资本限于社会意识的沉滞似乎还没有余暇考虑对企业技术研究之外的无功利目的的纯粹哲学、纯艺术或纯科学研究的赞助，也就是说，要使他们成为贵族，需要使民间社会各阶层间实现方便的交流，并使社会意识的创新信息及时传递到他们的大脑中。

在中国传统社会，许多富裕的乡绅与"三教九流"人士频繁交往，在某种意义上，他们家庭客厅也具有法国上流社会"沙龙"的性质。富裕乡绅接纳文人、画家、书法家、僧道人士，互相赠答、唱和，这都因乡绅文化品位虽可能不及文人，但他们的鉴赏力使他们心向往之，所以他们不是出于责任而结交名士，而是他们心灵的兴趣所在使他们愿意主动地亲近文化人士。商人在中国传统社会的地位始终不高，但他们在某些时期依然起到了自觉或不自觉地赞助艺术发展的作用，如盐商之于扬州画派、徽商之于徽州民居等。中国的科学理性不发达，这个缺失的补偿是传统中国人那种近乎天成的审美能力，无论乡绅、商人，还是私塾先生、粗通文墨者，识字者仿佛人人天生赋有诗人艺术家的灵性，这很大程度原于中国文字的精美和毛笔的书写方式，一个抄经手或者一个账房先生之有敏锐的审美鉴赏力，在乎那支灵巧的毛笔的运动时刻在修炼他审美的心灵。但是这种儒雅古风的审美能力随着近代一系列旨在消灭传统文明的蒙昧主义运动而大为弱化了。仿制的古董可以以商业形式批量地制作出来去装饰现代人的家居，但那种明敏的人文气质是无论如何不能批量制作出来的；儒、释、道所蕴涵的宇宙论和生存论如何不仅是研究家的对象文本，而是重新回归于现代生存着的中国人的心灵生活中，很大程度上取决于一定程度地恢复中国传统的教育方式、书写方式、思维方式。

高等教育的审美缺失尤其令人深思，审美与创造力的密切关联使我们必须正视古人手笔的优美与今人手笔的俗庸之间的巨大反差，这种反差直观地显示了民族想象力的衰微，而此种状况又与文字的简化互为因果。我们知道，中国文明之能以自己的文化征服那些外部入侵者的武力征服，而使得中华文明连续不断，其中一个重要力量就是中国人数千年来引为骄傲的优美文字；但是这种集审美与实用为一体的世界文明史中最为悠久的伟大文字在近四十年却被实用主义的"文字改革"篡改得面目全非，不顾中国文字特有的审美功能，而对与自然万物有机相连的美妙汉字进行粗暴删割，使学生们的审美能力大为退化，表现在接受高等教育者的手笔稚弱疲靡、缺乏美感；文字的障碍使古书在他们许多人眼里如同天书。"文字改革"不仅损害了文明的传承，而且把本来一统文明的大陆与港澳、台湾地区文化（日文也使用中国汉字）人为地屏障开来。或曰，中国文字从篆到隶到楷不都是简化吗？非也，书体的自然演化与人为地改变汉字结构是大不相同的。篆—隶—楷的书体演化是因书写工具变更而自然地进行的，而非如现代"文字改革"这般以行政指令方式生硬地改造汉字结构；把文字这种蕴涵历史文明复杂信息的伟大遗产当作工业品而批量加工改造后颁布，好比把活的生命体当死的机械物处理，是军事主义的斯巴达式思维方式：把关乎人类灵魂的人文物化，是与理性文明社会的思维方式对立的。破坏汉字的历史构成、不顾审美功能而专注于所谓简便实用，如此命令主义产物的简化字果能促进文明的发展乎？且不论古代伟大思想家、美术家的层出不穷，就是中国上世纪二、三、四十年代那些有充沛创造力的思想家、学者，在近四十年来使用简化字的一代中国人中可曾产生了一个！人类理性是综合运用的，一个缺乏审美能力、又缺乏对上天神秘悠远的形而上学之领悟的人，其思辨理性和理性想象力是不可能发达的。爱因斯坦并没有因为对音乐的爱好占用大量时间而妨碍他思考相对论；一个匆忙到来不及欣赏汉字之美的中国人可能同样来不及使深邃的宇宙论问题进入他的大脑，过于"简便实用"的追求成就不了伟大科学家。因此尽管可能冒犯很多人的思维定势，而我并不认为这样的意见偏激：简化字这种"文化革命成果"最好尽快被"恢复繁体"消除掉。

一个丰富的民间社会不可能一下子重建起来，但社会中的人都应有意识地朝这个方向努力。而最为基础的工作莫过于中国儿童的启蒙教育，如何培植孩子们丰富而非单一的价值取向，是一个永远进行中的亟待思考的问题；道德正义需要信仰，知识需要一定意义的灌输，而思想创新需要的则是怀疑和超越。

随着一个丰富的民间社会逐渐得到恢复和重建，尧舜时代中国淳朴的自然的自由主义、汉唐时代中华文明的博大宽宏优美阳刚的恢弘气象、尤其中国人于哲学与美术的充沛的想象力和创造力，或可能重现华夏。

乡村图书馆——公共生活空间的开拓

刘健芝

印度，给人的印象，是贫穷落后。

即便你没有到过印度，你的脑海里浮现的影像，也许是沙尘滚滚的街上，黑瘦的小孩伸出肮脏小手向人乞讨，在棚屋前面衣衫褴褛的老妇漠然呆坐；街角处一群男人无聊地打发时间。如果追问，这些印象怎样来的？你也许说不出来，也许会说是电视、杂志上看到的。反正，贫穷、落后、肮脏、慵懒、卑屈、无望，几乎是互通的，印度的人均国民产值在 2001 年只有 450 美元，只及我们中国的一半。似乎确实无误的数字，表述了似乎不容置疑的贫穷落后。

我们中国要向印度学习吗？相信很少有人会这样想。从五四运动提出"科学、民主"的口号，到新中国建立后要"追英赶美"大跃进，到改革开放时期的"四个现代化"，我们想学习的榜样，是现代化工业化的北美西欧。印度，不入我们的眼帘。

今天，步入北京的国贸大厦、上海的梅龙镇大楼，时髦舶来商品琳琅满目，云石台阶高雅洁净，与巴黎纽约的百货商场无异。城市中上层的生活方式，可说紧追北美西欧了。但是，有多大比例的人口在享受着现代化的甜美果实呢？

如果说百年历史见证了农村凋敝困厄，如果说今天中国面对的三农问题相当严峻，如果说我们要探求乡村建设以及社会整体发展的多种道路，那么，我们要放下成见和幻想，把视野从北美西欧转向以往不屑一顾的"第三世界"，寻找适合中国自然生态和社会生态的发展模式。

位于印度西南角的喀拉拉邦，论"贫穷"程度居世界前列，十多年前比全球排第十的穷国更穷，人均收入比印度平均水平低。但是，它却有非常宝贵的文化和社会生活的经验，可供我们参考。

1956 年，印度三个西南地区合并成为喀拉拉邦，全邦说同一语言——马拉亚拉姆语，是"山地语"的意思。喀邦人口 3 千 3 百万，农村人口占 80%，有 990 个乡，人口密度在全国排第二，每平方公里有 750 人。一个惊人的数字：全邦有 9 千多间图书馆，1 万 2 千多间阅览室。其中，隶属于"喀拉拉图书馆议会"的图书馆有 5 千多间，分为三类：甲类有图书 2 万 5 千册以上，乙类有 1 万 5 千册以上，丙类有 5 千册以上。三类图书馆的比例是 2∶3∶5。这就是说，每个乡大约有人口 2 万 5 千人，图书馆 8 间，阅览室 10 间。

单是乡村图书馆的数字，已羡煞国内的友人。今年 9 月，我到晏阳初当年进行乡村建设运动的定县访问。今日的定州市，是县级市，人口 120 万。坐出租车去市图书馆，司机不知道图书馆位置。馆内冷冷清清，藏书不到三万册，每年购书刊经费 3 千元，十多年来未添置一本新书，只订阅一些报刊，每周借出的图书仅十来册。据说，国内不少县市公共图书馆情况相若。

这种天渊之别，让我感慨之余，很想追问：喀邦的乡村图书馆是怎样走出来的？在老百姓的日常生活里又扮演什么角色？今年 10 月初到喀邦参加研讨会，特地询问乡村图书馆的情况。

原来，乡村图书馆在喀邦已有 60 多年的历史。在 40 年代，还在英国殖民统治时期，潘力卡（PN Panicker）推广图书馆运动，每一个乡村成立一个图书馆和一个阅览室。1945 年 9 月，图书馆联会正式注册，后来成为"喀拉拉图书馆议会"，有 47 个创办成员。1989 年，喀邦议会通过议案，正式承认它为喀邦的公共图书馆，邦和地方政府每年拨款添置图书，管理人员大多是义务的。

有这么多图书馆，可以想象，喀邦的出版事业十分蓬勃。1945 年，12 间出版社集资 120 万卢比（今天，一元人民币约相当五个卢比），成立"知识出版合作社"，1949 年与"民族书店"合并，之后的 25 年，是出版界黄金时期，从 1960 年到 1975 年，该合作社每天出版一本书！类似的出版合作社有十多家，但规模较小。

图书馆林立、出版业蓬勃，意义不单单是数量上的可观。这些数字让我们窥见喀邦的社会和政治变迁，也让我们想象喀邦乡村的文化生活是怎样的。在 20 世纪 40 年代，工人、农民、贱民等运动，是反对英国殖民统治的重要部分，图书馆运动在民智开发和知识累积方面，发挥了积极作用。随着时代变化，图书馆的作用也有改变。以往，图书馆和阅览室是乡民聚集的场所，从早上七时到半夜，有乡民来读报、评论时事、高谈阔论。一般的图书馆，会有 3～5 份马拉亚拉姆语报章，1～2 份英语报章，几份周刊。周刊由个别乡民捐赠，报章由图书馆订购。近年来，喀邦有三千多份报刊，每个乡有乡报派发到每户，约 70% 的家庭自订报刊，于是较少人到图书馆读报，这些地方便少了以往的热烈讨论了。

图书馆如果只是书架和书报，那么，在电子媒介日益发达的今天，它会逐渐被淘汰；在自己家里或在网吧上网不就行了？但是，图书馆如果是知识文化传播和再生产的支点，它便会生意盎然。

喀邦的几千个乡村图书馆，并非全都活跃，但积极推广科技知识、文化活动的还是不少。在安那库林区（Ernakulam），VNKPS 图书馆是甲类图书馆，有 55 年历史，藏书 2 万册，订阅 8 份报章、30 份期刊。位于三个乡中间，这个图书馆有 1 千名会员，三分之一是女性，另外有 300 名儿童会员。图书馆是三层大楼，面积 280 平方米，有阅览室、会议室、康乐室、儿童图书室。一名妇女图书馆员负责流动图书室，每周为 200 个农户送上书籍。图书馆经常与各类合作社和学术、农科机构合办工作坊、培训班，内容涉及农业、畜牧、能源、母婴健康等；图书馆自办刊物，鼓励会员写作投稿并组织辩论和研讨。馆址的活动多姿多彩，有征文比赛、话剧创作表演、体育竞技活动、草药医治班等。

"书中自有黄金屋，书中自有千钟粟，书中自有颜如玉"，我们小时候读书，父母老师会这样激励我们；这说法反映了民间对美好生活的想象，大致离不开对个人的功名利禄荣华富贵的追求。喀邦的民间热心者的图书馆活动，却让我们看到不同的想象，读书是寻求群体发展、移风易俗，特别是让占人口多数的弱势社群有凝聚发展的空间。

在首府特里凡得琅区（Trivandrum）的柏连卡马拉乡（Peringa-mala），乡村图书馆作为中心，推行培训课程。首府的"发展研究学院"CDS 派出研究员来柏乡，培训当地的大学毕业生关于社会经济发展、社区发展银行业务和政府福利政策等，然后由这些青年志愿者各人领导一个 20 名妇女组成的小组，协助小组提出发展项目，申请拨款，然后执行。项目的设计，是致力于让每个小组发展出有领导才能的人，以后不用志愿者帮助也可自行运作。

图书馆同时设立信息中心，邀请医生、工程师、地区发展官员等参与，协助小组成员挖井、养蘑菇、种菜、改善食水供应、搞小型水利设施等。每周的妇女小组聚会，让妇女畅所欲言，加强自信心。一名妇女小组成员苏达珊那（Sudarshana）说："以前，我不敢在公众场合说话，但现在，我们会在村民大会上坦率地讲意见。"另一妇女莎吉达（Sajitha）说："通过图书馆计划，我们发现集体努力可以增加家庭收入，虽然数额不大。"

瓦利库努乡（Vallikunnu）位于马拉浦南区（Malappuram），是回教徒聚居的地方，妇女很少参加公共活动，1999 年 4 月搞了一个流动图书室，将全乡分为五个小区，由五名志愿者分管，每人每月津贴 500 卢比；她们逐家逐户推广图书借阅。阅读习惯普及后，制度简化，在每个小区设定点借阅室。9 个月内，妇女借阅图书册数 2 万 5 千本。文化上的变化悄悄地展开。

青少年的成长也是关注点。在库马罗贡乡（Kumarakom），1995 年开始设立社区读书室，约 50 户的学童为一组，每天早上七时聚集，做半小时眼部操，然后温习一小时才上学，晚上从 7 时半到 9 时再作温习。眼部操的音乐和动作，是喀拉拉民众科学运动一名成员到中国访问后学来的。每个小组由一名志愿青年做导师，协助功课上的困难，也辅导青少年的成长。

前年暑假带 20 名香港学生自费到喀邦访问，安排他们在村民家里住宿两三周。一名学生兴奋地告诉我，她在小小的乡村图书馆，发现有巴西著名平民教育学家保罗·费尔（Paulo Freire）的书。这本书她在修我的课时读过。

物质条件匮乏的喀邦，竟是乡村图书馆林立。的确，可怕的不是物质上的匮乏，而是精神文化上的匮乏。喀邦的卷烟工人的故事，给我留下深刻印象。印度土产的手卷烟，号称"穷人烟"，约六厘米长。80 年代中期，印度手卷烟烟民有 2 亿 5 千万，每分钟吸烟一百万支。这个行业有约六百万全职和兼职工人。工人的生财工具只要一把剪刀、一个竹盆、灵巧的手、专注的精神。每天，帮工把烟叶磨碎筛过晒干，卷烟工人先把树叶浸湿，剪成小块，然后把烟叶平铺在树叶上，快速卷成锥状，上面用手指压平，下面用线扎好。工人一天可卷 6 百至 2 千支烟，入息微薄，卷一千支烟收入是 15 卢比，相当于 3 元人民币。一般到 45 岁，工人手指皮就被磨得很薄，不能再做下去。

这是低贱的行业，辛劳的活。但是，喀邦一些卷烟工人，几十年来有一个习惯，至今保留下来。他们忙于生计，也有人不识字，于是几千工人分成 30～40 人一组，每组由工人轮流专责朗读报纸和书本，让他们一边工作，一边听读报念书，一边讨论。每天晚上，各人把一些卷烟交给读报工人，让他有同等收入。

宁可减少百分之三的收入，也要听读报。这是穷人的选择。他们没有因为穷、物质匮乏，而变得精神世界被压缩到只关心基本生存的利益问题。"穷"，不是他们的选择，但追求积极参与的精神世界，却是他们的选择，也是在于他们的选择。这是他们活的尊严，尊严的活。

农村的精神文化重建与新乡村建设的开始

刘老石

我们的新乡村建设工作已经开始两年多了，两年来的摸索、总结和思考，最终让我们确定了一条从农村的精神激励开始，进而形成农民的组织化，最终实现农村全面发展的思路。

这个思路的一个前提性的基本判断就是现在农村的精神贫困的存在。

农村的贫困与农村的精神贫困

谈到农村，我们马上就会把它和贫困联系到一起。农村的贫困是众所周知的。为了帮助农村贫困地区解困，国家投入了大量的物力和财力，一些社会团体也为这些地区送去了扶贫物资，但结果与预期恰恰相反，这种给钱给物的扶贫措施最终非但没有使这些地区富裕起来，相反甚至还滋生出了"等靠要"的懒汉风气，所谓越扶越贫。后来这种被称作"输血"式的扶贫方式逐渐发生转移，随之而来的是修路、送技术、送文化，称之为"造血"的扶贫方式。扶贫方式由"输血"转为"造血"。但不久人们发现虽然"血"造出来了——路有了，农技推广站有了，文化站建立了，但对贫困地区的帮助却并非像人们现象那样有效果，效果不大。

这样的结果让许多扶贫工作者和农村问题专家百思不得其解：为什么肉有了，血造出来了，有血有肉的人却没有站起来呢？还缺什么？是不是还有些什么更重要的工作被我们遗忘了？

与此同时，另外的一些问题也引起了人们的进一步的反思：为什么有些地方，本地各种资源都很丰富，但是反而不如自然资源禀赋很差的地区发展得快？有些地区虽然发展的比较快，人们衣食丰足，但是人们却空虚无聊、无所事事，村里出现的问题并不比贫穷的村子少，富裕也并没有使各种社会问题、各种公益问题得以解决，有时甚至是越发展得快，麻烦偏偏越多！

农村的现实让我们终于意识到：农村的贫困，更为根本的贫困是精神贫困。

稍有农村经验的人就会知道，今天农村的基础设施已经破败殆尽，各项公益事业空中楼阁，科技进步纸上谈兵，医疗卫生明日黄花，青壮年和有些知识文化的劳动力绝大部分流失，农村已经没有可以推进自身进步的力量。村民们似乎都在默默地等待，但如果你问他们在等什么，他们自己也不知道。农民就是在这种等待和孤寂中变得越来越麻木，走向了"绝望"。

农民已经变得越来越懦弱，失去了最起码的战胜困难的勇气、决心和意识，完全没有了自信力。不仅仅单个个体如此，整个村整个乡甚至整个农村也是这样。如果你问他们缺什么，他们就说缺钱、缺市场、缺技术，什么都缺；问他们怎么解决，他们一般会告诉你就等待政府的扶贫、外界的支援。他们甚至也会很坦率地让你帮忙修路、引自来水、卖农产品。如果哪个村选举违法、干部有问题、个人权利受到了侵害，他们默不作声，私下埋怨，实在忍受不了就上访，找青天，跪在衙门口哭诉。

我们始终难以理解的是，五十、六十年代，尽管我们的生产能力和物质状况与今天相比差距巨大，根本不可同日而语，但是农民却是能够战天斗地，排除万难，气概豪迈。他们克服困难，改造农田，改进技术，兴修了道路和水利工程。我们在农村能够见到的基础设施，大部分是那时候修建的。村民们主动地去参与基层政府的管理工作，农民们组织起来，改善社会，活跃生活，把自己看作是乡村的主人。但是今天，农村技术进步了，生产能力也大大提高了，各种物质条件也改善了，农村以外的城市支持也有更大的可能了，更有能力做事情了，但是今天的农民却变得无能麻木、无所作为了。

　　这是为什么？农民怎么了？骄气了？堕落了？智力变低了？农民曾经有的自信哪里去了？是什么导致了农民如此的颓废？

　　我们不禁要问：农民的精神哪里去了？

　　我们首先会想到的，是因为市场经济造成了小农经济的无法自信，基层政权又没有尽到自己的义务，农民素质需要提高等等。但是这却远不是主要原因。

　　根本的原因在于农村的非组织化。目前农村已经如同一盘散沙，缺少必要的凝聚力；与此同时基层政府除了要粮要款、刮宫流产之外，什么事情都做不了。基层的整合能力基本丧失，靠基层政府和现有的农村组织力量根本没有办法把农民再凝聚起来，更没有办法从内部产生出推动农村向前走的推动性力量。没有这些，不仅农村的各项事业没有办法进行，富裕小康也不过是白纸一张。处于松散状态的农户依靠个人的力量肯定没有能力克服自然给予的困难，一个人无法治理水旱荒灾，一个人也无法应对市场的挑战，一个人也就无法应对来自政府和其他群体的利益侵害。最后的结果必然是自信心的丧失。所以表面看来农民的精神贫困表现在个人素质和能力的下降，但是根本原因却是农民没有自己的组织，失去了群体关爱。失去了组织的个体小农在市场经济和强大的政府面前是无法做到自信的。没有了自信之后，也就只有他信，依靠别人了。

　　失去了自信的农民不再有战天斗地的英雄气概，一旦遭遇困难，理所当然把责任推给了政府。基层政府，面对如此巨大的精神需求，他们也无能为力，他们也没有做上帝的勇气，所能做的事情最多也只是给些物质援助（后来连物质支援也难以做到了）。然而因为这种单纯的物质扶贫的主导思路是错误的，忽视了对农民本身精神的生长，它把政府当作了扶贫的主体，忘记了脱贫的主体应该是农民本人。所以最终的结果可想而知，有时结果甚至是适得其反，越扶越贫。

　　农村的精神贫困还源于农村自身缺少外来信息的有效流入。由于贫困导致的各种信息载体如广播电视报纸书籍的缺乏，同时由于农村信息流入很少，最后导致农民缺少外来的激励，甚至与外界隔绝。农民为了得到一些可用信息，必须花费平常人难以想象的努力。很多人只好从废纸中，从不多的书籍广播中获得相关信息，有的甚至要花钱贿买中央的政策和相关法律。更令人不解的是有些地方政府甚至还有意识地阻碍信息的传入渠道，使得农民很难得到相关的中央政策和国家法律，有的甚至还会有意地对传播中央精神的农民进行非法拘禁和各种形式的打击迫害。本来农民还是相信和依靠中央的支持的，但是基层的现实是连最基本的中央支持都无法获得。与此同时，由于农村信息传播无利可图，利润太低，企业行为也只能从农村退出。指望用市场的方法来达到信息传播，也没有可能。

所以，既没有外来的精神支持，也没有内在的精神生长的可能，又加上农民已经如同沙漠上的孤树，最后自然也就根本不可能生长出农村的精神来。

精神激励与新乡村建设的开始

中国一句老话说得好：扶人先扶志。

对农民的帮助必须从精神扶助开始，这就是所谓的"扶人先扶志"。这种扶贫我们称之为"精神扶贫"。这是未来农村工作中最为根本、也是最为重要的东西。

农民的精神成长只能依靠农民自己，依靠农民自身组织的成长，重造精神家园。这涉及两个层面：一个是要作为个体的农民焕发斗志，燃起信心；另一个是要让农民组织起来，增强战胜困难的能力和信心。所以我们的新乡村建设工作就要从两方面着手：一个是如何让农民个体生长出自信；另一方面是如何让农民组织起来。这两个工作都是非常难做的工作，但是却是必需的工作，舍此无他。

从目前的经验看，我们最重要的手段就是精神培训，用培训来同时达到这两个目的。每次培训的时间都是一个星期，主体内容就是两块：一个是精神激励，一个是农民组织化。在培训中，精神激励的内容是用如下方法达到的：准军事化的生活方式，如队列训练、定时起床、睡觉等，唱雄壮的歌曲、高声喊口号，每天大声演讲，群体性的体育活动、竞赛，还有就是上课的内容紧紧围绕着精神振作展开。另一个是组织化训练。这种组织化的训练是通过组织化的学员管理，通过每天实际的组织化行动。最重要的内容是，每天的课程以及围绕着这些课程的讲授、讨论、模拟和训练都是组织化的内容，主要是协会和合作社的内容。

经过几天紧张培训，培训结束的时候村民个个精神抖擞，斗志昂扬。可以说他们精神振奋的开始了。但是这还只是第一步。

接下来的工作是要把这种精神化作实际的行动，变为物质的力量。他们的任务是把全体村民唤醒，让他们振作起来，组织起来。学员要自己组织起来，一起开始动员和组织村民的工作。在村民中筹建各种村民团体，如公益性的团体，妇女协会、老年人协会、村民调解委员会、文艺演出队；专业经济组织，养兔协会、板栗协会；学习性团体，如法律学习小组；合作社，专业合作社和综合性的合作社。

经过一段合作和组织化的训练，接下来的工作是开办夜校、组织学习团队和改革中小学教育，尝试合作医疗卫生事业，再往后也尝试生态和环保的建设。

这就是新乡村建设的从精神激励开始的全面农村发展方案。

目前我们的试验多数还只是走到组织协会和合作社的阶段，一小部分开始走入到夜校和生态建设。还有的地方是所有的工作还是刚刚开始，还在组织个别的初级形态的村民组织。

在我们已经开始的二十多个试点中，大部分都是按照这样的演进路线在运作着。

山东鱼台县姜庄村曾经是著名的问题村，村子冲突很严重。当地村民为了反对税费征收，曾经爆发了大规模的对抗，村民围堵并扣留了来抓人的警车，也扣住了跟车来的乡里工作人员和警察。从此，这个村成了死角村。虽然罢免了旧村长，但是村子却成了无人管理的烂摊子，到处都是残破不堪。

2004年5月，当地的几个农民带头人接受了新乡村建设的培训，随后新乡村建设工作人员、大学生志愿者一道进入这个村，利用5天的时间，一边对村民代表进行培训，喊口号、唱歌，一边帮助村民建立基本组织。此后不久，姜庄村的文艺演出队和老年人协会就建起来了；暑假有一批支农志愿者到来，再次进行培训，这样，合作社也跟着办了起来。不仅如此，当地还建立了文化大院，组织了近百人的秧歌队，每天晚上到大院里去扭秧歌，唱歌、宣誓、喊口号，参与者大部分是妇女。合作社也开始了经济活动，集体购买化肥农药种子。暑假的后期，这里又举办了一次村民骨干的培训，这次培训后，妇女协会建起来了。妇女们自己组织起来，唱歌跳舞编排节目，学习文化课，还组织在一起开始了手工产品的编织；养兔协会等协会也建起来了，开始了集体购买兔种、集体技术服务的活动。现在，从精神生活、到经济生活，再到文化生活都有了新的开始，整个村子洋溢在歌声和笑声中。

这种变化连当地的基层官员都始料未及，他们惊异并盛赞这个"刺头村"的变化。他们自己也承认，这是用钱、用行政的力量很难以达到的。有人甚至说这是个"奇迹"。

湖北房县三岔村也与之有惊人的相似，但是这个村由于开始得比较早，进展就更大一些。老年人协会、妇女协会、文艺队、板栗协会、土鸡协会、魔芋协会、养猪协会等协会，还建起了合作社，办起了夜校，讲授技术、卫生保健、法律政策知识，还在志愿者的协助下办起了广播站、报纸。所有这一切变化到现在也不过是九个月的时间。这个村子也是采取了同样的方式。这个村的开始也是源于精神激励和组织化的培训。最先建立的协会就是文艺队、老年人协会。

除此之外，内蒙古乌拉特中旗的灯塔村、山西汾阳栗家庄村、山东招远的白石夼村、河北顺平的柴各庄村、望都县的庄里村、重庆云阳的同六村等都遵循了这一思路。

相反，没有按照这个思路走的村子，多半遇到问题。安徽阜阳的南塘村是我们最早建立的一个试验村，后来的大体思路也相同，建立了基本协会，也建起了合作社，但是因为缺少前期的培训，无论是骨干人员还是一般参与人员，都显得很散，经常出现"分裂"的离心离德的局面，几次几乎就断送了这个农民新乡村发展试验。湖北枝江的宝月寺村，他的带头人是个传奇式的人物。他也曾梦想能把村民组织起来。但是因为缺少前期的培训和初级的农民组织。结果根本无法把农村组织起来，弄到最后连自己的命都几乎保不住，更不要说村里的发展了。后来在大学生志愿者的启发下，也开始了同样的尝试。一个老年人协会已经建了起来。新的局面才刚刚开始。

农村精神文化重建的意义

中国传统的农村社区的经济基础是土地私有，人们也是从事着一家一户的分田单干，但是并没有导致散沙状态。除了人们有公共的劳动和管理之外，比较重要的原因是人们一直保持着集体的精神文化生活。这种活动成为维系农村群体存在的精神纽带。但是我们分田单干成为真正的分家，没有任何公共财产，没有任何群体活动的媒介，也没有什么公共事务，没有任何公共权威，又加上掠夺性的税收又打倒了唯一可以作为公共权力来源的基层政府。于是农村就再也没有合作的基础了。

但是像农村这样脆弱的经济基础和政治位势，没有群体和合作又怎么发展？甚至连自身存在都会成为问题。散沙状态的农村对于权利的侵害和市场经济的冲击就表现得无可奈何，百孔千疮。

农民的精神振作离不开具体个人的自觉，更离不开农民整体的组织化。农民的精神蕴藏于并表现在农村的各个层面。就获得、维系和表现手段而言，也表现在生产、生活中。但是这种内在精神的一个非常重要的载体也是表现手段，它同时也可以作为创生手段，这就是农村的精神文化生活。没有精神文化生活，想有精神振作几乎是不可能的。不要小瞧了那些文艺演出队、歌声口号还有集体秧歌，或者读书看报，这里面就蕴藏着巨大的力量，农民的精神崛起就从这里开始。

所以，今天的农村精神文化生活的恢复与重建已经变得具有非同寻常的意义了。

精神文化生活将在两个方面对农村的发展起作用。一方面是农民是依靠这种方式来达到自身的精神砥砺，实现思想教育；同时这也形成了农村的一种公共空间，村庄的公共舆论、公共生活就从这里开始了，它是整合分田分心的大包干后果的重要手段。另一方面，农民需要这些歌声、秧歌、笑声，这是就是农民的精神需要，所有人都需要精神生活，这是现实生活的一部分，农村也概莫能外，而且似乎更为强烈一些。

农村的文艺活动是精神生活的最重要的一部分。这种文艺活动的功能表现在这样几个方面：

一、农村的精神文化生活具有独特的动员作用。今天的农村很难让大家聚在一起，开个会或者商量点什么事情。大家已经习惯于冷漠和旁观。但是一旦你说要唱戏，来的人就多了，而且来的人也会很高兴参与。所以我们在农村每次开会一般都会把文艺配合起来。我们一般的思路是：在新开的实验点，一般都要建起一支农民文艺演出队。但是这个演出队的定位不应该是个文艺精英团队，而是个大众参与的文化活动。

二、精神文化生活起到了协调和和解的作用。各个村社几十年来都积累了深刻的矛盾，这些矛盾一般都只是在逐日的积累，但却很难化解。在矛盾积累的过程中又伴随着税费、腐败等现象的交织。这样的结果，就是整个村社的分崩离析，有时是冲突甚至于爆炸。有时候村里的不同派别，不同姓氏之间很难沟通交流。但是，文娱活动就给大家创造了一个很好的空间，文艺无界限，不同姓氏的人，甚至于不同信念，从来不说话的人，只要不是死敌，都可以参与到文化活动中来。慢慢地造成了一种和解和交流的气氛。这个作用在那种曾经有过冲突的社区非常的见效。

三、精神文化生活和经济组织相辅相成，互为补充。建立合作社时，就有农民不解地问我们，搞合作社又不是搞公益组织，我们搞文艺队干什么。后来农民自己找到了答案：文艺队和合作社互相补充。合作社借助文艺队给自己提高影响，增强凝聚力；而文艺队则可以借助合作社的经济优势，可持续发展。像合作社这样的需要高度合作精神和信任感作为基础的组织，在现有的农村村社建立起来，其基础相当的脆弱，如果没有持续不断的信任和道德教育，只用金钱和利益的作用，用不了多久，就会垮掉。所以，合作社需要形成一种文化作为纽带。这种文化就是依靠文化娱乐活动来达到的。

不仅仅是合作社，像妇女协会、老年人协会，文娱活动都是其中必有的内容，没有文娱活动为内容的组织，发展中多半都会出问题。

四、精神文化生活的教育、舆论功能，创造了公共空间。用街头剧、唱歌、快板、戏曲等形式达到教育目的，农民会把法律政策、道德风尚、表扬批评，溶于这些具体的表达形式中，让农民高高兴兴地接受。不仅如此，这种娱乐也造成了一种公共空间，并进一步形成了公众舆论。舆论空间的形成，是农村社区真正形成的开始。在此之上，农村的公共生活才得以恢复。

五、精神文化生活本来就是农民生活的一部分内容。农村不同于城市，文化娱乐条件很差，一般的地区，电视还不能普及，除了电视机、收音机外再没有任何能够提供文化娱乐的方式。每天晚上，天黑以后大家就回家早早地休息了。每天最大的乐趣就是到邻居家串串门，聊聊天，简单而又单调。拿农民的话说，就是"二十多年没有笑过"。但是并不是农民不想玩、不想跳、不想高兴，我们经历的很多老人都仔细而又兴奋地给我们回忆二十年前他们村里的秧歌和文艺演出；大学生们的到来让村子里的男女老少尤其是孩子们如同过节一般，一个简单的演出就能吸引那么多的人让他们快活，由此可见农村精神文化的匮乏，也看到农民的渴望。我们对此的理想想法是能够让广大村民都参与进来，不能作为几个文艺精英的小团体，它肩负着带动全村走向振作乃至小康的使命。

与此相类似的如秧歌队、象棋协会、读书协会、夜校等精神文化活动都具有相类似的特征。

所以，在农村，这种精神文化娱乐活动具有非常独特的作用。既具有工具意义，同时本事也是目的。未来农村的新乡村建设是少不得文化娱乐这块内容的。而且，究竟是目的还是手段，有时也很难说得清楚。开始的时候可能农民更看中于它的组织、动员和维系功能，但是农民一旦步入这个空间，就会欲罢不能，最后自觉的成为文化的"俘虏"，以至于乐此不疲。

现实操作中，我们建立的几乎每个点都是遵循着这样的思路。当我们决定开始一个新的点的时候，我们会让当地的带头人，找到一些有文艺特长的人，组成文艺队，在村子里开始演出，最后以这个演出队为起点，进行培训，培训后再进一步组织起其他的协会和合作社。就这样水到渠成，自然流畅，同时又真正达到了农村社区的和谐发展。

现在的山东鱼台姜庄村、内蒙乌拉特中旗的灯塔村、河北顺平的柴各庄村、湖北房县的三岔村都是这条思路。相反的例子也有，如兰考的贺村、内蒙乌拉特中旗的乌兰村、济南党家镇的殷林村不是从文艺队开始的，结果在发展中就遇到了很多麻烦，走了很多弯路。最后弄不好还得回头补课。

农村精神文化重建的条件和工作原则

我们在实践中摸索出实验村社的发展条件是：

一、选择的村社必须有一个非常热心于农村发展的个人或者群体。这是该村社发展的根本。这个人的作用不仅仅在于它熟悉当地情况，容易进入角色，少走弯路，更重要的问题是该村社的未来发展，需要把这个作为质点。这些人是精神成长的火种，也是现有的村庄中让村民能够重新焕发起斗志的关键性因素。外来的人早晚是要走的，外来人走了之后，村民还是要靠自己发展。所以一开始就要培育出一个本土的带动力量来。所以，密切依靠当地群众的说法不是一句空洞的口号，它很有现实意义。

二、外力的推动必不可少。对于村民而言，我们介绍给他们的好的经验，并非是他们不懂。协会也好，合作社也好，很多人早就知道这个好处。但是为什么没有自己组织起来呢？原因在于，他们缺少动员村民的理由。但是外界力量的介入就给他们提供了一个很好的机会。如果他们的带头人足够聪明，他们就会拾级而上，组织起来。但是，能够给予这种关注的力量太少了，现有的 NGO 又总是越俎代庖。我们现在主要依靠大学生，他们做得很出色。连他们自己都没有想象得到他们还能这么有用！我们相信新乡村建设运动是农村全面发展的开始，大学生们可以从这场运动中找到自己的位置并有所贡献；参与这场运动的大学生们必将在这场轰轰烈烈的潮流中得到锻炼，得到发展。农村是大学生的真正天地。

三、根据各地不同的条件进入方式会有所不同。但是一般我们愿意从文艺和老年人协会开始。这个比较适合当地村民的基本要求。从维权群体开始也是一个比较重要的手段，维权的人一般比较有责任心，素质也很好。同时也比较容易成为群体，这就有了基本的组织前提。但是这种方式容易引起地方基层政府的反感。

四、最好有基层政府的配合，如果没有，工作会有一定的难度。但是无论基层政府的态度如何，还只能是提供一个基本的制度环境空间。如果基层政府过于热心，就会起到负面的作用。这些组织一旦为外力操控，就失去了精神振作和组织化的本义，尤其是经济组织，就会失去"自负盈亏"的概念。

这些试验工作的遵循的一般工作原则是：

在几年来的摸索中，逐渐形成了一些比较有适应农村发展思路的组织化的经验，这些经验也可以作为新乡村建设运动的一般经验：

第一，解决三农问题的首要问题是让农民组织起来，农民必须组织起来。组织化是解决农村问题的先决条件，是农村经济发展、技术进步、公益发展、自我教育的最好的手段。这种组织的形式就是各种农民自己的公益协会，如老年人协会、妇女协会；还有合作社，公益合作社和经济合作社。说到底，只有组织起来的农民才是有自信的，才是有力量的。

第二，农村的最大贫困是精神贫困。"扶人先扶志"，要解决农民的问题，必须要提高对农村的精神支持，增加信息流入。"输血"的方式不能适应农村发展的需要；"造血"是一种对农村问题的错误解读，实质上和"输血"的方法是同一种内容；重要的问题是要农民在精神上成长起来。精神成长起来后，其他手段进入才有可能起作用。

第三，尊重农民的主体地位，让农民自己说话。一切NGO，一切志愿者都不过是外来的协助力量，其作用相当于"酵母粉"，他们的作用主要是对作为主体的农民进行引导和刺激，激发其内在的自信、决心和创造性、主动性。在此之上，农民无穷的智慧与创造力才会体现出来，这个力量是非常巨大的。但是，如果外来的这些个人团体最后变成了管理者和主体，最后就会影响农民积极性的发挥，最后不仅不能对农民有益，相反还会有害。一旦这些机构这些人撤离出来后，这些地方就会恢复到原来的状态，有时甚至是比原来更坏。

第四，解决农村的精神贫困必须要有一支非常具有奉献精神的志愿力量，靠职业化的工作机构其实是没有办法有效完成这个工作的。能够给农民这个感动的，使农民动员起来的这个力量可能来源于政府内部，也可能来源于知识阶层，也可能来源于一般的民间组织。但是现在看来，潜力巨大，真正低成本，高效率工作的就是"大学生志愿者群体"。农民们说"大学生是红军"。

第五，现阶段，在没有可能让农民大规模的实现自我教育，实现组织化之前，在农民中间找到具有公益心的农民精英带头人是非常关键的事情。没有这个农民的带动者，让农民动员起来是不可以想象的，成本极高。这个带头人必须具有如下一些特点：具有公益心，具有动员和组织能力，具有一定的技术能力，要有一定的外界沟通能力和开放性。

第六，农村的发展一定要进行综合性的发展。从经济发展到政治进步，再到农民的道德公共意识的增长，再到农村教育变革，再到环境的改变，都要协调进行。这些东西的互相促进的功能非常明显。与城市的发展概念不同。在农村要想让经济发展，首要解决的反倒是文艺演出队和老年人协会，因为农村必须依靠这种方法形成凝聚力，组织起来。这样生产发展才有可能。

第七，解决农村的问题必须是少投入资本，多投入劳动。农村的资本过于昂贵，但是劳动力大量富余，所以多投入劳动力是解决农村发展最为经济的手段。也是最有推广可能的手段。农民经常会跑几十里的山路，就为了省出一块钱。所以，辛勤已经成为习惯的农民不会在意劳动力的投入，相反倒是非常的在意钱的节省。我们经常发现，哪个机构投入几十万元的资本进行一个村发展，其实是不值得推崇的方法，因为没有推广的可能性。这几乎是农村发展的一个非常重要的原则。

第八，必须组织村民认真学习中央精神和国家相关法律。这是农民赖以生存的巨大资源，也是最重要的精神食粮。也是解决过去农村曾经存在的问题的最为有效的手段。

一种设想：“自下而上”与“自上而下”

新乡村建设的这条思路需要民间草根力量和政府力量的配合。从下而上，再从上而下，互相配合。单一的道路行不通。但是基础和根本是“自下而上”，促使农村草根生长力量的崛起和发展，是农村发展的根本保证。这种草根必须是有组织的。

通过政府，或者通过社会力量，动员志愿者以及 NGO 参与农村发展。但是政府不能直接用行政力量的达到目的。这是因为行政的力量只会催生早产的婴儿，用行政的力量往往会扭曲真正的农村需求，造成农村对政府的依赖，不能使农村的自我发展的力量得到真正的生长。

政府所扮演的角色是，放开对农村的控制、尽可能的从农村治理中撤出，仅仅提供必要的法治氛围和安定的环境。同时放松农村的金融控制，允许民间金融适度活动，并且给予一定的财政金融支持。

这应该是一个很有效的工作路径。

在我们目前的工作的基础上，我们做出以下的设想：

第一步，比较大范围的建立我们的试验点，广泛进行实验。就农民的精神文化生活而言，要在尽可能大的范围内推动文艺团体和文化团体的建立和传播。

就目前我们二十多个实验点而言，最长的是一年多，最短的才两个月。而且还有很多新的实验点在酝酿中。依靠的基本力量是大学生志愿者，其中大部分还是在校读书的大学生。接下来我们要把建立一支比较稳定的专业工作团队，在更大的范围内推广和加深这种实验。现在的这些点还比较集中，主要在河北（8个）、山东（4个）、河南（3个）、内蒙（2个）、重庆（2个）、还有山西、湖南、四川、安徽等（各1个），不仅仅是不够均衡，没有普遍性，而且各个点给予的帮助和培训也参差不齐，没有大学生支持的地方工作一般都很艰苦。这之中有的点是推动成立的、有的是自发改造的、有的是和当地政府合作的。

重要的是推动这个工作的队伍几乎没有一个是经过专业培训的，绝大部分是在实践中摸索的经验，而且绝大部分是业余和兼职人员（在校的大学生和老师）。这样不仅没有可能进行比较有计划地系统地进行实验工作，而且连驻村跟进、指导和观察都做不到。更没有能力深入村中进行系统地理论总结和比较研究。接下来的工作是想办法建立专业工作团队，在全国范围内有计划地进行乡村改造实验工作。对重点地区进行重点扶持和较长期地驻村指导观察。争取在全国大部分省都建立实验点，并且进行轮回培训、各地指导。经常进行总结和各地的经验交流会议。甚至建立流动的农民文艺宣传团体来宣传推动文化活动。

第二步，在比较成熟的实验点，开始转入协调和促进外界支持的阶段。目前的一般实验点都是某个方面发展得比较快，但是有些方面还刚刚开始，还没有协调起来，实现综合发展。下一步的工作就是促进其在各个方面协调起来。这其中尤其重要的是自身的培训交流、文化改造活动。其中比较大的经历放在夜校、中小学改造上。要开办长期的农民学校，培训农村基层说服动员和组织管理的人才。要争取获得政府金融机构和社会团体对这些有发展基础的实验点进行扶植，尤其是资金的进入。但是所有的这些活动都要建立在农民的文化精神活动的良好发展上，这是农村未来发展的良好保障。

第三步，在全国范围内成立跨省的农民经济联合和发展的合作机构和培训指导机构，甚至是行业协会。指导、监督、沟通各地的发展。但这绝不是管理机构，只是中间服务机构。通过这些服务性的组织，形成农民自己的农产品流动、培训交流、自我管理的机构，让农民有更好的发展空间。这其中，包括农村文化的推动。形成农村文化的舞台，发出自己的声音，打破精英话语权。

这里很关键的问题是用什么力量来推动新乡村建设事业的展开。单纯的依靠政府力量很显然暂时还无法做得到。而且我们非常的担心，用行政力量的结果会导致一个个有名无实的空壳产生。这样的结果就完全扭曲了这个建设的本义。到现在为止，恢复到人民公社时期还是一个令很多人，包括农民担心的事情。但是中国的志愿者基础又如此的薄弱，NGO 不是很发达，而且 NGO 同样也在官僚化和营利化，这也同样令人放心不下。而一些颇具理念的知识分子虽然可以把事情做好，但是却少得可怜。我们现在有的大学生志愿者虽然已经可以做一些基础事情，而且形成了比较宽泛的网络，但是毕竟是经验以及深入能力不足。怎么办呢？

是否可以建立一直"特混工作队"？由五方组成，即由政府选拔优秀的干部，经过培训的知识分子，经过培训的大学生志愿者，地方有责任感有热心的农民，以及 NGO 的工作人员（考虑到数量少，也可以没有），组成"工作队"。深入到广大农村中去，边调查边宣传边推进。这个工作队具有一定的行政协调能力，但又不是政府角色，政府角色要有，否则在现在的农村很难推进类似的工作，这个可以从省市级政府选拔一批年轻的干部担当；知识分子的角色初期主要是研究和形成模式以及给出具体工作模式，以后是跟踪和改进，还有很重要的角色是监督和形成平衡，对单纯行政人员是个制约；大学生的角色是进行具体操作，从调查到实干，到推进，很重要的作用是进行精神传导，以自己的朝气和斗志激励农民的奋斗精神，同时经过培训的大学生将会更为有力地克服官僚化倾向和腐败；农民的参与是必要的，事实上，所有的这些工作真正的目的就是带动村子中那些真正有带头意义的农民的参与，农民的参与是一个很好的培训和意见综合的过程。这样，事实上就形成了一个非官非民的中性组织，一种新 NGO。

这个新组织负责各个村落的农民选拔、培训、指导、动员、组织和跟进，在全国各个地区都可以广泛建立，每个乡镇都可以建立一个，一个这样的组织可以基本改变一个乡镇的面貌。

这个工作队应该是农村发展的推进器。

失重的农村文明与农村教育

石中英

当前的农村教育是人们关注的热点，人们都在追问一些表面的现象，可仍然百思不得其解，我从北京师范大学教育学院石中英副院长这里得到的却是另外一种答案，他从本质上分析了中国农村的教育问题，可以说找到了问题的根本，从本质上与其他学者和专家的研究有很大的不同。

失重的"文明"

记者：您从基层当老师到现在中国教育最高学府当院长，您怎么看待当前农村教育和农村文明，及文化环境对社会发展的影响？

石中英：谈到农村文明，我们首先会问一个问题："农村有文明么？"这就涉及到文明的标准问题。可以从以下三个角度来分析文明的概念：

第一个是日常用法的分析，"文明"这个词不是一个罕见的词，而是一个高频词，在日常生活中经常使用。通过对日常生活中使用"文明"这个词的语料分析，可以看到它有两种属性：一种是作为名词，一种作评价词。

"文明"这个词来源于拉丁词，其原意是指"城市或城邦的居民"，所以我看到以后就感觉到原来文明原本就与农村无关，他是跟城市有关系。在英文词典里，"文明"有三个含义：第一个是文明和文化，第二个是开化和教化（指一种人格的状态），第三个指的是文明世界。

在中文里面"文明"有这么几个含义：第一是指文化，所以文明和文化是不分的；第二是指人类社会的进步状态，与野蛮相对应；第三是指光明与文采；第四个是指年号。后两个现在已不常用。

界定了文明这个词后，再来探讨"农村文明"。因为从前面词源上来看，农村跟"文明"这个词好像没有关系。另外从经验上来判断，文明也主要是跟城市、都市、国家有关系，似乎跟乡村的生活没有多少关系，但是按照我们前面的那样一个界定，我们来看一下农村文明这个概念能不能成立。那么农村文明就是指这一特殊的社会群体在长期的生产与生活实践当中所创造与憧憬的理想的生存状态和生活形式，无论怎么样我们这个社会都得承认农村的生活是另一种生活，农村生活的人们有他们自己所创造的历史、自己所创造的知识、自己所创造的显性的和隐性的社会生活制度，他们有自我的概念、有对幸福生活的理解，所以我认为那里是存在文明的。

记者：那么农村文明和城市的文明有哪些区别？

石中英：农村有文明，那么农村问题有什么特点，这就是我们要比较的。艾凯有一本书《世界范围内的反现代化潮流》，他在这本书里面比较过十八世纪以来欧洲思想家对工业文明、对现代化的批评以及对农业文明的重新认识，在中国这样一个现代化已经成为一种意识形态的国家，这种批评已经被人们所遗忘了，实际上他很有价值。我们来看一看他的比较，他认为农村文明是注重情绪的，城市文明是强调理智的；农村文明是直觉的，城市文明是科学推理的；农村文明是具有自然性的、自发性的，城市文明是机械的、强迫的；农村人的生活是比较容易满足的，城市人是不满足的；农村人的生活具有比较高的精神性、伦理性，城市人的生活是物质主义、物质至上的；农村人的生活是联合的，城市人的生活是分裂的；农村里面人是处于核心地位的，城市里面是机器处于核心；农村文明是自然的，城市文明是人工的；农村是一个民俗社会，城市是一个法理社会；农村是禁欲主义的，城市是享乐主义的；农村是和谐的、和平主义的，城市是冲突的、竞争的……

当代英国人类学家盖尔纳，也是一个政治学家，他在《民族与民族主义》里是这样描述的：农业社会是只有少数人识字的，工业社会是所有人识字的；农村文明是有特权的，城市文明是权利平等的；农村文明是内向的，城市文明是开放的；农村人是讲方言的，城市人是讲标准语言的；农村是注重秩序与稳定的，城市是追求增长与变革的；农村是非专业化的，城市是专业化的；农村的教育是私人教育，城市的教育是普及的、标准的、一般性的教育；农村人的生活是低风险的，城市人的生活是高风险的；农村文化是异质的，就是从一个村到另一个村它的方言、风俗等等是不一样的，农村文化是天然多元的，而城市文化是同质的，借助标准化的教育、推行普通话、生活风尚等等追求高度的同质。

在这些基础上，我个人试图进行一些更加结构化的比较。我想文明作为人类一种理想的、可欲求的生存状态和生活形式，莫过于处理三种三维的关系，一个是人与自然、一个是人与社会或者人与人、一个是人与自我的关系。

于是便有了这样一个初步的比较：在人与自然的关系上农村文明是亲近自然的，城市文明是疏离自然的；农村人是尊重自然的，城市人是破坏自然；农村人认为自然是有机的、相互联系、充满生命的，城市人认为自然是物质的、客观化的。在人类社会的关系上，农村文明是接受差序的，既有差别又很有序，城市文明是强调平等无差别的；农村是伦理本位的，城市是权利本位的；农村是熟人社会，城市是陌生人社会；农村是一个人情社会，城市是一个法理社会。农村是社群主义的，中国农村是一种最典型的社群，社群主要不是讲一种权利关系，更主要是讲一种情感关系，有情感关系的一群人才构成一个城市，强调个人主义、国家主义；农村是以本土知识为基础的，城市是以科学知识为基础的；农村物质与文化生活贫乏，独立思考的时间多，悠闲，城市物质文化生活丰富，独立思考的时间少，一天十分的忙碌。

在人与自我的关系方面，农村文明的理想的"我"是小我，城市文明理想的"我"是大我；农村是相互依赖的"我"，城市是独立的、原子化的"我";农村讲究节制的、自足的我,城市讲究不断自我实现的我;农村讲究具有历史关联性的我,城市人讲究当下的我;农村人讲究信仰的我,城市讲究事实的我等。进行这样的对比是为了打破原来的偏见,一个是认为农村没有文明,一个是认为农村文明是低级的,城市文明是高级的,我是想用两种类型来解读这两种不同的文明。

农村文明是城市文明的基础

记者:农村文明对社会的发展有什么重要意义?

石中英:现代化进程中农村文明的命运怎么样,一般认为现代化就是工业化、城市化,城市化有很多指标,如非农业人口比重、城镇的规模等等,总之现代化的一个趋向就是农村文明的衰落。另外一个问题就是今天重新乡村规划,村庄的文明是和村庄的历史联系在一起的,有的村庄存在已经几十年、上百年甚至上千年了,可是现在村庄规划把老村庄全部毁掉,新的村庄都建在高速公路的旁边,结果随着那个村庄的被毁,祠堂没有了、老树没有了、家族的宗庙没有了、各种各样的故事都没有了,所以我觉得中国农村文明在乡村规划之下面临着灭顶之灾。

那么怎么样来看待农村文明:

第一是生态文明视野中的农村文明。在文明的问题上,我发现国内的一些学者包括政策制定人员都有一种观点,就是文明的进化论。他们认为,从采集文明、渔猎文明进入到农业文明是个进步,从农业文明进入到工业文明是个进步,从工业文明进入到生态文明又是一个进步,似乎就是人类文明每一次进步都要抛弃已经取得的所有成果,人们总是站在今天嘲笑过去,为我们今天的一切沾沾自喜,其实我觉得,在后工业时代有一种文明观很值得我们重视,就是生态文明观,他首先坚持人与自然的和谐统一,这是一种新的自然观,我觉得自然这个概念又复苏了,人们似乎又重新认识到山川背后的德行,认识到江河背后的力量,认识到风雨雷电背后的那种非物质化的东西，当然又不是回到自然崇拜的那个年代，但是总之是认识到自然并不是毫无生命的、物质化的、可以被我们任意支配的，最后人与自然形成一种和谐的关系。

第二点是强调文明的多样性，文明不是单一的，不同文明之间的价值就像不同文化的价值一样是不能够比较的，他们只不过是在自己独特的历史过程中生长起来的，所以在生态文明的视野下，农村文明应该有自己独立存在的价值。第三，他们认为只有在文明多样性存在下才能够促进人类文明的不断进步。从历史上看，文明也好、文化也好，都起源于不同文明、文化之间的交流与碰撞，然后才能不断前进，我们才能有更多的选择和机会，我们才能有更多关于未来的灵感，才不至于僵化。

农业的问题不仅仅是农村经济的贫困，也不仅仅是农村政治的不民主，更主要是整个农村文明的衰落的问题，那么在生态文明视野中怎样使这种有价值的文明重生呢（现在我基本觉得农村文明已经走到穷途末路了），我觉得第一点我们要看到农村文明对整个人类文明做出的重要贡献，我觉得中国社会的发展，人类社会的发展根源于农村的那些文明，比如说对自然的看法、对社会的看法、对自我的看法。

中国有个非常典型的例子，我们城市里边（我不是说所有的城市人）许许多多的有所成就的、对人类发展做出贡献的那些人，他们宝贵的品质，都来源于农村文明中汲取的营养，真正的城市文明恐怕不能提供那些品质，比如刻苦、专一、忠诚、正义感等等，当然不是说城市出生的人就没有正义感，这里有城市出生的同志可能有不同意见，这是第一点。第二点我觉得我们应该看到人类社会的发展、现代化的道路不是只有一种的，就像托夫勒所说的，现代化是一个开满了花的树，它有很多伸向未来的枝，不一定非得走西方已经走过的那个道路，通过牺牲、排挤农村、农业、农民来实现现代化的梦想，我觉得在这个时代里面农村文明可能得到重生。第三点就是农村文明建设中的城市化问题，城市化、城镇化是一个要重新考虑的问题，不仅从经济学的角度，还要从文明论、从哲学的高度、从人类学的角度来考虑。

农村文明对农村教育的重要性

记者：从农村文明的角度重新看农村教育，您是怎样看待的？

石中英：我认为不能简单的教育的角度出发，我们还的从农村文明观说起。第一个就是教育的文明观，教育是干什么的？教育的功能是什么？我们总是说教育是培养人的，教育是促进社会发展的，但是人和社会都是统一在巨大的文明体下面的，教育应该给一代又一代的青少年一种文明观的教育，我们究竟要帮助青少年树立起一个什么样的文明观，是文明的进化论呢，还是文明的生态观呢？是文明的多样性呢，还是单一文明论？这样的一些观念我觉得是值得我们去考虑的。第二个是农村教育中的农村文明观。农村教育怎么搞，农村面临的问题是什么？我承认农村教育面临着教育投资、师资力量、教育改革动力方面的巨大的不足，教育和社会的关系不协调等等问题，但我觉得最重要的是我们的一代又一代的农民失去了自信心，农村教育没有能够引导农民正确理解他们所生产、所传承、所享受、所创造的文明，这一点是最糟糕的。

我觉得一个13亿人的国家如果有8、9亿的人失掉了自信心、总是认为哪怕是砸锅卖铁也要把孩子送到城市里，这恐怕根本不是通过经济手段、增加投资能解决的问题。当然还有一个是城市教育的农村文明观的问题。城市里边怎样教育学生看待农村，尤其是我们的教材里面农村的形象。

农村代表着什么，分析一下教材里所憧憬的那样一种社会理想是以什么为基础的，其实我前面讲过，农村有很多很好的东西，在人与自然的关系上、人与社会的关系上、人与自我的关系上的看法都是具有普适性的，不是仅适于农村的。

再有一个农村视野中的农村教育改革。今天农村教育改革很多人在研究在讨论农村教育改革的价值取向、目的、课程改革、教师培训等等，我非常钦佩这些人做出的非常重要的努力，但是我的看法是改革恐怕不能停留在离农、为农的问题上，所谓离农教育就是帮助他走出农村，为农教育就是增加一些农业生产的知识帮助他更好的生存。我是觉得生存的问题并不是最重要的，重要的是如何生存，怎么样来理解生存的问题。

空心社会的发展陷阱和困境中的不绝希望

张宝石

题记：2004年7月15日至8月15日，我参加了由21世纪教育发展研究会组织发起的"西部阳光行动"，在甘肃会宁翟所乡翟所村调研、支农和支教。

从兰州到会宁，一路上满眼是连绵不断的大山，那些如巨兽脊骨般雄壮地隆起在大地上的山梁，伏在铺满乌云的低低天空下。公路两旁是纵横交错的深深沟壑，陡峭的山梁上挂着一块块田地，不时出现的小小村庄隐匿在群山深处，巨大的黄土塬横亘在远天之下，没有绿树，没有流水，形态倔强倨傲。眼前的一切使初来乍到的我们相信了这样一种描述：这是一个和千百万个其他贫困地区相似的地方，自然条件的恶劣束缚了这里的发展，穷山恶水像是一道恶毒的诅咒，生活在这里的人永远摆脱不了自然带来的生存压力。

在来之前，我就已经听说了，会宁是一个国家级贫困县，很多文章会紧接着说，这儿的自然条件极其恶劣，十年九旱。在来的路上，细雨濛濛，远处压低了的云层中还见到炫目的闪电，隐隐的雷声也不断地传来。这样一个干旱的地区下起了十年一遇的好雨，我打心底为这儿的百姓高兴，并且暗自于心底希望能借此喜雨，真能够像孔子所言"远行必有所获"，真的能够不虚此行！

我们到的地方是甘肃省白银市会宁县翟所乡，驻地在翟所乡中心小学。这个小学不仅是当地最好的小学，在教室的墙上我们还看到这儿也是白银市的乡村示范小学，条件比我们想象的要好得多。我们本来打算要住到乡下的愿望落空了，因为是会宁教育局直接安排的，所以校长的接待极其隆重和正式。经历了最初的整顿之后，我们马上开始着手实施各项预定的活动。支教最先开始，随后便是支农和调研。支教最为顺利，孩子们来的很多，好多孩子要跑十几里山路。翟所中心小学和新来的一批大学生带给了他们无比的好奇心，他们希望能见识见识来自北京的大学生，想听听他们怎样上课。

在支教的过程中，我发现学校是当地最好的公共设施。这儿的学校管理严谨，组织系统明确，即使在资金极度困难的情况下，仍然能够保证井然有序地运行，教育出一批批孩子。但是学校和乡村社会却有一道高高的围墙，学校和社会是隔离的。这儿有大学生但却没有大学，所有的学校都不是坐而论道的，都在身体力行着一个准则：培养大学生。目标明确而单一，培养大学生。乍一听，多么美好的理想，未来充满了憧憬和希望。但是，当全社会都以培养大学生为目标时，那些因为种种原因而没有上学的、被迫离开校园的孩子们，他们该怎么办呢？会宁县全县有 46 所初级中学，九年制学校 11 所，高中有 5 所，其中五中是今年刚刚成立的，2004 年 9 月开始招生，只有高一和复读班。会宁县今年的初中毕业生有 15000 名，而所有高中招生的总容量却只有 5000 人上下。70% 的孩子注定要在今年的中考中落榜，不管他曾经是多么的刻苦，多么的努力，不管他曾经是多么的想继续上学。在整个暑假里，人们纷纷议论的不是这些中考失利的孩子们，电视上、报纸上、街头巷尾人们关注的话题更多是谁家的孩子又考上了哪所大学。一位会宁一中宏志班的同学专门到笔者的驻地，整个下午跟我说他们的高中，那个让全县百姓和学子们景仰的学校和班级。他跟我说了某某同学因为学习压力太大而精神分裂、精神失常，某某同学因为压力太大而自杀，他跟我说他们的学习是如何的刻苦，如何的艰辛？

会宁有一个似乎可以引以为豪的别称：状元县。这个名称据说是因为中央电视台焦点访谈的一次节目得来的，笔者没有考证。但是接待我们的教育局负责人却毫不掩饰地跟我们大谈会宁的"三苦精神"，即学生苦学、老师苦教、家长苦供。接连着三个苦字，看着让人敬佩三分，毕竟苦不是每个人都能吃得的，能吃苦的精神本身就孕育着胜出的希望。但是当这些东西扎扎实实地落到一个人的头上时，有些东西将是难以下咽，难以承受的。为此我想了一个问题，教育到底是为了什么呢？学习知识应该是愉快的享受，还是像在吞咽一颗难以下咽却可果腹的苦果？现在，在很多地方的孩子一定程度上已经从繁重枯燥的学习中解放了出来，他们可以依照自己的兴趣学习各个方面的知识。学业的压力对他们来讲已经大大减轻了，他们并不对升学有很多的忧虑，没有因为忧虑而带来的巨大的恐惧。他们用自己的行动和切身体会告诉其他孩子，学习应该是一件更愉快的事情，应该是使孩子感觉到成长，感觉到力量，感觉到幸福的一件事。学习不应该是让孩子觉得充满恐惧，不应该让孩子们活在惴惴不安里，在美好的童年、青少年时期感觉到凄惶。我不希望我们的孩子们在恐惧和忧伤的阴影里成长。而在会宁，我们看到的是严厉的老师，怯懦的孩子们，心切的家长们。

通过这些天的接触，我发现这儿的孩子们是如此的可爱而聪明，他们像他们的父母亲一样淳朴而真诚。表面上看来他们腼腆而单纯，深入接触以后就会发现，他们热情而健谈。他们告诉我们自己的快乐和忧伤，告诉我们他们的憧憬和希望。他们在给我们的字条上写着："亲爱的大哥哥、大姐姐们，是你们带给我们校园以欢声笑语。"很多的孩子不断地表达着同样的声音，他们的生活沉重而单调。上学就只能正经读书，其他任何都并不被认同。放了学他们要给家里面放牛、放驴、放羊、拔麦子等。因为家里面生活的压力也并不比学校里面小。

在这片土地上，我感受最深的就是这种各式各样的压力。就如这片土地上矗立着的高山、随处可见的绝壁所带给人视觉上的压力一样，这片土地上的人民活在对未来的迷惘之中。各个方面的前景都不容乐观，自然状况几千年几乎没有任何改观，严重缺水，植被覆盖低，庄稼收成低而没有保障。而几年前引以为豪的教育，现在早已经名不符实了，周围景泰、白银市、平川区、定西市的教育都已经赶了上来。

会宁县总共有 58 万人，县级财政只有 2163 万元，还不到一个中型企业一年的利税总额多。到处听到的说法都是，会宁自然环境不好，环境闭塞，人才缺乏。从看到的景象看，会宁的发展可能并没有别人说的那样真的是如此之穷，难以生存，但落后的状况却真真切切地存在着。

以前我就曾经长久地思索过我家乡贫穷落后的原因，但是一直没有找到令自己满意的答案。我的家乡在皖北农村，属于华北平原。那儿土地肥沃，气候宜人。广袤的平原上种植着成片成片的小麦、玉米、大豆、高粱、花生、棉花，一年四季气候状况稳定，日照充足，农作物产量非常高。但是这个地区依旧是贫穷，依旧离富足很远。这个地方的经济水平处于中国的中间偏下水平，民风刁蛮，经济不振。在那儿的乡村，无序的建设，肮脏的公共卫生环境，恶化的邻里关系，官民关系的紧张，这些环境使人对这个地方心生厌倦。

到会宁以后，我也发现了同样的问题：贫困、落后。在实践的这段日子里，我跟乡长、村长、社长、教育局长等代表官方话语的人谈过，也跟小学校长、教师、商人、回乡大学生、打工回乡人员等代表知识文化界的人聊过，更多的还是到田间地头跟农民朋友们聊这个话题。每一个人的回答都不尽相同，但是每个人的回答和话语都给了我启发。正是有了这些经历和素材才有了我今天的这篇文章。

在会宁翟所的日子里，有一天因为有事要去拜访乡长，于是我们就到乡政府去。乡政府是一个三层楼房，街道上另外一栋楼房就是中学了。那是一个星期五，上午 11 点钟。偌大一个乡政府，没有一人。三层的办公楼几乎所有的办公室都锁着，等了好久我们终于找到一个人，然后请他帮忙找乡长，半个小时后乡长到了。整个办公楼里就乡长和我们几个人，其他的人都回家收麦子去了。乡长见了我们就开始诉苦，说乡里人手不够，说钱不够使，说管理不容易。乡长说现在这儿交通不好，全乡就一条公路，而且只通过五个村子，其中有三个村子还跟公路隔着一条大河。只有乡政府所在地跟公路连着。乡下的其他村子，好多路都是很长时间踩出来的路，路面窄，很多路段都非常陡峭难走，乡里想修路，可是没有人愿意出劳力，没有人能够组织起人来干。年轻人大部分都出去了，有的是去读书，更多的人到外面打工去了，而且常年不回家。乡里面有组织的活动除了例行的计划生育检查之外就是红红火火的庙会活动了。村里不仅有庙，而且每年都还有庙会，搭台子唱大戏。乡政府每年基本上没有什么事情干，收收农业税，搞搞计划生育，剩下的就基本上是教育了。其他的公共设施建设等，乡里面不想去搞，也没有能力，没有热情去搞。去拜访村长的时候，村长也跟我们说他的困难，村里的活动也简单得很：收税和抓计划生育。

而当我跟老百姓谈的时候，他们都普遍地表达了自己对当地各级政府的不满。他们认为政府应该有能力做更多的事情，可是他们并没有做，同时当地老百姓并不相信政府能够干出什么来。

据乡长介绍说，每年乡级财政都非常有限。这些钱还是大部分通过上级财政的转移支付来实现，本地的财政收入不管是乡级还是县级、乃至市级都严重缺乏，很大一部分依靠上一级财政的支持。

和有些极端贫困的地区一样，会宁的发展已经陷入了一个贫困的发展泥潭。整个地区的发展大厦建立在一个巨大的漏斗区之上，虽然有人不断地往大厦上添砖加瓦，可是总有很大一部分的砖瓦从漏斗中漏走。低效率、自然条件的恶劣、人才的匮乏、经济的不景气形成一个恶性的循环涡流，这个涡流把有限的资源和向上力阻滞分散。自然条件的恶劣带来了一系列的后果，交通不便、环境闭塞、人才外流、经济发展困难。腐败带来了低效率，低效率进一步加剧经济的不景气，加剧自然条件所带来的恶劣影响，这些影响又会影响人才的引进。一个巨大的恶性循环在社会发展的根基部存在着，将整个地区深陷其中。

在乡村社会中缺乏具有领导气质和服务精神的精英分子，政府处于核心却没有核心所应具有的吸引力、凝聚力、向心力，于是整个社会像一个巨大的反涡流，各种能够流动的资源都抓住一切机会向外流动。而没有流动的，一部分为既得利益者，一部分为无力流动或者因为某种原因而没能流动的人。

底层社会形成空心以后，为了保持社会的平衡和稳定，上层就对底层社会进行补充。新鲜的血液直接被输送到了乡村社会。这些来自于城市中的资金、知识、技能乃至文化观念直接攻入了乡村社会之中，不是增强了乡村社会的自身能力，相反的却促成了乡村社会的进一步的解体。更多的人看到了外来文化活生生地在自己的面前活力四现，魅力无穷。就拿我们这些下乡支教、支农的大学生来讲吧。我们年轻活泼，知识相对乡村教师丰富有趣许多，带着各种现代化的设备，现代城市中的观念，这些都给乡亲们带来了极大的冲击。我们团队所带来的力量和冲击是本村、本乡大学生个体所不能表现出来的。这些都引起了百姓对外部世界的进一步肯定。这种肯定带来的是离心力量的加剧，对孩子的期望和对教育的重视即可看成是此种期望的反映。乡亲们不需要证明地相信这样一点：这些来自于北京的大学生们神通广大，这些大学生们是中国最优秀分子中的一员。他们希望他们的孩子能像我们一样，所以他们乐意他们的孩子跟我们在一起，并且相信我们能给他们的孩子带来不同寻常的改观。同乡亲们的谈话中，听到的最多的就是对这个地方的抱怨。不管是对自然条件、人文条件、对政府等各个方面，他们都不相信这块土地上还会有什么奇迹发生。农业对他们来说一方面是糊口的一种方式，另外也是打发无聊时日的一种方式。因为土地上所产并不能满足生存和发展需要。在土地上的生产活动就如同他们祖祖辈辈所习惯不吃早饭而喝罐罐茶[1]一样，已经成为了一种习惯而非需要。他们对生活充满绝望后，便把希望放在了对下一代的教育上面

---

〔1〕 罐罐茶是当地老百姓自制的一种饮料，以红茶或者绿茶配上枸杞子、红枣等在小炉子上一遍遍地煮，一小杯小杯地喝，当地人尤其是中老年男性多以此代替早餐。

了。教育成了一种重要的通往外面世界的有效途径，这个途径上是最少因为出身及其他方面原因而造成机会不平等的，是目前改变自身命运竞争中最最公平的一种形式。

但是目前这个形式中依然存在着不公平。教育对每个人而言意义不尽相同，但是享受教育的权利却是相同。然而并非所有人都能如法律所规定的那样能够平等地享受到教育所带来的一切。教育并非一件单纯的说教事件，而是一件同社会各方面资源相关联的事件。一旦同社会资源相关联，必然会有经济社会文化上的不平等。东西部之间因为社会经济发展水平的不同，教育所能分配到的资源也有很大的差别。资源分配的不均，直接影响到一个地区整体教育水平的高低。优秀教师的短缺，教室、教学资源等方面的差别对未来一代的影响是直接的。一个地区的经济可以在十年里得到翻天覆地的改观，但是一个地区教育文化水平状况的高低却非十年所能改变。人才的培养需要天然的苛刻条件，任何一个链条的薄弱和断裂都将造成不可估量和不可弥补的损失。

如前所述，各种资源的流失中人才的流失是最大的流失。就如黄河带来了水滋润了这方了土地，同时也带走了大量宝贵的土地资源。水对这片土地来讲，既是福音又是灾难。黄土地是只有水才能带来绿色，带来希望的。但是水也会带走所有承载这个希望的泥土。是否是因为这片土地无法承载太大太多的希望？

人才在这片土地上的培养就跟这儿农民培育庄稼一样是非常艰辛不易的，但是一旦收获也必将是充满喜悦的沉甸甸的丰收。人才流失就如同剥夺了农民赖以生存的粮食一样，剥夺了这片土地进一步发展的希望。希望的湮灭会给整个社会造成巨大的生存压力，这样的压力带来竞争和不自信。生存的景况是艰难的，那么发展机会上的竞争就是无比激烈的。

好多孩子，尤其是大一点的孩子们，总是跟我说，以前教过他们的比较受人尊敬的老师们都走了，能走的都走了。他们能够理解他们为什么走，因为他们自己就在这片土地上生活着，憧憬着，希望着，所以他们能够理解老师们的选择。但是他们只是觉得孩子们没有好老师实在是没有道理，他们自己也不知道怎么办。对于留在本地的老师，尤其是初中、高中的老师们多半口碑不好，有些也会得到好评但是很少。是什么促使了当地人对老师们这样评价，是什么促使当地人如此关注教师呢？因为教育的地位在当地非同寻常，教育被赋予了非同寻常的意义，承载了太多的希望。

在支教的一天晚上，我们队的一位同学拿着一叠孩子们的作文给我看。作文是我们出的，是让大家写写自己的理想，孩子们看了题目以后非常踊跃，第二天就把作文都交了上来。我在灯下一篇篇地看了孩子的文章，看了以后很有感触。这儿的孩子个个都雄心壮志，都要走出这个看似走不出的黄土地。在作文里，大家个个都有一个非常相似的逻辑：我们是农民的孩子，我们祖祖辈辈地生活在这里，这里土地贫瘠、生活困苦，我们要离开这里，怎样才能离开这里，才能脱离苦海呢？那就是上学了，而且要上大学。怎样才能上大学呢？只有自己刻苦学习了。

于是我们便看到了这样一个情景：中国农民阶层将孩子的教育放在生活中的第一位，苦苦追求锲而不舍。这样的情形在中国历史上从来没有过，其规模也是空前的。农民活着将不再是仅仅为了生存，他们日出而作，日落而息，不再是仅仅为了果腹。现在他们有了发展的需求和可能之后，第一件事便把教育抓起了。孩子们的认识是从他们长辈那儿得到的。对孩子的培养和教育使农民们的生命有了新的希望和意义，他们将不再是个体的存在，而是汇入了整个文化发展的巨流之中。他们正在培养着新一代的中坚力量，他们的生命在新生命和新生活中得到了延伸。

在甘肃，在会宁，在翟所，在那连绵不绝的黄土高原上，我相信我看到了这个社会未来发展的绵延不绝的希望！

乡村的目光——农村学生城市认知的经验研究

黄 菡

问题：怎样认识农民

与改变农业、农民和农村的急切心情相比，我们对农民的了解却如此有限。任何忽略与偏见当然都是有原因的，"19世纪的社会科学表明，他们对乡村事物的不了解令人惊讶。他们所有的分析和解释的努力都是针对工业经济和都市社会的。由于受工人阶级的诞生、资本主义企业惊人的效率以及货币构成的惟一手段所迷惑，他们对没有工资、没有企业主、没有货币条件下运转的社会体系失去了兴趣。"[1] 孟德拉斯给出的分析应该是正确的，当整个时代和所有的社会都向着充满巨大感召力的新生活变迁时，我们更多的关注一定是投向未来的，投向那些能代表新的精神的事物，而把旧的冷落在一边。

在中国的今天，同样有太多的证据表明，城市本位主义已经渗入当今文化的深层，成为中国人的一种集体无意识。1994年名噪一时的政论性著作《第三只眼睛看中国》，在不经意的宣泄中暴露了中国文化中一直潜藏着的这个秘密。农民史学家孙达人因此评论道："最令人惊异莫名的是，时至今日，还有人公开宣扬'把农民牢牢地禁锢在土地上的观点'。这个标本表明，我们对中国农民的研究，对农民学的研究是怎样的薄弱，而这些方面的研究又是多么刻不

---

〔1〕 孟德拉斯. 农民的终结. 北京：中国社会科学出版社，1991：2.

容缓。"[1]

我们必须更深入地了解农民。因为要改变一个人的生活方式，首先要了解他的生活方式。然而就是这个看来并不很难的问题，却一直没有得到很好的解决。罗吉斯因此提出："对农民缺乏了解造成了很多发展规划的失败……每天农民都在使经济学家叹息、政治家流汗、战略家诅咒。他们的预言和计划在全世界各处被农民所打破——莫斯科、华盛顿、北京、新德里……现代的人只能说服而不能强迫，要想说服就必须知道他们原来的价值观，他们是如何看待世界和他们周围的社会。简言之，必须知道他们的'认知图式'。"[2]

我认为我们应该从另一个方向上努力以深化对农民的理解：通过"农民对城市的认知"来反思我们对农村和农民的认识。科学认识是一种权力，对认识的公开的和正式的表达更是如此。在特定的社会条件下，这种权力往往被垄断在少数人手里。通常只有社会地位高的人群有机会实践和表达他们对社会地位低的人群的认识。在大多数二元关系中我们都能体会到一种尊与卑的对比，看到前者更多地扮演认知主体，而后者安于做认知对象，看到前者更多地公开表达着对后者的认识："男与女"、"师与生"、"医与患"、"亲与子"、"官与民"、"警察与犯人"，甚至是"正常人与精神病患者"等，当然也包括"城市与乡村"。长久以来，我们习惯于从文化客位来回答"农村是怎么样的"，"农民是怎样的"等问题，但我们似乎尚未关心过"农民是怎样认识城市的"。在现实的城市与农村的关系中，农民不仅仅为城市所剥夺，为城市而牺牲，他们也在不断地被写。农民的"历史"总是由他人来说，总是用"我"——城市人——望文生义地造出来的句子，说成一个"我"——城市人——眼中的"他者的故事"。欲研究农民，必先了解农民。这应该成为研究中国农民问题的第一要务。正是在这个意义上，本研究试图确立一

---

〔1〕 孙达人. 中国农民变迁论. 北京：中央编译出版社，1996：196.

〔2〕 罗吉斯. 乡村社会变迁. 杭州：浙江人民出版社，1988：320.

种"接近"和"了解"中国农民的新的、更具有解释力的视角，以期建构一种新的"城乡对话"形式。

研究：农村学生的作文

下面引用的学生作文来自陕西某县赵村。在约请孩子们写作之前，我嘱咐他们，作文可以《我心中的城市》或《我眼中的城市》为题，没到过城市的同学用前一个题目，到过城市的同学用后一个题目。需要解释的是，孩子们并不把本地县城看作城市，在他们的认识中，只有像咸阳和西安那样的地方才叫城市。

就地理位置来看，对赵村而言，西安和咸阳也的确都是距离它最近的地市级以上的城市。

在赵村，我一共搜集了56篇作文。其中，清源中学初二（1）班的学生们提供了45篇，村里的小学生们提供了11篇。在这56篇里，《我心中的城市》有42篇，《我眼中的城市》有14篇。

下面，我试图以这56篇作文为素材，以认知途径、城市和城市人描述、城市评价、态度和行动表达等为构图要件，制作一幅这一群农村孩子的城市认知的"拼图"。

拼图1——"我心中的城市"

他们的认知途径：在这部分学生中去过城市的不足四分之一，他们提到的对于城市的认知途径分别有：电视、图书、好些人的话语里、遐想、电影、收录音机、有些老人讲述的城市的事。

有意思的是，将近三分之一的学生在导入对城市的描述时用的都是"梦"，这让我想到，他们可能非常想去城市，但是又很难有机会去；也许他们是真的常常梦到，也许他们是想说城市是他们的一个梦。

孩子们提到的城市少得可怜。绝大部分人只提到西安，有两个说到了北京，从用词来看，显然是从书本上看来的，另有一个学生讲到广州，还有一个学生提到了天津和上海。

他们对城市和城市人的描述、对城市的评价、态度和行动表达，关于城市的地理位置、行政区划，作文普遍没有提及。对文化精神的关注也十分稀少，从社会功能的角度来描述城市的语句同样很少、很生硬。作文中浓墨重彩、生动活泼的是对城市的物质实体、生活方式和人的描述，几乎谈尽了一个农村人初到城市所能看见的所有。虽然他们其实都没有去过，但篇篇都有自己出彩的想象。如果说他们在"观察"城市的物质基础时已经有了明显的选择性，即"一个富裕、发达、先进、文明的地方"，那么对城市生活方式的描述便更是充满了这种倾向。这些想象五颜六色，初看毫无章法，但仔细一点不难发现，人们的想象总有它的起点，那便是当下的生活；人们的想象也总有它的边界，那就是他们的理想。因而，在这里，我们能从他们的想象中看到他们的生活。

他们想象中的城市是：城市人每天的生活都很优越。早晨4、5点便起床，各种美味可口的、具有营养价值的饭菜摆上桌。城市人一天只工作8个小时，在这中间还包括午餐，工作完就吃晚餐，吃完晚餐便去逛市场。城市人有时不做饭，而是去餐馆吃饭……他们尽管一天只工作8个小时，大部分时间都是在娱乐场所中度过的，但是他们每月的工资最少可达600元，一年下来，一个城市家庭的收入是农村收入最好的家庭的十几倍。

他们生活的农村是：农村人每天早晨起得很早，因为睡得也很早，基本是按照日出与日落的时间来作息的。他们重要的生活内容是"糊口"，虽然每天可能要劳作10余个小时，但收获到的只够糊口。他们基本上没什么娱乐。他们的年人均纯收入远远低于县上和乡上说的1300元或1000元。

然而，在开始谈到城市人的时候，作者们兴奋的情绪就慢慢有了变化，渐渐地由倾慕到冷静、由怀疑到批评。往往是在说完了城市人的弱点之后，作者便会笔锋一转，进一步数落城市的缺点。如果提到城市的缺点，作者则会百分之百地提到"环境污染"，从各种角度以各种方式来提；有些作者会进而分析一下城乡差别产生的原因，大抵是含混而简单的；接下来通常是一个总体评价，而这种评价又通常是一分为二的：城市有优点也有缺点，农村落后但"我爱家乡"，城市与农村各有优劣长短，我们要把农村建设成城市那样；最后是表态，毫无例外的是要通过勤奋学习来建设家乡，使用的语言又毫无例外的是书本化的。

概括一下，这部分学生作文的结构通常是：城市是什么，城市什么样，城市的优缺点，为什么城市这么好，"我"将来要怎样到城市去或者怎样把农村建设成城市。

拼图2——"我眼中的城市"

他们的认知途径：这部分学生是去过城市的，这些孩子到过的城市也只有西安和咸阳。看得出来，他们到城市的次数都不多，停留时间也不长，但他们通常把到过城市当作一种重要的人生经历。

他们对城市和城市人的描述、对城市的评价、态度和行动表达，去过城市的学生在这种描述中表现力要细腻得多。虽然与没去过的学生相比，他们的城市经验不过只多了短短的几天，但它在作文中有明显的反映。初进城市的强烈刺激给他们留下各不相同但都同样深刻的细节的记忆，他们终于有了自己的观察，虽然这些观察仍然大多集中在物质形象上。在开始对城市作出评价时，他们的观点具体、复杂了许多，无论是褒是贬，看来都持之有据，而且心平气和一点了；然后，回到一个最敏感的问题——怎样在城乡对比的背景下设想自己的人生？亲历悬殊的城乡差别带来了两个结果：一是使他们在想象自己的生活前景时谨慎得多，他们不再轻易说要如何把农村建设成城市，而是在对城乡巨大差别的质疑中流露着一种不自信。另一种是以强烈的防卫性认识维护着自己极度脆弱的心理平衡，如在道德上自尊并谴责城市人；通过增加对自己拥有的东西的好感并降低对自己无法拥有的东西的好感来减轻挫折；或者把城市人及想进入城市的人幻化成道德假想敌进行贬低。

概括一下，这部分学生的作文结构往往是：我是为什么到城市去的，城市给我的感受是什么，通过城乡比较，我将来是否还愿意到城市去。

结论：农村学生的城市认知

完整地读一遍这些未来的（？）农民们的作品，我们看到，在他们对城市的认识中存在着这样几个标记：

城市，一个压迫性的梦想

城市首先是他们的一个梦。他们对人生的幸福与快乐的想象常常是以城市生活为蓝本、以城市为背景展开的。城市，不仅在客观上，而且在认知中，代表着富足、先进和优越，代表着需要的满足和实现，与他们人生的最尖锐的痛楚紧密相连。

但同时，城市也只能是他们的一个梦，梦和现实既有千丝万缕的联系，又有最遥远的距离。他们认识到，城乡之间存在着几乎无法逾越的鸿沟，自己既无力实现身份的跨越，也未必就能实现心理的跨越，更不要说城市不仅没准备欢迎他们，而且时刻在嘲笑和羞辱他们。在农村孩子的眼里，来自城市的嘲笑和羞辱的"凝视"如影随形、无从逃避，而他们能够用以自卫和反抗的武器又是那么稚拙无力。

乡村孩子主要是通过课本教材、电视来认识城市的，对那些没有任何城市经历的孩子们尤其如此。而这些大众媒介（教育在现代社会具有鲜明的大众媒介的色彩）恰恰是城市人"书写"的，农村以及农村孩子只是这种大众传播的被动接受者。这其实是在说，乡村孩子的城市之梦完全是"城市化"的，是城市人强行植于农民的认知之中的。

这一点，从乡村孩子作文中频繁出现的典型的"城市语言"中可以看得非常清楚。这种认知途径决定了他们对城市的看法更多的是大众传媒的目光，出自大众传媒对城市的选择性描述。大众传媒的普及和无缝覆盖，创造了一个虚拟的世界，尤其创造了一个虚拟的城市世界。我们很少知道大众传媒没有报道过的事情，即便这些事情每天都在真实发生着。农村孩子虽然身处乡村，但依然无法逃避这种对城市人同样有效的"选择性"植入。现代传媒对城市形象的选择性描述在乡村孩子对城市的认知中得到了鲜明的反映。在他们的"梦"中，城市人的生活就是大众传媒最为热衷的吃、喝、玩、乐。这类有关休闲生活的表述在孩子们的文本中占有非常中心的位置。诚如一位孩子以羡慕的口吻写到的那样：城市人总是吃完了"各种美味可口的、具有营养价值"的早餐之后，再吃午餐，吃晚餐。大众传媒将城市生活简化成闲暇、娱乐的商业选择，这不仅是乡村孩子的梦想，其实也同样是城市人的"白日梦"。

乡村孩子在城市认知上的这种"城市视角"，除了给他们带来尖锐的心理冲突之外，还会让他们摄取一种片面的城市形象，而忽略城市与乡村社会在性格上的本质不同。

城市与乡村社会的本质不同乃在于城市集中体现了效率，而这种内在的效率要求往往意味着更大的强制，与那种大众媒介所单面呈现的城市形象更有云泥之别。当有一天，这些未来的城市人真正在经验上经历城市的时候，他们真实的城市经验与这种依靠大众媒介、教育所建立起来的城市认知之间的剧烈冲突，就可能将他们卷入一种高度紧张的认知失调之中。

冲突与协调：经验中的城市

如果说那些没有到过城市的孩子主要是通过大众传播媒介来建立他们的城市认知的话，那么到过城市的孩子，主要就是凭借"经验"来建构他们的城市认知。经验作为一种认知途径，要比其他途径更有效、更持久，而由此建立的城市形象也会更加牢固。

在那些以"我眼中的城市"为题的作文中，我发现，孩子们对城市的认知已经不再是教科书和电视画面的重复，而被嵌入了个体的个别经验。虽然本研究的对象都只有短暂的城市经验，不可能深入地在个体经验的基础上建构更加完整和更加持久的城市认知，但旧认知与新经验已经构成了明显的冲突，认知失调肯定已经产生。而这种认知失调随着城市经验的持续会变得更加剧烈。一般而言，农民进入城市之后，基本上被固定在城市的下层社会，虽然他们在空间上已经更加接近了城市，但他们更多的是接近了城市生活最严酷的一面：高楼不属于他们，财富不属于他们，迷人的闲暇生活不属于他们。属于他们的仅仅是：严格的工作时间，微薄的工资（这就是城市的效率性格对人提出的要求），以及城市对下等人无形但却咄咄逼人的歧视。这与他们最早通过教科书以及大众媒介所建构起来的城市形象有着巨大的落差。如此，他们就无可回避地卷入了一种认知困境所带来的深刻焦虑之中。

城市的制度、规范、习俗，作为一种城市性格或者本性，虽然构成了城市生活的主要场域，但并不容易被统摄进乡村人的城市认知之中，因为它毕竟是无形的。这样，城市人的态度——这种最容易获取的经验资料就成为了农民城市认知的一个重要来源。从个体主义的角度出发，农民与城市人的个人交往经验构成了城乡关系的一种原型。

农民通过与城市人具体交往中所获得的经验来逐渐修补、完善他们的城市认知。在这个意义上，中国城市人口中对农民的根深蒂固的偏见和歧视，将会加重而不是缓解农民的认知失调。"农民对来自城市人的歧视非常敏感，他们最厌恶城市人歧视性的语言和鄙视的目光。令农民感受到歧视的当然只是部分城市人，但他们会把这部分城市人的歧视行为看成是所有城市人的一致态度，从而泛化了对城市人的反感、冷漠和敌视，产生对城市的隔膜和疏远，激起对城市的不满。"[1] 城市人对农民的看得见、摸得着的歧视，比任何隐性制度，以及出自教科书或者正规文本中的对城市的道德批判都要有力得多。

关于城乡联系，我这里特别要提到的是在赵村得到的一篇学生作文，它通过农村人对城市态度的变化，简练地概括了 60 年代以来城乡关系的 4 种状态：60 年代渴望城市，70 年代惧怕城市，80 年代淡忘城市，90 年代讨厌城市。这个结论虽然粗糙，但的确给人启发。仔细想想，农民对城市的这些情感其实不仅发生在不同的历史阶段，

---

〔1〕 李永波．互动视野中的青年农民工城市化进程．青年研究，1998：7.

也共生在他们今日的城市认知中。农民对城市的情感可集中概括为：渴望、惧怕、冷漠、厌恶。

归因和行动：逃避还是仇恨

个体具有一种保持认知协调状态的需要，即建立和保持一种有秩序、有联系、符合逻辑的认知系统。认知元素之间的冲突会破坏这种协调，导致个体出现紧张和焦虑的心理状态，这种心理状态又会促使个体做出特定的认知和行为的改变，以期重新恢复心理协调。那么，深陷于对城市认知失调之中的中国农民又如何来解决这种失调呢？特别是，当城市是他们一个必然要去的地方，一种必然要适应的生活方式的时候，他们会如何应对这种难以排解的心理冲突呢？

一种符合逻辑的推测是，他们可能首先调整自己对城市的原有认知。他们会告诉自己，城市并不像我们想象得那么好，并按照这种图式去寻找符合这种图式需要的新的认知证据和材料。这种倾向在乡村孩子的作文中已经有所表现。

否定城市，将农村想象成"永远是完美的"，这显然是一种典型的恢复心理协调的努力。这种协调同时还意味着另外一个方向，那就是不去试图推翻已经牢固建立的城市之梦，而是去建立属于农村人自己的城市。在学生的作文中，我们屡屡发现"把家乡建设成一个和城市一样的家园"的想象。令人吃惊的是，这种梦想似乎并不仅仅属于这些天真的孩子们，中国 80 年代一度很有市场的"乡村城市化"道路，与这些孩子们的想象有颇多的神似之处。虽然我们很难判断这种观点是不是直接起源于对这种心理失调症状的一种纠正，但他们之间的确可能存在着某种心理上的联系。说到底，这是一种无法融入城市之后的心理逃避。

然而，当中国农民无法融入、同时又无法逃避城市的时候，另外一种认知后果就可能接踵而至，那就是改变自己的行为。在这里，认知失调就变成了农民行动的动力。他们要么纠正自己的行为以努力适应城市生活，继续维护"城市正确"的认知；要么将自己的行为调整到与城市敌对的方向上来，以便在"城市是恶的"这种认知图式中获得个体行为的意义。在我们获得的学生作文中，有诸多文字已经表达了这种攻击行为的征兆。

问题在于，中国城市中普遍存在的制度歧视、个人排斥以及城市管理当局对农民的某些不正确的行为，都为农民建立这种仇恨情绪及认知图式提供了大量的经验证据。农民通过哪怕非常短暂的城市生活的经历就可以轻易建立起这种反城市的认知：城市不属于我们，它是恶的，应该受到谴责，当然也包括攻击。事实上，中国城市中大部分农民犯罪的背后，都存在着这样一种认知图式所驱动的行为动力。他们不仅仅是因为饥饿、贫穷才去犯罪，他们还试图在这种行为中去获取一种反对城市的行动意义。于此，我们看到了认知作为一种行为动力在中国农民的城市生活中的另外一面。人，当然包括中国农民在内，远远不止是为生存所驱迫的一群，他们还是为意义而行动着的一群。

"接近"农民的城市认知，并在这个基础上"接近"中国农民的行动意义，是我们这个时代非常紧迫的真问题、大问题。毕竟，今天的农民很快将是未来中国城市中一个规模巨大的群落。他们很可能在我们不熟悉的认知图式中展开行动，并以这种行动来重新结构中国城市的未来制度和习俗。这扣合了吉登斯的结构化理论。

本研究的许多结论和推测都是尝试性的，其主要目的旨在揭示：中国农民对城市的认知，可能远远不是我们想象的那样，其形成过程也要复杂得多。农民对城市生活也绝非单方面的适应，而有着重新构建的重要意义。

关于西部农村教育的思考[1]

钱理群

我们这次论坛最大的特点，也是我最感兴趣之处，就是有许多来自第一线的农村教师，这是有非常重大的意义的。本来第一线的老师对教育与教育改革是最有发言权的，但由于体制的原因，也由于观念的原因，却使得第一线老师无论在关于中小学教育的讨论，还是教育改革方案的设计，教育制度、政策的制订中，都始终是缺席的，很少听到他们的声音。我们的教育改革是自上而下的政府的指令行为，这固然是教育本身就是国家行为这一基本特点所决定的；但它缺少自下而上的民间支撑，其弊端也是明显的。其中之一就是将教师看作是被动的执行者，他们的声音被忽略就是必然的。而我们在这里举行关于西部农村教育的论坛，就是希望能够发出民间的声音，发出第一线农村教师的声音，以使我们的教育与教育改革能够获得自下而上的民间推动力，与自上而下的改革形成良性互动与相互制约。

这两天和大家有了初步的接触，发现诸位即使在农村教师中也是处于弱势的地位，来到这里，真不容易。我也因此受到了很大的教育。

刚才，听到陕西省蓝田县九间房乡柿园子小学李小锋老师的发言，我掉泪了。他所提供给我们的数字，实在令人震惊："13、31、103、134、4。13就是我从1992年至今已经当了整整十三年的代课教师；31，就是我今年刚好三十一岁；103，就是我现在的工资每月

---

〔1〕 本文系作者 2005 年 9 月 17 日在"西部农村教育论坛"上的讲话。

为103元。134就是我教出来的学生有134名，4名还考上了大学。4就是我身兼数职：校长，主任，老师，后勤，整个学校就只有我一名教师。"这数字的背后，有农村教育的真实。西北师范大学王嘉毅教授在这次论坛的发言中告诉我们，到2004年年底，我国农村小学共有代课教师60万人，目前甘肃全省有公办小学教师9.7万人，而代课教师则高达4.2万人，这些代课教师主要分布在农村中小学。这就意味着代课教师事实上是我国农村教育的重要支撑力量，但他们的待遇却惊人的低下，而且他们作为教师的权利更是被严重地忽略甚至被剥夺。在这样的难以想象的恶劣境遇下，李小锋这样的代课老师却十数年，数十年地坚守在教育第一线，献出了自己的青春，为最边远山区培养了人才。这令我们敬佩、感动，更让我们羞愧难言：我们整个社会给他们应有的关注和帮助了吗？

我还要向陕西延川县土岗镇小程小学的贺权权老师表示敬意，他跋山涉水来到我们这个讲坛，向我们报告了从事复式教学的农村教师的境况：这又是一个重要而被我们所忽视的教育群体。"西部阳光行动"的尚立富在采访时，甘肃成县主管教育的副县长告诉他，目前该县有三分之一的小学仍依赖复式教学才能维持。因此，有专家指出，在西北、西南欠发达地区的边远山区，复式教学班所占的比例仍很高，而且在一个较长的历史时期将会继续存在下去。这是适应边远地区学生居住分散，办学条件简陋这样一些特殊情况的。问题是绝大部分从事复式教学的教师处于封闭环境中，却很少有人关注。贺老师的发言让我们听到了他们的呼声，我们将如何回应呢？

四川仪陇县大罗小学谭秀容老师所报告的农村女教师的情况，更可谓触目惊心。谭老师说，当年从仪陇师范毕业怀揣梦想走进大罗小学的七姐妹，如今只剩下她一人，这怨不得姐妹们，条件实在太苦！但这回她到了兰州，才知道甘肃农村代课女老师的境遇更令人心酸：她们每月的工资不过140元，最低的只有40元，可就是140元，有位女教师已是三年分文没领，真不知道这路是怎么走过来的！而由此造成的后果则更让人忧虑。王嘉毅教授提醒我们注意：

在城市中女教师比例已达 70% 以上，成了城市教育的一个问题；而农村则相反，女教师的比例仅占 42%，在甘肃、西藏、贵州、四川、宁夏、青海等西部地区农村，中小学女教师的比例尚不足三分之一。据尚立富在宁夏一个乡的调查，女教师仅占 25%，而且多在中心小学，16 所村小就有 13 所没有一名女教师。女教师的稀缺不但影响教师队伍的稳定，也造成了许多新的教育问题：首先影响农村女童教育，在甘肃部分少数民族地区，因为没有女教师，女生不来上学。当然，更根本的还是宗教、传统观念等原因，使得女童的辍学率特别高，谭老师所在的大罗乡，今年升入高中的学生，女生只占九分之一。这就形成了两个怪圈："女教师少"与"女童就学少"互为影响，以及"女童就学少——母亲素质差——贫困愚昧——多胎生育——女童就学更难"的矛盾：这同时就成了制约农村长远发展的一个因素。看来，关注农村女教师的问题，已经是刻不容缓。

我见到甘肃靖远县三滩中学的胡成德老师，特别感到亲切，因为我在这个论坛上是年龄最长的，已经有四十多年的教龄；胡老师是到会的农村教师中年龄最大的，已有三十多年教龄。胡老师提供我们的一个数字，也很值得注意：在他所在的乡，40 岁以上的中老年教师占教师总数的 60%，50 岁以上的老教师占 40%。由此带来的教育改革的问题是，一方面，有的领导把这次教改理解为对传统课堂教育的全盘否定，根本不重视、甚至否定老教师所积累的农村教育的丰富经验；另一方面，对老教师来说，面对变化迅速的新的教育形势，又没有机会得到培训，很难适应新的教育任务，感到无所适从。胡老师说，他都不知道该怎么教书了。听了这话，我心里很难受：我们是不是应该对这些在农村教了一辈子的书的老教师，以更多的尊重、理解与更切实的帮助，更多地听取他们的意见，并认真反思我们当下教育改革中的问题呢？

宁夏西吉县沙沟乡顾沟小学的马树仁老师所提出的"少数民族学校教师的现状"问题，是西部农村教育中的一个大问题。让我们忧虑的，不仅是少数民族学校教师缺乏，文化素质较低，身体状况差，更是民族文化的教育与传承的问题。

非常感谢诸位老师让我们了解了西部农村教育的真实问题，让我们真切地感受到了西部教育的"扶贫"的迫切性，国家必须以更大的教育投入来根本解决西部农村教师，特别是他们中的代课教师，女教师，从事复式教学的老师，老教师，少数民族教师的基本生存条件，以及农村办学的基本条件问题，这是首要的，可以说是当务之急。我们必须认真倾听李小锋老师代表西部农村老师发出的呼唤："我最大的心愿就是有更多的人来关心西部的老师与孩子们，也多么希望有设备完善、宽敞明亮的现代化的教室，使山村教师不再有跋山涉水去上课的艰辛，不再为生活所熬煎，不再有危房上课时的心情，不再出现困难学生上不起学的情况。我真希望山村教师也能在电脑前享受网络信息沟通带来的欢乐，不再忍受不仅是物质的贫困，还有无助的孤独和寂寞。当然我也希望能成为一名公办教师，每月有四五百元的收入……"——听到这样的呼唤，是不能不为之动容的。它是对我们每一个人的良知的叩击与拷问。

这里我还要特别响应西北师范大学李瑾渝教授的发言，他所提出的农村教师的"义务与权利失衡"问题，在我看来，是当下中国农村教育更深层的，更带根本性的问题。这是一个无法回避的事实：在很多地方，很多学校，我们的农村教师实际上是一个"被管理和被使用的对象"。李教授说，当下农村教育管理通常的思维是：对教师必须通过奖惩施加强大的外部压力，"才会好好干活"；达到上级制定的考核目标是学校管理的最高任务，教师的一切行为必须符合考核目标，"要求你做什么，你就必须做好"。于是就有了这样的教育行政官员的训话："饭碗你要想要，那就好好抱住，否则就丢开，滚蛋走人，没有别的出路！"而且还有相应的制度，如"末位淘汰制"、"后果自负制"等等。这都对农村教师形成巨大的压力，以至造成了心理恐惧。尚立富就听到这样的诉苦："现在的老师的日子越来越难过了。整天提心吊胆的，说不定就被下放或辞退了"，"如果学生的成绩达不到学校和教育局的要求，不但要扣工资，有时候末位淘汰制就把你淘汰了"，"尤其是现在实行聘用制以后，校长的权力更大了，真的是为所欲为，所有的标准和真理都集中到他一个人身上。他们都喜欢听话的老师，不喜欢有想法的老师。聘用制实行过程中，谁来监管校长的权力？老师有多大的个人发展和生活空间？"在这样的教育体制与环境中，就出现了李瑾渝教授所说的农村教师的"四无"状态：或"无助"，想做事而无助；或"无奈"，想做的事没有办法去做；或"无望"，看不到自己的希望何在；或"无为"，无所作为，陷入孤独、孤立的困境。这正是提醒我们，中国农村教师首先面临的是物质贫困，在深层次上，又存在权利的贫困与精神的贫困。因此，要改变西部农村教育的落后状态，当下首要的是要加大教育投入，从长远发展看，还需如李瑾渝教授所强调的那样，建立农村教师"赋权"和"增能"的长效机制。最重要的是，我们关注西部农村教育，要有"站在西部农村教师立场上的思维方式"，李瑾渝教授说得非常好："没有从教师的实在困境当中去理解教师，也不会对教师有真正意义上的实质性的帮助。农村教师的需要究竟是什么？他们的生存状态和发展中的真实困难又是什么？这些问题，有谁能站在教师的立场上去思考，去研究，去解决呢？"——这也是包括我在内的我们每一个关心西部农村教育的人，必须时刻向自己提出的问题。

重新确立农村教育的定位、价值与目标

为什么会把农村教师当作是"被管理和使用的对象"？除了体制的问题，也有观念的误区，因此李瑾渝教授提出"必须重建'农村教师'概念"，这是抓住了要害的。我由此而想到了另外一个重要问题，就是要重新确立农村教育的定位，价值与目标的问题。这应该是当下中国农村教育的另一个关键问题。

之所以要提出这个问题，是因为我们的农村教育落入了"城市中心主义"的误区。这也是整个中国教育的问题，乡村教育在整个中国教育处于被忽视的地位，农村教育投入的严重不足，教育资源

分配的不平等，这些问题都反映了城市中心主义的倾向。这都是有目共睹的，人们的议论也很多。但如果我们的认识仅仅局限于此，也会遮蔽一些或许是更深层次的问题。

其实教育中的城市中心主义的一个更内在的表现，是整个教育设计中的"城市取向"。所谓应试教育，就是以通过逐层考试，最后成为城里人（对于农村孩子而言）或城市上层社会里的成员（对于城市孩子而言）为教育的最终目的与最终指向的。通俗地说，我们的教育成了"升学的教育"，也就是说，既脱离了生活，也脱离了青少年的成长，唯一的目标，就是升学。因此，我们的乡村教育，是与乡村生活无关的教育，是完全脱离中国农村实际，因而在某种程度上脱离了中国基本国情的教育，是根本不考虑农村改造与建设需要的教育，也就是说，农村完全退出了我们的乡村教育以及整个教育的视野。

正是这样的"城市取向"的教育使乡村教育陷入了困境，而且这是一个全方位的困境。极少数的农村孩子，承受着远超出城市孩子的负担，以超常的努力，通过残酷的高考竞争，上了大学，实现了"逃离农村"的梦，但也从此走上了永远的"不归路"。这些年，又有些本科或大专生毕业后，找不到工作，回到了农村，却完全不能融入农村社会，如我们在下面还要引述的韩少功先生的文章所说，他们因此"承受着巨大的社会舆论压力和自我心理压力，过着受刑一般的日子。他们苦着一张脸，不知道如何逃离这种困境，似乎没有想到跟着父辈下地干活，正是突围的出路"。因为他们所受的全部教育都是要脱离土地，他们的父母即使这样也不愿意他们回到土地上来。而农村凋敝的现实也无法吸引他们扎根于土地。

而绝大多数高考竞争的失败者，无望通过逐层竞争上爬者，或者提早退出而辍学，即使在校继续学习，也因为无望而失去学习的动力与兴趣，而学校的教育者——校长、老师们也将其视为负担而忽视对他们的教育，这样，这些农村的孩子尽管"混"到了小学、初中、高中毕业，实际上并没有达到相应的文化程度。

　　这样的低质量的教育使得他们在离开学校以后，即使有机会以打工者的身份来到城市，也会因为自身文化素质不高，在另一种形式的竞争——市场竞争中处于被动、不利的地位。再加上城市的排斥：生存的艰难、人格的歧视等等原因，这些年许多到城市寻梦的农村青年又回到了农村，这就是"打工者的回归"现象。

　　但这些回乡青年却又在农村中找不到自己的位置。因为他们所受到的教育如前所说，是与农村生活无关的教育，他们既无从事沉重的农业劳动的体力与习惯，也没有从事多种经营，参与农村改造、建设的知识与技能，更重要的是，长期的"城市取向"的教育使他们的心灵已经失去了农村的家园，即使身在农村，也无心在农村寻求发展。他们中的有些人就成了在城市与农村都找不到自己位置的"游民"。

　　记得前几年，我在报上读到居住在农村，因而对农村教育有近距离观察的韩少功先生的一篇文章，受到了很大的震动。这次来开会，我又把它翻了出来。文章有这样一段话，特别触目惊心："我发现凡精神爽朗、生活充实、实干能力强、人际关系好的乡村青年，大多是低学历的"，"如果你在这里看见面色苍白、人瘦毛长、目光呆滞、怪癖不群的青年，如果你看到他们衣冠楚楚从不出现在田边地头，你就大致可以猜出他们的身份：大多是中专、大专、本科毕业的乡村知识分子"。（见韩少功：《山里少年》，原载2003年8月29日《文汇报》）——这真是对我们的脱离农村生活，以逃离农村为指归的教育的最大嘲讽与报应。

　　要知道，我们的乡村教育从根本上是靠农民用自己的血汗钱来支撑的，而城市取向的乡村教育却培养出了这样的"游民"，我们实在是愧对农村的父老乡亲的。——而农民也有自己的对付办法：既然教育让孩子成为"无用之人"，那就干脆及早退学回家：在我看来，这就是农村辍学之风欲禁而不止的深层原因，这是农民以他们自己的方式向我们的教育发出的警告。

　　我们由此而得出这样的警示：乡村教育必须改变以升学为唯一

取向与目标的定位，要面对全体学生，着眼于他们自身生命的健全成长，为他们以后多方面的发展，打下坚实的基础。无论是留守农村，还是走出农村，到城市发展，都能打开局面，即"走得出，守得住"。同时要加强教育与农村生活的联系，注重对乡村改造与建设人才的培养。

这就意味着，我们的农村教育应该有三重使命，三个培养目标。一是向高等学校输送人才，这既是发展高等教育的需要，也是农村青少年的权利。农民的后代完全有权利和城市人的子弟一样，接受高等教育，在中国以至世界的广阔空间寻求自己的发展，这理应是我们所追求的教育与社会平等的重要方面。正是在这一点上现行的高考制度是有它的合理性的，是不能轻易全盘否定的。第二是向城市建设输送人才。在今后相当长的时期内，城市建设都需要从农村吸收劳动力，农村自身也有城镇化的发展趋势，因此，培养有文化的城市劳动者必然是农村教育的一个重要任务。第三，由于中国的地域广大，地理情况复杂，人口众多，因此，即使中国城市化程度得到极大的提高，仍然会有广大的农村，有为数不少的人口留在农村，于是有"建设社会主义新农村"的任务的提出。农村教育理所当然地要担负起培养农村建设和改造人才的重任，而且在相当一段时间内，农村建设人才主要还是仰赖本地学校的培养。

为适应与落实农村教育的以上三大使命与目标，必须建立农村教育的新的结构。我和社会学家王春光先生讨论过这一问题，我们一致认为首先应当在农村发展与完善九年制义务教育，使每一个农村的孩子都毫无例外地受到基本的高质量的现代教育，这是教育和社会平等的基础。鉴于目前农村存在的普遍辍学现象，以及办学条件的恶劣，因此，在西部农村真正地，而不只是在统计数字上普及义务教育，并保证教育质量，还要下很大的工夫，做很大的努力，无疑应成为西部农村教育的重中之重，应是国家教育投入的重点。记得我在 2000 年和《甘肃日报》的记者的谈话中，谈到一个观点，我现在还是这样看。我说："发展教育的重点应该放在哪里？有两个选择，一个是以发展大学和作为大学生源的高中普通教育为中心，着重高、精、尖人才的培养，另一个是以小学、初中的基础教育和职业高中教育为重点，主要着眼于劳动者整体素质的提高。从国家的全局来说。这两种教育是应该兼顾的。但在我看来，西部地区与东部地区的主要差距是劳动者素质低，这是长期制约西部地区经济、文化发展的最基本的因素。在这种情况下，如果只考虑城市孩子要求上大学的社会压力，把教育经费主要用于发展高中和大学教育投资，忽略了更广大城乡九年制义务教育这一块，就会把本已存在的东、西部教育以及劳动者素质的距离越拉越大。我这样说，当然不是主张不要发展大学与高中教育，而是强调西部地区发展教育的战略选择，应该是重点发展九年制义务教育，适度发展高中和大学教育。"（《西部开发中的教育问题之我见》，收《语文教育门外谈》）——这确实是一个战略选择的问题，是不可掉以轻心的。

应该看到，目前西部经济、社会发展的实际水平决定了大多数的农村青少年在完成了九年义务教育以后，就要走向社会，因此，在初中阶段，就应该有适当的实用技术教育的内容，以适应以后走向社会的需要。当然，这是有限度的。因此，在初中教育以后，应该同时发展两种教育，一是职业教育，以培养城市建设与乡村建设需要的技术人才，或做基本的技术技能培训；一是高中教育，以为高校输送人才，但同时也应有一定的技术教育的内容。这两类义务教育以后的教育，除国家要有投入外，应向社会开放，更广泛地吸收社会教育资源，特别是职业教育要有更大的灵活性。我们设想，如果形成这样的结构与布局，农村教育就有可能有一个比较健全的发展。

重新认识农村教育的特点

这里，还有个问题：如何理解"农村教育"？它有没有自己的特点与优势？

在前面提到的 2000 年和《甘肃日报》记者的谈话中，我已经提到了这个问题："西部地区农村进行素质教育，也有自己的优势。在我的教学中，有过这样的体会，许多来自农村的孩子比城市里的孩子拥有更多的想象力与艺术天分，这是由于他们比城市的孩子更多地接触大自然的缘故。如何充分利用西部地区独有的自然资源与地域文化资源，是我们面临的一个富有挑战性的教育新课题。在这方面有许多文章可做。"但我的这一意见，并没有引起任何反响。

这样的忽视大概不是偶然的。因为在城市中心主义的教育观念里，乡村教育是绝对落后于城市教育的，这背后有一个"城市——乡村"、"先进——落后"的二元对立的模式。这样，城市化就是乡村教育的唯一出路，也就是说，乡村教育城市化了，就是教育的现代化。这其实是一个认识上的误区。这样，乡村教育的独特性及其独有优势，就完全被忽视了。

在座的大都是在农村长大的，大家不妨回想一下，你们从小是怎样接受教育的。其实在接受书本的教育以通向一个超越本土的世界之外，还有农村本土的地方文化、民间文化的熏陶，比如乡村有许多民间节日，你们西北地区有社火，演戏等等活动，小孩子活跃于其间，在享受童年的欢乐的同时，也接受了潜移默化的文化传递；在某种程度上这是融入生命的教育，影响是更为深远的。老师们不妨从教育的角度去重读鲁迅的《社戏》，还有他的《无常》、《女吊》，就可以知道，这样的童年时期农村文化，地方、民间文化的教育，对一个人的终生发展，对鲁迅这样的文学大师的培育的作用，是怎么估计都不会过分的。而这样的地方、民间文化教育、熏陶的缺失，在我看来，正是城市教育的一个不可忽视的问题。今年上半年我在北京两个重点中学上课，讲鲁迅的《无常》、《女吊》，我本以为学生会很喜欢这两篇散文，结果没想到学生感到最不能理解的就是这两篇，因为他们毫无这样的童年记忆，他们完全陌生于、甚至抵制这样的地方、民间文化，他们问我：鲁迅为什么对这些封建迷信的东西如此念念不忘？坦白地说，他们把我问呆了，我感到十分震惊。在我看来，一个人从小就对本民族的地方与民间想象持排斥态度，他的精神发展就是畸形的。这可以说是科学主义教育与所谓的"唯物主义教育"所结出的恶果。

　　还有大自然的熏陶。"人在大自然中"，这本身就是一个最基本的，最重要的，也是最理想的教育状态。脚踏泥土，仰望星空，这样的生存状态，对人的精神成长，可以说是具有决定意义的。现代都市发展中的最严重的问题，就是对人的这样的生存空间的剥夺。这也是现代城市教育的最大缺憾。而在这方面，农村教育的优势是十分明显的。我因此向许多城市里的年轻父母建议，一定要创造条件让自己的孩子到农村去，不是走马观花的猎奇式的旅游，而是实实在在生活一段时间，和农村的小朋友一起在泥土里打滚，在山野间疯跑，接受乡村野趣与野气的熏陶，呼吸新鲜的空气，这对城市孩子的身心健康，是绝对需要的。"西部阳光"行动的有些大学生从小在城市长大，这次第一次到农村，最大的体会就是他们的童年缺少了这一课，他们在日记里这样写道："城市里的孩子有很多很多遗憾，他们或许永远没有机会在这样整齐的梯田中品尝这美味的烤洋芋，在这空旷的山野中畅快奔跑……"（参看《西部的家园》），这其实也是对我们的教育提出的一个警示。当然，如果有条件，农村的孩子也应该到城市去看他所不知道的更广大、更丰富的世界：城市教育与农村教育是应该互补的。

　　乡村生活还有一个我们习以为常，其实对孩子的教育有很大影响的特点，简单说就是全家人在一个庭院里，朝夕共处，邻里间鸡犬相闻，来往密切，这就形成了充满亲情、乡情的精神空间，自有一种口耳相传的、身教胜于言教的教育方式，这对农村孩子的健康成长的影响是潜移默化而又深远的。鲁迅曾写文章深情回忆："水村的夏夜，摇着大芭蕉扇，在大树下乘凉，是一件极舒服的事。男女都谈些闲天，说些故事。孩子是唱歌的唱歌，猜谜语的猜谜语。"（《自言自语》）我想，有过农村生活经历的人都会有这样的体验：这确实是终身难忘的生命记忆。而在都市的公寓式的居住空间，公务员、公司职员的家庭空间被挤压的生活方式里，这样的有利于儿童成长的教育空间、氛围也同样被挤压了。

对以上所说，湖南师范大学的教育科学学院的刘铁芳教授有一个精辟的概括，我的分析就是受到了他的启示。他说："乡村地域文化中原本就潜藏着丰富的教育资源。传统的乡村教育体系正包含着以书本知识为核心的外来文化与以民间故事为基本内容的民俗地域文化有机结合，外来文化的横向渗透与民俗地域文化的纵向传承相结合，学校正规教育与自然野趣之习染相结合，专门训练与口耳相授相结合，知识的启蒙与乡村情感的孕育相结合。"（《乡村教育的问题与出路》，文收《守望教育》，华东师范大学出版社，2004 年出版）这既是乡村教育的特点，同时也构成了其特殊优势。而在我看来，在强调素质教育的今天，乡村教育的这些特点与优势就更显示出其重要价值，对城市教育也有极大的启示与借鉴意义。但我们自己却把它丢失了，这叫做"抱着金娃娃讨饭吃"。

当然，也有人批评刘教授"把原有的乡村教育理想化了，是不是在削弱那引导乡村少年走出乡村世界的正规书本教育的重要性"。我想这可能包含了某些误解。农村学校教育显然仍是以正规书本教育为主，我们已经说过，这是使农村青少年走向超越本土的更广大的世界，接受民族与人类文明结晶的基本途径，其重要性是自不待言的。当然，这样的批评也是一个提醒，就是不可将乡村文化、教育"过于理想化"，它也是自有其不足与劣势，需要向城市文化、教育吸取与借鉴。我们一定要走出二元对立的思维模式，不是将农村教育与城市教育对立起来，而是强调其互补性。而其前提，就是要承认："从人的心灵乃至智慧发展的视觉来看，显然乡村文化和城市文化都具有同等的价值"，并在此基础上，承认并尊重农村教育与城市教育的各自特点（以上讨论参见刘铁芳：《就乡村教育问题答晓燕女士》，文收《守望教育》）。而鉴于长期以来，对农村教育特点的忽视，我们今天在发展农村教育时，特别强调要注意吸取乡村本土地方文化与民间文化的教育资源，开发农村教育的内发性资源，是完全有必要的。

　　但这样的呼唤却很容易被看作是过于理想化的，因为这样的中国农村的传统教育资源正在日趋萎缩：这也是我们必须正视的现实。地方文化传统（包括民间节日）的失落与变形，农村自然环境的污染，农民工的大量外出造成的农村家庭与农村生活的空洞化，这已经成为当下中国农村三大社会、文化、生态经济问题，它对农村教育的影响与冲击是明显的。但这也反过来证明了恢复与发展农村的内在教育资源的迫切性。这同时提醒我们，农村教育的发展必须和农村本土文化的重建与自然环境的保护结合起来，形成良性的相互补充与推动。这就是说，我们要通过对乡土文化的研究，整理，重建，对自然环境资源的保护与开发，为农村教育提供内发性资源；同时，通过教育使本土文化传统在年轻一代中传承，并唤起保护自然环境与家园的意识，并把这样的意识代代相传下去：这都关系到农村长远的健康发展。

　　这里我要特别谈到"乡土教材"的编写问题。这应该是我们所提出的农村教育、乡土文化建设与自然保护三者结合的一个具有可操作性的途径。如杨东平教授在这次论坛上所强调的，这也是一个教育的地方化问题。在最近的教育改革中规定了10%的"校本课程"，这就为乡土教材进入课堂，教育的地方化提供了一个空间。如何编写乡土教材，如何开设校本课程，这都是形成农村教育自己的特点的新的教育课题，以后我希望有机会再来专门讨论这个问题。

重新认识农村教育在乡村建设和改造中的地位与作用

　　这里实际上还内含着一个农村学校在乡村改造与建设中的地位与作用的问题，这也是长期被忽略的。我在贵州参加安顺九溪村的文化建设（那一带保存了从明代江南地区传来的独特文化，叫"屯堡文化"）与乡村建设的学术讨论会，谈到了农村学校里的老师在乡村建设中实际上处在一个边缘化的位置，老师们对此有不满，却不知道如何参与：这引起了我的注意与深思。记得当年晏阳初、陶行知他们就提出过要使乡村学校成为乡村改造与建设的中心的设想，这样一个思路，对我们今天的思考与探索也是有启示意义的，农村学校不仅要把学校自身办好，而且也应该积极参与乡村改造与建设工作，农村教育不应是自我封闭的，而应是开放的，要发挥学校的外扩性的影响与发射作用。

这里或许涉及一个更大的问题，就是乡村教育在乡村建设中的支撑作用的问题。我们所说的"乡村教育"其实是包括了两个方面的教育，一是我们这里所讨论的乡村"学校教育"，这是属于"国民教育体系"的；其实还有一个重要方面，就是"现代乡村社区教育体系"，就是我们通常所说的对农民的教育与培训，即所谓"村民教育"。我们说乡村建设与改造，必须以农民为主体，但农民要真正发挥主体作用，在我看来，有两个关键环节，一是要把农民组织起来，另一就是要使农民接受现代教育，包括公民教育，文化、卫生教育，科学教育，职业技术教育，地方文化传统教育，环境保护教育，法律教育等等，成为具有现代意识、觉悟与知识的现代农民，这才有可能把命运真正掌握在自己手里。学校应该把国民教育与社区教育统一起来，同时担负起村民教育的任务，通过办夜校等方式，使学校成为农村文化、教育的一个中心，成为乡村社会"家园"的象征与载体。而乡村教师也自然成为乡村精英的重要成员，乡村建设与改造的骨干力量。当然，这样的任务仅仅依靠学校教师是完成不了的，需要有乡村政权、乡村教育自治组织与学校的相互配合。这涉及多方面的复杂问题，更需要具体的实验。这里只是提出一个理念与设想，也算是我的农村教育的一个梦想吧。

重新规划农村教师队伍的建设问题

这同时就提出了一个对乡村教师的培养目标的问题，就是说，我们要培养的乡村教师不仅是一个乡村教育人才，而且应该是乡村建设与改造人才。

乡村建设人才的培养的问题，是一个更大的问题。在上一世纪的三十年代的乡村建设运动中，南开大学、清华大学、燕京大学、协和医学院四所全国著名的大学就曾经成立了一个"华北农村建设协进会"。晏阳初先生称之为"中国大学教育史上的新记录，大学教育的一大革命"。他说："农村建设运动是伟大的事业，必须以大学为基础，方能巩固。大学教育能走到乡村建设的路上来，比办几次识字运动，几个民众教育馆，其意义重要不知多少倍。有了大学源源不绝地培养农建人才，这运动才会发扬光大。"晏阳初先生的这番话包含了两个意思：乡村建设是一个科学的事业，它需要有专门的人才；而大学教育义不容辞地应担负起培养乡村建设人才的任务，这本身就是大学教育的一场革命。我想，这对我们应该是一个非常重要的提醒：因为在当下所有的大学教育改革的设想与实践中，乡村建设问题都没有进入我们的视野。我不敢有过多的奢望，但是不是可以提出，在地方院校，至少在省、市师范院校的教育中，要以乡村建设人才作为培养目标之一。

这里，我想介绍我曾经任教过的贵州安顺师范专科学校的"村社挂钩"的经验。他们与前面提到的九溪屯堡保持长期联系，组织青年教师和学生成立"屯堡文化研究"的课题组，先后做了三年的入村调查，难能可贵的是，他们还直接参与九溪的乡村建设，帮助农民组织起来，培养乡村精英，联系开发项目等等，这也就同时充实了他们的调查内容。最后在中国社会科学院社会学研究所的专家指导下，写成了《屯堡乡民社会》一书，作为"中国百村调查"国家课题的一部分，在乡村建设的理论与实践上提出了许多重要问题，得到了社会学研究界的高度评价。他们又利用这些研究成果在学校开设相关课程，促进了学校的课程建设。更重要的是，他们在这一过程中，培育了一支青年骨干教师队伍，促进了师范教育与乡村文化研究、建设的结合。在我看来，这一"村校挂钩"的模式，不仅是为乡村建设开辟了一条途径，而且也为市、省级的大中专学校的教育改革，提供了一个重要的思路，他们的经验应该引起重视并认真总结。

下面我想更具体地来讨论一下关于西部地区农村教师队伍建设

问题。这个问题的重要性与迫切性，大家都已有了共识，就不必多说。我要讨论的是，西部地区农村教师的培养应该有一个统一规划，建立一个新的结构。

我设想，似乎要有三个方面。首先是现有农村教师的培训。在这方面，西北师范大学教师培训学院已经积累了不少经验，我们这次论坛的另一个内容就是要做农村教师培训的试验，这里就不再做讨论。

这些年关注农村教育的人逐渐增多，出现了各种形式的志愿者的支农、支教活动，这应该是城市反馈农村的一个重要方面。问题是如何建立起一个乡村支教体系，使它更有规模与制度化，以实现城乡教育资源的有效沟通。可以把大学生志愿者也纳入这个体系。这应该是乡村教师队伍结构中的一个重要环节，其作用不可低估。

我想着重讨论的是，如何就地培养能够在农村呆得住、又能胜任农村教育工作的年轻教师，在我看来，他们应该是农村教师队伍中的新生力量与骨干力量。因此，有些有识之士提出"师范教育是农村教育发展的灵魂，是改变贫困与落后最有效的途径"，这是抓住了要害的。现在的问题是，不仅不重视，而且有取消师范教育的趋势，这些年师范大学纷纷向研究型的综合大学发展，这是很让人忧虑的。这里有一个认识的误区，即不承认教师是一个专业，需要经过严格的专业教育训练，以为只要具有大学本科、研究生的水平，经过短期的教师培训就可以胜任教师工作。这在实践中是非常有害的，造成了教师选用上的唯文凭倾向，出现了非师范生比师范生更容易被选拔为教师的怪事。

在师范教育中，这些年出现了取消中等师范教育的趋向，这在西部地区的农村教育界已经引起了强烈反响。尚立富他们到农村调查，许多校长、老师都反映，"中师教育在西部地区是比较适合农村教育需求的，中师生在现在很受基层校长的欢迎"，现在农村教师中的许多骨干教师都是老中师生，他们撑起了一片蓝天，有些老教师因此担心若干年后，就会出现断层，没有完全适合农村学校发展的老师：这并非杞人忧天。一位从师范毕业被保送到北京的研究生说得很好："中师教育是中国教育的特色教育，尤其是在中国的农村。长期以来，中师教育发挥了它独特的作用，一方面，它为广大的农村培养最基层的师资，是培养地方资源最成功的范例；另一方面是基于中等师范教育的教育体制，它没有高中的升学压力，也不像专科院校强调'专'字，由于是专门培养小学教师的摇篮，中师教育一直以来都重视学生各方面能力的培养，体育、舞蹈、音乐、绘画、三笔字（毛笔、硬笔、粉笔）、普通话、教育学、心理学，样样都有所涉及，这是最适合农村小学教育的需要的，最后受益的是学生。"

我自己在上个世纪六、七十年代就是在贵州的中等专业学校，先是卫生学校，后是师范学校教语文，就是为所在地区的广大农村培养卫生与教育人才，学生的最大特点，一是进校时毕业后去向就很明确，都安心于在农村工作，呆得下来；二是所学与农村所需相符合，专业基本功比较全面、扎实，因此能胜任工作；三是没有多少好高骛远、见异思迁的想法，工作踏实、勤恳，受到基层领导、农民与家长的欢迎。一直到今天，这个地区卫生、教育两个部门的许多基层领导、骨干都是我们当年的学生。应该说，五、六、七十年代的中国中等学校教育是成功的，一是目标明确，面向农村，二是从课程设置到教学内容都比较切合农村实际，这确实是符合中国国情，具有中国特色的教育。因此，在我看来，对中等教育，包括中等师范教育的削弱以至取消，是反映了在教育改革指导思想上的某些问题的：一心只想所谓"与国际接轨，和世界同步发展"，而忽视中国自己的教育传统，忽视中国农村，特别是西部农村的实际，西部农村教育的实际。现在这样一味强调教师的学历，并有统一的硬性规定，至少是不切合西部农村教育的实际的。有的老师说得好："在农村教书，文凭是次要的，关键是能力，文凭不能代替能力。我们不能用城市的眼光来看农村，不能用城市的标准来要求农村，我们提高文凭的目的是为了更好地育人，而不是追求一种形式。"如果我们为追求文凭，而否认在过去曾是，现在以及将来相当一段时间都应是培养农村教师的主要基地的中师教育，那很有可能如一些老师所尖锐指出的，"我们将会成为历史的罪人"。

因此，我主张农村教师的培养仍应以中等师范（主要培养农村小学教师）与专科师范（主要培养农村初中教师）为主体。而且应对这两类师范教育实行特殊的优惠政策，即全额免费，并包分配，学生则与学校、政府签订合同，保证毕业后到农村任教三至五年。这样，既可以解决农村贫寒子弟的求学问题，更可以吸引一大批农村的优秀青年入学，并能够返回到农村去，使农村学校得到稳定而合格，甚至高质量的老师。这样的培养基地，与我们前面所讨论的在职教师的培训体系，城市的支教体系相结合，就可以形成一个培养农村教师队伍的合理格局。

以上所讲，都是这两天听了各位西部农村教育第一线的老师，以及多年从事农村教育研究的专家的发言以后的一点心得，也是看了"西部阳光行动"的年轻朋友所做的西部农村教育调查报告以后的一些体会，也可以说是我关于西部农村教育的初步思考，所形成的一些理念与建议，可能理想的成分比较多，仅供参考吧。

声　　明

本书所选文章，皆为编者精心挑选。从书稿编选至付梓之前，编者与出版社不遗余力，与本书选文作者积极联系沟通。迄今，本书所选绝大部分文章已得到作者授权。但因种种客观原因，仍未能与少数作者取得联系。请相关作者在见书后与我社联系，我们将及时寄送样书及稿酬。